维多利亚文学、能量与生态想象

[美国] 艾伦·麦克达菲 著
杨元 译

译林出版社

图书在版编目（CIP）数据

维多利亚文学、能量与生态想象 /（美）艾伦·麦克达菲（Allen MacDuffie）著；杨元译. —南京：译林出版社，2022.9

（剑桥维多利亚文学与文化研究译丛 / 蔡玉辉，张德让主编）

书名原文：Victorian Literature, Energy, and the Ecological Imagination

ISBN 978-7-5447-8864-9

Ⅰ.①维… Ⅱ.①艾… ②杨… Ⅲ.①英国文学 - 近代文学 - 文学研究 Ⅳ.①I561.064

中国版本图书馆 CIP 数据核字（2021）第 199220 号

This is a simplified Chinese edition of the following title published by Cambridge University Press:
Victorian Literature, Energy, and the Ecological Imagination
ISBN 9781107064379

著作权合同登记号　图字：10-2017-574号

维多利亚文学、能量与生态想象　［美国］艾伦·麦克达菲 / 著　杨元 / 译

责任编辑　刘　静　张海波
装帧设计　孙逸桐
校　　对　戴小娥
责任印制　单　莉

原文出版　Cambridge University Press, 2014
出版发行　译林出版社
地　　址　南京市湖南路 1 号 A 楼
邮　　箱　yilin@yilin.com
网　　址　www.yilin.com
市场热线　025-86633278
排　　版　南京展望文化发展有限公司
印　　刷　扬州皓宇图文印刷有限公司
开　　本　880 毫米 ×1230 毫米　1/32
印　　张　13
插　　页　2
版　　次　2022 年 9 月第 1 版
印　　次　2022 年 9 月第 1 次印刷
书　　号　ISBN 978-7-5447-8864-9
定　　价　75.00 元

杂糅与跨界：
这样的文学评论有“一套”

本辑丛书，从确立选题到翻译审校，经年轮更替和时势变化，就要面世了。付梓之际，有些话想要说一说。

一

或许是当读年月缺书甚至无书可读染上了阅读饥不择食症，或许是大学后期抢座阅览室形成了阅读狼吞虎咽的陋习，或许是求学过程中广泛涉猎养成了不拘一格的阅读偏向，每每遇到内容杂富、视角多维、述论复调、方法跨界、见解独特的读物，都会产生一种必欲厘清的冲动，恋恋不舍的情愫。细究起来，这种遇杂而珍、向杂而趋、融杂而合不只是个人的阅读偏好和价值取向，也不仅是学科发展走向繁荣之途，还有着更为普遍的客观依持，存在于自然世界的演化过程，也存在于人类社会从点到面、从聚到散、从低到高、从单一到复杂的嬗变过程，尤其是贯穿于文化产生、传布、交汇、融合的全过程。

自然界中生命体的存活和延续是这样的，因杂生、杂处、杂交而生万物。动物繁衍需要异性相交，种群存活和扩大既需要不同类别同处一域之间的共生共荣或相生相克，又要适应不断变化的气候和地貌环境。树木因杂居连片而成森林，森林因不同种类相互交杂而得以丰盈。花类植物因相互授粉而繁茂自己且滋生新种，又因单性繁殖而逐渐走向衰亡。即使是稻谷，也只有杂交才可以达到如科学家袁隆平团队培植的那样高产量。

人类从自非洲大陆的迁徙开始，就没有停止过不同种族之间的交往、交流和交攻，或和平共处，或冲突伐杀，或彼此融通。正是异族和异类之间的竞争、冲突、妥协、共存、融通所形成的持久张力，推动着人类社会不断演进、发展、繁荣和壮大。从中到外，这样的例子实在很多。

中华文化所以能延续五千余年而不断、不衰、不霸、不淫，可以从其不断融合民族文化之流、一贯持守融合等核心观念并由此指引其发展过程里找到答案。起源于中原大地和黄河中下游的华夏文化，在逐渐融积成中华文化的过程中，因其聚集人类观念精华的内核、融汇开放的基因和广采博纳的胸怀，不断吸纳来自中华大家庭几十个民族的文化元素。自汉以降，更是不间断地吸收来自东西方异域文化中的优秀异质，无论是来自印度的佛教，还是来自西方的基督教，无论是马克思主义的基本原理，还是自由民主的人文精神，只要有益，都可“拿来”，终至蔚为大观。举隅其中观念数项，或可知其一二。天人合一，万物各得其所以生、各得其养以成的哲学观念；仁政以施、民贵君轻、水载舟亦覆舟的政治观念；仁者爱人，各得其美、美美与共的人际共同体观念；尊老爱幼、孝悌友朋的伦理观念；独善兼济、先忧后乐、内外兼修的人格观念；等等——综观这些观念，贯穿其中的一点就是存异和容杂。正是这种不拒异道、不舍细流、不拘一格、兼收并蓄的品格坚持，成就了中华文化的博大浩瀚，成为世界文化大森林里的参天大树之一。

二

初次接触到《剑桥十九世纪文学与文化研究》(*Cambridge*

Studies in Nineteenth-Century Literature and Culture）这套丛书，浏览书名眼前陡然一亮，翻阅后顿觉脑洞大开，阅读后不忍释手。其中体现的几乎跨越人文、社科、科学各大学科门类的多维视角，涉及维多利亚时代小说、戏剧、诗歌、散文、音乐、绘画、建筑、报章期刊等各种文本的广泛例证，将这一时期的政治、经济、金融、法律、教育、军事、旅游、宗教、帝国殖民扩张等各种社会活动都作为文学书写的大背景来广引博征，着实让人眼花缭乱，应接不暇而瞠目结舌。在此不妨列出题目数个，请诸位读者领略：《维多利亚小说中的病房：生病的艺术》（*The Sickroom in Victorian Fiction: The Art of Being Ill*）、《维多利亚小说与起源焦虑：从狄更斯到弗洛伊德时期的死亡与母亲》（*Death and the Mother from Dickens to Freud: Victorian Fiction and the Anxiety of Origin*）、《维多利亚法律、文学与神学中的证词与辩护》（*Testimony and Advocacy in Victorian Law, Literature, and Theology*）、《十九世纪英国的文学与医学》（*Literature and Medicine in Nineteenth-Century Britain*）、《维多利亚蜜月：婚姻之旅》（*Victorian Honeymoons: Journeys to the Conjugal*）、《乔治·艾略特与金钱：经济学、伦理学与文学》（*George Eliot and Money: Economics, Ethics and Literature*）、《1885—1914年间的伦敦及其同性恋文化》（*London and the Culture of Homosexuality, 1885—1914*）。单是浏览一下这几个题目，就会发现其选题涉及法学、经济学、医学、神学、心理学、社会学、物理学、生态学等，其跨界特征可见一斑。为什么跨界如此之大，杂糅如此之盛，看一下总主编发表的相关学术观点和丛书的推介，就会得出更清晰的印象。首任总主编吉莲·比尔在1990年参加一次学术研讨时发表的主旨演讲里就这样表示：

本次讲座宣布的主题“通过文学呈现科学”可能暗示了一

种单向交流，似乎文学充当了这一主题（科学）的中介；这一主题（科学）在这之前就已经出现过，在重新被提起之前没有被讨论过。我所理解的两者之间的关系不是这样。我将要强调，两者之间是交流而不是一个成为另一个的起源，是相互转换而不是一个被介绍到另一个里面去。科学和文学的话语之间的关系并不稳定，却彼此重叠。①

这里的观点非常明确，文学与科学之间是互文或者说“彼此重叠”或相互渗透的关系，也就是你中有我我中有你，而不是前者充当后者的“中介”。由此可以推断，这一观点或者学术旨趣就成为四年后推出这套丛书的宗旨。该丛书的推介词证实了这一推断：

事实已经证明，19世纪的文学与文化是跨学科研究中一个十分宏富的领域。本丛书自1994年开篇以来，一直致力于追踪维多利亚文学与视觉艺术、政治、性别和性取向、种族、社会组织、经济生活、技术创新、科学思想之间的交叉及其相互张力关系，简言之，也就是维多利亚文学与最广泛意义上的文化之间的关系。本丛书自从面世就强力涉足马克思主义、女权主义、视觉研究、后殖民主义、批判性种族研究、新历史主义、新形式主义、跨国主义、酷儿研究、人权与自由主义、残疾研究和全球研究等诸多领域的研究，其中许多著作已经成为这些研究领域里的经典。本丛书提出的理论挑战和史学转轨继续以卓富成效的方式激荡着19世纪研究这一领域。有关身体与感官、

① Gillian Beer. “Translation or Transformation? The Relations of Literature and Science.” *Notes and Records of the Royal Society of London*, Vol. 44, No. 1 (Jan., 1990), pp.81—99.

环境与气候、种族与文学研究的非殖民化、生命政治与物质性、动物与人类、地方与全球、政治与形式、酷儿与性别认同、交叉学科理论等的这些新著述正在重新激活跨学科研究场域。本丛书旨在为正在进行中的19世纪文学前沿研究提供平台，催生那些将跨学科研究与当今提出的紧迫批判性问题联系起来的最有趣的研究成果。我们力求出版不同种类作者的著作，坚定反对种族主义，反对殖民主义，反对一切形式的歧视。①

这套丛书具有如此新颖的学术方法、宽阔的学术视野、敏锐的学术直觉、细密的学术思维、踏实的学术风格，显然体现的就是总主编和编委会的学术思想与学术风格。首任总主编吉莲·比尔是剑桥大学爱德华七世文学教授，曾出任剑桥克莱尔讲堂（Clare Hall）主席。更为知名的是，她是《达尔文的情节》（*Darwin's Plots*）的作者。这本1983年由剑桥大学出版社推出的力作，在19世纪研究领域掀起了一阵跨学科研究的旋风，具有里程碑式意义。有评家认为，该书中的"真知灼见为科学史中人所共知的话题提供了全新的研究方法"。②还有人认为，它"所开创的研究范式在过去的十五年开辟了一个'达尔文产业'（Darwin Industry）"。③如果说有哪些著作开启了文学批评领域至今仍持续不衰的跨学科研究，《达尔文的情节》无疑是维多利亚文学研究领域里的前驱。由吉莲·比尔主编的这套丛书，迄今已经持续出版二十七年，截至2021年底，总共

① https://www.cambridge.org/core/series/cambridge-studies-in-nineteenthcentury-literature-and-culture/51F87ACED1BBCEBEAB37D73C87F475CB.

② Gillian Beer. *Darwin's Plots: Evolutionary Narrative in Darwin, George Eliot and Nineteenth-Century Fiction*, 3rd ed. Cambridge: Cambridge University Press, 2009, Back Cover.

③ 同上，pp. ix—xi。

出版专著一百三十三部，平均每年推出四到五部，至今仍未显颓势，近期还有三部即将面世。

三

对于文学跨学科研究来说，这套丛书显然是一块含矿量非常高的“富矿”，将它介绍给国内广大读者，应该是新时代继续和进一步实施改革开放国策的题中应有之义。

本辑译丛推出五部专著，分别为：《中国与维多利亚想象：缠绕的帝国》（*China and the Victorian Imagination: Empires Entwined*）、《维多利亚文学、能量和生态想象》（*Victorian Literature, Energy and the Ecological Imagination*）、《人口想象与十九世纪城市：巴黎、伦敦、纽约》（*The Demographic Imagination and the Nineteenth-Century City: Paris, London, New York*）、《鬼魂目击者、侦探和唯灵论者：维多利亚文学和科学中的视觉理论》（*Ghost-Seers, Detectives and Spiritualists: Theories of Vision in Victorian Literature and Science*）、《维多利亚儿童文学中的进化与想象》（*Evolution and Imagination in Victorian Children's Literature*）。各本的主要内容如下。

一百七十多年前，英国为了打开庞大却封闭的中国市场，谋取巨大商业利益，用坚船利炮轰开了这个古老帝国的城墙，随后，西方列强蜂拥而至，都来争抢中国市场。自此，这两个古老的帝国就缠绕在一起，从政府到民间，从物质文明到价值观念，两种文化之间经历了好奇、向往、会通，也经历过误读、误解和误判，而且这样的误读与误解还在继续。中国人在英国殖民者眼里是一种什么样的形象？已经定居于伦敦一角的中国人在伦敦人眼里又是什么样的形象？一百多年来英国人乃至西方人对中国人的认知和印象与当下的中西关系有什么关联？《中国与维多利亚想象》一书为读者提供了19—20世纪之交英国人眼中的中国人形象全景图。第一章借助在香港、上海、广州、天津等通商口岸生活的英国人的小说来呈现他们眼中的中国和中国人，“对发生于通商口岸的各种故事加以综览”(32)。[①]第二章“聚焦分析约瑟夫·康拉德式作家詹姆斯·达尔齐尔的作品，深入探讨‘洋中国’文学如何描绘维多利亚时代中国与其他英国殖民地（尤其是印度）之间既相互关联又相互区别的交互模式”(32)。第三章通过《北京危境》《北京龙》《盟军朝向北京》等小说中的夸张和扭曲描写来揭示西方人眼中的义和团运动。第四章通过《黄色入侵》《黄色浪潮》等小说来表现英国人或其他欧洲人如何将移居英国的中国人看作洪水猛兽。第五章介绍维多利亚晚期英国戏剧等文学形式中的中国形象，在《黄色恐怖》《黑鬼中国人》《炮轰北京》等戏剧中如何表现英国人对古老而陌生的中国文化的理解。第六章聚焦于围绕伦敦曾经的华人聚居区“莱姆豪斯”的文学创作，以托马斯·伯克的“莱姆豪斯”系列小说为案例，表现伦敦人眼中的华人形象。作者在结论部分认为，前述这些对中国和中国人的误解、曲解和“恐慌”在21世纪不仅没有消失，反而随着这个曾经孱弱国家的崛起，转换成了新的形式出现在国际政治、经济、外交和其他领域。或许可以说，当下西方出现的“阻中”、“恐中”与一直以来对中国人的误解和曲解存在渊源关系。

自从20世纪50年代伊朗石油危机出现以来，能源危机一再发生，而随着人类对化石燃料的滥用，生态环境被严重破坏，已经将地球带入生态灾难日益频发的21世纪。《维多利亚文学、能量和生态

① 本序言所引文字均标注其所在原文页码，需要核对的读者请查对译本边码。后文只在引文后用圆括号标注页码，不再作注。

想象》的作者借助兴起并盛行于19世纪的热力学的视角，对维多利亚小说进行了一种别开生面的解读和论析。他认为，维多利亚时代的“热力学将大自然视为一种不可持续的能源系统”(15)，我们就此可以把维多利亚小说想象成一个能量系统，所有小说就是“热力学的替代性叙事”(15)。从第三章到第八章，他花了很大篇幅去论析狄更斯、罗斯金、史蒂文森、康拉德和威尔斯的著述。他分析了《荒凉山庄》和《我们共同的朋友》中的能量表现形式。他认为，罗斯金的《风暴云》《建筑的七盏明灯》《威尼斯之石》《近代画家》中充满了能量元素。第六章以史蒂文森的《杰基尔医生和海德先生》(《化身博士》)为案例，解读了其中描绘的“热力学世界”，通过两位主人公的正向与反向蜕变，表现热力学第二定律在人的性格和身份变化中的作用。在对康拉德的《黑暗之心》《诺斯特罗莫》《间谍》的解读中，作者依然从热寂和熵增的角度去阐释非洲的社会和自然环境，与伦敦这个帝国心脏的环境形成对比。解读威尔斯的《时间机器》时，作者认为，作品隐喻了大英帝国在熵定律控制下走向衰退的前景。作者还认为，今日生态之殇的根源要追溯到19世纪的英国，并且，20世纪化石滥用局面的缘由，不只是人们一贯所认为的工业革命及其带来的采矿业、机械制造业、造船业等重工业，还有“维多利亚时代的文化如何在各个方向上曲解、扭曲，因而误解了人类发展与自然界资源之间的关系”(12)，比如被众多哲学家、政治家、社会活动家所极力推崇，也被民众广泛接受的，无拘无束的自由市场经济生产和生活方式，自由选择、优胜劣汰的进化理论，以及热力学理论。

毋庸讳言，自工业革命以来，人口一直是人类社会的一大问题；先是人口高速增长，给地球带来能源短缺、气候灾难等问题，到了后工业时代的信息时代，富国和穷国又分别出现老龄化和多子化两种现实，严重制约各自的社会发展。《人口想象与十九世纪城市》选取19世纪起始的人口问题进行专论，开门见山就亮出了研究的关键词：人口爆炸、人口革命、人口想象。“随着人口爆炸，现代文化中出现了人口想象。换句话说，本书所关注的多模态叙事和大众形象，出现在人口革命中：突然之间，有更多的人生活在这个世界上。”(1) 作者从多个角度展开论证了这一时期的人口爆炸、革命与想象。他以伦敦、巴黎和纽约为例，列举了19世纪人口的爆炸式增长，比如伦敦人口在100年间增长了6倍，从近110万增长到近651万。作者介绍了伴随着人口迅猛增长而出现的各种城市病，如环境与卫生状况恶化导致疾病流行，失业严重引起犯罪猖獗；另一面则是因人口增长而出现的物质消费与精神消费的兴旺，比如出版业的繁荣，文学市场中鬼故事、侦探小说的走红，犯罪书写及其舞台表演，以《庞贝城的末日》为题材的灾难描写跨越了通俗表演、歌剧、诗歌、散文、小说和戏剧的类型界限，以“多模态”形式呈现，供观众和读者消费。作者还用了一章篇幅来介绍畜禽和野生动物在城市化和人口猛增过程中遭受的苦难和灾难，具体列举了它们在英国、法国和美国的悲惨遭遇。作者最后引用了威尔斯的《时间机器》和《世界大战》的内容来警醒疯狂增长的人类及其欲望，认为这些才是人类毁灭自身的力量。“无论人类的数量增加多少，我们居住的地球毕竟不是以人类为中心；其他物种，也许是新物种，在我们消亡之后会拥有这个星球……”(193)

《鬼魂目击者、侦探和唯灵论者》在超自然书写上与《人口想象与十九世纪城市》中第三章关于鬼故事的内容形成互证，而在理论视角上又与《维多利亚文学、能量和生态想象》形成呼应；如上述，后者采用的是热力学定律视角，而该书用的是光学及其相关视觉理论的参照，但也涉及哲学。随着托马斯·杨的光波动理论及詹姆斯·麦克斯韦的电磁学理论被广泛接受，维多利亚人对超自然现象提出了众说纷纭的解释和各种质疑，鬼故事（哥特小说）就应运而兴，畅行一时，爱伦·坡也首创了侦探小说，呼应这一时期广大读者的阅读期待。本书作者选取几个在当时争论不休的问题作为导入：鬼魂存在吗？若存在，是怎么形成的？有人看见吗？眼见是否为实？以寻找鬼魂为线索的侦探小说有什么语言特征？围绕这些问题，全书分为三个部分十三章。第一部分从司各特的鬼故事《有挂毯的房间》入手，围绕鬼魂是否存在的争论，引用卡莱尔、罗斯金等人的观点，从心灵光学和生理光学角度去探讨鬼魂生成的心理成因，讨论外视觉与内视觉之间、古老信仰与现代怀疑之间的关系。作者认为，解读这一时期的鬼故事，要从光学原理和心灵感应，也就是外视觉与内视觉的结合上去进行。第二部分从"眼见为实"这一当时众说纷纭的说法入手，将理论视角进一步延伸到哲学、生理学、语言学，引证文本也转向侦探小说。他引用乔治·贝克莱的《视觉新论》中有关视觉与语言表达关系的观点解读侦探小说的语言。第三部分继续采用杨的光波动理论和亥姆霍兹的"视觉理论最新进展"证实的以太理论，解析侦探小说所表现的"看不见的世界"，即鬼魂世界存在的光学及色彩学成因。作者例举了《巴斯克维尔的猎犬》来解读作品中呈现的灵魂世界，引用了勒·法努的《镜中暗影》，其中的超自然侦探马丁·赫赛柳斯运用生理学、精神病学和神秘主义知识，试图超越唯物主义和唯心主义而找到介乎二者之间的存在。

儿童文学作为一种独立的文学类别最早出现在18世纪到19世纪的英国。《汤姆·布朗的学校时光》和《爱丽丝漫游奇境记》可以看作儿童文学的标志性作品。1870年通过的《初等教育法》给维多利亚时代儿童文学的繁荣提供了基础性制度保障。就在维多利亚中后期，英国出现了儿童文学的首个高潮，《水孩子》《爱丽丝镜中奇遇记》《黑美人》《金银岛》《绑架》《丛林之书》《彼得兔故事集》《彼得与温迪》等诸多经典作品纷纷问世，同时，也出现了很多有关儿童教育的著作，如斯宾塞的《教育论：智育、德育和体育》，威廉·福布什的《男孩问题：社会教育学研究》。这一时期围绕儿童成长和教育问题展开了持续、激烈的争论，其中最主要的观点是进化论基础上的重演论，认为儿童从胚胎到出生到成长是在重演人类的进化过程。《维多利亚儿童文学中的进化与想象》一书将研究的焦点确定在儿童教育中“自然科学与人文学科的教育主导权之争”(25)上，也就是人文教育与科学教育在儿童文学作品中的体现。作者选取了《爱丽丝漫游奇境记》《水孩子》《丛林之书》等作为个案，论析其中的动物性儿童如何通过自己的读与做去认识世界、认识自己并逐渐脱离自然而进入社会。作者认为，维多利亚“儿童文学的黄金时代，它不是浪漫主义简单的衰退，而是对动物性儿童重演人类进化过程的科学建构的回应”(26)。“本书将19世纪进化史的构建和与其形成互补的针对动物性儿童的文学创作结合起来，试图揭示成为人类的意义与文学在我们人性形成中扮演的角色之间的独特关系。维多利亚时代的儿童文本使文学体验成为人类进化的关键机制，能够教会儿童如何缩回他兽性的‘尾巴’，转而进入一个更高级的、独特的人类世界，在这个世界里，充满了非凡的、启发性的和富有想象力的‘故事’。”(26)

四

借本辑译丛面世的机会，谨向为此付出努力和辛劳、提供支持的方方面面致以真诚谢意！

译丛从缘起并立项，要感谢凤凰出版传媒集团的刘锋先生和译林出版社的陈叶女士；要感谢译林出版社刘静女士及其他编辑，从译文试译审评到译稿审校，付出了长期的努力和辛劳。感谢安徽师范大学外国语学院领导在人员配置、科研经费资助上的大力支持。感谢浙江大学吴笛先生在丛书选本上提供指导，并拨冗撰写译丛序言。感谢安徽师范大学外国语学院张德让先生、张孝荣先生承担本译丛主编事务，并校对译稿。感谢梅晓娟女士审评初译稿。感谢安徽师范大学外国语学院的汪精玲、李菊、杨元、叶超、张涛老师和浙江越秀外国语学院英语学院的宋国芳老师，积年累月，认真负责地完成了有质量的译文。各译本译者和校对均已署名，叶超老师与宋国芳老师合作翻译《维多利亚儿童文学中的进化与想象》一书，叶超承担该书前言、第一章、第二章及这三个部分注释的翻译，宋国芳承担该书第三章、第四章、第五章、结束语及这四个部分注释的翻译。

英国的维多利亚时代，不只率先完成了工业革命，改变了英国人的生产和生活方式，将人类社会推进到一个崭新阶段，还是一个科学家星光闪烁、科学理论层出不穷、科学发明连续不断的时代。仅以詹姆斯·麦克斯韦为例，他提出的被称为“物理学第二次大统一”的麦克斯韦方程组，极大推进了古典力学、光学和热力学的发展，为电学、电磁学、量子力学的问世提供了理论支持，还引发了视觉革命、动力革命和通信革命。文学从来就是社会的折射镜与温度计，所选译介的五部专著，从不同角度反映了这个风起云涌时代的社会现实，其中涉及的中英文化认知、能量应用及其危机、人口革命及其后果、儿童文学的教诲功能等，都与我国当下社会关注的话题有很大相关性。选取这五部来译介，是基于两点考虑：其一，在该领域研究中的新颖性，或有研究视角之新，或有研究方法之新，或有研究对象之新；其二，对中国读者具有观照性和启发性，借之或能了解未知的异域历史社会，或能对照认知当下社会实际。丛书出版以来评论很多，很多评家指出了丛书对于当代社会问题的启发，比如：有评家认为，《维多利亚文学、能量和生态想象》一书预示了文学生态叙事的未来；[①]《鬼魂目击者、侦探和唯灵论者》成功地将维多利亚时代的鬼故事和侦探小说与当今人们有关视觉与知识、看见与相信之间关系的争论贯通到一起；[②]《中国与维多利亚想象》"通过考察英、清两大帝国之间的文化纠缠，为正在不断走热的19世纪中英关系批评添加了极有价值的成果，在以崭新的见解研究其他内容的同时，可以带领读者进入一些新的并令人激动的文学论争领域"；[③]《人口想象与十九世纪城市》的研究证明，在重新以不同方式探究那些至今仍然困扰我们的问题时，19世纪是一个多么丰富的时代。[④]

主编者期待，本辑译丛的出版和流通会给读者打开一扇这样的窗口：了解科学与文学如何在文学批评里"重叠"，维多利亚文学叙事里蕴含了多少科学元素，维多利亚社会与当下的世界有多少相似之处，维多利亚时代的人离我们有多近。

蔡玉辉

2022年春于稽山寓

---

① Anna Henchman. Review. *Nineteenth-Century Literature*, Vol. 70, No. 4 (March 2016), pp. 530—534.

② Jeffrey Andrew Weinstock. Review. *Journal of the Fantastic in the Arts*, Vol. 23, No. 1, 2012, pp. 176—178.

③ Peter J. Kitson. Review. *The Journal of Asian Studies*, Vol. 75, No. 1 (Feb. 2016), pp. 207—208.

④ David Pike. Review. *Nineteenth-Century Literature*, Vol. 71, No. 2 (Sept. 2016), pp. 279—283.

译丛序言

一看到《维多利亚文学、能量和生态想象》等书名中出现的“维多利亚”这一名称，我就不由得忆起英国女王的形象。记得近三十年前，我在圣彼得堡大学图书馆查阅文献资料的时候，身边走来一位气度非凡的女性，一看，觉得这位女性颇像电视上常出现的英国女王伊丽莎白二世！待她走远之后，我将信将疑地朝楼下望去，见到的大量警车才使我猛然明白：这确实是前来访问的英国女王伊丽莎白二世！接触较多的英国文学之后，我又觉得，凡是女王统治的时代，英国文学就格外昌盛。如伊丽莎白一世时代，英国文艺复兴走向了高潮，文学领域呈现出令人无比羡慕的繁荣景象，出现了莎士比亚、斯宾塞、锡德尼、培根、马洛、约翰·多恩等灿若群星的作家，以及《仙后》《哈姆莱特》等举世闻名的作品，以至于历史学家称她为“不列颠历史上第一位真正的女政治家……伊丽莎白成功地做到使英格兰人为自己是英格兰人而高兴……”[①]同样，在维多利亚时代，文学如伊丽莎白时代一样繁荣昌盛，出现了勃朗特姐妹、狄更斯、哈代等小说家，以及丁尼生、勃朗宁、阿诺德、罗塞蒂、王尔德等一大批优秀的维多利亚时代诗人。这些作家及其作品不仅构筑了英国维多利亚时代的文化基石，也为世界文化留下了丰厚的遗产。

① ［英国］西蒙·沙玛：《英国史》（第1卷），彭灵译，北京：中信出版社，2018年版，第226页。

一

英国维多利亚时代，不仅文学繁荣，而且在国家治理、国民素质的提升等方面同样给人类留下了宝贵的非物质财富和精神文化遗产。

英国在1832年实行议会改革，就文学而言，这一事件是一个重要的标志，从此，英国文学结束了浪漫主义，进入了现实主义时期。在议会改革五年之后，维多利亚女王登基，英国随即进入维多利亚时代。而这一时代，竟然长达六十多年，维多利亚女王成为英国历史上在位时间最长的君主之一。直到进入20世纪的1901年，维多利亚时代才得以结束。

1837年至1901年的维多利亚时代，是英国历史上一个值得英国国民无比骄傲的时代：工业化进程迅猛推进，国家不断对外扩张，从而经济繁荣，国力强盛。这一时期，英国成为世界最强大的资本主义国家，建立了人们心目中的“日不落”帝国。

靠海洋扩张和海上霸权而建立起来的“日不落”帝国，自然不会放过对其他民族的欺压，尤其是不会放过对饱受苦难的中华民族的掠夺。说来也巧，与这一时代相对应的，是中华民族的晚清时期。从1840年的鸦片战争到1900年八国联军入侵北京、火烧圆明园，维多利亚时代大不列颠的强盛，记录着中华民族的飘摇衰败。尤其是1840年英国对中国发动的非正义的侵略战争，使得中华民族蒙受屈辱。

当然，“日不落”帝国的掠夺，也由此揭开了近代中国人民反抗外来侵略的新篇章，更促进了中国人民民族意识的觉醒。所以，我国对西方文学的接受、中英的文化交流，以及中国翻译文学，也都是始于这一时代。

同在1840年，英国人罗伯聃（Thom Robert）将古希腊的寓言集《意拾喻言》(即《伊索寓言》)翻译成中文，并在广州出版；1853年，班扬的《天路历程》这部较为著名的英国文学作品，就被传教士译成中文，也在广州出版。不过，这些由传教士所翻译的作品，即使有些原著属于文学经典，也不是严格意义上的翻译文学，难以归入我国的翻译文学的范畴。因为中国翻译文学是指“中国人在国内或国外用中文译的外国文学作品”。[①]翻译文学是民族文学的一个有机组成部分，如王哲甫的《中国新文学运动史》、郭子展的《中国小说史》，以及1949年后王瑶的《中国新文学史稿》、唐弢的《中国现代文学史》等书中，都专门列有翻译文学专章，《中国近代文学大系》更是设有《翻译文学卷》。于是，翻译文学是民族文学的拓展。“翻译文学直接参与时代文学主题的建构，与创作文学形成互动、互文关系。”[②]没有翻译文学，我国现代文学的发展甚至无从谈起，正如陈平原所指出的那样:“域外小说的输入，以及由此引起的中国文学结构内部的变迁，是20世纪中国小说发展的原动力。可以这样说，没有从晚清开始的对域外小说的积极介绍和借鉴，中国小说不可能产生如此脱胎换骨的变化。对于一个文学上的‘泱泱大国’来说，走出自我封闭的怪圈，面对域外小说日新月异的发展，并进而参加到世界文学事业中去，并不是一件轻而易举的事情，特别是在关键性的头几步。”[③]

由于文化圈的缘由，按照学界的共识，我们所说的翻译文学，不仅有别于宗教层面的翻译(包括佛教)，而且是就中西文化交流而言的。于是，普遍认为，中国的翻译文学，始于19世纪70年代。翻译文学还在一定意义上有别于文学翻译，它是一种价值尺度，所强调的是

---

① 郭延礼:《中国近代翻译文学概论》，武汉：湖北教育出版社，1998年版，第23页。

② 谢天振、查明建主编:《中国现代翻译文学史》，上海：上海外语教育出版社，2004年版，第4页。

③ 陈平原:《二十世纪中国小说史》(第1卷)，北京：北京大学出版社，1989年第1版，第28页。

与民族文学的关联，正如我国学者的论述："中国翻译文学是研究中外文学关系的媒介，它实际上已经属于中国文学的一个特殊而又重要的组成部分，成为具有异域色彩的中国民族文学。"[①]而被誉为我国第一部翻译小说的，恰恰就是英国维多利亚时代的作品，即1873年初开始在我国刊载的英国长篇小说《昕夕闲谈》(*Night and Morning*)。

《昕夕闲谈》就是由我国译者主动开启的第一扇世界文学之窗。就中西文化交流而言，这部长篇小说是极为富有学理性的。原著作者爱德华·布尔沃-利顿(Edward Bulwer-Lytton，1803—1873)当时是英国维多利亚文坛上与狄更斯齐名的作家，著有《庞贝城的末日》等多部长篇小说，而且在政界担任过国会议员及殖民地事务大臣。利顿在世时，其作品就被翻译成德语、法语、西班牙语、俄语等多种语言；1879年，他的作品被首次译成日语。这是利顿的政治小说《欧内斯特·马尔特拉夫斯》(*Ernest Maltravers*)，由日本译者丹羽纯一郎译成《花柳春话》在日本出版。西方有学者撰文认为，利顿的"《欧内斯特·马尔特拉夫斯》是第一部从西方翻译到日本的完整的长篇小说"。[②]利顿的长篇小说《昕夕闲谈》原著于1841年出版，共有五卷，第一卷共分十一章，第二卷共分十二章，第三卷共分十四章，第四卷共分八章，第五卷共分二十三章。全书共六十八章。该小说通过一个贵族私生子的生活经历，描写了法国波旁王朝后期伦敦和巴黎上流社会的光怪陆离的生活场景和种种丑恶现象，具有成长小说和现实批判等多种内涵。

除了作为中国首部翻译小说的《昕夕闲谈》，在西方文学翻译方面为我国翻译文学做出贡献的还有与林纾合作的魏易，以及翻

① 孟昭毅、李载道主编：《中国翻译文学史》，北京：北京大学出版社，2005年版，第80页。

② Donald Keene. *Dawn to the West: Japanese Literature of the Modern Era*. New York: Holt, Rinehart and Winston, 1984, p. 62.

译英国经典小说《绝岛漂流记》的沈祖芬。如果说利顿的长篇小说《昕夕闲谈》还算不上文学经典的话，那么沈祖芬所翻译的笛福的长篇小说《绝岛漂流记》无疑是我国最早翻译的英国文学经典了。

《绝岛漂流记》（现通译《鲁滨逊漂流记》），是英国18世纪著名小说家丹尼尔·笛福（Daniel Defoe, 1660—1731）的代表作，是笛福文学创作中的里程碑式的作品。笛福的这部小说以及这部作品中所塑造的具有冒险精神的鲁滨逊的典型形象，也在中国引起了强烈的共鸣。1898年，浙江译者沈祖芬翻译了这部小说；1902年，该书得以出版，商务印书馆编译所高梦旦为该书作序，并在序中认为"此书以觉醒吾四万万之众"。[①]这是笛福名著的第一部中文译本，对于该部作品在我国的流传以及中英文学交流等起了重要的作用。

我国翻译西方小说从英国开始这一事实足以说明英国维多利亚时代与中国所具有的错综复杂的文化关系，以及英国文学的翻译对于建构中国翻译文学的重要性。同时，也从另一方面证明了英国维多利亚时代所具有的文化影响。

二

正因为英国维多利亚时代在世界文学与文化中的独特意义，所以，关于这一时代的研究一直是学界的一个焦点，吸引了众多的学者，也产生了一些重要的学术成果。由英国剑桥大学出版社出版的丛书《剑桥十九世纪文学与文化研究》，便是这一领域的突出成就。这套丛书目前已经成为国际学界有关维多利亚时代跨学科研究领域中最具权威的学术平台之一，研究内容广泛，参与学者众多，理论

① 转引自孟昭毅、李载道主编：《中国翻译文学史》，北京：北京大学出版社，2005年版，第80页。

视野位于前沿：在西方马克思主义、后殖民主义、女性主义、新历史主义、种族研究、生态批评、视觉艺术等研究领域，具有重要的引领作用，其中不少著作已经成为这些领域的经典之作。

这套大型丛书自1994年开始陆续出版，内容涉及维多利亚时代文学与文化研究的方方面面，至今已经出版一百三十多种，其中既有文学学科之内的宏观研究，如小说研究、诗歌研究、戏剧研究、翻译研究等，也有针对某一作家或某种思潮的专题研究，如对维多利亚时代的狄更斯、夏洛蒂·勃朗特、宪章派诗歌等个案或专题的研究，更有探究文学与其他学科关联与影响的跨学科研究。

个体作家研究中，以狄更斯为例，就有《狄更斯风格》(*Dickens's Style*)、《狄更斯与山庄女儿》(*Dickens and the Daughter of the House*)、《狄更斯与死亡事务》(*Dickens and the Business of Death*)、《狄更斯与大众激进想象》(*Dickens and the Popular Radical Imagination*)、《从狄更斯到德拉库拉：哥特式、经济学和维多利亚时代的小说》(*From Dickens to Dracula: Gothic, Economics, and Victorian Fiction*)、《狄更斯之后：阅读、改编和表演》(*After Dickens: Reading, Adaptation and Performance*)、《狄更斯、小说阅读和维多利亚时代的流行戏剧》(*Dickens, Novel Reading, and the Victorian Popular Theatre*)、《衰老、寿命和英国小说：从狄更斯到伍尔夫的老龄化问题》(*Aging, Duration, and the English Novel: Growing Old from Dickens to Woolf*)等多部著作。这些专著视角各异，观点新颖，批评方法独到，对于世界各国的狄更斯研究，无疑具有重要的引领价值。如在专著《狄更斯与山庄女儿》中，作者以女性主义的批评视野，研究狄更斯的《荒凉山庄》《远大前程》《双城记》《我们的共同朋友》等小说中的女儿形象。而且，在具体的研究过程中，能够结合狄更斯家庭生活的具体经历，尤其是对待女儿的态度。作者通过大量的文本分析，批判了狄更斯对女性并不友好的一面，认为狄更斯的小说“没有对女性自主权的某种绝对认同做出回应。狄更斯永远无法想象女性的权利；他想把每个美丽的女主人公都围在一个金色的花房里……”①

这套丛书中，还涉及不少翻译研究的著作。在英国维多利亚时代，文学翻译如同文学创作，取得了令人瞩目的成就。爱德华·菲茨杰拉德所翻译的《鲁拜集》更是其中的代表。《鲁拜集》甚至被视为英国民族文学的有机组成部分，在众多英国文学读本中，《鲁拜集》是其中重要的章节。菲茨杰拉德对文学翻译以及《鲁拜集》的传播所做出的贡献是难以估量的。海亚姆的《鲁拜集》面世七个半世纪以后，依然默默无闻，直至19世纪英国维多利亚时代的诗人菲茨杰拉德将其译成英文之后，《鲁拜集》的经典地位才得以确立，使得这部诗集广泛流传，在英国文坛产生了难以估量的影响。2009年，在菲茨杰拉德《鲁拜集》英译本出版一百五十周年的时候，英国《卫报》撰文说：“《鲁拜集》的出版对维多利亚时代的英国来说，其重大的影响并不亚于同在1859年出版的达尔文的《物种起源》。”②菲茨杰拉德这种对原文的排列顺序重新调整之后所进行的翻译，使得意境、意象以及思想内涵等都发生了一定程度的改变，从而更适合于译入语读者的接受。经过再经典化的译作，也更适于吟咏和流传。

在翻译研究的专著中，安玛丽·德卢利（Annmarie Drury）所著的《维多利亚时代诗歌中的翻译转型》（*Translation as Transformation in Victorian Poetry*）就颇具特色，值得一读。该专著阐述维多利亚时代英国诗歌文化和翻译文化的动态作用与相互影响，展示维多利

① Hilary M. Schor. *Dickens and the Daughter of the House*. Cambridge: Cambridge University Press, 2004, p. 207.

② 此句引文出自2009年1月英国《卫报》所刊载的相关评论，见http://www.theguardian.com/books/booksblog/2008/dec/29/poem-week-edward-fitzgerald。

亚时代的翻译对于世界文学发展进程的意义。其中，作者对爱德华·菲茨杰拉德翻译的《鲁拜集》做了重点研究。为了强调《鲁拜集》对英国维多利亚时代的影响，该书第四章的篇名为《〈鲁拜集〉及指南针》（"The *Rubáiyát* and Its Compass"），她将《鲁拜集》的英文翻译上升到"指南针"的高度，强调《鲁拜集》的指导意义和影响范围，"追踪其他维多利亚时代的作家从菲茨杰拉德的翻译中所学习的复杂方式，并评估该翻译对后来读者的影响"。[①]菲茨杰拉德对《鲁拜集》的翻译，不仅促进了东西方文化交流，而且对于译入语国家的文学创作，也具有重要的启迪："波斯提供了一种异国情调的美，而英国的嫁接使其变得丰满和可行。"[②]这种表述无疑体现了翻译文化的根本宗旨。

不过，《剑桥十九世纪文学与文化研究》这套丛书中更具特色的是文学的跨文化研究以及跨学科研究，体现在文学与艺术、文学与心理学、文学与医学、文学与生态、文学与伦理、文学与法律、文学与经济等各个研究领域。在文学与艺术研究领域，有《十九世纪英国的文学和舞蹈：从简·奥斯汀到新女性》（*Literature and Dance in Nineteenth-Century Britain: Jane Austen to the New Woman*）；在文学与心理学研究领域，有《夏洛蒂·勃朗特与维多利亚时代的心理学》（*Charlotte Brontë and Victorian Psychology*）；在文学与医学研究领域，有《十九世纪英国的文学与医学》（*Literature and Medicine in Nineteenth-Century Britain*）；在文学与生态研究领域，有《维多利亚文学、能量和生态想象》（*Victorian Literature, Energy, and the Ecological Imagination*）；在文学与伦理研究领域，有《勃朗特姐妹与人类观

---

① Annmarie Drury. *Translation as Transformation in Victorian Poetry*. Cambridge: Cambridge University Press, 2015, p. 147.

② 同上。

念：科学、伦理和维多利亚时代想象》(*The Brontës and the Idea of the Human: Science, Ethics, and the Victorian Imagination*)；在文学与法律研究领域，有《维多利亚时代的法律、文学和神学中的证言和主张》(*Testimony and Advocacy in Victorian Law, Literature, and Theology*)；在文学与经济研究领域，有《乔治·艾略特与金钱：经济学、伦理学和文学》(*George Eliot and Money: Economics, Ethics and Literature*)。

这些研究领域中的文学跨学科研究，在丛书中得到了突出的体现和深入的探索。譬如，在文学与医学研究领域，《十九世纪英国的文学与医学》就颇具代表性。这部著作通过研究玛丽·雪莱、卡莱尔、勃朗特姐妹以及乔治·艾略特的小说，揭示文学和医学之间的复杂关系以及创造性交流。

这套丛书规模已经非常宏大，但似乎依然没有止步的迹象，还不断有新著面世，而且内容不断拓展，跨学科理念越来越强。譬如今年刚刚面世的由阿利斯泰尔·罗宾逊(Alistair Robinson)所著的《维多利亚时代的流浪者：十九世纪文学和文化中的流浪穷人形象》(*Vagrancy in the Victorian Age: Representing the Wandering Poor in Nineteenth-Century Literature and Culture*)一书，便在贫困书写方面，为我国当下的"共同富裕"这一战略目标的必要性提供了一定程度的理论支撑，也为这一战略目标的实践途径提供了必要的参照。维多利亚时代的英国是在产业革命和对外经济侵略两个方面建立起来的帝国，显得尤为强盛，但是它并非歌舞升平、一派祥和，而是充满了动荡和苦难，而且两极分化极为严重，贫困无所不在。由于新济贫法也不能有效地应对社会贫困引发的危机，英国福利保障思想的产生和发展难以适应社会的现实状况，社会公平和"共同富裕"只能成为难以企及的"想象"。该书详尽地论述了查尔斯·狄更斯的《教堂钟声》(*The Chimes*)、查尔斯·金斯利的《动乱》(*Yeast*)、卢克·菲尔德斯的《休闲病房》(*The Casual Ward*)和罗伯特·路易斯·史蒂文森的《退潮》(*The Ebb-Tide*)中的贫困和流浪汉书写。这些流浪汉在城市里徘徊、在乡村游荡、在殖民地流浪。而且，作者也充分关注这一国家昌盛时期的流浪汉书写与中世纪文学传统的关联，认为："维多利亚时代对流浪者的描写仍然依赖于从中世纪和现代早期继承下来的古老偏见和道德框架。"①

三

基于对英国维多利亚时代历史文化的深厚的学术积累，以及外国文学和历史学双重的学术背景，蔡玉辉教授独具慧眼，经过不懈的努力，主导了这套丛书的翻译工作。现在，《维多利亚文学、能量和生态想象》《维多利亚儿童文学中的进化与想象》《中国与维多利亚想象：缠绕的帝国》《鬼魂目击者、侦探和唯灵论者：维多利亚文学和科学中的视觉理论》《人口想象与十九世纪城市：巴黎、伦敦、纽约》这五部译著就要面世了，这是值得学界庆贺的大事。这套译著的出版，必将对我国外国文学、世界历史等相关学科对于英国维多利亚时代的研究，产生积极的学术影响。这些著作从名称来看，涉及英国维多利亚时代文学与视觉理论、社会政治、经济生活、性别研究、技术创新、生态环境等多个领域，是最具广泛意义和前沿意识的文学与文化的跨学科研究。而且，这套译著在一定程度上反映了我国对学术前沿的关注，选题中充分体现了中国学者的学术立场。

麦克杜菲的《维多利亚文学、能量和生态想象》，对维多利亚时

① Alistair Robinson. *Vagrancy in the Victorian Age: Representing the Wandering Poor in Nineteenth-Century Literature and Culture*. Cambridge: Cambridge University Press, 2022, p. 224.

代的狄更斯、罗斯金、史蒂文森等作家的作品做了别开生面的热力学叙事视角的解读，强调现代科学的重要作用在于使得大量的资源化为“能量”，为人类的发展而得到理智运用。联想到当下氢能源等清洁能源在现代社会的运用及其在碳中和方面的作用，以及我国经济社会发展的全面绿色转型，我们不能不敬佩维多利亚时代某些作家的先见之明。

斯特拉利的《维多利亚儿童文学中的进化与想象》，不同于其他儿童文学关注“成长”等问题，也没有像英国浪漫主义诗人华兹华斯所设想的那样，认为儿童比成人更贴近自然，而是更多从生理和伦理的视角展开研究，所关注的是儿童自然观以及进化教育等理念，从一个重要的方面丰富了儿童文学研究的内涵。

福曼所著的《中国与维多利亚想象》，这本书单是书名对于中国读者就具有极大的吸引力。对于维多利亚时代中英文化关系的研究，它无疑具有前沿性和挑战性。读罢全书，觉得该书具有丰富的史学意义，对于梳理维多利亚时代的中英关系，记忆中华民族所遭受的屈辱的历史，理解19世纪英国人在中国的生活和创作，认知西方作家以及西方学者心目中的中国形象，以及中国形象在西方的历史演变，都是具有史料价值的。当然，《中国与维多利亚想象》的作者声称：这是一部关于英国文学和文化的著作。从作者所列举的作品，尤其是学界较少关注的在香港、上海等地生活的英国人所创作的一些英文作品中，可以看到英国与中国之间的文化差异以及由此而引起的误解和隔阂。可见，从文学和文化的角度研究维多利亚时代中国和英国的关系，探究两国的多样性的接触以及文化异同，这无疑是一种具有突破性的创新。当然，由于作者思想上的局限性，其中的某些偏见也是不容忽略的。

斯马伊奇所著的《鬼魂目击者、侦探和唯灵论者：维多利亚文学和科学中的视觉理论》一书，是对学界较为忽略的维多利亚时代幻觉故事和侦探小说的叙事技巧所做的出色的专题研究。该著作的学术贡献在于关注文学作品中的超自然书写，而且这种超自然书写是基于科学精神的。这为我们理解柯南·道尔、柯林斯、司各特、霍奇森，以及爱伦·坡等许多作家的创作，都提供了新的参照。

《人口想象与十九世纪城市：巴黎、伦敦、纽约》探讨工业革命和城市化进程所带来的人口爆炸问题，尤其是人口爆炸以及城市化所带来的生态问题，譬如，野生动物在城市化进程中所遭受的捕杀，以及人类自身人口猛增所带来的资源匮乏等生态灾难。正如书中所提及的理查德·塞内特的担忧：伦敦人口暴增的必然结果是“大片荒凉的田地和无数破败的村庄”。①所有这些，对我们来说，都是难能可贵的前车之鉴。更使得我们深切地感受到，城市化进程与美丽乡村建设两者之间的不可忽略的辩证关系。其实，人口爆炸与人类的发展也是相对而言的。就具体人口而言，当古希腊自然哲学思想开始形成的时候，世界人口约为1亿左右（公元前10世纪到公元起始的整整一千年的时间里，世界人口只增长了一倍，从8 000万增长到1.6亿）；②在人文主义作为主要思潮的文艺复兴时期，世界人口为5亿左右；当西方浪漫主义作家热衷于“返回自然”的时候（被誉为英国浪漫主义文学开始之标志的华兹华斯和柯勒律治合著的《抒情歌谣集》出版于1798年），以及当马尔萨斯提出他著名的人口原理的时候（他的著作《人口原理》也于1798年出版），世界人口也不足10亿（于1804年达到10亿）；在各种现代主义文学思潮盛行

---

① Nicholas Daly. *Demographic Imagination and the Nineteenth-Century City: Paris, London, New York*. Cambridge: Cambridge University Press, 2015, p. 1.

② 这一数据根据人口学家巴艾德统计，见[苏联]E. 弗洛夫：《人与自然：生态危机和社会进步》，王炎庠、赵瑞全译，北京：中国环境科学出版社，1986年版，第18页。

的世纪之交，人类以16亿人口进入了20世纪，并以25亿的世界人口跨过20世纪下半叶的门槛；尤其在1950年之后的当代社会，世界人口的发展异常迅猛，以60亿人口告别了经历过两次世界大战的20世纪，[①]进入了在影响的焦虑作用下的21世纪。然而，人类的发展也并非因人口爆炸而停滞不前，反而，出生率的下降将会极大地影响城市化进程以及人类的可持续发展。这一点，我们也是应当关注的。

据译丛主编蔡玉辉教授介绍，这套译著的组织和翻译出版，是安徽师范大学维多利亚文学与文化研究中心的重要学术规划。这确实是一项功德无量的翻译工程，是安徽师范大学外语学院为学界所做出的重要的学术贡献。从目前所完成的五部译著来看，团队成员付出了极大的艰辛。这一译者群体投入了数年的精力翻译这套译著。由于译著所涉及的内容囊括文学跨学科研究的多个领域，翻译具有一定的难度和挑战性。然而，他们知难而上，精益求精，译文既准确、严谨，又通晓、流畅，既体现了学术翻译的科学性，又融汇着文学翻译的艺术性。这是值得充分肯定和庆贺的。不过，在庆贺之余，企盼团队成员再接再厉，能够将这项工作坚持下去，在中英文化交流方面进一步搭建桥梁，为我国的学术繁荣，为人类命运共同体的建构，付出更大的努力，发挥更大的作用，做出更大的学术贡献。

吴　笛

2022年2月18日于浙江大学紫金港校区

---

① 根据有关人口资料，1500年的世界人口为5亿，而在20世纪，世界人口于1927年达到20亿，1960年达到30亿，1974年达到40亿，1987年达到50亿，1999年10月达到60亿。此处人口资料数据引自联合国的相关网站，见http://www.un.org/esa/population/publications/sixbillion/sixbilpart1.pdf。

目　录

致　谢

我非常感谢Elaine Scarry和Robert Kiely，他们是我的论文指导老师，而那篇论文最终发展成了这本书。他们不倦的慷慨和耐心，以及批判性的见解，自始至终支持着我；他们作为榜样，继续影响着我的学术和教学工作。我还要感谢Leah Price，她亲切地于后期加入论文委员会，提供了宝贵的指导。

与剑桥大学出版社的Linda Bree和Anna Bond合作非常愉快。我特别感谢Linda，她在这个项目的整个过程中给予我坚定的支持。

我要感谢*Representations*和*ELH*的编辑，他们允许我将最初发表于那些期刊的文章进行修订，并发表在此。第六章曾发表于*Representations* 96.1（©2006 The Regents of the University of California）：1—20。第七章曾发表于*ELH* 76.1（©2009 Johns Hopkins University Press）：75—98。

这本书极大地受益于许多耐心且敏锐的读者的反馈。我想感谢Joe Childers、Kathleen Frederickson、Claire Jarvis和Elsie Michie，他们阅读了各章节的初稿，给出了建议、见解以及鼓励。

我要感谢过去以及现在我在得克萨斯大学的同事，他们的友善与支持让我在第一天就觉得，奥斯汀仿佛家一样。想要提到的名字太多，如Samuel Baker、Coleman Hutchison、Neville Hoad、Douglas Bruster、Elizabeth Scala、Elizabeth Cullingford、Alan Friedman、

Daniel Birkholz、Carol MacKay、Mia Carter、Frank Whigham、Martin Kevorkian、Brian Bremen、Janine Barchas、Wayne Rebhorn、Oscar Casares、Brian Doherty、Lance Bertelsen、Ann Cvetkovich、Julia Lee、Lindsay Reckson、J. K. Barret、Lisa Moore和Heather Houser。我还要感谢Lisa和Heather，他们为关于《荒凉山庄》的那一章提供
viii 了敏锐的评论。

我的家人始终鼓励我对文学的兴趣，从最初的理查德·斯凯瑞的书，到托尔金、莎士比亚、艾略特和狄更斯。正是因为他们无条件的爱和支持，我才能够追求这条极具意义的学术之路，对此，我感激不尽。我还想起四岁时，我坐在妈妈的汽车后座，车没油了，停在了汤姆斯河桥上，那个时刻促成了我此后对能量问题的毕生关切。

最后我想说（听起来可能颇为纳博科夫式），这本书就像其他一
ix 切一样，是献给Vera的。

引　言

有限的自然环境下，幻想逃避

在最近的一次广告活动中，雪佛龙（Chevron）石油公司表达了对全球能源消耗和人口递增的关注。在其中一段广告的开头，叙述者说，我们面临的问题是："这个星球上生活着65亿人……我们每一个人的生活都离不开能源。但是能源从哪里来？"纵横的高速公路、高耸的城市摩天大楼，以及鳞次栉比的油井塔预示着危机即将到来：人口递增、消耗攀升和竭力满足需求的能源产出。但是叙述者又说，我们依然可以解决这些危机，也会找到"能源从哪里来"的答案。"世界上最伟大的能量来源，即我们自身"就贮存着巨大的能源等待挖掘。借此，广告中描述的那个拥挤不堪、人口过剩的地球，就会从人人担忧的形象转而成为乐观积极的模样：广告上说，"这就是人类能量的伟力"。[1]

这样的陈述从许多方面来说都充满误导性，最突出的表现就是对"能源"一词的使用前后不一致。在广告的开始，能源被界定为资源，一种让世界上所有的汽车、飞机、轮船、火炉、灯泡、电视、计算机、办公室、医院、农场、工厂以及城市维持运转的必需资源。但是当讨论转向"人类能量"这一话题时，这一词语便蕴含另一种几乎完全不同的意义。"人类能量"使用的是能量的另一层含义，包含着某种创造性、自主性、智力与合作。人类思想的力量带来的技术革新（雪佛龙可谓这方面的先驱），似乎能帮助我们走出任何困境。这一则广告设计基于人们普遍将能量一词视为没有实体的力量的理解上，认为它似乎是人类从自己的内在召唤而来的，使他们能够战胜无生命的物质强加给他们的一切限制的一种意志或精神。诚然，这一词语的这种意义在广告的视觉修辞中得到了强调，它为我们
1 提供了多镜头的连续拍摄，呈现出包罗万象的自然和人造物体：冰川、海洋、炼油厂、交通网络、庞大的都市；相机的镜头在地球上空缓缓地、随意地移动。一切都包容在这幅全景图中，处于完全的视觉掌控之下，此时，我们也许忘了——可我们也许是被怂恿着要去忘记——我们要用飞机才能捕获这些图片，或者说，这些飞机要使用燃料才能完成这样的任务，或者也可能是使用了其他任何一种资源，才能获取这两分钟的精巧奇境，以唤起人们对伟大的人类能量的信念。能源的本义只是一种资源，在这里却成了一个比喻，而广告中所提出的问题——“人类需要能源”，直接转变为对自身的解答——“人类**就是**资源”。在这一文字和视觉奇境中，能量转化中不可逆的热力学问题，通过对“能量”进行语言学和视觉的转变而得到解决。

我们这个世界所面临的能源问题既是物质性的问题，又具有表征性。其物质性在于，许多重要资源都是有限的，而且能源消耗量大的实践行为还会带来深远的、重大的，还可能是不可逆的环境影响。其表征性在于，通常在我们的文化想象中，由于我们对于词语本身前后不一的使用，这些问题都被歪曲了。在最近出版的一本关于可持续能源实践的图书中，物理学家戴维·古德斯坦认为：

> 我们没有必要保存能源，因为自然会替我们做好这件事。同理，也不可能发生能源危机。但那并不意味着我们不会遭遇任何问题；它只是意味着我们并没有使用正确的术语来描述

这一问题。我们的确正在耗尽某种东西，我们需要去保存它。那就是燃料。[2]

在这里，古德斯坦关注的是这个词语特定的张力。一者，能源被界定为一种可使用的资源；二者，能源被界定为一种在地球上无限循环的力量。正是这后一种定义支撑着雪佛龙关于“人类能量”的观点：起初广告中出现的无止境的活动和运动看起来是一个问题（“瞧瞧我们，要用多少能源”），但它很快就变成了解决问题的方法（“瞧瞧这神奇的能源”）。

人们很难区分该词本身所具有的两种不同用法，因而对资源消耗也认识不足，辨别不清。但是这种矛盾源于19世纪，本书感兴趣并研究的也正是这一根源。克里斯托弗·赫伯特评论说，虽然思想文化史要求“抛弃起初的奇思妙想”，但我们还是能在这些 2
问题的形成上、在能源表述的历史沿革中找到一些关键所在。[3]问题之一就来自托马斯·罗伯特·马尔萨斯的《人口原理》及其部分灵感的来源，威廉·戈德温的文章《论贪婪和挥霍》。虽然马尔萨斯并不关心化石燃料，但他本质上依然关注着能源的可获得性以及对于人类发展而言的物质有限性。于他而言，物质的有限性集中体现在食物供给和人类能源需求之间的平衡上：当增长的人口超过可获得的资源，饥饿和疾病就会使得人口降低到可维持的程度，之后人口又会再次增加。在马尔萨斯看来，问题在于戈德温乌托邦式的论文认为，能源是由人的心灵或人的精神派生而来，而不是从自然界中获取的。因此，他批评戈德温“心灵的力量胜于肉体”的观点，因为这意味着能源的有限性可以通过意志、态度或动机去攻克。他引用了戈德温的话：“如果我懒散、漫不经心地行走二十英里，我会觉得疲惫不堪。可如果我满怀热情，并专注于某个目标，那么即便行走了二十英里，我也会像旅程开始时那样精力充沛、敏捷活跃。”马尔萨斯承认，“心灵和肉体之间有着神奇的联系”，[4]但他又认为，这样的刺激方法只能让人暂时遗忘疲惫，并不能提供燃料式的物质补给：“如果我思想的能量能够真正抵消我身体的疲惫感，那为什么第二天我还会觉得那么累呢？”[5]对于马尔萨斯来说，并不存在什么“理性的努力”可以提供解决能源问题的动力——因为任何生产力或效率的提高都只能引起人口相应的激增——但是，也不存在什么内在于人类精神的或是由人类精神产生的神秘的能量源泉。[6]

马尔萨斯在许多问题上都犯了错，他的稀缺论也因为他信仰具有毁坏性的自由放任经济理论而发生了变化。他的著作将义务和道德责任几乎全部推脱到穷人身上。正如马克思和恩格斯看到的，资源稀缺论是为了掩饰资源**分配**不均、剥削性的社会关系以及生产资料的所有权问题。而且，令人惊讶的工业进步和农业化学的进展，使得人类生产力发展到了某种程度，这是1798年
3 时的马尔萨斯无法想象的。凯瑟琳·托宾就说过，维多利亚时代的马尔萨斯批判者常提及“农业技术进步证明（他的）学说不再确凿无误”。[7]比如，路易斯·亨利·摩根也称，“人类据说是已经完全控制食物生产的唯一生物种类”，[8]这与戈德温所说的“人类在很大程度上是他自己命运的制造者”[9]遥相呼应。恩格斯指出：“科学的发展至少与人口的增长速度相当；后者的发展与他从父辈那里传承得到的知识成正比，而科学的进步也与上一代人口的数量成比例，也就是说，通常情况下，科学呈几何级增长——那么，还有什么是科学不能为之的呢？”[10]如果马尔萨斯想象的世界是一个落入困境的、充满挣扎与匮乏的世界，似乎只有新的能源技术才是解放的万全之策：自然界就绝不可能是他要我们

相信的那般吝啬小气。正如我们将要看到的，能量守恒原理让许多维多利亚时代的人发现，面前正有一个能量无限充足的宇宙等待着人类工业去发掘。

然而，在恩格斯评论的背后，人们会发现，科学处于不断发展的轨道与技术会永无止境地进步的观点是以信仰为基础的。这是维多利亚时代（同样出现在我们这个时代）能源观的一首副歌：科学永远都能在匮乏发生之前领先一步发展。在某种意义上，这也是戈德温学说的另一版本，即相信技术进步和人类的潜能将最终主宰这个世界。但是马尔萨斯指出，“在无限发展和限度不能确定的发展之间……存在着天壤之别”。[11]工业和农业能源的长足发展，以化石燃料形式贮存的巨大的动力储备骤然（sudden，用历史学术语来说）为人类所获取，这些都让人们很容易将前者错当成后者。马尔萨斯的预言具有误导性，并不是因为他的基础理论一定是错的，而是因为他不可能预测到人类为自身目的获取的能源数量会如此显著地激增，也没能预测到人类文明这么快就要面临这一局面。[12]

马尔萨斯给维多利亚时代的思想界留下了一笔绝对复杂的有关能源的遗产。一方面，他的理论提供了一种强大的手段，可以将环境限度和资源匮乏等一些关键性问题加以概念化。另一方面，其理论中使人不快的思想，以及它接受无拘无束、优胜劣汰的自由市场经济的方式，（像大家所能理解的那样）让左翼和极端托利党中的资本主义抨击者们视之为鸩毒。经济学家迈克尔·佩雷尔曼声称，这对于马克思来说很关键，因为他试图批判资本主义生产在环境问题上不顾后果，也不考虑持续性，但是他并不会对马尔萨斯做 4
出丝毫让步，或者认同匮乏是自然的而不是社会的现象。因此，对于马克思来说，“短缺反映了资本无法掌控环境”：在未来的共产主义社会中，这一问题将会得到矫正。[13]

开放与封闭的系统

马尔萨斯不仅坚持认为，人类思想的力量并不能为人类逃避能源匮乏铺设一条通衢大道，他还把这个前景黯淡的地球描绘成一个封闭的系统。在这个系统中，既没有燃料补给，也没有地理空间，可以缓解人口增长与环境限度之间的矛盾冲突。[14]在介绍自己的思想实验时，他是这样写的："为了让这一观点更具有广泛的适用性，更少受到关于移往境外的不完全思想的打扰，就让我们拿这整个地球，而不是某一个地方来讨论吧。"[15]实际上，他的观点是把地球的景象看成一个单一的整体；否则，移往境外的过程和其他土地的开发就意味着另有"他处"——过量人口的避难所、额外的能源，一切能够缓和或者掩盖人口过量与资源消耗引发的基本问题的事物。但当地球被看成是一个整体的时候，很显然整个地球只能为人类（或任何生物种类）提供有限的空间，并且可耕种的土地也很有限。因此，表面上的发展也只是一个长期的过程，让人们去了解地球能够承担的人类的消耗究竟有多少——这一过程还会被时常发生的饥饿和穷人的苦难打断。马尔萨斯的书中满是牢笼、包围和穷途末路这样的词语和形象："生活必需，这是自然界中最要紧的、遍透一切的律法，它能将一切都抑制在规定的范围之内。植物和动物的种类在这强大的限制法则下锐减。同样的，人种也不可能因任何理性的努力而逃离这一法则。"[16]可能逃离这一两难境地的路径在很早以前就已经被残酷地封闭，在《人口原理》的初版中也特别说明了这一点。这样一个无法逃避的世界环境的形象，将成为20世纪和21世纪生态破坏与可持续发展观的重要组成部分。在美籍英裔经济学家肯尼思·博尔丁使用的比喻"宇宙飞船式的地球"中，这一现象可能最为知名。20世纪60年代，将地球喻为飞船的观点流行起来，它把世界看成是一个狭小的、紧密耦合的世界，其存在依赖于资源储备和对废弃物的审慎处理。对于博尔丁来说，要想应对现代性的挑战，必须实现一种生态环境，能与地球上新的想象的人类生活模式相妥协。这意味着，我们要承认地球上没有“他处”，也就是 5
说，当我们毁灭了现在生存的环境之后，再无其他未被破坏的地方可去。他写道：

> 人类对自身和环境的本质的想象会发生变化，我们现在正处于其长远转折期的中间阶段。原始人，以及很大程度上早期文明时的人类，都认为自己生活在一个资源几乎永不枯竭的星球上。在已知的人类栖居的疆域之外，总存在着某个地方；在人类诞生于地球这样漫长的时间过后，总有另一未知地带。也就是说，当人类偶然生活其中的自然环境或者社会结构恶化的时候，当一切举步维艰的时候，有一个地方总在向人类招手。关于生存疆域的想象是人类最古老的想象之一，因此，毫不惊讶的是，我们很难抛弃这样一种想象。[17]

马尔萨斯也许生活在帝国的黎明时期，他却已经开始想象新的疆域终结的模样。

两位作者，正如博尔丁清楚地意识到的，都借助他们的比喻提出，在关于能源、废弃物和环境的论述中，关键的概念模式是一个**封闭的系统**。我们也将看到，封闭系统的观点是维多利亚时代热力学理论和熵的概念形成的核心。虽然现代物理学在使用这个术语的时候稍有差异，但我们还是遵从维多利亚时代的人，将封闭系统界定为一个不用接受外界输入的能量系统。丹尼尔·霍尔在一本维多利亚时代的物理学入门书中说:“任何一个能量所在的封闭系统都是一个常量。”[18]但是,矛盾的是,“常量”中的“常”并不是“不变”的意思——这里,我们撞上了古德斯坦对于能量和燃料的区分。热力学第二定律规定,在封闭系统中,能量总是从可获得的状态转向不可得的状态。所以,能量的总量保持恒定,但是燃料的数量,或者说是可使用的能量在下降。人们借用这些术语畅想宇宙:托马斯·E. 杨认为,“太阳系是一个封闭的系统,并不接收外界能源供给”。[19] 19世纪中期数十年间,这样一个受限制的宇宙模式引发了人们对太阳最终会产生“热寂”的恐惧心理,我们将在第二章中详细讨论这一点。相比较而言,一个开放的系统被界定为一种不断输入的能量流,它可以抵消发生的损耗。埃里克·施奈德和多里昂·萨根把这称为“亚稳态”,就像一个乒乓球,在管道气柱的作用下,会跳跃着悬浮在半空中。[20]

6 但是一个系统封闭或开放与否,取决于对其进行表述时的界域限定,即这个系统的界定是否依据从某个排除在本系统之外的“他处”获取能量的方式。一块问题手表很容易被认为是一个封闭的系统,但是如果我们把捡起这块表并给它上发条的主人包括进来,那这就是一个开放的系统了。如果我们设想太阳拥有的燃料有限,会随着时间的流逝而耗尽的话,那么太阳系就是封闭的;但是如果我们(像某些维多利亚时代的人一样)设想太阳在与彗星或者其他流星的碰撞中不断地获取新鲜的能量供给的话,那么它就是开放的系统。[21]但是一旦我们要对地球本身进行表述时,这又让问题变得非常复杂。因为它源源不断地接收着来自太阳的能量流,因此可以确定,地球的生物圈几乎**不会**是封闭的。那么,为什么还要如此关注“宇宙飞船式的地球”以及其他关于受限制的星球的那些设想?从某些方面来说,这个比喻暴露了人类中心主义的深刻偏见。作为一个天然的能量系统，地球并不是封闭的。但是，作为一个在当前的生长与消耗模式下能继续支持人类生活的能量系统而言，它又可能是封闭的。这就是马尔萨斯不可避免地使用修辞的意义所在，也是人们经常称他的理论为马尔萨斯“陷阱”的原因：人类对能量的需要逼迫着有限的环境以及地球供养的能力。有限的并不是能量，而是**可获得的**能源。化石燃料驱动下的工业秩序的兴起，似乎对某些人来说缓解了马尔萨斯式恐惧，但它只是改变了问题的形式。一个依赖化石燃料的能量系统，无论出于何种意图、目的，都是封闭的。煤炭与石油一旦转换成热、烟雾和机械运动，都无法复归到它们早期能量富足的状态，就人们目前所知道的而言，也不再会有更多的补给。更有甚者，我们越来越发现，不可逆的化石燃料资源消耗也给环境带来了不可逆的效应。地球并不能立即排出我们所制造的全部废热；相反地，大部分废热都散发不出去，继而改变生物圈本身的组成。生物学家和人口学家保罗·埃尔利希描述了这对工业文明造成的双重束缚。热力学定律：

> 清楚地表明了地球表面使用的**全部**能源……最终都将降级为热量。当我们活动的时候，这些定律也将我们抓了个现行，它们限制了我们控制热能的效率。因此，它们提出了这一危险：人类社会让这个星球早在高级能量消耗完很久之前，就会因这低级的热能积累而温度过高。[22]

地球依然是一个开放的系统，不断地吸收着太阳的能量，无论我们做什么也无法改变这一事实。但是有朝一日，它可能无法继续供养我们当下这么多的人口数量并延续这样的能量消耗模式。 7

换句话来说，这个生物圈是开放的，但是，这个日渐改变全球环境的资源密集型的工业体系并不是开放的。19世纪已经受到其间差别的困扰，这在城市中表现得最为明显。城市与生物圈一样，也不是一个封闭的系统；实际上，一个城市如果不能从它疆域之外的地方获取资源的话，也不可能存在。伊利亚·普里果金和伊莎贝拉·斯滕格这样写道：

> 然而，当我们仔细观察一个生物细胞或者一个城市的时候，情况就截然不同了：这些系统不仅是开放的，而且它们都只能在开放的情况下存在。它们依赖于外界传送给它们的物质和能量流……离开了它们的环境，这城市和细胞都会消亡。它们是借以获取自身能量的外界不可缺少的一部分，它们与自身不断转化的能量流之间不可分割。[23]

把城市比喻为有机体，它必须持续不断地吸收外界环境的能量才能生存下来，这种观点早已为维多利亚时代的人所熟知。伦敦经常被形象化为“一个巨大的胃口贪婪的机体”，林达·尼德曾这样说过；在狄更斯、罗斯金、梅休和其他人的作品中，将城市喻为消耗者这样的例子比比皆是。[24]然而，奇怪的是，城市**同时**又被设想为一个封闭的系统，其中蕴含的可用能量的减少不可逆转，熵也在不可抑制地攀升。理查德·利汉在最近出版的一本有关维多利亚时代城市的专著中就写道：

> 热力学前两个定律解释了熵的本质：首先，宇宙中能量的数量是固定不变的，能量既不会增加也不会减少，只会进行转化；其次，能量每从一种状态转化为另一种状态，能够完成下一次操作的能量在数量上就会有所损失。熵就是封闭系统中

> 所损失的能量。在开放的系统中，负熵会供给熵新的来源；例如，植物从太阳中吸收能量。城市是封闭的系统：没有什么能从它自身之外为其提供能量。[25]

我的主旨并不是要指出利汉的错误；从某种意义上来说，他是**对的**。也就是说，虽然用热力学术语来说，最后一句话是不正确的，但它提到了关于19世纪城市形象的一种很关键的情感，也是一种很普遍的表现模式——它是一个有限的空间，不可逆转地消耗着自己的能量，并被由此产生的屑粒和废热阻滞着。能量废弃物之所以成为一个普遍的问题，城市之所以**看上去**是一个封闭的系统，其原因在于城市产业综合体的发展日益依赖于从地球有限的资源库存中获取的燃料。不仅城市本身，而且城市所**体现**的生产模式和社会结构也产生 8
了一个依存于不可再生资源的封闭系统，其消耗的能量远超过其获取的能量。威廉·斯坦利·杰文斯认为，“对于一个农场，无论你怎样奋力开发它，在适当的耕植下，它都能获得稳定的产量。但要是一处不可再生的矿井，其矿藏一旦被过度开采，就会产量锐减直至消耗殆尽”。[26]一座城市无法像一块田地一样自然生长；维多利亚时代，人们就知道，城市越来越依赖于煤炭生产来供暖、取光、发展商业，甚至供水。以利用有限资源存储为发展前提的经济体系本身就有限度——今天的我们称之为“增长极限”——城市里，人口过量、污染严重、能量消耗豪侈甚至惊人，这些因素让资源的限度在小说家、批评家、科学家、经济学家、艺术家和其他人的想象中更加凸显。

20世纪生态经济学家尼古拉斯·杰奥尔杰斯库-勒根辩称：“……采矿与农耕所获得的回报是不同的。采矿时，我们挖掘人类所生存的地球的地壳中蕴藏的各种形式的低熵矿产存量；农耕时，我们发掘的基本上是像太阳能这样到达地球的很低的熵流量。”[27]

太阳能和地球能源之间存在着根本的不对称性：太阳涌流生发前者，其速度我们并不能控制，但它能够无限期地满足我们的目的；相反，后者的供应流速度，在越来越大的程度上，取决于人的能力和需求——正如杰奥尔杰斯库-勒根所说的，理论上来说，我们可以获取我们所有的煤炭，如果我们愿意的话，还可以一把火烧个精光。[28]但是，地球上的能源不能无止境地使用；它的燃烧是不可逆的，一旦耗尽，就不能再生。对于马尔萨斯来说，人口和资源会随着能量流以动态却基本稳定的平衡的方式上下波动。在马尔萨斯的世界里，历史的发展还留有余地，但是它取决于能量流的速度，以及消耗与再生之间持续不断的“推与拉”的关系。依赖于地球能源存储会产生一种新的动态的单向性，而不是均衡性。[29]人们幻想将手放在某个众所周知的龙头上，就可以控制地球的能量，这种控制感要依仗人们对日臻完善的技术的信念。但是它依然被不可逆的消耗以及龙头打开冲击而成的能量库得不到补充等问题困扰着。因此，依赖于化石燃料能源（和化学肥料）会让人类发展和自然界的能量之间的
9 关系产生变化，新的关系在水龙头的接口部位最显而易见——比如19世纪的城市环境。

这实际上是利汉观点的根源所在：它表明了人们普遍地把城市看成是整个工业秩序的替代，自我封闭，依赖于地球的有限资源。乔治·莱文在论及《小杜丽》时做了同样的更为生动的评论：“能量总量保持不变，但是能够为我们获取的能量总量却在缩减，于是在任何一个封闭的系统（如这个世界）中，运转的趋势总是表现为逐渐冷却、越加无序，且可用于做功的能量日趋减少。”[30]将世界看成一个封闭的系统，看成一个可用能源不断减少的领域，实际上，是城市工业逻辑悄悄地构筑**一切事物**表现形式的标志。这里所说的“世界”与伦敦没有区别：就像杜丽先生一样，即便身处高墙之外，

也难以逃离马夏尔西监狱，贯穿整个城市的能量关系系统的总量也是无可规避的。城市、世界、宇宙——所有这些看起来都近似于“封闭”，熵在攀升，能量在向零减缩，因为它们都依存于有限的资源供给。因此，就像我在第二章中所要详加讨论的，太阳能衰减的远景将与未来城市崩溃的前景密切相关。

对有限的自然界的焦虑，无论是与过量人口、工业污染和能源耗竭相关，还是与这些（相互关联的）问题综合起来相关，构成了19世纪各城市中心的表现，因为城市的规模增长似乎永不停止，它预示着未来整个地球可能都要让步于城市文明全面发展的需求。在H. G. 威尔斯的科幻小说中，我们能看到这样的猜想——《当睡着的人醒来时》中出现的未来城市的整体形象，或者是我将在最后一章中详细探讨的《时间机器》中秘密的城市风光。能看到同样景象的还有19世纪中期的作品，狄更斯后期小说呈现的令人窒息的伦敦，其污染范围甚至出人意料地延伸到城市以外的地区:《荒凉山庄》中的切斯尼山庄，《远大前程》中的沼泽地。我们还能在约翰·斯图尔特·密尔的观点中看出这一点，他考虑到:

> 在这个世界中，自然界的自发行为几无所剩；每一块土地都得到了耕种，以便为人类提供食物；每一片肥沃的荒地或者天然的牧场都得到了开垦，所有未经过驯服不能为人类所用的四足动物或鸟类都被人类当成自身食物的天敌而消灭，每一棵灌木或多余的大树都被连根拔除，借改善农业的名义，野生的小树或者花卉也几乎无处可逃，没有一株能逃避被当成野草根除的命运。[31]

密尔警告大家，这一经济体系把无限的增长建立在有限的土地和

10 资源基础上，至此将是它逻辑上的终点。约翰·罗斯金这样评论这段话：

> 整个英格兰，如果它做此番选择的话，就会变成一座工业制造城市；英格兰人为了全人类的利益而牺牲自我，愿意身处噪声、黑暗和致命的呼吸中缩短自己的寿命。但是整个世界不可能成为一座工厂或者一处矿井。再怎么心灵手巧也无法让钢铁被人消化吸收，也无法以氢来代替酒。[32]

作家们以不同的方式面对的这个问题，就是要找到城市化进程的**终结点**。罗斯金在回应密尔关注的问题时，调用了人类发展的基本生物物理学限制的观点。但是，即便人们确定这些限制确实存在着，人们也无法确定（正如密尔很清晰地承认过），达到这些限制的过程不会成为道德和环境上的灾难。我会在第五章中讨论这个结论，这也是罗斯金在他后来的讲座《19世纪的暴风云》中所得出的结论，他设想能量密集型实践会导致毁灭性的全球灾难。对于罗斯金来说，**整个大气层**似乎都在城市化，呈螺旋形上升的能源消耗产生的影响改变了全球气候。城市对自然界的资源需求是庞大且持续不断的，它对周围环境造成了如此明显的破坏，以至于任凭需求继续膨胀的话，最终会威胁到我们整个地球。我们发现，密尔、罗斯金和狄更斯以及其他作家的富有想象力的思想中，出现了化学家保罗·克鲁岑提出的“人类世”观点的萌芽：一个人类占据全球的环境力量地位的新的地质时代。[33]正如气候学家调查极地冰川时发现了18世纪和19世纪就开始的大气变化的证据，我们也在较早期时富有想象力的文学作品中，找到了这些新出现的环境现实进入文化想象的痕迹。

一个"胃口贪婪"的能量消耗者，一个尘土飞扬、河流淤塞、燃料尽耗了的雾霾遮蔽的世界，一个在人口暴涨及其巨大需求压迫下的世界：这样的城市是马尔萨斯关于即将来临的化石燃料时代的梦魇。在下面的两章中，我们将会看到，作家探讨"煤的问题"时发现，城市里自然资源和环境面临着特有的、日益巨大的威胁。这种危机感出现在城市卫生改革的论文中，甚至那些对未来持乐观主义的人也感受到了。就拿F. C.克雷普对于伦敦废物回收的看法举例来说：

> 列勒尔上尉表明，现代科学的发展，使得大量的资源可以让人类理智地加以运用，凭借气动力、蒸汽动力和农业化学等人们认可的实践操作方式，几乎能把废弃物转变成食物。结果，一场前所未见的、和平的、道德的、社会的革命将会产生！看，迄今为止，曾经只是一个让人不停烦恼、充满疾病和死亡的
> 源泉，现在却成为一种营养丰富并能刺激植物生长的最有价值 11
> 的物质，一种拥有无上力量的肥料，它能供给数百万人面包；它衍生的力量不可限量，却不会带来"生存竞争"所产生的痛苦和冲突，它会让和平与友好遍地开花；简而言之，它将成为所有人的快乐和福祉！[34]

马尔萨斯的（现在是达尔文的）"生存竞争"——物种内部和物种之间为稀缺资源展开的相互竞争——躲在背后，成为凭借技术的发展才能抵消的威胁。克雷普满怀信心地认为，这是能够转变成现实的。但是，如果这大量的废弃物不能转化成巨大的肥料的力量的话，也会存在很大的危险。并且，虽然他的理论体系完全建立在使用"蒸汽动力"供给燃料的基础上，但他没有将这些输入当作**成**

本。对于此种情况，一言以蔽之：资源消耗、废弃物和竞争的问题在城市中展现得生动淋漓，其解决的办法依赖于消耗**更多**的、本身却十分有限的资源。克雷普仅仅含糊地指出了科学进步将会带来的“巨大资源”，却忽略了计算其中的成本，他这样是要在现在这个不可持续的、资源密集型的工业秩序背后规划出一个自我驱动的、完全可持续的资本主义经济前景。在本书中，我们将会多次遇到这种与能源有关的代表性观点，以及人们试图正视资源枯竭与环境对人类消费的限制问题。

热力学叙事

本书着手研究的是，把当下对能源问题的讨论的根源追溯到19世纪，彼时，新兴的工业文明方兴未艾，展现出自身能源密集型的特点。同我们一样，维多利亚时代的文化在各个方向上曲解、扭曲，因而误解了人类发展与自然界资源之间的关系。但是，维多利亚时代的人们在面对日益增长的能源消耗问题，并且首次表达了他们对今天我们称为被化石燃料驱动的秩序的“可持续性”的深深担忧时，也和我们有不同的地方。19世纪时期，我们看到了勾绘出现在依然持续的能源危机的轮廓这样强大的生态想象的第一缕曙光，我们**也**看到了关于能源的瑰丽幻想的出现，它延续至今的同时，也
12 使得能源危机变得如此棘手。本书描绘的是，人们探究能源的这一领域是如此复杂、多变，有时是相互矛盾并且散漫的。

接下来，我要探讨的是“热力学叙事”的兴起，即能量在社会、自然界和宇宙系统中往来的故事。在做这件事时，我借用了本领域中的一些文学研究先驱的作品，包括乔治·莱文、吉莲·比尔、特德·安德伍德、凯瑟琳·加拉格尔、巴里·戈尔德以及蒂

娜·扬·乔伊。以上这些批评家都以不同的方式，促进了热力学与19世纪文学想象之间的深厚关系。小说尤其成为展现这些关系的沃土，其原因部分在于小说对庞大的组织体系的关注，如城市、法院、官僚机关、帝国网络等，它们看上去都是通过聚合的、非个人的力量在运转着。在维多利亚时代的想象中，这些人类体制被想象成潜在的自然界的类似物，或者是宇宙本身的类似物；因此《荒凉山庄》中的切斯尼山庄令人困扰，不仅是因为它浪费能源，而且是因为它的运转似乎让众人瞥见了更加根本性的浪费机制。并且，正如乔伊和戈尔德所说的，维多利亚小说**本身**被想象成一个能量系统，这一系统会管理、消耗且回收利用小说中人物的各种能量，将他们塑造成为一个反应和转换的网络整体的一部分。这远不是我们所认为的比喻：两位批评家都表明了，能量守恒和耗散二者怎样为叙事结构、时间性概念，以及叙事闭合形式提供样板。

本书依据这些学者的作品，追寻文学和科学想象之间更加深远的关系。但本书更加关注的是，找到这些话语**产生分歧**的地方，在这些地方，它们讲述的能量故事似乎对自然资源的使用、浪费及获取进行了不一致甚至相互矛盾的展现。我认为，在维多利亚的科学话语中，关于能量的权威描述经常扭曲了能量概念的**生态学**意义，其部分原因在于，英国的第一代热力学家把他们的注意力集中在热力学定律的神学和宇宙学意义上。正如普里戈金和斯唐热所认为的，维多利亚时代的热力学抛售的是“神话和宗教原型”，而非“渐进的复杂化和多样化”的生物（或生态）学修辞。[35]一些维多利亚能量学家强调太阳最终的“热寂”说，没有别的地方比这更明显的了。我在第二章中要详细谈到威廉·汤姆森、鲍尔弗·斯图尔特以 13
及其他人对太阳光和热将最终消亡的预测，他们把**自然界**刻画成一个满是缺陷、毫无效率的能量系统。虽然热力学第二定律来自对工业技术产生的废弃物的研究，但是这一理论很快就被运用于描绘能量废弃物的自然性、普遍性和不可避免性。把能量损耗看作宇宙必然性，而不是人类奢侈行为的副产品的说法，成功地将浪费的负担和责任从产生熵的工业秩序转移到了自然界本身上去。虽然（如比尔所证明）达尔文的学说深深地渗进自然界的运行及其肌理之中，触发人们对自然界物质性的惊叹甚至是某种爱意，但是维多利亚时代的热力学往往污蔑自然界，称其残缺不全、短暂易逝，且最终会转为虚无。虽然达尔文企图让他的语言和概念远离自然神学，但是能量科学家公然表示，要运用热力学定律来支持他们自己的神学观。尽管许多人相信，进化和热力学第二定律在某种程度上是矛盾的，但是它们作为科学原理却是完全可以调和的。然而，在19世纪，对这些原理进行探讨、考虑和构建的方式却有着天壤之别。

从某些方面来看，这似乎很让人讶异，因为热力学是现代生态思想的支撑。当代有关持续性和增长的限制性的观点总是指出，热力学第一和第二定律是不可缺少的分析工具。保罗·埃尔利希在书中写道：

> 这里用一个例子来证明热力学定律的力量：经常能在对某台机器任何详细情况都未知的情况下，用热力学定律去预测一台完美的机器所能达到的最大效能！……因此，一个人可以详细列举出，例如将盐从海水中分离，或者将金属从矿石中分离，抑或将污染物从汽车排气中分离**最低**各需要多少能量，而不必去详细了解为达成这些目标而设计的那些未来的发明。同样地，如果一个人得知某热能的温度——如，地壳深处滚热的岩石——他就可以轻易地计算出这一热能转换为其他做功的最大效能……换句话来说，**技术革新会有一些固定的限制，**

这是由自然界的基本定律所决定的。[36]

如埃尔利希所言，人们可以使用热力学定律去揭穿技术神秘性和潜能的幻象，因此，它们是去神秘化的强大工具。然而，人们常常都需 14
要借助它们来达到这一目的，由此也可见，技术的神秘幻象一直存在着。虽然热力学定律从一开始就表现出这种去神秘化的潜质，但是包含这些定律的宇宙和自然神学学说使得它们的生态意义起初很难展现出来。

但是这并不意味着其重要性在其他的著述或者表现形式中也没有展现出来。我从本书的第三章到第八章将会探讨，狄更斯、罗斯金、史蒂文森、康拉德和威尔斯如何尝试着去解决能源问题与危及环境的能源消耗问题。如果说维多利亚时代的热力学将大自然视为一种不可持续的能源系统的话，那么这些作家关注的就是**人类**能源使用的不可持续的模式。我将这些文本说成是**热力学的替代性叙事**——深深地围绕能量、功效、废弃物、转化和系统性这些问题的叙事，但是，这在很多重要的方面与权威性的热力学著述中出现的思想和神学推断都有差异。将热力学修辞引入文学领域的做法，使得作家们能够去运用这些强大的比喻，从学科限制和构建与能量相关的科学话语的离散实践中解放出来。我在本书中研究的那些文学文本，并没有把它们关于能源的观点建立在对宇宙的抽象概念或者人们密切关注的引擎技术这些叙述的基础上，而是将其设置在具体的地点上：如天空、田野、河流、街道、房屋、陋巷和城市等，特别是在城市里。正如我在前两章中主张的，维多利亚时代的城市不仅被想象成一种能量系统——由煤炭、谷物以及乡村和帝国其他地方提供的原材料持续不断地供给燃料；对于一些作家来说，它还成为工业资本主义马达**这样**典型的形象。如此一来，城市就会在其发展的逻辑内，揭露更多积重难返的矛盾：在如狄更斯和罗斯金这些作家的笔下，城市环境表现为经济想象的指数增长与环境污染和资源耗竭带来的物质压力产生冲突的地方。视经济发展为无限期式发展，等于将大自然看作一种可以恣意操控和改变的商品；但是城市里显而易见的环境混乱，不断增加的有毒气体、臭气、烟尘、烟气、灰尘，以及所有其他急剧增加的能源消耗产生的不可恢复的副产品等，都在提醒着人类它是**不可**操控和改变的，提醒人类有些东西只能被运走，刮掉，掩藏，埋葬，或冲洗掉。和人口增长一样，城市化这一过程没有内在的“刹车装置”——没有能让它产生自动减速这样自我检测的机制——但是，维多利亚城市表现出的混乱清晰地表明了，实际上，能源消耗的不可逆的趋向和污染的形式产生的熵，都对城市发展构成了生物物理学上的限制。

然而，本书无意于在思路狭隘的科学话语与小说和其他想象性文学作品中所表达的对自然更负有生态责任的方法之间勾勒一条简便的分界线。相反地，本书的观点是，如果说小说可能为能量拟想出一些其他的故事，那么它还常常关注那些安定人心的神意模式结构，并在叙事体系中把废弃的能量转换成象征性的价值形式。在《达尔文的情节》的序言中，比尔讨论了维多利亚散文的奇特力量，通过形象化的语言推动想象的界限向更深远处展开：“象征和比喻与分析相对立，可以不计后果，洞察世界，因为人的知觉能力是不稳定的，也不分类属。”[37]我认为，一跃而进入一个不稳定、不分类别的领域，使得维多利亚小说获得了关键性的生态学视野，更多地了解可持续的能源实践；但是这样的飞跃同时意味着，这种了解**本身**也是不稳定的，因此，它可能只是驰骋于想象，却不能清晰地表达出来。维多利亚时代的热力学著述同时表现出两种特征：借助意识形态和形而上学的理论武装，妨碍人们对大自然有限性的了解，从而把能量的运行机制神秘化和去神秘化；同样，维多利亚小说展现城市工业非持续性发展前景的同时，还回避甚至破坏了其涵盖的一些更加根本性的含义。本书详细地研究了大量的小说文本，包括《荒凉山庄》、《杰基尔医生和海德先生》以及《间谍》，因为只有彻底地挖掘这些文本中出现的大量的紧张和分歧的例子，我们才能了解到与逐渐呈现出来的化石燃料消耗引发的自然危机达成妥协的困难之处。我浏览了范围相当广泛的英国文学史——从19世纪50年代早期到20世纪之初——借用帕特里夏·耶格尔的话，因为我的目标是“为能量驱动的文学理论绘制一些坐标”。[38]本书尝试着提供一些这样的坐标，去了解当时表达的能源消耗问题和可持续性问题的方方面面。我把这本书看成是必要的开头，它奠定了一定的基础，帮助我们理解过去以及未来有可能继续把能源**写进小说**的 16
方式。

在提出这一观点时，我运用了学者如莱文和比尔的方法，他们找寻科学和文学之间的联系，但并不是单纯地就前者对后者的影响而言，而是就二者共同的文化语境和比喻、巧智、修辞结构以及叙事方法等多向交流而言。就像詹姆斯·马塞尔所说的:“维多利亚科学，换句话来说，是维多利亚文化的一部分，维多利亚文化又转而塑造了维多利亚科学。文学作家在他们的作品中融入了科学的思想，这并不是非同寻常的事；科学家们也不会忽略掉文学关怀、文学的形式和技巧。”[39]的确，如同瓦妮莎·瑞安最近所言，对于这项调查研究来说，19世纪显得尤其成熟。[40]所以，詹姆斯·西科德探讨过罗伯特·钱伯斯的进化论著作《创造的自然史遗迹》，称其得益于沃尔特·司各特的小说；同时，南希·帕克斯顿也可以把乔治·艾略特的小说看作严肃科学论题的理论化成果。[41]正如莱文所指出的，提出这些观点并不是说文学行为和科学行为在维多利亚人那里是不可区分的，但是这意味着二者在知识产出形式上常常是互补的。[42]

这种互补对于热力学发展来说特别重要。就像我们将要看到的一样，19世纪英国许多顶尖的能源科学家得益于浪漫主义文学，用伊万·里斯·莫鲁斯的话来说，浪漫主义文学的重点就在于“透视现象，以便抓住自然潜在的、本质上的统一性”。[43]如莫鲁斯所言，对于统一性的强调，不仅让科学研究知悉大量的能量转化过程，而且热力学研究者还可以利用它，借用浪漫主义所声称的对事物的远见明察、整体性的感知：

> 在19世纪早期的浪漫主义哲学家眼中，自然哲学需要某种特殊的个体。理解大自然所潜藏的统一性，需要某种能去研究事件表面之下和见到别人之不能的与生俱来的能力。到了19世纪中期，自然哲学家如威廉·罗伯特·格罗夫提出，自然哲学家需要是受过良好教育的人，超越特定学科的偏见之局限，看到事物力量之间更广泛的相互关系。直至19世纪末，能量物理学的支持者认为，只有像他们这样在数学物理的复杂性中得到了深刻训练的人，才能看到世界的真实面貌。[44]

诚然，能量的概念呼唤跨学科的研究方法，因为它的利用和浪费问题是单纯地运用定量或定性的分析方法都不能得到解决的。我们
17 将要看到，甚至想要决定什么可以被划归到“利用”或“浪费”的门下也是一点都不简单的，因为这些指称总深深地附带着（有时可能是潜藏的）价值观。在自然、工业、动物、社会甚至精神领域中，能量的变动方式复杂、枝分叶散且可能相互重叠。能源消耗会对文化、个人、经济和环境产生影响。因此，当热力学家如汤姆森、斯图尔特

和廷德尔转而使用比喻、叙事原型和启示录故事等表示能量时，他们不仅是在尝试着把那些深奥的方程用广大民众能够理解的语言表达出来；他们必然还是在寻找这些方程与更广泛的人类和非人类存在的领域之间的联系，而这些连接点让能量利用在一开始就拥有它自身的内涵和意义。因此，我们也意识到，譬如狄更斯这样的小说家，大体上来说，并没有接受过热力学研究中技术性细节的教育，却通过对复杂、资源密集型系统的表现，通过自然、社会、工业和身体能量的形式之间的相互转变的连接点，以及他对**能量自身**的可能性和限度的敏锐洞察力，表露出许多有关能量的重要的事实。因为，这一表达方式将表面上不同的现象和经验模式联系起来，所以要从生态视角下研究能量，并处理其中具有代表性的范畴。

我一直认为，能量表达的困难让很多人深感困扰。本书通过两个不同却互通信息的历史镜头来理解能量。首先是深入接触维多利亚时代特定的广泛的文学实践，研究科学文本、文学作品、受欢迎的讲座、评论、期刊，以及其他文化材料。借此，较为详细地探究在此期间“能量”一词具体的历史变化。但同时从更广泛的意义上说，本书认为，能量的表达呈现出时代之间延续不断的某种趋势，超越了许多历史和文化差异的细节。我承认后一观点在史学上更加可疑，但权且保留这一观点，以适当关注那些招致时代谬误和非历史的指控的问题。但是，我在这里想引用里克・赖伦斯的一段话，他对时代之间连续性的系统阐述与本书的指导精神极其吻合：“某些深层的观念问题……如果不是‘永恒的’（因为它们的形式是历史地产生的，有着具体的历史内涵）……就是顽强经常重复的……实际上，即便它们千差万别，我们与维多利亚时代的人们也还在进行积极的对话交流。”[45]地质学家M. 金・哈伯特提出，建立在掠夺 18
化石燃料基础上的文明，其兴起提供了另一种周期性的模式：用他的话来说，"从1776年到1976年之间的二百年缔造了人类史上一个全新的阶段……在这段时间，我们从凭借可回收资源满足物质和能量需求的社会形态，转向今天对不可回收资源绝对依赖的状态"。[46]正如化学家弗雷德里克·索迪写道，人类从对能量流（来自太阳）的依赖转移到对能量储备（来自化石燃料）的依赖，标志着人类历史的重要转变，它为维多利亚时代和我们这个时代之间存在着深度的结构上的连续性提供了论据：

> 在西方世界发明蒸汽机之后，对活动的现象级迸发这一点似乎缺乏解释，因为这不能简单地归结为用无生命的能量去替代动物劳动……这一重大变化的发生似乎应归结为，在历史上，人类首次开始发掘大量的能源储备，而不再单纯地依赖太阳能收益……我们经历过的这一璀璨的时代不应归功于我们的功绩，而应归功于我们从石炭纪时代就开始继承的代代积累下来的太阳能，所以我们才能一度不必考虑流入物地生活。[47]

这一"璀璨的时代"就是克鲁岑后来所说的"人类世"，虽然相对于社会关系和经济组织模式的历史转变而言，索迪较少关注全球环境的影响。正如我们将要看到的，索迪使用的经济比喻对于维多利亚时代的能量概念而言非常重要，但是关键在于"不必考虑流入物地生活"的结构性问题，界定了我们与他们时代的经济和生产逻辑。索迪的著作完成于20世纪早期；自那时起，对化石燃料的依赖与日俱增，早期石炭纪积累的能量"资本"被加速消耗着。在我看来，当我们把20世纪晚期和21世纪初期看作"后工业"时代时，或者当我们强调其他燃料能源、绿色能源、风力发电机、洁净煤、冷聚变、太阳能汽车等这些非凡的可能性时，或者当我们说到网络革命通过将实践活动转移到没有生气的、虚拟的世界中，从而促进人类文明超越物质限制时，这种洞见似乎就消逝了。这种修辞隐含着一个观点，即我们要把肮脏的、烟雾弥漫的、消耗化石燃料的维多利亚世界远远地抛在身后。[48] 19

据称，带我们进入下一能源时代的技术，其自身也常常表明了，它们深深地依赖于自己所寻求替代的那些不可再生的燃料。例如，玉米乙醇通常被吹捧为汽油的替代品，但将玉米转化为生物燃料的过程**本身**，就需要从化石燃料和其他能源中吸收能量。古德斯坦（以及其他许多学者）由此认为，乙醇是一个产生清洁能源的**失败者**，比起它的产出，其生产过程要消耗更多的能量。[49]再次，我们回到问题的表述上：如果你仅仅描述乙醇如何能像汽油一样驱动汽车，这似乎是一种可行的替代化石燃料的方法。但是一旦展开画卷，如果你将所有可能制造出乙醇的能源输入都考虑进来的话，这似乎只是一个白日梦，甚或更糟。这是对克雷普观点的回应，替代当时那些浪费的行为却悄悄地依赖于这些行为，一个可持续能源经济的愿景本身就建立在不可持续的基础之上。

诚然，具有讽刺意味的是，在我们声称自己处于或者即将进入“后工业”或“后维多利亚”时代时，我们概括出的是与维多利亚时代的人相同的对未来能源前景的观点。19世纪关于化石燃料消耗的讨论是一条不可持续的道路，几乎不可避免地向新技术和新的能源供应做出一副屈尊俯就的姿态，因为在未来，它们可能将文明从污染和枯竭中拯救出来。1871年，天文学家理查德·普罗克特论及“英国的煤窖”时，曾以下面这段话作为结尾：

> 在石炭纪时代，植物界在不知不觉中为我们所做的事，正是我们这个时代的科学界必须为我们遥远的后代所做的事。

> 当我们消耗着往昔为了我们的今天储存的能源时，我们必须研发新的方法，从太阳光中直接获取新鲜的、永不枯竭的动能供给。[50]

正如我们将要在本书中看到的，一直以来，对未来能源枯竭的恐惧使得人们求助于模糊幻想中的技术突破，它最终将会产生清洁的和“取之不尽”的力量。一贯来说，直接利用浩瀚的太阳能的能力是技术发展的圣杯；一贯来说，想象这样一个乌托邦式的未来的能力总是超越了找出实践方法的能力。[51]一贯来说，技术拯救被想象成为有意义的历史叙事的必要构成部分，在神意叙事模式中，以或内隐或外显的方式，在字里行间表达出来。19世纪60年代，地质学家约瑟夫·霍尔兹沃思谈到煤炭的枯竭时说道：“我们有充分的信心
20 这么说，为满足我们各种意外需求而给予我们这神奇的供应（煤炭）的伟力，丰富充足，这让我们能够圆满完成为人类文明化服务的光荣的全球性使命。”[52]大约一百五十年之后，我们在讨论能源时，还沿用着相似的模式。下面的引文来自《纽约时报》上最近刊登的一篇头版文章：

> 尽管如此，天然气行业的许多人依然相信一个新的时代即将到来，越来越多的华尔街分析师和国会议员都支持这一观点。公司对新天然气权利的争夺引发了租赁和钻探的狂潮。
>
> 切萨皮克能源公司的董事长和首席执行官奥布里·K. 麦克伦登说，“这几乎是神意在干预”，这家公司是全国最大的天然气生产商。“此时正是油价飞涨的时候，我们在经济困境中苦苦挣扎，我们关注全球变暖，国家安全的威胁依然强烈，我们清醒过来，幸好我们身边还有丰富的天然气。”[53]

一直以来，更清洁、丰足的能源就近在咫尺：一定是这样的，否则，历史看上去可能就是一系列挥霍浪费的记录，而不是一个意义丰富的成长故事。这种幻想持久存在并周期性地发生着，正如技术史学专家乔治·巴萨拉所言：

> 任何新发现的能源都被认为是完美无缺、无限富足的，并有可能造成［原文如此］社会中乌托邦式的变化。这些神话一直存在，直到新能源开发之后，其弊端日益明显，人们不得不无奈地承认，人们无法建立起乌托邦社会。也就是说，这些神话要持续到人们承认煤烟染黑的天空已成为一大问题，或者受到真正的核事故（如发生在美国三里岛的事故）的威胁，这将迫使社会承认煤炭或者铀并不是他们原以为的某种神奇的物质。[54]

19世纪和20世纪之交，人们对镭的尤其乐观的看法（我将在本书的最后谈及这一点），呼应了现在人们对清洁煤炭、氢气、生物燃料、冷聚变、钍以及其他看似“神奇”的物质的看法。这并不是说，追求新技术**仅仅是**不切实际的，或者说“绿色”能源无非是海市蜃楼。这不是要贬低或否认太阳能和风能技术已经取得的真正的进展，事实上，其中许多进展都表明，对于我们目前的化石燃料密集型基础设施而言，这些替代品是有前途的、健康的。问题不在于技术本身，而在于表达它们的方式（如巴萨拉的观点）。（例如）将太阳能歌颂为一种灵丹妙药，就掩盖了大规模使用这项技术在热力学上的巨大困难；这是在低估我们对化石燃料无比的依赖性和找到替代能源的困难性；这是想说明，或者暗示，科学进步会让我们维持目前的消耗模式，只要拿新的马达来替换就行了。虽然一些新技术将有可能开启一种取之不尽的、清洁的替代能源，但我认为在此之前，认识到 21

各种能源叙述层出不穷，以及它们所形成的兴盛和衰寂的更宽广范围的模式，才是最重要的。我们实现拥有无限能源的乌托邦社会的梦想，是要把付出的代价强加在自然环境之上，即强加到我们这个星球上的海洋、森林、河流、田野和星空之上，但是，由之而来的许多危机和恐惧促使人们对这个梦想更加执着。这样，一个终结于能源充裕的未来和完全可持续的资本主义中的发展故事本身，就被嵌入一个完全不同的重复和遗忘的叙述模式中，而这一模式本身又是完全不可持续的。

于是，这本书试图追溯这一模式的肇始，探究能量进入维多利亚时代小说的方式。在本引言部分，我一直在思考我们当代的问题和技术，二者都表明我们和他们的时代之间具有连续性；我坚持认为，我们不要站在一种自鸣得意的现代主义角度去看待维多利亚人。巴萨拉的观点在这里也有所裨益：

> 识别早期能源的神话，要比让我们承认这些神话是人类对当前流行的那些能源方式的部分反应更容易。因此，我们不难发现，19世纪关于煤和蒸汽机的那些天真进步的想法，都有着许多缺陷，却难以承认我们今天可能对太阳能同样地迷恋。[55]

虽然我对探究维多利亚人将能量神秘化或对能量造成误解的各种方式感兴趣，但我这样做并不是要给“一个狭隘的世界观”纠错，而是要指出，接受自然条件的有限性和不可持续性的困难依然存在，
22 在某种程度上，他们的神话也是我们的神话。

第一部分

热力学及其瑕玷

第一章
城市与太阳

1870年，《当代评论》上刊登了T. H. 赫胥黎的一篇文章，题为《煤的形成》。在这篇文章中，作者措辞鲜明，简要地叙述了煤的化学成分及其形成的历史。该文收集了许多重要的研究，这些研究考察了维多利亚时代矿物燃料的能量与自然环境之间的关系，因而值得我们详加引用。赫胥黎写道：

> 让我们设想：一只笨拙的迷齿亚纲动物，外形像火蜥蜴，腆着大肚子，蹬着小短腿，和年老的福斯塔夫一样，在将要形成煤炭的森林中四处游荡。假定它那小小的脑袋也拥有某种思考能力，眼看着百十年来纷纷落下的孢子，想象着它们中百万分之一也许都无法履行其显然的使命，去繁衍生物，孕育和自己同样的生命。它从道德的角度来考虑大自然不假思索、恣意生发的繁茂景象，也是可能的。
>
> 但是相对于这位顶着铲子般脑袋的前辈——也可能是始祖——而言，我们的优势是能感受到，在这浓郁葱茏的表面之下分布着一条名为俭约的叶脉。大自然是这样的从容不迫，她的眼前似乎总是浮现着一句格言："存以时日，终有其用。"她在地下的煤层就储存了数百万年而无处可用。
>
> ……

> 因此，充足的金钱财富与勃勃生机，是大自然从很久以前
> 石松及此类植物的投入上收获的利益。但是，能燃烧并产生福
> 利的煤是怎样形成的？煤带来了热，带来了光。如果我们把烟
> 囱中喷发的烟、壁炉中煤火彻底燃烧后的残余都收集起来，我
> 们会发现自己拥有大量的碳酸、水、氨水和矿物质，它们与燃烧
> 前的煤重量完全相等。然而，大自然正是把这些物质供给了石
> 松，继而制造出煤。于是，她的回报便连本带息一起收回了；
> 25 接着，她立刻又把碳酸、水和氨水，投入那些新的生命形式上，
> 为那些活着的植物补充营养。多么俭约的大自然！她就是一
> 位从不挥霍、声名最显耀的管家！[1]

从很多方面来看，这是一段奇怪的文字，其中最突出的问题是，它试图将煤的燃烧视作一种清洁、经济的过程，它毫不费力、自动地参与自然界和谐的循环过程。赫胥黎认为，煤在燃烧过程中产生的排放物会返回到环境中，这一观点当然是正确的。然而，维多利亚时代的许多人对这种返回的体会则是：生活在布满阴霾的天空下，烟炱熏黑的建筑里，肮脏的水沟和街道上，而且在这种有毒的大气中生活还会直接让人罹患呼吸道疾病。但是赫胥黎的描述丝毫不把这种污染看作问题。实际上，煤的燃烧似乎还为自然界**提供**给养，促成了“新的生命形式”的生长。令人惊奇的是，这是把煤想象成了一种“绿色”能源。不知何故，赫胥黎没有意识到煤会产生有害的副产品。但问题并不在这里，而在于他竟然认为自然界能**自动地**将那些副产品转换成有益健康的物质。在赫胥黎的构想中，不仅自然被指定为我们的“管家”，而且可供燃烧的煤炭本身就是人类对自然的回馈。自然为人类所做的工作就是她对人类的补偿。

我们进一步注意到，这篇文章大约写于热力学第二定律确立

二十年之后，赫胥黎信奉消费与“再投入”之间是自动循环的过程，因此完全忽视了矿物燃料燃烧是一个不可逆的过程。也就是说，煤在燃烧过程中产生的物质确实回到了自然界，**但是它们并不是以煤的形式返回的**。赫胥黎用金融贸易的术语来探讨这些元素的分解和化合过程，但他没有注意到，煤经燃烧而转换成“碳酸、水、氨水和矿物质”时，其作为高质量的能量形式的价值已经消失殆尽。诚然，为了让他所说的“贸易”看上去得到平衡，赫胥黎悄悄地在文章中间调换了术语：原来用于表述自然界煤矿资源中储存的、为“勃勃生机”所付出的“投入”叫作能量。但是当他探讨产生的这些元素与原来燃烧的煤块如何做到“重量上完全相等”的时候，他又用“物质”一词替换了“能量”。另外，时间上的不协调也是一个问题。煤从形成到最终在人手上燃烧，其绵延达上百万年的时间，这是一个不可逆的过程。而赫胥黎所描述的生物体的腐化和再生长的过程，有一个比较有限的周期性的时间表，这一过程循环往复。在这篇文章中，第一种过程让位于第二种过程，却没有提及其中的基准 26
体系已经发生了变化。

赫胥黎撰写这篇文章时，热力学第二定律已经建立，W. S. 杰文斯也发表了专著《煤的问题》(1865)，这是一部研究英国煤炭供应缩减的颇有影响力的专著。维多利亚时代的人们清楚地意识到煤的性能、它燃烧的不可逆性，当然，还有它对自然环境可能实施的有害影响。确实，他们在这些事情上的很多方面比今天的人们了解得还要多。对我而言，这正是赫胥黎文章中有趣的部分：关于矿物燃料能量的某些既定的科学事实与持续运用于各种能源的一些范式之间产生的不一致，在文章中得以展现。从许多重要的方面来讲，积聚并储存在植物体中的太阳能，并不简单地等同于矿物燃料中存储的能量。前者的供给基本上是源源不断的——至少对人类而言——并且能自我更新。它持续稳定地从太阳那里获取能量，以促成赫胥黎所讨论的生长、腐朽以及再生长的循环的发生。另一方面，矿物燃料能量的供给是有限的。它来自地球上的矿床存储，其开发的速度由历史规定，并取决于技术能力和人类文明的需求。

虽然这并不是赫胥黎一人的盲点，但是他的文章表明，人们对于自然界的某些看法尤其固执。他是“达尔文的斗犬”，也是一位不可知论者、唯物主义者，（在其他的地方）甚至是人类中心论的主要批判者之一。即便是在他的笔下，矿物燃料能量也受制于人们对自然秩序体现出的完美的“经济性”所持有的神秘的、形而上学的信念。正如我们所要看到的，赫胥黎引用了一句过时的格言——自然界中物尽其用——这是19世纪早期自然神学的中心思想，在自然选择和热力学第二定律理论对其摧陷廓清之后，很久还继续存在。这种完全保守的自然俭约观念一直持续存在着，亨利·亚当斯在谈到此问题时说道：“自然界中没有什么会消失无踪，这是人们毫无保留地坚决予以维护的一条科学定理。即便行星都像彗星一样离去，并永不返回，1860年的学者也不敢对此加以质疑。”[2]在把这新的矿物燃料资源世界与均衡的自然俭约的周期或循环律协调起来的努力中，我们看到的正是这种认知上的不一致性。接下来，我将探讨这两种相互区别的能量范式之间的冲突，以及19世纪能量概念的沿革，它们既造成了这种关键性的差别，又掩盖了其中的差
27 异，并最终将现代热力学界定为一种衡量做功的方式。

自然神学

尽管赫胥黎的不可知论和对先验理性的不信赖众所周知，但他有关煤的论断显然是从自然神学借鉴来的。威廉·佩利的重要作

品《自然神学：或关于上帝存在及其属性的证据》(1802)，以及其后受到佩利启发而出版的九篇《布里奇沃特论文》所提出的设计论学说，都在为上帝的存在举证：无论是动物的身体构造、丛林的生态系统，还是行星的运转，都说明自然的形成是那样地“构造美丽且完满”，这也是上帝存在的依据。[3]批评家詹姆斯·摩尔对这一观点加以总结：“上帝让凡事之间相互永恒效力。上帝的意旨是让自然和历史有序而和谐；无一盲目，无一徒劳无用。在物理世界、有机物质界以及政治社会中，**俭约**(economy)都是神圣的法则。”[4]来自不同教派地位的自然神学家们以各种形式提出的、以此为前提的自然神学坚持认为，任何看上去毫无用处或者杂乱无序的事物，实际上公平点来说，都是“隐匿的善行”。[5]威廉·巴克兰写道：

> 在某些人看来，我们这个星球的自然历史满是垃圾、无序和混乱，实际上，它充溢着无穷多俭约、秩序和设计的例证；我们研究的结果一直追溯到没有文字记载的往昔，让我们更加确定一位崇高的万物创造者的存在，让我们更加坚定对他无限的完美、力量、崇高、智慧和善良的信念，还有他亘古长在的眷顾。[6]

通常自然神学会做出这样精心的谋划：先拿出一件看似无用的东西，再加以改变重构，为着证明天道体系的错综复杂。可事实是，你在自然创造的角角落落，都能准确无误地发现秩序之手的照拂。因此，在描写食肉动物的存在时，巴克兰说：“对于那些无法从整体上把握到自然的俭约性的人来说，地球展现的似乎是一场永恒的战争与一幅无休止的残杀的图景，但是对于视野更广阔的人来说……他会从显而易见的个体的恶行中看到其从属于整体的良善。”[7]在走向自由市场资本主义的过程中，竞争带来的残酷和浪费得到了辩护，因为人们相信它们在大的秩序体系中必然占有一席之地，现在我们只是在对它的辩解中往前迈了一步。正如弗兰克·M. 特纳辩称，“与对待科学的态度一样，自然神学家还是同一时代社会安排及
28 其潜在价值观的卫士”。[8]我们在求证时常常会发现，工业技术将自然从其废弃物这一“明显的意义”中拯救出来，并让它发挥其作为燃料的真正的功能。

人们常说达尔文生物学在自然神学的甲胄上狠狠刺了一剑，但是我们在赫胥黎的论文中甚至还能看到，进化（虽然不能说是自然选择）是如何顺应这一范式的。诚然，对于赫胥黎而言，进化、人类智力和技术构成了一个封闭的系统，彼此之间互为注解，相互辩护。人的智力不断进化，直到人类能操纵技术；反之，技术展现出人类对自然的各种利用方式，可以解释进化历程中包含的那些似是而非的废弃物，从而阐明了人类对技术的应用：“18世纪到来时，詹姆斯·瓦特横空出世。这个人的大脑就是产生现代蒸汽机的芽孢，而现代工业繁衍出的所有葱茏大树和茂盛枝干也都来源于此。”[9]思想和技术是自然的延伸，但对于赫胥黎而言更重要的是，它们还提供了超越自然限制的方式。无论孢子会形成煤还是构成思想，二者都是能量的源泉。自然借助工业技术释放的生产力为自然神学家和其他人提供了一个重要的论断，去批驳马尔萨斯的自然匮乏论对人类做出的警告。但是用理查德·琼斯的话来说，这似乎让人们对人类永恒的幸福与依照神意法则的自然运行之间很显然的不一致性产生了质疑。[10]能量学说的发展考虑到了思想能够战胜自然所强加的一般性的限制，我们将在此后的章节当中再三讨论这一观点。

赫胥黎的论文不光赞成19世纪早期自然神学中处理废弃物的方法，而且也将煤的形成看成是逐渐呈现出来的叙事主体。再看一段巴克兰的观点：

有些时期，某些有益于未来的特定的物质贮存了下来。无论它离我们多么遥远，我们都能推定，这些物质在沉积到地球岩层的某一时刻或之前曾具有某些直接的用途。但除此之外，于未来的人类而言，它们还有一些尚未可知的用途，而这也是自然设计的部分用意。多年以前，它们便是为了能恰到好处地适应人类的利益而得到这样的安排的。[11]

想象上帝之手默默地将煤培植于地下，直到某一天这个沉睡的国家发现了它。这样的说法在整个19世纪司空见惯。1861年，罗伯特·亨特这样写道："毫无疑问，煤的形成有其设计意味，将它埋于地下，则自有用意……就是要把带来'天下和平'的神意法则传向 29
全世界，提升其影响力。"[12]把神意的计划与工业化的历史力量和视英国为正在崛起的世界强国的伟大的自我意识完美地协调起来，这正是这些矿产资源体现的意味。[13]这段对神意的叙述遮蔽了矿物燃料能量让人倍觉奇怪的世俗性，它不是把煤看作历史的成就者，而是把它视作一种不稳定的催化剂。[14]

工业化与神学相融合的最显明的例子出现在查尔斯·巴贝奇的作品《第九篇布里奇沃特论文》中。1827年，在《关于调节机器的应用一般原则的论文》中，他把有序的自然神学范式与矿物燃料能量的运用这一新兴的领域协调起来。他使用了与赫胥黎观点中极其相似的术语来描述蒸汽机，他辩称，燃烧的副产品在自然自我修复的周期中会变得无害：

化学变化的发生过程中，会不断向大气输入大量碳酸以及其他对动物身体有毒的气体。什么样的自然过程能将这些成分分解或者转换为固体形式，至今人们对这个问题仍是一知半

> 解。植物大量地吸收了其中的某些气体(据说是这样的),但是如果能够由机械力完成这个目标,那么,促发这种机械力产生的力量至少和原来的燃烧产生的力量持平,这是有可能的。[15]

特德·安德伍德认为,巴贝奇在这里对完全守恒的阐释是轻率的,并且“这一论断的唯一依据是,他把自然构想为一个恒久不变的动态平衡系统,它基于……地球是人类稳定不变的家园这一假设”。[16]事实上,这段话非同寻常之处在于,它表明了这一假设如此彰明较著,因而它也会轻易地招来别人的攻击。巴贝奇自己也承认,他对化学过程一无所知;因而只能心气不足地辩称,对这些成分的二次吸收“据说是这样的”;他说完全的能量平衡是“有可能的”。从某种意义上说,巴贝奇有胆量对能量消耗周期性的俭约状况做出这样草率的论断,是因为自然绝对不存在废弃物,而这是不言自明的。另一方面,他在这里讨论的燃料是煤,这种物质一旦燃烧起来就不会回到它的原初状态。在讨论自然将这些副产品重新进行转换的方式时,作者求助于一个模糊的短语“固体形式”来描述结果,用意非常明显(其策略与赫胥黎用“能量”来替换“物质”相类似)。巴贝奇和赫胥黎一样,用可以逆转的口吻谈论这一不可逆转的过程;与赫胥黎不同的是,他似乎被这一策略困扰着。这段话中暗藏着一
30 系列有些让人忧心的推理:我们**认为**自然能应付一切,但是,如果自然做不到的话,修复环境的代价将需要我们付出起初从这一过程中获取的任何力量。如果是这样的话,人们会感到奇怪,最初消耗能量的意义又在何处?

紧接下来的段落延续了这样一种担忧和倨傲并在的心理:

> 因此,人类无法创造力量;但是,他可以利用自己对神奇

> 的自然的了解，用他的才智去转换自然一小部分有限的能量来满足自己的需求；无论他使用的是有效控制的蒸汽动力，还是效果更加快速威猛的火药，他都只是在产生很少量的化合物和分解物，自然正在永不停息地逆转这些过程，从而保持这个我们无法质疑的、恒久不变且横贯整个系统的动态平衡。人类的行为因袭了造物主的品格；在他们短暂的存在过程中，虽然渺小却充满活力；而自然的行为在时空上则没有极限，它一直默默地履行着自己的职责，不休不止。[17]

虽然自然经常被想象成一个能量的储存库，供勤奋的人类去发掘，但是在这里，它却被想象为新陈代谢过程的对立方面：一个废弃物得以恢复其勃勃生机的地方。此外，还出现了令人疑惑的修辞（这段文字中出现的短语"我们无法质疑"听起来具有临时性），但更重要的是，如果和自然秩序的宽广度相比较，它则过于看轻工业及其能量的消耗："一小部分有限的""少量的""短暂的""渺小"等。甚至"转换"一词也暗示了这只是能量过程中的微调，相较于"消耗"或"消费"而言，更加无关大局。将工业对于自然资源及环境的所作所为逆转过来的想法，基于对自动守恒的一种公然的**信念**；但是为免这样不能令人信服，人们在另一观念中会得到更多的慰藉，即从大局而言，出现的各种无序的情况都无关痛痒。

正如在其他地方所做的一样，巴贝奇仅仅将废弃物与无序视为一种知觉上的问题，其原因在于缺乏信息或者合适的视角。在他的《第九篇布里奇沃特论文》中，他假设有一个计算器做1加1加1的加法运算。他说，如果在第一亿次重复性的加法运算后，这台机器突然得出了一个不可思议的数字，如果它开始给每一个后续的数字加上1万而不是加上1的话，这并不是机器所犯的错误。相反，

31 他说，这是它的策划者，如同上帝这位造物主，进行了调整才得到如此复杂和庞大的形式，以至于它的设计意图只能缓慢地展现出来，并且它的整体形式可能到最后也不会为有限的人脑所理解。[18]在他的谋划中，**计算**(counting)这一比喻描述的是整个宇宙的基本运转，因为这是万事万物得到阐释(*ac* counted)的秩序。对于巴贝奇而言，通过理想的模型和实际的技术运用，日常行为和超常万象之间的联系得以协调。但是，依仗机械作为类推的依据，也为巴贝奇的论断招来一些不能完全控制的破绽。虽然最初是在理想化中，为了精准和平衡的缘故而把机器引入这个模式中，但是，内燃机是机器中的精粹，作为对宇宙和谐设计的类比，它的出现从根本上改变了这一比较。科学史家M. 诺顿・怀斯和克罗斯比・史密斯辩称，“现在，就像在政治经济学领域一样，热和热机在自然哲学领域中成为科学解释的新的象征”。因而，不可逆的过程和废弃物成为理解自然俭约的基石。[19]

巴贝奇和赫胥黎两人的失误，都源于对能量的两种截然不同的理解之间日益激烈的矛盾冲突。第一种理解是把能量看成普遍的不灭的主体，在工业和自然之间往返自如。第二种理解则视能量为一种资源，数量有限，且属于不可逆的消耗品，潜藏着毒害的后果。在巴贝奇关于燃烧的文字中，两种理解简直无法像他希望的那样友善共存。实际上，人们对废弃物这一问题的看法具有两面性：它看上去是一种污染物，是在能量消耗过程中产生的“有毒的”副产品和“化学分解”，**同时**它又是对某种有限的稀有物在进行着不可逆的消耗。对废弃物的后一种理解让人们对巴贝奇的论断暗自疑惑：就像未加详细说明的煤块一样，其重组的过程也只得到了模糊的描述。整个19世纪都有这样一种趋势：卡莱尔、斯宾塞、威廉・汤姆森，甚至是马克思等各类作家，都将废弃资源描写成支配一切的目的论叙事的一个必要组成部分，因而在某种程度上，**并不存在真正的废弃物**。与赫胥黎一样，对于神圣上帝的指名道姓的提及越来越少，但是技术发展和人类的创造性弥补了其中的缺憾。[20]我指出这一点，并不是要弥合这些各不相同的思想者之间真正的分歧；事实上，我指出这些差异是因为它们**证明**了把资源废弃合理化
呈现的特殊和普遍的趋势。我运用了**某种**保护性的主导叙事，如同 32
赫胥黎的观点一样，《物种起源》一书出版后，在关于达尔文的自然选择学说和进化论思想的讨论中也能看到类似的动态。彼得·鲍勒等学者认为，有些挥舞着“达尔文主义”旗帜的人，常常轻视或者完全忽视了达尔文所描述的那个消耗型的、根本毫无目的的自然世界。[21]对于很多人来说，甚至包括赫胥黎（有时是达尔文自己），在鼓舞人心的进步论和以人类为中心的进化论的**目的**之下，自然选择最具挑战的寓意也变得锋利全无。

生产主义

自然神学之所以能将工业实践纳入它对有序的自然界的描绘中，部分源于它对社会与自然之间关系的广泛信念，安森·拉宾巴赫称之为“生产主义”。在《人体马达》这部著作中，拉宾巴赫将生产主义界定为：“相信人类社会和自然是由一切生产活动的首要性和同一性联系在一起的，不管这种活动是由劳动者、机器还是自然力量来完成的”；结果，“宇宙基本上是一个生产体系，其产品是驱动自然和社会的这台引擎所必须的一般的**技艺**（Kraft），它是庞大多变的劳动力储存库，等待着去转化做功”。[22]他很清楚，生产主义规定了一系列关于能量的信念，跨越了通常的思想、神学、国家和时间的分界线。[23]虽然拉宾巴赫认为19世纪中叶热力学定律的出现使

得生产主义成为可能，但是特德·安德伍德用令人信服的论证，将事态发展的链条逆转了过来：他认为，热力学定律是19世纪40年代和50年代已经广为流传的生产主义概念的一种科学化形式。[24] 生产主义和早期的热力学著作都把自己的观点建立在形而上学的理论之上：能量可以从一种形式转化为另一种形式——从化学键转为热能再到机械运动——但它是不可消灭的。在可以用实验测量能量的数量之前，人们仅仅假设，宇宙中的能量尽管会经历各种形式的变化，但其总量保持不变。能量可以转化似乎是在表明，能量的转化是**无止境的**。正如托马斯·库恩所说，这种形而上学的假设对于巩固能量守恒定律，即热力学第一定律是十分必要的。[25]

但在这里，我们要区分所谓的“能量守恒”所包含的两个相互重合但又相互区别的概念，即所有的能量形式都可以相互转化但
33 是不可消灭。19世纪早期，由于热能和机械运动的实际试验、工业技术的发展，以及安德伍德所说的那种努力将中产阶级的某些工业形式辩称为“自然”的社会伦理观，人们总是想象工业和自然都由同一件“事物”即能量，驱动着。热能可以转化为机械运动，化学反应转化为电能，电能又可转为热能，而这些都无须考虑有机体与机械体、工业与自然过程之间的区别。这种统一的能量关系消解了它们的区别，催生了生产主义社会伦理观。但所有能量转化都是相等的，在转化过程中没有任何“损失”，宇宙中的能量总量保持恒定，这样的观点仍然只是一种信念，一种形而上学的预设。它的背后隐藏着这样一句箴言：无中不能生有（*Ex nihilo nihil fit*）。如果不付出相应的代价，就不会有什么产生出来，因为只有上帝才能从无中造出有来；反之，也不可能有什么凭空消灭。人类可以影响能量的转换，但其总量却不会增减。正如我们所见，这是巴贝奇的核心观点。直到19世纪40年代，物理学家中的詹

姆斯·焦耳等致力于在机械能和热能中确定一个共同的度量衡之时，这些等值上的推断才得到实验验证，并使用定量表达出来。[26] 从而，“能量守恒”，即热力学第一定律才正式确定下来，我们稍后会对这一点详加探讨。

生产主义的观点本质上是通过统一能量概念把工业自然化。如果所有的能量形式都能相互转换且不可消灭的话，那么要区分清楚工业和自然各自的运作似乎是不可能的，因为二者同样都是能量经济的一部分。这种观点的重要方面集矢于，在消耗和重新整合的自然循环过程中煤的参与情况。我们在巴贝奇的论著中已经看到这样的观点，它关注的是环境对工业副产品所做的完美的再吸收。尤其频繁的是，生产主义作家们常常强调故事的另一面：事实上，煤炭像所有的能量形式一样，都起源于太阳光。人们经常引用《乔治·斯蒂芬森的一生》中的一段话，塞缪尔·斯迈尔斯在其中描述了斯蒂芬森对这一观点的热衷：

> “现在，巴克兰，”斯蒂芬森说，“我给你出个难题。你能告诉我驱使那列火车的是什么力量吗？”“这个嘛，”另一人答道，“我猜是你设计的巨大的发动机吧。”“但又是什么驱动着火车发动机呢？”“哦，很可能是一位精明的纽卡斯尔司机吧。”“你认为那是不是太阳光？”“怎么可能呢？”医生问道。“不是别的什么力量，”工程师说，“正是太阳光，成千上万年来它被封存于地下——光被花草树木吸收，即便不说这是炭的另一种形式的话，它们在生长过程中也构成了炭凝聚的必要条件——现在，在地球的煤田中埋藏了如此长久之后，储藏在地下的太阳光再次显现并释放出来，为了伟大的人类，在诸如火车机车上发挥着自身的效能。”[27] 34

注意“释放”这个词。在当时对能量使用的或通俗或科学的描述中，某些作家认为英国的煤炭资源实属天赐，这个词语经常出现。[28]它含蓄地传达了某些他们想要明确表达的观点：自然资源只有得到人类的使用，才能实现它们的作用。直到那时，它们要么（似乎）像赫胥黎说的那样被浪费了，要么像斯迈尔斯说的那样被困禁住了。看来颇为奇怪但在概念上却又如出一辙的是，他们都使用了太阳光“被封存”的比喻，这就把现存的自然世界想象成了某个**已然存在的**工厂。化石燃料能源在进入经济领域之前，不仅被彻底地商业化了，而且它还被重新包装，似乎在借助形式上的便利性宣告自己的命运。的确，斯蒂芬森使用的封存这一比喻涉及了煤炭用处广泛的原因，即它是如此地致密、稳定、易于贮存且便于运输；但是正因如此，它也不可替代，并与其他能源形式**不同**。煤炭能源的致密度是史前有机材料埋压了上百万年的结果，这种巨大的密度是使用“封存”这样简单的拟人修辞所无法捕捉到的，但是它代表着能源价值的基础。

生产主义观点强调煤炭资源来自太阳，从而抹杀了自然与机械过程之间、农业与工业生产之间的区别，认为这些都只是基本的、普遍的做功能力的不同表述而已。天文学家约翰·赫舍尔这样写道：

> 太阳光是地球表面上发生的几乎所有运动的终极来源。太阳的热能产生了风能，以及由大气电平衡的干扰引发的电磁现象。太阳频繁的活动使得无机物里合成了植物，转而成为动物和人类的给养，也成为蕴藏在煤层中为了人类的使用目的而存在的巨大动力效能的来源。太阳让海水变成蒸汽在大气层中循环，浇灌大地，汇聚成山泉与河流。太阳产生了各式扰动，
> 35 影响了自然元素的化学平衡，通过一系列的化合与分解，获得

> 新的生成物，引起物质转换。[29]

虽然赫舍尔后来也讨论了现代化石燃料令人惊讶和不可持续的开采途径，但在这里，他还是辩称所有的能量形式本质上都是相同的，都是对太阳能的不同表达方式。[30]请注意选文自身使用的文辞所表现的是一个轻易就可转换的、流动的世界，能量凭借着持续不断的“化合与分解”，在大气层内、水中、陆地上以及人类的工厂间自由循环。

煤炭是“自然的”，某种意义上来说，它产生的做功能力与植物、风力或水力的能力都是“同样的”，尽管这些观点显然是正确的，但是把自然和工厂看成是持续发生的能量转换中连续存在的区域，掩盖了化石燃料能源的独特性：它制造污染，又不能被自然界轻易吸收，并且它的消耗是单向的。化石燃料的使用不仅包括“物质转换”，而且是在对它们进行不可逆转的重构。在斯迈尔斯著作的同一个选段，斯蒂芬森探讨了所有能量形式的同一性，我们可以看到他如何将肉与煤炭加以比较，从而勾销了其间的差别：

> 乔治执着于他所钟爱的太阳光理论。他说，太阳喂肥了小猪；因为太阳光照进豌豆，豌豆变成脂肪，这样肥肥的小猪就像一块煤田，大抵上就是封存的太阳光。[31]

由于对太阳具有根本性的坚持，这幅图景被隐去了一部分，即一头肥猪根本不像一块“煤田”。把它们都说成是“封存”的太阳光，就忽略了形成化石燃料所需要的时间维度。斯迈尔斯取笑斯蒂芬森对同一性的执着的关注，但是从广义上来说，这种执着和对执着的坚持贯穿于整个生产主义的观点当中。正如H. G. 威尔斯所言：“似乎没有人认识到某种新的东西进入了人类的生活中，它是一个奇怪的漩涡，完全不同于以往的任何回旋和变化，就像闸门在长期蓄水、回旋阻滞之后终于打开时形成的漩涡一样。”[32]这里威尔斯抓住了化石燃料能源的新学说，想象在不同时间之间、在早些时候无尽的
36 “回旋和变化”与长期积累后能量的单向流动之间都存在着关键性差异。

热力学

19世纪40年代和50年代热力学的发展在发起挑战的同时，又强化了生产主义所描绘的图景。一方面，人们用更为严格的数学术语来阐释能量守恒。通过建立热能的机械能当量，并用统一的度量衡即做功能力来比较各种不同的能量形式，焦耳、罗伯特·迈耶和其他一些科学家就能够将一个形而上学的公理通过实验而加以量化。曾经，人们所持有的普遍的、完全的守恒观只是一个很松散的想法，现在却有了坚实的基础，人们可以对不同能量形式之间的相互转化进行测量，而不是只凭断言了。另一方面，工业技术操作中观察到的能量耗散问题，在热力学第二定律中正式被提出，这也使得人们很难忽视不可逆和废弃物的问题；事实上，它把这些问题置于看似激进的新的宇宙论的中心。

我们将在下一章中详细研究第二定律。现在，我想提醒大家注意热力学第一定律，因为它是在19世纪中叶提出的，而化石燃料的概念有一些模棱两可。一方面，它的确对巴贝奇等作家总结出的严格的能源经济加以强调并使其规范化。热力学第一定律针对能量的可为和不可为建立了一系列的规定，并且用严格的数学方法说明了人类不可能从无中生出有来。这在对第一定律科学的和通俗的

讨论中都很常见；鲍尔弗·斯图尔特写道，“机械的世界不是一个制造能量的工厂，而是一个集市，我们带来一种能量，将其改变或交换为另一种等效的能量，使其能更加适合我们，但如果我们手上什么也没有，那么我们必定什么也拿不回来”。[33]因此，第一定律确立了做功所受的限制，也控制了人们对物质世界的无限延展性和可开发性的幻想。[34]

从另一方面来说，以前的生产主义论著就如何对待化石燃料使用了许多形而上学的推断和修辞手段，能量守恒也依赖于此。我们在焦耳的著作中可以听到自然神学的回声，许多人认为他是把能量守恒送上科学大道的第一人：“实际上，不管是机械的、化学的还是生命体的自然现象，几乎都是借助空间、天然力量和热，存在于连 37
续不断的能量转换过程中的。由此，宇宙中得以维持这一秩序，即无一生乱，无一消散，但是整台机械复杂如此，却能够平稳和谐地运转。”[35]维多利亚时代的科学家们，尤其是那些为普通大众撰写作品的人，在创作有关能量的热力学作品时，并不只是否认或隐瞒第一定律的形而上学的基础；他们还对此着重强调，常常将能量守恒的根源追溯到自然神学、德国浪漫主义以及古典哲学和神话学的理论上。譬如，弗莱明·詹金认为，卢克莱修“预言了能量守恒学说”。[36]赫尔曼·冯·亥姆霍兹是“发现”第一定律的关键人物之一，他尊崇歌德，认为其预测了热力学理论；[37]英国的科学自然主义家约翰·廷德尔声称，是卡莱尔“充满诗意地，却也准确地预见到了能量守恒理论”，他还引用了《衣裳哲学》中的一段文字，稍后我们会详加讨论。[38]这里为能量概念建立了一个发展的系谱，让读者相信，他们的发现证实了宇宙的图景和物理世界的经验是稳定的、为人们所熟悉的，也许还是令人欣慰的。

事实上，一个人可以热心于使用工业能源的奇妙世界和新技术打开的令人目眩的新前景，同时又认为，这样的世界仅仅是人们早已知晓的，或者是先辈们早已预见到的力量和定律的新的表达方式。特别是廷德尔，他说自己早已知道这些令人惊诧的事情，他既想让读者大吃一惊，又想安抚他们，于是他常常要在其中寻找一条有趣的修辞路线。以下文摘选自他的《作为一种运动形式的热》，这也是维多利亚时代最为出名的一部热力学著作：

> 我们转到其他星系和恒星上，它们都能像我们的太阳一样释放出能量，但它们也没有违反这一定律，它们身处变化中依然保持其永恒性，持续地发生着能量的转移和转化，但最终能量既不会增加也不会损失。这条定律体现了所罗门的格言，太阳底下无新事，教我们在它无穷变化的外表之下，到处去寻找那相同的原始力量。对自然而言，什么也不能加入进去；从大自然中什么也不能带走。[39]

实际上，廷德尔提出了两个相互关联的观点。借助能量不增不灭的说法，能量守恒在流动的现实之下建立了一个不变的秩序：即便是根本性的物理性转化，也只是永恒定律的一种不同表达而已。但是他又指出，能量守恒**概念**也认可现实中某种历史悠久的经验——在
38 这种情况下，就是《圣经》的格言式的智慧了。这样，人类思想自身的发展行为与能量相像：其外部形式多种多样，却都是深层秩序和同一性的各种不同的表述而已。正如他在其著名的《贝尔法斯特演讲》中所说的：

> 这个世界不仅信奉着一个牛顿，还尊崇一个莎士比亚；不只有一个波义耳，还有一个拉斐尔；不仅有一个康德，还有一

个贝多芬；不仅有一个达尔文，还有一个卡莱尔。从整体上来看，人的特性不在他们中哪一单独个体的身上，而在所有人的身上。他们相互之间并不对抗，而是相互补充，不是相互排斥，而是相互融合……人类的思想，带着朝圣者对远方家园的渴望，将要转向孕育其成长的神话，并试图改造它，以便让思想和信仰统一起来。[40]

在《作为一种运动形式的热》这本书的末尾，廷德尔显然对宇宙中能量的规模感到惊奇异常，他坚持认为，在他的科学物质主义和神话化的宇宙之间，是连续的而不是断裂的。在精神和物质之间存在着一个本体论的灰色地带，能量巧妙地处理了二者之间的分歧：

波浪会削减为涟漪，涟漪也会增强为波浪；盈千累万会缩减为渺小的数字，渺小的数字也会扩大为盈千累万；小小的星体会膨胀为巨大的恒星，恒星也能分解成小小的动植物，这些动植物又将融化在空气中，但能量流却是亘古不变的，经年累月，它带着旋律滚滚向前，地球上所有的能量——生命多样的形式和现象多变的呈现，都只是它节奏的调整而已。[41]

从生态学意义上说，廷德尔声称“太阳底下无新事”的问题在于，至少就人类文明而言，化石燃料的“原始力量”实际上是**新的**力量。化石燃料的使用除了表明它在自然环境中发生着不可逆的变化，在“持续地发生着……转移和转化”，还有其他的意义。廷德尔的著作往往会从对具体技术和自然环境中能量做功方式的细致描述，突然跳跃到广阔的宇宙秩序的图景。他一直强调宇宙能量供给的有限性，并暗示人类活动对这种有限性不会造成有效的影响：

> 看看我们这个世界上的能量总量：煤田里储存的能源；天上的风与地上的河；还有我们的舰队、军队和枪炮。它们都是什么？它们都来自一小部分的太阳能，不到总量的二十三亿分之一……用我们地球上最大的度量来测量的话，这样的能量库也是不可限量的；但倍感荣幸的是，我们拥有超越这些度量的特权，只将太阳自身看成是广袤空间当中的一点，仅仅
> 39 是沧海一粟。[42]

虽然廷德尔强调，在宇宙能量的海洋里人类显得微不足道，但是这并不会伴有因生命渺小而产生的生存焦虑。的确，正如本书在其他地方说明的那样，工业技术的发展让人类能够获得无穷尽的力量。如果说廷德尔看上去是在贬抑人类世界的话，那么他的意图也只是对等待我们去利用的巨大的能量库表示惊讶而已。正如我们在赫胥黎的著作中读到的，起初作者像是在赞美大自然，但实际上这只是夸赞人类的另一种方式。我们也许很渺小，但是我们的智力赋予我们“超越……的特权”。

因此，工业技术既帮助我们获得了能量，又让我们知晓了自然永恒的稳定性。在这样的情况下，你很难发现人类使用能源的方式有什么毛病。这个问题，在部分意义上，可以归结为廷德尔对“自然”一词的使用方式，它往往意味着将宇宙抽象化（正如上文“对自然而言，什么也不能加入进去；从大自然中什么也不能带走”），而不是将其看成一个有限的地球环境，或者物质生态系统。这不同于人们在达尔文观点中看到的自然的概念，比如，他使用的著名比喻“纠缠体”（tangled bank），以及《物种起源》中对许多生命有机物存在的复杂动态网络的描述，这些都不只是强调自然的变化无常，还强调了单个变化对整个系统产生的级联效应（cascading effects）。

虽然在进化论和早期热力学著作中，转化是较为常见的比喻，但是后者更倾向于把转化的观点建立在稳定不变的基础之上。自然是不断转化背后维持稳定的保证，而在达尔文的作品中，自然**就是**转化。正如我们即将看到的，如此强调自然永恒的不变性，抹杀了人类活动对自然界的影响，而把自然界看成是正常运转的生态系统。

更重要的是，廷德尔让“所有能量形式都具有统一性和同一性”这种生产主义说辞上升到一个新的水平，直到工业活动和资源开发不仅变得完全自然，而且成为太阳能的必然的表现方式：

> 他先建造森林，后又砍伐树木，而令树木生长和挥舞斧头的两种力量，却是同根同源。三叶草发芽开花，割草机摆动镰刀，它们都是由相同的力量驱使着。太阳从我们的矿井里挖出矿石，他卷起钢铁；他把盘子钉起来，把水烧开；他拉动火车。
> 他不仅让棉花生长出来，他还抽丝纺纱，编织网络。举起锤子， 40
> 转动轮子，或者抛出织梭，这无一不是太阳的功劳。他将能量挥洒入太空，但如果这能量受到了限制，我们的世界也将举步维艰。就像海神普洛透斯在施展他的法术一般。[43]

作者用抒情的笔调描写太阳把有机与机械、自然形成与工业生产自由融合的情况，直到在能量自由循环的迷宫中生长与消耗之间任何有意义的区分都消逝不见。在这里，森林生态系统的发展和消失都是能量的不同表达方式。在建造和砍伐的工作之间绘制了一条平行线，让工业生产的过程变得自然化——确实，“建造”森林这样的语言意味着它**已经**是生产制造领域的一个部分——但是这似乎也让资源和环境的大规模开发成为一件自然的事件。对宇宙中这种原初性和统一性的强调，抹杀了时间性的差别作用；一句“他先建造森林，后又砍伐树木”很轻易就达到了句法上的平衡，遮掩了建造和砍伐二者背后深层次的时间上的不匹配性。前者，即一片森林的成长，可能需要数千年的时间，而后者则只需数周或数月即可完成，但这种“转化轻易就能发生”的感觉却勾销了这些重要的生态差异。这是我们在赫胥黎和巴贝奇观点中看到的有关不匹配性的精巧实例，原本属于不同时间范式的活动和过程却让人们产生了一种和谐的周期性的错觉，这种错觉是在生长与砍伐、发芽与修剪的如《圣经》所述一般的节奏中产生的。在这个纯粹是动作性的世界中，是由人的劳动完成，还是由煤炭、水力或者其他方式完成，它们之间的区别消失殆尽。人们使用的不再是一座有限的资源库，而只是早已在这个世界上循环往复的普遍原理的另一种形式。

廷德尔在《作为一种运动形式的热》的末尾对宇宙的抒情，说明他脱离了热力学第一定律发展过程中严格的实验性特点，的确，他也脱离了该书前几章中他自己对能量的描述。但强调这些观点的宇宙论特点也是此间人们讨论和传播能量守恒的典型方式。伴随着人们对新能量定律的规律性和合理性的兴趣，人们认识到能量守恒定律被**认为**只是自然界机械发生着的事情，因此，并不需要人类的监管。正如赫伯特·斯宾塞所指出的，这种混淆就深藏在所使用的那些术语上。他在《第一原理》中坚称，他所谓的“可持续的力
41 量”要优于人们常用的“能量守恒”，因为后者会令人误解，含有“保护者和保护行为”(a conserver and an act of conserving) 的暗示。[44]从很多方面来说，斯宾塞和那些误传能量运转方式的人都犯了同样的错，他追随迈克尔·法拉第和W. R. 格尔夫，偏爱于使用“力量”一词而非“能量”，进而使得问题更加令人困惑。[45]但是他认为“守恒”这一术语携带的隐含主体性让人困扰，这点是正确的。[46]

虽然斯宾塞的说法不是出于对资源利用和可持续发展的关注，但我们还是能看到一个隐含的“保护者”的概念，它建立了所有的能量关系并对其失衡现象进行纠正，这可能会掩盖人类对自然界资源的影响。

在某种意义上，对机械性守恒的这种暗示，以及对宇宙论图景的强调，是很奇怪的。如果讨论能量守恒常会导致人们不再关注各种能量形式之间关键性的差别，或忽视表明实际能源使用情况的效率和经济问题，那么具有讽刺意味的是，热力学如果不热衷于此类差别和问题的话，甚至就不可能作为一门科学而存在。热力学最先从工程学传统发展而来，那时，节约能量和避免浪费都至关重要。作为生产动力的能量价值，鼓励着研究人员以精确、量化的方法了解其性质和限制。[47]廷德尔对热的研究以相当引人注目的方式触及了关键性的生态问题。1859年，他开始研究地球大气层捕获太阳能量并阻止地球失去热量速度过快的过程。廷德尔意识到，如果没有“大气层的包裹”，地球很快就将“无法居住”。[48]经过一系列的实验，他发现复杂的分子会捕获热量，而简单的分子则帮助热量毫无阻碍地扩散到外部空间去。斯蒂芬妮·佩因在《新科学家》杂志上发表观点，指出廷德尔发现了“煤气——一氧化碳、甲烷和其他碳氢化合物的混合气体——像木块一样会成为辐射热的阻碍”，佩因认为，这一真知灼见将他带到了描述人为影响全球变暖的门口。[49]我们将在第五章中看到，约翰·罗斯金从富有想象力而不是完全科学的意义上迈出了这一大步。因此，廷德尔的著作表明，对热的行为进行热力学研究，会引发人们对人类能源使用和全球环境之间的关系呈现出的生态问题做深刻的思考。纵然同时它还依赖于比喻、修辞结构和形而上学的假设，并由此使得这样的问题更难以表达。 42

能量资源与城市

如果像威廉·斯坦利·杰文斯所说的那样,“煤炭,实际上,与其他商品的关系并非比肩站立,而是完全处于居高临下的地位上”,那么,生产主义便更强化了马克思所谓的商品拜物教中一种独特但又普遍的形式,即这样一种趋势,它往往意味着掩盖了真正的自然能源,以及对其进行提炼时自然和人类所付出的代价,而聚焦于它超凡的效用。[50]当廷德尔提到“海神普洛透斯在施展他的法术”时,他既呼应又加强了一种共同的倾向,即以神话或神秘的术语来架构能源。斯迈尔斯这样描写工业运输网络的发展:

> 当我回顾在这么短的时间里完成的这些伟大的事业时,感觉就像我们在自己这一代人中发挥了魔术师手中魔杖的力量。我们削平了山坡,填满了山谷;如若这一时权宜还显得不够壮阔,就建起高大雄伟的高架桥,若有高山阻碍道路,就建起宽敞宏伟的隧道穿行其中,这样才能意得志满,见证我们这个国家百折不挠的能量,以及我们的工匠无与伦比的技艺。[51]

就像自然神学对煤炭用途的叙事一样,上述描写表明,对能源的驾驭能力是对铺展开来的历史叙事的实现。[52]但这也说明了讨论能源时面对的另一个关键问题,即“能量”本身的模糊性。在斯迈尔斯的著作中,“这个国家的能量”可能是提醒人们总体上英国拥有的资源,以及实际上被用来实现这些奇妙的转化所使用的驱动力,包括煤炭和人力。但是,把这种能量称为“百折不挠的”且将它与“工匠无与伦比的技艺”联系并用,表明斯迈尔斯在这里也是把能

量作为一种民族**特性**来谈论的。也就是说，实际上的能源被神秘
化，不仅通过魔法和预言的想象，而且通过能量的产生方式，或将
其视为英国人的特性。在巴克兰和其他人的思想中，我们也看到
与这段话类似的文字，煤炭被想象成为上天对这个国家福佑的标
志；似乎能源使用的景象更是有助于提升英国人的道德信力。“能
量”一词让斯迈尔斯得以巧妙地应付出现的问题：他能一边谈论
工业所用能量的实际物质基础，一边让它继续植根于能够证明它
或使之成为可能的道德或精神品质中。工业产生的奇迹似乎并不
建立于物质资源的基础上，而是出于国民特性。廷德尔在《作为 43
一种运动形式的热》中对能量守恒的赞歌也提示人们，这个使用
能量的新奇世界只是对一系列人们熟知的真理所做的另一种表达
罢了。

但是人口的高速增长和城市中心能源的迅速消耗，正是生产主义对自然和创办的实业间可以轻易进行能量交换的兴趣所在。我们也许可以拿卡莱尔在《宪章运动》中对曼彻斯特的描述来举个例子，这座工业城市被描绘成自然能源的伟大表现：

> 你有没有听清周一早晨五点过半曼彻斯特觉醒的声音？那成千的工厂喧嚣繁忙，像大西洋潮澎湃奔涌，那上万的纱锭和线轴开始旋转轰隆——你若清楚，便应知晓，那正如尼亚加拉大瀑布，又或更甚于它。棉纺的结果是裸身者有所衣，而手段则是人对物质的胜利。[53]

这便是用生产主义的语言描述出的城市。比尼亚加拉大瀑布更甚，如大西洋潮澎湃奔涌，曼彻斯特暗暗地替代了太阳的角色，它觉醒后的活动标志着一天的开始。卡莱尔还在其他地方清楚地表明，

这样的场景从春天开始，纱厂的运转与太阳四季的周期运行步履一致。卡莱尔借助这样的图景，展示着一个崭新的曼彻斯特，并在其他能量形式和自然节奏里展现它的延续性。它们的差别在于，这些工厂还能因人类持续的努力而控制和组织能源，就像他在《时间的标志》中所说的，“与野蛮的自然做斗争”。[54]生产主义的观点并不只是让工业和自然并行一致，它还要将自然转化成一种动力的来源。就像廷德尔在描述太阳驱动火车、开采矿石时所说的，同时出现的自然的工业化和工业的自然化摘除了所有的指涉，包括工厂工人、机器、容纳这一切的环境、消耗的自然资源，以及使得生产成为可能的其他具体因素。

那么，将欣欣向荣的城市纳入生产主义框架中就出现了一个问题，虽然我们可以把城市比作太阳，但是城市并不是能源，它也不受太阳能的驱动，而它耗费的巨大能源也不是不会产生严重的环境代价。虽然卡莱尔希望在他的比喻体系中将城市和刚刚释放出巨大力量的工业都包含进来，但是这些现象引发了一些困难，这是他的生产主义观点不能轻易改变的。特别是废弃物的问题，这在尝试着以自然周期的方式展现工业生产的过程中是个无法解决
44 的难题。比如，读者可以注意一下《论英雄、英雄崇拜和历史上的英雄业绩》中的一段文字提到的能量（卡莱尔称之为“力量”）与废弃物的关系：

> 力量，力量，处处皆是力量。人们本身也是中心的一种神秘力量。“落在大路上的每片枯萎树叶中都有这种力量，否则，它怎能下落呢？”而且，还可以断言，对于信奉无神论的思想家来说，如果这种力量可能存在的话，这也必定是一个奇迹。这个巨大无限力量形成的旋风包围着世上人们，它永不停息，无

边无际，永恒持久。[55*]

这里，掉落在大路上的一片枯叶，成为一种废弃物，它也被认为积极地参与到各种力量的关系网中。即便枯萎也是一种充满活力的行为，是完全协调的、富有生机的宇宙运行的一部分，正如他在《衣裳哲学》里所说的，宇宙中，没有什么是“孑然孤立、脱离开来的”，每一物都“与整体紧密相连”。[56]这里，卡莱尔试图将自己的立场和他所认为的狭隘的笛卡尔派唯物主义者区分开来，因为他们将死亡的物质和活着的力量加以区别，并把运动视作离散粒子在空隙中的穿越行为。而卡莱尔采取这样的立场，就让自己和廷德尔这样年轻一代的科学唯物主义者的观点更为融洽。

但是有关废弃物的问题不会轻易地得到解决。如果和在这里一样，这废弃物像树叶一般，以有限的、单一的有机形态出现的话，他就能轻易地将其纳入自己有关力量关系的形而上学的体系中去：“不要轻视破旧布片，人类用它来造纸，也不要看轻枯枝地被，大地借它生长出谷物。如果我们正确地看待一切，那便没有什么卑微物体是毫无用处的；所有的物体都像一扇窗户，透过它，哲人的眼睛会看到无限。”[57]一片枯叶，一块旧布，还有参与到农业生产自然周期中的那些“枯枝地被”：它们都是废弃物的不同版本，能在有机体的生长消亡这幅稳定的生态图上轻松地找到自己的位置，其结果也打开了一扇扇“窗户”——就像曼彻斯特一样——去观看把整个宇宙合为一个生产整体的奇特的力量原理。他写道：“这枯萎的落叶没有死亡也没有消失，它的内在和周围都有力量，尽管这种力量作用的次序有所颠倒。”这意味着某种轻易的、完全颠倒的能量经济的存在。[58]

* 周祖达译，商务印书馆，2005年版，第30页。——译注

但其他大规模的、改变环境的废弃物形式就不能如此巧妙地融入这幅图景中来了。针对它们，卡莱尔运用形而上学这样的应急防护措施，将其抽象为寓言，或是从“真正的”自然过程中分离出来后本质上而言的某种附带现象。在《宪章运动》中，他问道：“什么是不义？”他的回答是：“那就是无序、虚假、不真实的另一个代名词，是构成自然的那些真实的东西所要拒绝和否认的，因为其自身并不是混乱，也不是废弃物造成的旋风般的毫无根据的幻象。”[59]他说，自然并不是“废弃物造成的旋风般的”样子，因此，废弃物、混乱、
45 无序只在道德范畴中是具有深意的；它们仅仅是人们感知的问题，因而从根本意义上来说，并不是**真实**的。他在《过去和现在》中也持有同样的观点：“我们把短暂的肤浅的表象误作永恒的核心的实质；我们已经脱离了这个宇宙的**法则**，现在却发现这无法则的混乱和愚蠢的喀迈拉就要将我们吞噬。”[60]卡莱尔在这里并没有具体点明是哪一座城市，但是显然这令人晕眩的混乱和毫无法则的现象让我们想起那座城市。事实上，这段话与一系列的城市表述相吻合，这样的城市被设想成一种荒谬的集体幻觉。[61]

卡莱尔将废弃物归结为“幻觉”，他在讨论曼彻斯特时，把这个问题推到了前台：

> 曼彻斯特，到处都是飞舞的棉絮，烟雾尘埃、喧嚣污秽，是否让你惊骇不已？其实不然：在这样恶浊的外包装之下，藏着一种珍贵的物质，美丽得如梦幻一般，但不是梦想而是现实；事实上，这外包装正在竭力挣扎……抛弃自我，让美丽得以自由且为人所见！……烟尘和绝望并不是它的本质[城市]；它们都可以从中分离出来，在这个时刻，它们难道不是强烈地想要挣脱开来？[62]

很显然，废弃物在这里仅仅作为一种知觉而存在，一种可以从现实中分离出来的外部表象。卡莱尔在能量中寻找叹为观止的生产力的可能性，但是为了让曼彻斯特与这种设计相吻合，生产性的产出，即“物质”，必须从它的副产品，即“外部表象”中分离出来，并把废弃物说成只是“外包装”而已。他提出，曼彻斯特出现的浪费问题反映了人们还不能认清“现实”，因此令人尴尬的是，看起来是反对浪费的立场，其实只是否认它的存在而已。卡莱尔和巴克兰一样，把废弃物看成是“某些人看到”的东西，而不是事物深层次的真实部分。这种把废弃物非物质化的观点将会再三出现在后面的章节中。

从这一点来看，卡莱尔所表现的城市也很有趣。尽管他在城市中找到了自然具有能量的新的可能方式，但那还只是一个理想，并且越来越难以维持。要建立一个形而上学的体系，以生产力和力量的不可毁灭性为前提，这意味着，生产力在城市中心实际上发挥作用需要能让其大展拳脚的场所。然而，这就不可避免地得出以下结论：这种力量**必定**产生废弃物和污染。卡莱尔试图“抛弃”“分离”，且更明显地是要“否认”这些废弃物，他显然是在信口胡说而已。这座城市的早晨，或许在某些方面与初升的太阳很相似，但实 46
际上，城市并不能制造能量；相反地，它们依赖于地球能量储备的大量开采。它们排放出的废弃物也不能简单地说成是“以相反的方式作用的力”，因为这种轻易就能得到的顺序颠倒或者周期循环，正是城市消耗模式所要瓦解的。我们可以看出卡莱尔在这点上模棱两可，因为他在自己的著作中用很相似的方式来表达这种力量和废弃物含有的力量：自然被描述成“巨大无限力量形成的旋风包围着世上人们”，并且是“永不停息”的。但是他使用同样的意象，“废弃物造成的旋风般的”混乱“就要将我们吞噬”，以此来表明在英国人口中心正在发生着生态破坏（除了别的现象之外）。卡莱尔想在能量运动的两种方式之间强加入一条道德分界线，尽管使用能量的方式很显然涉及道德的问题，但是人们越来越清楚，废弃物已经成为工业生产和城市生活中不可避免的一部分。

正因如此，卡莱尔对曼彻斯特的颂扬最终是站不住脚的，因此在他的著作中也显得反常。他将自然和人类的能量形式合二为一的观点，也就常常需要他撤出城市中心：

> 让我们就在这里停下脚步，在田野上播下种子；在这里，让我们学会停歇。在这里，实际上，我们种植的果园就将结出累累的果实；橡子将长成高大的树木，提供一片宜人的阴凉，只要我们静心等待。只要我们静心等待，四处会有多少生机！我们将穿越湿地建造堤道，用力量去净化水渠；我们将跨越举步维艰的石岩；还有踏平的小径，仅仅用人脚即可夷为平地，它们也终将形成。没有哪一个困难不能将自身打磨成一次胜利。[63]

建造堤道，而不是通衢大路；筑成小径，而不是火车铁轨；净化水渠，而不是下水道；重重困难奇迹般打磨着自我。这段文字是在隐去了日常的意象和环境之后，生产主义为工业和自然的合二为一献上的赞歌。这些发挥作用的力量都消失在行动者缺失的语言的迷雾中，就像廷德尔使用的太阳能动作用的修辞一样。这段文字没有受到资源有限性之类问题的困扰。当卡莱尔转向“煤炭的力量”时，就像下面这段摘选自《衣裳哲学》的文字所说的，他将其从可能引发问题的城市的地理环境中抹掉了：

> 我骑着马穿过黑森林，不免自说自话：这小小的如星子般的火焰在黑暗愈加浓郁（夜已将近的时分）的沼泽上闪烁，面

> 庞乌黑的铁匠弯腰朝向他的铁砧，你呢，只是来换一对你丢失
> 的马蹄——这是不是从整个宇宙上剥离下来的独立的、分开来
> 的一小点？还是整个世界不可分割的一部分？你这愚蠢的家
> 伙，这铁匠的火焰（根本上）就是来自太阳，自诺亚洪水发生之 47
> 前、自天狼星在宇宙中运行以来就循环流动的空气护养着这簇
> 火焰，其中产生了铁的力量、煤炭的力量以及奇特的人类的力
> 量之间巧妙的契合关系、相互的斗争以及最后某种力量的胜
> 利；它就像一个浩瀚的生物有机体身上的一个小小神经节或
> 者神经中枢。[64]

正如安德伍德所认为的，“将这幅图景投射在德国，而且是某个偏远的乡村，是让这个铁匠不仅在空间上而且在时间上远离伯明翰的工厂”。[65]应该指出，廷德尔是如此推崇这段话，并用它来证明卡莱尔“充满诗意却也准确地预见到了能量守恒理论”。廷德尔研究出的系谱也在人们广泛争论的话题范围内，即谁能获得发现热力学第一定律的殊荣。[66]但是它说明了人们对能量守恒和能量守恒定律的轻视；也就是，能量总是自动进行保存这样的形而上学的概念，和将能量视为一种数量上可测量的做功能力、一种资源的热力学概念。乔治·莱文认为，对于卡莱尔来说，“自然秩序将会再次坚定自己的立场，反对所有人为的机械的发明，这些发明以虽然是非理性的但又如神灵一般正义的能量来掩饰所有经验和生命来源及意义的连续性。在这样的道德和宗教力量的语境下，城市几乎无迹可寻”。[67]虽然莱文在这篇论述中并未明确地给“能量”和“力量”刻上历史科学的记号，但他使用这些术语也正是想表明这样的语境。对于卡莱尔来说，能量依然是一种抽象的概念，不是一种资源，这也正是他将城市降格为一种“几乎无迹可寻”的现象的原因。

如果说起初能量把工业和自然之间的关系界定为一个完美的、神意支持的生态整体，那么城市化进程，以及对巨额能量的日渐依赖和日夜不停的使用就会在19世纪中期引发了另一与能量耗竭相关的话语。开始于19世纪40年代，到了19世纪50年代和60年代紧迫性增加，城市里巨大的能源消耗使得人们广泛地关注到工业发展和资源使用不可持续的动态。实际上，在一些评论家眼中，消耗的能量数额让人们预见到，从煤炭供应、农场耕地到太阳本身，所有事物最终都将衰退。克里斯托弗·哈姆林认为，虽然在随之发生的大规模的工业行为和人口增长之前，城市可能会与环境保持一种
48 “大体上的有机平衡”，但是“到19世纪40年代早期，当城市健康委员会本能地走进英国城市的后院时，这种平衡就到头了。在那里，譬如，污浊的下水道和化粪池中，高耸的垃圾和排泄物上，还有教堂墓地里甚至肢体裸露在外的、成堆的死尸里，他们发现大量的腐烂物质堆积着”。[68]在维多利亚人的想象中，这些有机垃圾与能量紧密联系，我们将在下一部分详细讨论这个问题。要让人们注意到，工业和自然界之间默契的能量交换，曾经点燃了生产主义的想象，现在，它由于现代城市的出现而被逼入危境。虽然维多利亚人擅长于借助各种各样的形而上学和道德的外衣，遮蔽废弃物的物质特性，但他们还是没能了解如何在物质意义上将其从自己的生活经验中消除。

煤的问题

有关英国能源的焦虑至少可以追溯到1789年约翰·威廉姆斯的著作《有限的英国煤炭》，但是19世纪该问题日益紧迫，这是人口增长和人均消耗增加的缘故。许多著作探讨过煤炭枯竭的问题，例如，罗伯特·贝克韦尔的《地质学导论》(1813)，约翰·霍兰德

的《化石燃料历史及其描述》(1835)，威廉·阿姆斯特朗在泰恩河畔的纽卡斯尔英国协会上的开幕致辞(1863)，爱德华·赫尔的作品《大英煤田》(1861)以及威廉·斯坦利·杰文斯的深有影响力的《煤的问题》(1865)。在这些作品中，伦敦巨大的、日益增加的煤炭消耗量不可避免地突显为人们关注的焦点，并被认为是这个国家能量消耗习惯的强有力的代表。霍兰德很赞同贝克韦尔的观点，引用他的话说道："这位能干的、天赋异禀的观察家说过，'我们不由自主地会把我们煤床的耗竭看作破坏我们个人大部分的舒适生活和国家大量财富的问题。而现在距离为我们的都市提供燃料的煤炭区域停产也已经时日不多了'。"[69]《泰晤士报》上的一位作者从城市的角度为人们描绘了一幅前景黯淡的图画：

> 煤炭对我们而言就意味着一切。没有煤炭，我们的工厂就得闲置，我们的铸造厂和车间就变得像坟墓般死寂；我们的火车要停在车棚里生锈，铁轨将被野草淹没。我们的街道将会漆黑一片，我们的房子将无法居住……我们将被无法使用的建筑和机械包围和淹没，甚至城市我们也无法再占领。谁还愿意住在曼彻斯特？谁还能在大都市生活？[70] 49

表一　伦敦进口的煤炭

年份	伦敦煤炭进口总量（吨）	50年增长量或至50年时可增长量（吨）	50年增长百分比（%）
1650	216 000		
1700	428 100	212 100	98
1750	688 700	260 600	61

续 表

年份	伦敦煤炭进口总量(吨)	50年增长量或至50年时可增长量(吨)	50年增长百分比(%)
1800	1 099 000	410 300	60
1850	3 638 883	2 539 883	231
1865	5 909 940	7 570 190	404

来源:杰文斯,《煤的问题》,第232页。

这一段描述给人们带来了启示,也在一定程度上预示了后工业时期的科幻小说。作者在这里并不是简单地说明没有化石燃料能源的城市生活会有多么的不同,他宣称这样的城市生活是不可能的。但是,如果城市生活依赖于资源的输入,并受其限定的话,这也意味着城市吞噬资源的巨大且不断增长的胃口,将成为其自身生存的最大威胁。[71]

这便是《煤的问题》中所描述的一种棘手的情况,该书超越了其他同类书籍,使得资源枯竭成为国民话题之一。(伦敦煤炭消费率见上表。)它告诉我们的不仅仅是伦敦的煤炭消费率,还有该比率本身正在增长的速度。他评论说:“我们看到,要将本世纪的这些数据和之前各时期进行比较,几乎是不可能的,**最近几年增加的量是曾经的数倍之多**。”(原书做此强调)[72]《煤的问题》所描写的伦敦不仅消耗了大量的煤炭,而且表明了现代人消耗能源的巨大胃口,且他们没有采取任何措施来抑制不断提高的消耗量。

除却煤炭供应自身之外,没有采取任何措施。正如杰文斯努力要告诉读者的,这些能源都不是无限的,也没有任何其他已知的能源能给火炉添火,让火车跑起来,让我们这个城市运转不息。即便有些事物乍看之下与煤炭无关，例如城市的供水系统，但结果它们依然占据着化石燃料系统中紧密的一环：“只有发动机能够为曼彻斯特、伦敦这样的大都市里的工厂和家庭提供用水。”[73]城市生活以化石燃料的供应为**前提条件**，由于它不会持续永久，所以在杰文斯 50
看来，城市的发展似乎也不是可持续的。马尔萨斯所说的呈几何增长的问题，再加上资源的有限性，带来了这样一种报复行为：《煤的问题》本质上是对化石燃料时代逻辑的更新。马尔萨斯想象，在人口和自然之间存在着一个稳定的平衡：只是在人口数量增加到一定程度的时候，土地才无法满足人口的需求；当人口数量下降时，土地可获得的生产力将再次变得充足。杰文斯认为，煤通过戏剧性地增加国民生产力以满足更多人的需求而校正了这一幅画面：“因此，即便是在我们最为拥挤的城市里，在这个工业制造和煤炭消耗的体系下，我们也有生存的方式，并在目前解除马尔萨斯对增长的阻碍。”[74]这段话的关键是杰文斯使用的一个不吉利的限定词——**目前**。因为尽管解锁地球能源储备可以帮助人类逃离稀缺的陷阱，但杰文斯还是努力表明这只能推迟问题。现在，与人口和资源之间保持持续的平衡与再平衡相反的是，我们面临的是一种无法确定未来长度的不可逆的历史轨迹。

杰文斯知道，对技术进步根深蒂固的信念为煤炭供应的警告提供了一个反证。技术效率提高，反证的存在，总认为能补偿初始资源数量上的任何损失。我们在《商务百科全书》的“煤”这个词条里看到这样的想法：

> 思想家们唯一合理的目标应该是在尚有煤炭供应的情况下尽量避免所有的浪费现象。如果我们尽最大的努力节约现有资源，我们就能给子孙后代以机会去管理自己的权益，即通

过提高机械技术和创造性从而弥补矿产资源减少。[75]

杰文斯提出了两点意见来反对上述观点。首先，他坚持认为，煤不仅是密度很大、便于运输的动力来源，而且许多替代能源本身也对煤有着依赖性。他说，有一种电磁引擎，它需要先冶炼金属，而冶炼的过程就要燃烧煤。[76]他说，同样的，不过听起来很现代的，是氢作为燃料的生产过程。[77]杰文斯的问题并不在于氢或电磁引擎在理论上是否可能，而在于它的净能源成本是否处在生产和消费这样一个完整的运转环境中。换言之，现在岌岌可危的情况在能量
51 体系的表现形式中是如何划分其边界。杰文斯想确定的是一个才智极高的庞氏骗局：人们都指望着科学的发展和事物的"自然"进展能够让煤炭枯竭变得无关紧要，而煤实际上却是所有发展产生的唯一前提。的确，《煤的问题》争论的关键是，英国在技术和制造业上对煤炭能源发展的依赖程度之大。杰文斯说，煤，是"文明的源头"，[78]他在整本书中都表示，英国在世界历史舞台上获得的成功正归因于此。这似乎不是多么激进的主张，但重要的是，在人们谈论能源和资源耗竭并呼吁国人发展自己的卓识、创造性和英国人民的"能量"时，这一观点往往被淹没了。以下是格兰特·达夫的观点，这段话推翻了他对《煤的问题》和同样关注资源的W. R. 格雷格的著作《前有暗礁》的反对意见：

没有一个通情达理的人会怀疑，廉价的煤炭消耗殆尽的这一天终将到来，我们很可能就不是最伟大的世界工场了……煤和铁只是能量的工具，它是我们国力的真正源泉。煤和铁不能打败无敌舰队，不能征服印度，也不能帮我们拓殖美国。[79]

我们已经看到，这就是单词“能量”自身带来的危险，它可能表示某种物质的数量，也可能指的是人的（或者国民的）**品质**。这里，达夫借着含糊两可做文章，将英国人的性格视为其物质能量的源泉。杰文斯在全书中都坚持英国文化对煤的依赖性，部分原因也是在打击这些对某种民族“能量”的赞美。

对技术创新信念更具破坏性的批判是人们后来所熟知的“杰文斯悖论”。杰文斯认为，效率提高实际上会让资源耗竭的问题**恶化**，因为它降低了某一给定资源的相对成本，这往往又会**增加**消费和依赖。他写道：“节约煤并不能减少消耗。相反，经济发展使得煤更加有利可图，因此，现在对煤的需求反而增加了，从而让那些在将来会拥有更便宜供给方式的人掌握优势。”[80]再说，杰文斯这里的观点并不属于能源的科学话语：他将具象能量的界线推延到由技术操控的整个资源环境中。对于杰文斯而言，发展本身就是问题。他用这种方式纠正了人们在讨论能量问题时将许多关键术语道德化的广泛倾向，比如废弃物、耗散和效率。提高能效可能是也可能不是一种道德善行；在更宏大的体系里，它只会产生更多的废弃物，52
使问题恶化。这一悖论也许代表了他对马尔萨斯逻辑进行的最重要的修正。马尔萨斯的预测非常冷酷，它们指出健康和生产力包含着对自我的毁灭。正如凯瑟琳·加拉格尔说的：“再者，从一种社会堕落到另一种社会，既不是由于内部的腐败，也不是由于外部的逆境。这仅是一个机体本身的生产活力的产物。乌托邦式的精神健康和力量会在两代人内部产生社会混乱、匮乏、战争，直至饥饿。”[81]杰文斯从来不用这样的术语敲警钟——他描绘的资源枯竭图景的特点是缓慢的下降和衰退——但逻辑都是一样的。工业生产扩张得越快，它对自己力量的源泉造成的破坏速度就越快。同样，城市的发展和活动可以被看作它即将毁灭的标志。我稍后会更多地涉及这一点。

杰文斯并不是环保的英雄。《煤的问题》的核心内容显然是对国家的关怀，他不断地警告他的读者，英国的全球霸权系于未来的煤炭矿床之上。无论这是否为某个修辞手法，以获取读者的关注，这本书将重点放在其他煤炭生产国的崛起上，如美国和德国，其未开发的供应将很快让它们超越英国成为世界强国。这种呼吁就是基于这些理由，在大多数情况下并不是出于对污染或生态系统退化的公开关注。然而，这些关怀确实在文本中找到了表达的方式，成为工业经济不可持续发展的更大图景的一部分。该书提出了一个进退两难的困境，即经济停滞将导致严重的困难和银根紧缩，但保持前进的势头又会带来经济崩溃。这里还存在环境方面的问题：煤“是我们最后的巨大的资源——充分利用这一财富的话，我们可能扭转其他所有的贸易，吸引国外其他物资，直到我们的王国变成一个庞大的曼彻斯特，或是扩大版的‘黑乡’”。[82]这里，杰文斯提出了煤向任一方向发展都将导致生态灾难：发展的逻辑是说，获得足够的煤炭，就会让整个国家成为被污染的荒原。另一方面，由于煤炭不是无限拥有的，其枯竭将会导致“痛苦和危险”。[83]

53 “煤的问题”，正如杰文斯和其他人指出的，会威胁到能源、神圣的青睐和历史之间所建立的良好关系。用威廉·西德尼·吉布森的话来说，在“前瞻性设计体系”中，也许煤并不能正确预期工业占据的地位，但它说明了人类的肆意挥霍，以及整体上无法避免的浪费和掠夺。[84]鉴于此，煤的发现看起来可能不那么像是天赐的故事，而更像一个全面阐释的序言。在这另类的故事中，城市中心的巨大能量消耗并不是神圣恩赐显现出来的光辉形式，而是一种将未来历史直接带进垃圾箱的巨大骚乱。换句话说，《煤的问题》不仅以未来煤炭匮乏而威胁读者：它悄悄地进入与英国国民生活相关的珍贵思想以及技术和天赐的历史信念的最深处。

无论如何，这些想法是很可怕的，即便是最糟糕的预言，在经过一番调整之后，也能融入安慰人心的叙事结构中。地质学家约瑟夫·霍尔兹沃思承认，杰文斯提出的问题“异常重要”，它将技术进步转为人类信念：

> 我们要用全球的眼光来看待我们这个话题。在我们自己这块土地上以现有的物理条件，非同寻常的繁荣和发展已经成为这个多事之秋的显著特征，我们不得不记住神的旨意为此所做的神奇的准备，这具有重要意义。我们有充分的信心，可以这么说，为满足我们各种意外需求而给予我们这神奇的供应的伟力，丰富充足，让我们能够圆满完成为人类文明化服务这光荣的全球性的使命。我们不相信学者提出的那些理由，认为我们国家的事业将会由于煤田的耗竭而要像预测的那样在两个世纪里终止。[85]

霍尔兹沃思根本不“相信”《煤的问题》和其他著作中提出的悲观预测，他说，“发现新资源只是时间问题”。他也期待着“采用必要措施开采矿产资源”的时间的到来。[86]“新资源”和“必要措施”是否指发现另外的煤炭储备和发展先进的开采技术，抑或是其他完全不同的资源和技术，这尚不清楚；实际上，这也不重要，因为霍尔兹沃思的观点是，将会有**某种东西**显现出来并取代煤。在上述章节中，我们看到了这种以信仰为基础的论点，它与帝国故事相融合，即英国要将文明传播到世界各地的特殊“使命”；在新资源“显现出来”的时候，它对发生的任何剥削采取先发制人的措施，将其合理 54
化。然而正如我们要在第七章中进一步讨论的那样，具有讽刺意味的是，在某种程度上，国内对能源贪得无厌的需求驱使英国和其他欧洲大国侵入非洲、南美洲和其他地方，以寻找更多的原材料和能源储备。也就是说，以路易斯·卡罗尔式的逻辑，对资源能够持续获得的信念成为人们可以采取任何措施以确保这些资源将持续可得的理由。

霍尔兹沃思的观点说明了对技术和国家例外论信仰的持久性，以及为此而使用的大量修辞的力量。他写道："要是这巨大财富真正得以发现，将会被誉为人类进步和幸福的新的取之不尽的源泉，成为助力英国力量和有益性的强化剂，这些财富也让英国幅员辽阔、发展迅速的大都市里数以百万计的人受到特殊的祝福。"[87]除了为一个完全以信仰为基础的观点增加些许真实感之外，目前尚不清楚词语"真正"在这里做何解释。

霍尔兹沃思所使用的词语"取之不尽"更是别有用心，他小心谨慎地将其纳入进来，甚至用它来增强话语的修辞效果。这些神秘的能源"将会被誉为""取之不尽"——他并不是说它们确实**是**取之不尽的。这句话不经意间概括出了与化石燃料能源的讨论相关的所有问题：对于资源无限的**信念**似乎比实际的物质匮乏状态更加重要。其带来的影响产生了一种渺茫的乐观主义，主观上希望《煤的问题》中提出的任何问题都会消失无踪。但这段话也受到某种焦虑的困扰。说起越来越多的大都市（虽然只是淡淡地提及），也包含了一些可怕的暗示，如果技术**不**能够解决这种问题，那么城市化的英国，其人口"快速增长"，可能会深陷困境："工业企业日益发展壮大，所以会在不断增长的比率下耗尽我们非常宝贵的炭储备，实际上，现阶段煤炭消费完全是前所未有的。"[88]他指出，仅仅伦敦一个城市，"每年就会消耗约600万吨"。[89]霍尔兹沃思接着引用煤问题的权威观点说："目前供应大都市燃料的煤区将会停止产出。”[90]这将带来巨大的危险，并且危险日益加深；霍尔兹沃思将自己的信念建立在技术之上，实际上，他愈加寄托于技术纠正现状的能力，而恰恰是技术造成了这一现状。 55

农业问题

煤及其后继产品煤气，是人们对国家能量消耗日益关注的关键信号物，因为这些物质使现代生活成为可能，很显然，它们供给城市光和热，并且也产生了令人窒息的污染，继而遮蔽了英国人口中心的天空。但是能量的话语涵盖了农业和工业领域、生物和机械领域的活动；正如我们已经看到的，能量的概念，在正式的热力学理论幌子之下，或者在其较为普遍的用法中，都会在能量关系系统里将动植物机体当作机械来重新加以考虑，从而抹掉工业和自然、机械和有机体之间的区别。因此，关注未来的土壤和粮食供应形成了维多利亚时代能量耗竭学说的第二个关键。

农业问题大体上似乎与煤的问题相同，但也有着显著的差异，因为工业生产和生物体生存尽管都需要能量，但农业上的收获是周期性循环的、自我更新的，直接由太阳供以能量。尽管维多利亚时代的地质学家对剩余煤的精确数量意见有所不同，但很显然其可用储量是有限的。而农业能量与此不同，因为它只受到可耕种土地的数量的限制，而耕地又会在新的季节周期里重新进行开垦。

但是19世纪发生的城市化进程引入了不可持续的消费模式，以至于扰乱了这种周期性循环和自我更新的动态模式。对于马尔萨斯来说，农业有多少产量就能维持多少人口，要让产量增加只能通过增加耕地。但新能源的开发从实践上和理论上改变了这一等式。19世纪40年代和50年代，农业化学开始发展起来，通过研究

“土壤活力”和化学肥料，极大地提高了土地的生产力。这似乎能帮助人们逃离马尔萨斯陷阱：从现有的农田中我们可以获取更多的能量，从而人口可以扩张到一定程度，而不用去采取避免饥荒和灭绝的措施。[91]正如马克思所指出的那样，任何一块土地的产量，也就是农业的生产力都不是一个常数，而是一个人类通过技术创新可以改变的因素。农业和其他事物一样是具有历史性的。[92]

与煤一样，人类获取的大量能量为不断增加的人口和持续工业化的世界提供给养，但这也意味着这样的给养要能永恒持续才行。
56 在引入海鸟粪和其他增肥方式之后，土地早已超越了它“天然”的承载能力，引发了一些问题，即这种状态是否能够持续以及能够持续多久。理查德·普罗克特，在关于太阳能的一篇文章中，描述了人类如何设法摆脱马尔萨斯陷阱，但是，努力的结果却是对地球的承载能力施加了更大的压力（和不切实际的期望）：

> 我们习惯于把地球视为一个取之不尽、用之不竭的宝库，我们所有的需求都会得到满足。年复一年，我们耕耘着大地，人类所需要的农产品并没有匮乏；尽管我们不断消耗大量的肉制品，我们的牛羊并没有减少。从整个世界来看，与人口的增加相比较而言，很可能农业和畜牧业的年产总量增加的速度更快，所以，人类就像古代一样，利用地球上的储备满足自己的日常需要，几乎毫不担心这样的储备终有一天会用尽。[93]

对许多观察员来说，土壤持续生产力面临的最大威胁是城市的巨幅扩张。德国化学家尤斯图斯·冯·李比希男爵是首先提出节约能源的现代观点的科学家之一。他在给伦敦市长的一封公开信中有力地指出，如果城市中心产生的人类废弃物得不到适当处理的话，就意味着一些必要的化学物质将被冲入大海，它们就不能为未来的生产所使用。因此，像海鸟粪这样可供施用的资源也将快速消失，无法让土地继续保持肥力以便供养贪婪的城市。李比希认为：

> 如果保留普通的“排水系统”，那么使用的肥料、海鸟粪以及骨肥将会进入城市的下水道，就像几个世纪以来它们如无底洞一般吞噬了英国乡野的海鸟粪，数年之后，我们的土地将回到昔日使用海鸟粪和骨肥之前的状态；英国将会掠夺欧洲的耕地直至其完全用尽，从而获取力量，长久地满足她对谷物和肥料的需求，那时她在生产谷物和肉制品上并不会比从前富足多少，而是开始在这些方面变得更加穷困。[94]

海鸟粪储备曾经有助于提高农业生产产量，它与煤有些相似的地方：它们都是积累了几千年的生产储备。就像李比希指出的那样，资源从农村到城市的单向流动并不是什么新事物，将城市比喻为消
费者，享受着乡村的款待，这至少可以追溯到文艺复兴时期。发生 57
变化的是这种分裂已经扩展到全球范围，其结果更是不可逆的——城市消费的事实现在正威胁着**整个欧洲的所有土地**将要面临耗竭。马克思深受李比希能量著作的影响，他说，“城市人口”的集中和增长：

> 扰乱了人类与地球之间的新陈代谢和相互作用，即它阻碍了人类所消费的衣食作为土壤的构成部分再回归土壤；因此，它便阻碍了自然界为维持土壤的肥力而保持永恒的运行状态……现代农业和城市工业一样，生产率的提高和劳动力的流动性都是以产生废弃物和削弱劳动力自身为代价的。[95]

马克思赞同李比希的观点，他把注意力集中在新陈代谢的概念上，并把城市-乡村的动态模式建构为一个能量系统。人们经常把城市和某个单一的有机体或者生物体做比较：这里保留了生物体这个比喻，但是要加以重新构建，因为生物体这时是以热力学能量流的方式重新加以考虑的。城市是一个巨大的有机的机器，需要不停地供应燃料才能运转。[96]

因此，19世纪中叶公众对城市废弃物的讨论远远不是对保持城市清洁和远离疾病（虽然确有此实情）这些实际性问题的讨论。它还是一个关于能源问题的讨论，与未来国家的存亡息息相关；更为重要的是，它涉及神圣天意对人类事务的操控问题。例如，1866年，卫生改革家托马斯·霍克斯利在面对严重的城市废弃物问题而缺乏措施时，曾在作品中表达了自己的绝望之情，借此我们可以看到自己面临的危险有多大：

> 现在的科学和工程技能，都无法有效地处理社会上最迫切的巨大需求，即安全有益地处理人类忙碌喧嚣的生活中排放出来的有机废弃物，看到这样的失败，我们不禁要问，这种困难是否源于神意安排中的某些缺陷？和谐而又充足的伟大的自然体系，在这种情况下是不是可能会崩溃，表现出它的无准备状态和能力方面的欠缺？[97]

很显然这里是从神意角度讲述的，但城市的消耗支出似乎也引发了它的生存问题。[98]霍克斯利在这里提出的问题中引人注目的是，他的推理与热力学第二定律竟如此相近。正如我们在下一章中将要
58 看到的，对于能量科学家来说，能量的“缺陷”，即工业生产中所产生的热损失，被人们类推为所有自然过程固有的“瑕疵”，且事物原

来的秩序会被打乱并走向衰弱和混乱。这里的城市废弃物导致霍克斯利拥有类似的思维方式，人类科技的失败引发了一些令人不安的问题，自然界的永恒的秩序徒感无以为继而“崩溃”。像人类假想中的可以自我更新燃料的热机，或传说中的“永动机”，完全守恒的、能持续生产的城市系统只是一个技术理想，它在现实实践中失败了。事实上，农业上表达损失的语汇在许多方面都类似于热力学效率低下的发动机以及作为废热或熵“损失”的能量的表述。同样，卫生改革家埃德温·查德威克在《卫生记录》上发表了一篇社论，认为如果对城市废弃物进行循环利用，大量氮气会无可挽回地分解成无法使用的颗粒。他说，事实上如果这样的话，具有施肥效果的氮将会“从宇宙中被抢走”。[99]像李比希那样，查德威克使用词语“抢走”并不意味着氮会被毁灭，而是说它呈现永久的混乱，从而无法为将来使用。这里的氮与关于热机的讨论中的熵相同：它不会被消灭，但实际上它失踪了。热力学理论认为废热辐射进入宇宙空间，对于查德威克和李比希这样的卫生工作者来说，能量消散的地方应该是海洋。查德威克像其他的热力学家一样，将能量损失划归到“宇宙”范围内，从微观粒子一跃而到宇宙的命运，其间距离之短令人惊讶。

对于霍克斯利来说，“神意安排”方式可以通过技术进步得到改善，恢复城市与自然界其他存在之间相互共生、相互平衡的关系。但其中危险性也很大，如果现代城市作为主宰者的神意叙事的必要组成部分，而不是弃儿的话，就必须恢复生态平衡。他给予的论点是，如同霍尔兹沃思一样，技术进步改变城市废弃物并不基于未来的工程实践效果呈现的任何技术必然性，而在于一种深深的信念，即相信它**就是这样的**，这种情况能够而且将会得到改善。同样，城市废弃物的解决需要对再三受到破坏的同样的技术叙事进行重塑。

59 霍克斯利的论文展现的叙述在信念和怀疑(他说他"不禁要问")之间摇摆,之后又坚定地重申对技术的信赖。神意的叙述方式引起人们对技术的兴趣,技术又引起人们对神意的兴趣,这就像一个自我生成的、永远运动着的幻觉一般。

能源和叙事

我要补充的是,这里需要一个主叙事来理解城市的能源使用,而不是简单地为资本主义辩护。我们注意到,马克思借用李比希的著作,认为城市的"新陈代谢断裂"威胁到了陆地资源:"资本主义农业的进步是技术的进步,不仅仅是掠夺工人,而且是对土地的掠夺;在一定时间内提高土地肥力的所有进步都是对这种肥力恒久维持的破坏。"[100]但在同一章节中,他又把城市描述为一个实体,说它"集中了社会历史的动力"。[101]这里我们看到马克思调换了叙事模式,让城市大规模的能源支出变得有用:以资源形式存在的能量,转变成以"历史动力"形式存在的能量——就他而言,这是一笔值得的交易,因为废弃的物质能量在别的地方积攒,形成具有极大变革潜力的历史"力量"。恩格斯在描写"伟大的城市"时,使用了略有不同的隐喻,认为"我们只能为让这种疾病加速发展的事物而高兴"。[102]对于两位作者来说,"产生废弃物"的过程——不管它是否被视为掠夺资源,或是被看成让人衰竭的疾病的传播——能够通过叙事方式得到转换,物质恢复其原有活力的过程与它被耗竭的过程是同时发生的。

当时,城市能源消耗的问题就是,讲述什么样的故事来理解城市日益增加的庞大支出,以及怎样让故事可以或无法与人们更熟悉的目的论的历史发展和神意设计的叙事协调一致起来。这个问题取决于很模糊的“支出”概念本身，这意味着能量的使用和浪费同时存在。将能量看作一种物质总量，就会从成本上去考察任何行为，从理论上讲，成本可以严格地用表格记录下来，甚至到最后一个**卡路里**：这是热力学研究项目暗示的。从煤炭中获取的能量的成本总是要从有限的储备中提取，这一事实意味着使用它必然要承担一定的损失。将使用资源和浪费资源区分开来的方法取决于使用它的 60
目的。为城市供应光和热的能量支出能否被归纳为“历史动力”？或者，它能否像霍尔兹沃思所说的，成为“一座希望的灯塔，千百万双紧张的眼睛转向这光芒四射的航标灯，只为寻找自由”？[103] 如果化石燃料能源耗尽，再也无法为未来所用，那么关键的问题是，如此巨额的消费为人类购买到了什么？

从个人的角度来看，这个问题并不是那么令人苦恼：燃烧煤给家里供热，或者晚上开灯夜读，于个人而言，是**使用**资源而不是浪费能源。如果被理解为连贯叙述的一部分，耗尽有限的自然资源根本不会是浪费。但是将成千上万个这样的叙述集中起来，使用城市能源就是另一回事了。如果从总体上去考虑消耗，就像我们平常讨论城市生活一样，而不涉及使支出的行为看起来有必要或有价值的个体叙事，那么就失去了赋予其一定意义的情境。如果不用宏观上或神意的，或技术的，或历史唯物主义的叙事作为富含意义的情境背景的话，那么从令人惊讶的消费记录上看，城市的支出，就似乎**仅仅**是消耗支出之类，因而是一种挥霍。无休止地燃烧着的灯光让这座城市无论白天还是黑夜看起来都像是一座充满废弃物的剧院。

这场由城市庞大支出引发的叙事危机，在意想不到的地方也能看到。举个例子，有个十分流行的维多利亚时代的消遣，即气球飘浮在伦敦的夜空。林达·尼德认为：“晚上，从气球上看伦敦感觉更美妙，呈现一种神奇的景象……晚上让气球升空并不是要实行绝对控制这样不切实际的感觉，而是通过升空和光照相结合形成的效果让城市变得灿烂耀眼。”[104]亨利·梅休在《伦敦刑事监狱》的开篇就用这样的预言讨论夜晚乘热气球升空的事，这种行为将城市变成了一个审美的奇观：

> 那些只在白天看到过伦敦的人，看到它生命的洪流倾泻而
> 过，穿过动脉涌入它不安的心脏，其实并没看到它的宏伟。为
> 了了解大城市具有的形式多样的崇高壮丽，他们还应在黑夜里
> 遥想，远离灿烂光辉……星星在天空中闪耀，但它下面还有另
> 61 一片苍穹，数百万明亮的灯光在脚下熠熠闪烁。一行行火花像
> 流星遗留下的足迹，彼此交错切割，直到消失在远方的迷雾中。
> 在这片天地，悬挂着一朵云，异常明亮，就像一座巨大的城市着
> 了火，远远望去，像黄昏时的大海，在里面生活的万千生物发出
> 磷光。[105]

把伦敦视作第二个苍穹，这并非一个不同寻常的想法；正如我们在卡莱尔观点中看到的，城市中的能量通常与太阳和星星相联系。但对于梅休而言，夜晚明亮的城市景象是崇高的，在这幻景的阴影处，潜伏着令人烦扰的认识，这种景象的出现表示人们要付出的巨大的资源代价。他稍做停顿，引用了这座大都市的统计数据：伦敦“每夜要消费1 300万立方英尺煤气”，[106]并且，每年“用于取暖和照明所燃烧的煤不少于300万吨”。[107]从这个视角看上去存在着一定的不稳定性：从这个距离上，远离了让能量支出的特定行为变得有意义的个体叙述角度，结果就是展现一幅以昂贵的代价获得的支出总量图。从美学上而言，它可能令人愉悦，但是如果没有给予一定的情境，这种美学上的愉悦看上去就离奇地昂贵，且也许是不可持续

的。对于梅休而言，这个城市“着了火”——一幅消耗自身能量照耀自我的画面。

J. C.普拉特用同样矛盾的术语讨论了乘坐热气球“从某个高度”往下看到的伦敦夜间照明情况。他与梅休一样感到惊讶，这幅景象引发了令人烦扰的想法，也就是刘易斯·芒福德所说的“隐形的城市”：巨大的能源基础设施，管道、导管和发电站，以及流经其间的那些原始资源。[108]他引用了赫德利先生的统计表：

> 为了给伦敦及其郊区的照明提供煤气，现有18家公共煤气厂；12家公共煤气公司；280万升的煤气用于工厂、管道、储油罐、储气罐，和各种设备的建设；岁入达45万升；每年18万吨煤用于生产煤气；每年生产14.6亿立方英尺煤气，13.43万家私炉为40万客户服务；3.04万公共或街道的消费者（其中有2 650名消费者在伦敦市生活）；雇用了380个点灯人；176个储气罐，其中有些是双罐设计，可储存550万立方英尺的煤气，在每年最短的那天二十四小时内要消耗890吨煤；一年中最长的夜晚如12月24日要使用712万立方英尺煤气；伦敦单是这项工业就有2 500人受雇；1822年到1827年之间煤的消耗近乎增长了一倍；1827年到1837年间几乎又增长了一倍。[109] 62

这个隐形的城市促使这个有形的城市显露出来。事实上，对于两位作者而言，充满活力的宏伟图景很难与能量消耗的计算分隔开来，这意味着废弃物不仅表现为能量使用产生的副产品——烟雾、灰尘和其他污染物——而且还表现为**光和热本身**。两位作者都看到，能源使用的总量与另一个总数即统计数据不可分割，它从数量、成本和总消费单位上让人们获得更深刻的了解。尼德指出，虽然数值表在表面上试图帮助人们理解城市，但它们也总是通过其庞大的数字告诉人们，城市是多么深不可测。[110]无论是把城市看作一幅美景还是把城市看作一张数据表，都缺少了一个连贯的叙事来构造其展现出的庞大支出。因此，梅休描述了从空中观看到的城市的壮丽景观，他还在同一章节中说城市看上去“只是一座垃圾堆”。[111]这并不矛盾，而是去掉语境后单纯看待消费时产生的歧义。

鸟瞰城市的全景总会让人从日常生活中抽离开来，将其过度抽象化，但是从能量上观看城市也增加了一个新的思考维度。从高空上俯视，人类的行为不仅看起来微不足道、不值一提——像蚂蚁所做的无休止的运动，或者像老鼠，也或者像梅休形容的“微生物”——它们还像是一个巨大的废弃物奇观的创造者。[112]我们应该注意到，梅休似乎意识到了这种动态现象。他告诉我们，在《伦敦刑事监狱》中，他试着用不同于《伦敦的劳动和伦敦的穷人》的视角来观察这座城市。他解释说，他早期的作品是建立在个体叙事的基础上的，而这部作品将试着表现城市的全貌，“上百万的烟囱里排放出浓浓的黑烟”，让整个城市“天地不分”。[113]然而在书的开篇部分，梅休一直试图将城市消费的全景与个体的目的和赋予能量消耗以意义的生活叙事联系起来。他说，否则的话，伦敦的各个地区就会“联合形成一个巨大的黑点”。[114]当能量支出被看成是一个总体，而不涉及任何个体的目的，或者某种历史**目的**时，它只能是一副废弃物的面孔。像尼德所说的，如果维多利亚时代中叶的伦敦“用煤气符号学来界定”的话，那么在富有歧义的支出观念下，这一符号学含有一种强化的变异的废弃物意识。[115]

然而，我并不是说，维多利亚时代的人们所描述的城市会对理解城市生态或者资源表现产生永久的改变。在伦敦市，显然的能
63 量损失，以及将能量理解**为**一种资源的观点，为城市系统的运转提

供了一个模式。正如T. H. 赫胥黎可以继续撰写与煤相关的书籍，仿佛《煤的问题》从未被出版一样，其他许多作家也可以而且也已经继续创作出城市的各种景象，使得能量的运行方式变得更加令人困惑。比如，《煤的问题》出版几年之后，布兰查德·杰罗尔德的著作《伦敦：一次朝圣》大受欢迎，他使用与能量和力的关系相关的比喻和词汇，刻画了伦敦各种各样的场景，但作品暗示这座城市是获取能量的神奇的源泉和生产者。他曾写道，“朝圣”的路途就是带领读者“踏过鲜明的表面，深入潜藏的力量”。[116]从真正的生产主义层面来说，他把整合了伦敦街市和船厂里所有行为的力量原则称为**做功**的原则——“做功是伦敦城市的关键”。[117]但是，做功持续不断地被神秘化，例如，借助审美化的姿态，使用被动语态，抹去了人类的劳动（“水被桨或橹搅拌了起来，小船轻舞，落入蒸汽机的漩涡中”）；[118]或者借助工业活动中各主体的行为（“机器用蒸汽推动着，正在碾磨谷物；船只正匆忙卸货，客船也事务繁忙——火车飞越河流，向新大陆开去，与从印度开来运送邮件的列车错身而过”）；[119]也可以借助某个意象，表明在伦敦街头和商业区某种无实体的原则正在实行中（“能量和诚挚遍及伦敦的商店中——且在热闹的集市中愈加激烈”）。[120]杰罗尔德运用狄更斯的艺术技巧，即赋予无生命的物质以生命，但是没有相应地关注到这种生命的源泉或者需要的成本代价。伦敦看上去确实是一个自动的，几乎是神奇的生产地，进行着自我更新的运动；对于杰罗尔德来说，正是这种对无实体、无来源的能量的理解，使得城市遵从着他这样的统一化的美学组织方式。对于很多观察者来说，这座城市不仅是一个永恒运动着的地方，而且这个世界的发展完全受到客观的、人类之外的因素的影响。正如尼德所说的，伦敦的发展史无前例，其速度如此惊人，以至于像是“中了魔法”一般。[121]这座城市不仅仅是一个积

极地运动和活动的地方，而且它似乎还是能量**自身**表现和迸发的地
方。这样去看待城市，既可以让我们回忆起卡莱尔的生产主义观下
的曼彻斯特，也可以让我们预见到城市的现代形式，包括本雅明的
64 **漫游者**，在这里，能量的表述离开了它的物质源泉的根基，也离开了
它的那些副产品。

因此，我想强调的是，本书并非要查探从19世纪早期自然和工
业之间令人难解的共生现象到不偏不倚地理解该世纪中晚期出现
的资源浪费和能源损失这样一条线性叙事。当时大量的化石燃料
开采现实就像现在一样，通过对城市的研究显露出来，后又被掩盖
起来。但维多利亚时代还是让我们得以窥见城市生活中一些持续
存在的特点，对各种接连不断的生态危害加以估算，迫使人们意识
65 到要用新的思维方式看待自然界资源的使用及其产生的废弃物。

第二章
人类世的黎明时发生的太阳热寂

在《野外考察》一书中，吉莲·比尔讨论了太阳的“热寂”现象，这种对太阳崩塌的热力学预测成为19世纪中期人们普遍关注的对象。比尔把这个预言放置在当时人们对宇宙未来的广泛关注的情境之中。比如她说，马克斯·米勒的太阳神话艺术“是如此伟大，因为它表达了时人心中隐隐的恐惧”。[1]比尔基本上是用宗教或者神话术语来表述这种“恐惧感”的——“失去了**重生**的信念，失去了‘永久回归’的信心，意识到无论过去还是未来都会被湮没”——但是在本章中，我想稍稍转移一下大家的关注点，强调我们以当今的生产实践、经济和社会组织模式以及新生的环境意识可以如何理解这种太阳意象。[2]也就是说，我们要把人们对太阳崩塌的关注看成是对能源使用、能量耗竭和广泛的环境破坏产生的不安，而不是看成因宇宙而引发的焦虑感（虽然这是事实）的表现。人们在迷恋太阳的背后隐隐地认识到，现代文明本身已经成为一个能量巨头：它完全依赖于持续地燃烧，因此必然对不可避免的燃烧耗竭感到焦虑。

末世论的看法主导着维多利亚时代人们对太阳的未来的观点，因此，它同时代表着人们远离在前一章中所讨论的社会规划和自然资源管理的说法，它用这种预示灾难的形式重新隐秘地表达出人们的那些担忧。正如我们在下文中将要讨论的，这种与热力学第二定律相关的启示论把自然界重构为一个不可避免的浪费的系统，从而将焦点从人类能源利用的问题上转移开来。但巨大的灾难，全球环境变化的描述，以及人们常常毫不掩饰地用以描述太阳的未来的那
66 些以人类为中心的术语，也在人类影响生物界的新时代之初让“热寂”成为一种强有力的比喻，表达人们对能源浪费以及环境失去稳态产生的新压力和担忧。

热力学第二定律：延续与断裂

正如我们在前一章中所看到的，虽然热力学第一定律把能量定义为可测量数值的动力，但它依赖于对宇宙能量统一和不灭所做的形而上学的假设。用焦耳的话说：“没有什么是疯狂的，也从没有什么会失去。”这句名言是早期热力学研究中至关重要的公理，并且在能量守恒原理，即热力学第一定律下得到了确证。[3]第一定律把能量看成是某个**量**，能量的转换是完全守恒的：燃烧一块煤可以把势能变为热能，但它对宇宙的总能量完全没有影响。但有一点第一定律没有考虑到。即便燃烧一块煤不会改变宇宙中的能量总量，它也改变了人类所能获得的**优质**能量的量；一旦一块煤被燃烧，它就不能恢复到当初未燃烧的状态。煤炭的燃烧提高了工业机器生产的效率，工程师和科学家们注意到一些很重要的现象：能量在机械过程中永远不可能得到完全利用。当发动机中煤炭开始燃烧的时候，其中的一部分总会以废热的形式消耗掉——以摩擦的形式，或由于发动机舱本身的加热。这种热并没有产生什么有效的功用，它无法转变成功效；它仅仅透过机器外壁消散到周围环境中。消散的热量依然是能量，它依然“存在”，因此也不违背所说的定律。但它是无序的，也是不可获得的。简而言之，它从可利用转变为不可

利用，从优质能量转变成了劣质能量。一块煤与它在燃烧后产生的热、动能以及副产品之间的差别，正是热力学第二定律的介入点。如果说第一定律倾向于强调抽象的宇宙“机制”，其中能量永不停歇地流动着，那么第二定律则来源于地球上人们使用机械、从质量上转换能量所获取的经验。如果第一定律的讨论趋于把能量想象为一种普遍存在的宇宙主体，那么第二定律则常常把它作为一种**资源**来加以讨论。

很快，人们就用宇宙学术语来阐释第二定律。在一篇题为《自 67
然界中机械能耗散的普遍倾向》(1852) 的论文中，威廉·汤姆森(后来的开尔文男爵) 认为，由于任何机械系统都会随着时间的推移逐渐却不可逆转地失去它的优质能量，因此宇宙也一定在慢慢衰退。虽然他还没有准备好给出预测，但是太阳和所有的星星最终都将全部燃尽。汤姆森在发动机中观察到的热量损失和低下的效率，将成为构建新的热力宇宙学的核心，长期以来，工程师们都知道这一点，但很少有人想到能量浪费问题会产生如此深远的后果。人们普遍认为，如果发动机效率低下，那是因为人造材料只能接近完美的、神造的自然秩序。正如我们所看到的那样，具有导向性的假设是大自然从不浪费任何东西。但汤姆森基本上颠覆了这个想法。他的工作并非建立在自然完全有序、发动机对它的模拟只能差强人意这样的前提之上，他认为现有的发动机，连同其浪费问题，为所有低效的能量交换提供了模型，包括自然界的交换。从而，汤姆森迅速从工业技术上发生的较小的能量损失问题，转移到太阳最终会消失这样的假设上。伊利亚·普里果金和伊莎贝拉·斯滕格认为，这是“从发动机技术到宇宙学的令人茫然的跨越”。[4]能量概念的统一性让这一跨越在某种程度上得到认可，事实上，它被认为是以同样的方式在巨大与渺小、银河与分子、自然与机械之间跨越。对汤姆森来说，这种跨越描绘出一条持续消耗的线路图。[5]

在这幅重新设计的图景中，热力学第二定律代表了一个强有力的论点，回击了把自然看成是完全平衡的、无浪费的经济这种居于支配地位的自然神学观。1870年讨论第二定律时，《不列颠季刊》上有位作者描述了似乎让整个世界成为一幅能量浪费实景的方式。在考虑了所有自然形成的像尼亚加拉大瀑布和维苏威火山这样尚未开发的能源，以及那些照耀在地球表面上没有用机器对其加以“储存和利用的”“毫无功效的”太阳光之后，作者得出结论：“我们确实生活在一个浪费的世界上。”[6]无处不在的能量耗散的想法对佩利的《自然神学》以及《布里奇沃特论文》中描绘的高效自然秩序似乎是一个决定性的挑战。

但是，正如里克·赖伦斯所指出的，“自然神学被证明是具有弹
68 性的学说，这是因为在一定程度上，若是借助一双灵巧的双手，它就能在压力之下优雅回旋”。[7]人们以一种微妙的方式，使用热力学第二定律来维持甚至支持自然的完美俭约这一自然神学概念。虽然能量不可避免地消散，但是它并没有完全“丢失”；熵在理论上是个守恒的量，即便它不能再做功。因此，汤姆森可以满含悖论地争辩说，废弃物并不会被浪费：“因为最能肯定的是，创造力本身可以产生或者消灭机械能，所谓的‘废弃物’不能被消灭，而这可能是能量的某种转化。”[8]对能量转化的强调只是自我安慰和自我欺骗，它产生的基础是，浪费只是作为一种外观或虚构的存在。它是直接从自然神学的剧本中编辑出的策略，在这里，如我们所见，人们把浪费仅仅看成是具有表现人类感知力限制性的功能。事实上，正如梅尔斯所言，汤姆森“把自己看成是格拉斯哥的自然哲学教授，牛顿的支持者以及他父亲的继承人，发现了‘那聪明和仁慈的设计强有力的证据’”。[9]汤姆森在他的《自然哲学专著》中写道，“如果没有能够

推翻一切的创造力，那么生命的开始和延续也是难以想象的，因此，在与人类现在所居住的地球的未来状态相关的动态科学中，找不到任何结论去对智能人类的命运提出令人沮丧的看法”。[10]几乎在汤姆森对第二定律所做的每一个构想中，都对宇宙的科学认识的局限性留有余地，并为神意的设计提供慰藉。[11]

在《不可见的宇宙》中，彼得·格思里·泰特和鲍尔弗·斯图尔特，这两位当时最著名的热力学家，扩展了汤姆森关于浪费的理念，明确地构建了一个新的自然神学观。对于斯图尔特和泰特来说，因为宇宙中消耗的能量必定存在于**某个地方**，因为它的“浪费”仅仅是就人类而言，因此它必然静待时机以便再激活。他们争辩说，掌握这些消耗的能量，并把它们聚集到“不可见的宇宙”中，使之恢复活力，这是上帝的事情。自然界能源“账户”的说法为存在最终账户管理员的观点奠定了基础，从而自然界得以继续臻至完美，这是早期神学论著中所描述的神意体系持有的观点。对于这些作家来说，热力学第二定律提供了一个强大的透镜，通过它可以观察自然世界的运作，但它仍然被认为在宇宙秩序中处于附属地位：“如果在那个不可见的宇宙中，这些定律被认为无效，或者以另一种方式起作用，也不会存在什么永久的思想混乱。我们也不能把耗散 69
看得与能量守恒定律同样重要。”[12]第二定律可能是物质世界的不可分割的一部分，但物质世界**本身**却并非不可避免。

正如经济学家尼古拉斯·杰奥尔杰斯库-勒根认为，如果“从认识论的角度看，熵定律可以被视为最大的转化，即便是经历过了物理过程”，人们往往回避、粉饰或完全忽视转化的含义，甚至在那些表面上假意要做出解释的作品中，这有时也会发生。[13]经济史学家菲利普·米罗斯基写道：“我们应该关注的是，热力学的兴起极大地修订了能量及其保存的含义；各位物理学家始终在尽他们最大的努力去否认发生了什么根本性的变化。”[14]在此我想强调的是，汤姆森以及与他志同道合的人士的著作中，关于浪费的那些模棱两可的话部分地出于神学上的义务，具有重要的生态意义。热力学第二定律，至少在最初阐明时，实际上同时编织了两幅“自然”的图景。自然界里，物质形式多种多样，在大肆地浪费和挥霍着。然而，自然作为一个理想的记录者——一个在前面的章节中讨论过的勤奋的“大管家”，记录下一系列账单——仍然是一个完全有序的、清晰的和神圣的经济系统。这两幅图景提供了具有代表性的域，从而构建了能量的热力学叙事。根据所提出的论点，自然界可以被描绘成一个燃料到处泄漏的储存地，或者成为一个抽象的簿记系统，追踪每一滴浪费的能量。哲学家米歇尔·塞尔指出，许多应用热力学模型的哲学家和科学家是如此“反对”第二定律：“他们中几乎所有的人都试图找到其短缺的地方。我相信，他们希望马达永远不会停止。”[15]那么，自相矛盾的情况就出现了：他们要建构某种宇宙学，并在它的基本理论中包含机器如何“停止”的概念，但维多利亚时代的热力学是要试图构建一个与工业动力的扩张和发展相契合的社会和神学话语。在下面的章节中，我想讨论的是，太阳的死亡是个关键所在，呈现出这些代表性的限制，阐明了人们对遥远的宇宙的特别关注是怎样掩盖了维多利亚时代能量消耗方面处于危险状
70 态的重要的生态问题。

热力学叙事

显然，太阳的死亡是一个关于衰落的宏大叙事：讲述宇宙从丰富到衰竭的故事。当然，这个故事的弧线完全由不可避免的终点和描述它的意象勾勒而成。汤姆森和泰特为宇宙的未来创造了

一个引人注目的愿景:“均质上呈现的热的状态——现在表现的明确和各自分离的所有一切都无可区分地混合在一起——混乱且黑暗。”[16]但是通过泰特、斯图尔特、诺曼·洛克耶以及其他人在流行的热力学作品中频繁地求助于拟人式比喻,太阳的死亡也在人类叙事层次上得到了明确的阐述。斯图尔特和洛克耶着手的一篇热力学文章指出,只要足够仔细、“如实”,科学概念也可以在小说中得到体现:

> 知识树的每一个分支都结着它自己珍贵的果实,然而,在这多样化中蕴含着一个统一体——一个类型化的共同体盛行其中。这种相似性也不仅仅是人的幻想,或是人脑为了自我娱乐而想象出来的。虽然它孕育出了丰富异常的作物,如类比、寓言、比喻和谚语,它们也不一定都是最好的,但比喻和谚语并不是或者应该不是拟构(fiction)而是事实。[17]

作者们声明科学真理和叙事之间具有通约性——这是那些虔诚的基督徒所持的重要观点,他们坚持认为“比喻和谚语”与当前科学所描绘的自然世界的新图景之间并没有差异。在这里,他们将一些小说排除在外,又将另一些小说牵扯进来:在上文提到的许多叙事中,有些将被证明是“真实的”,因而是“最好的”。在其他地方,斯图尔特甚至借用了连载小说中的技巧。在文章的第一部分“什么是能量”结束时,他描述了一块石头向上射出、下降时又落在一所房子上的能量:

> 然后,它在这里静止不动,丝毫没有任何运动的倾向,我们不由得想去问问,它开始飞出时的能量去哪里了?难道这种能

> 量从宇宙中消失了，却没有留下任何等价物吗？它是不是永远地消失了，还是完全被浪费了？不过，这个问题的答案必须得等到另一篇文章再来揭晓了。[18]

这不是真正的《白衣女人》，但在这个“惊险的故事”中，在热力学作品与传统叙事结构的某些主题统一起来的能量定律的支持下，我
71 们能够看到因果关系和行动向后果转化的踪迹。

也许最能说明热力学故事的例子要在斯图尔特最受欢迎的作品《能量守恒》中去寻找。斯图尔特在论述热力学第二定律、预言宇宙的“死亡”时写道，太阳像“一个支出超过自己收入的人。他的生活完全依赖于他现有的资本，他注定了要和同样以这种方式生存的人承担相似的命运”。[19]正如比尔所说，在那个时候，这种把太阳人格化的做法很常见。理查德·普罗克特谈起太阳的“伴侣”和“太阳兄弟”，[20]马克斯·米勒很形象地把它比喻成一位“威严的统治者，即将离去或谢世的英雄”。[21]斯图尔特的描述沿用了这一拟人化的传统，但他没有把太阳看成一个兄弟、朋友或是英雄，而是当作一个不思悔改的败家子，一个敌人。在斯图尔特为我们设置的情境中，他使用了人们熟悉的道德叙事手段，再加上一个易于让人识别的形象——一个生活入不敷出的人——以及坚持人应得到他该有的惩罚这样的惯例。斯图尔特的读者可能会想起理查德·卡尔斯通或奥古斯特·麦尔墨特，抑或是那些虚构出来的享乐者或恶棍，他们恣意挥霍，但在最后却要承担恶果。然而这里的关键在于，大自然本身就扮演了这个角色，成为一轮挥霍浪费的“太阳”，一意孤行陷入了破产。这样的道德论叙事不仅把自然（因其挥霍）置于有罪的位置，它还将宇宙坍塌的问题缩微到人类的层面加以考虑。

因此，太阳的死亡，有时被勾画为一种还很遥远的宇宙必然性，

有时它又被纳入更加直接的、明显是人类的叙事视野之中。如果这仅仅是一种启发式装置，用来让外行读者理解某个遥远的事件，那么它可能就不值得注意了。但几页之后，令人奇怪的是，斯图尔特又开始维护这种缩小时间维度的做法，将眼中宇宙能量的消散问题转化成一种对行动的呼吁："我们一直满足于担任比赛观众这样的角色，显然是忘记了我们实际上身处所有的问题之中。其中的矛盾不允许我们只是充当一个旁观者——因为这是一个普遍的矛盾，人人有责。"[22]这段话中让人摸不着头脑的是"比赛"和"矛盾"这两个词，含意模糊。格雷格·梅尔斯指出，读者"可能想知道对于太阳系能量的不断耗散，他们到底应该怎么做"。[23]这是很关键的，因为它同时凸显了热力学的不稳定性——不过这并没有做到前后一致——把能量概念作为中介，将遥不可及的无法逃避的宇宙事件和地球上人类义不容辞的职责联系起来。斯图尔特，以及汤姆森、泰特和洛克耶都试图在熵、废弃物和普遍的死亡这些不太可能的事物上建构一种道德宇宙论。 72

如果说热寂问题上时间的缩短可能会混淆宇宙和地球上的时间尺度，它还能促使热力学第二定律与某些宗教假设看上去不谋而合，这些宗教假设启发了维多利亚时代许多著名的热力学家的工作。一轮即将逝去的太阳的形象在他们中间产生了共鸣，因为它似乎确认了《圣经》提出的启示。怀斯和史密斯已经表明，汤姆森关于能量耗散的研究基于他对《圣经》预言的信念，特别是《以赛亚书》第51章第6节所说的："你们要向天举目，观看下地：因为天必像烟云消散，地必如衣服渐渐旧了。"[24]物质世界是短暂的，精神世界是永恒的。梅尔斯指出，"汤姆森回顾《旧约》的末日预言是为了维护守旧的、自然神学的观点，即上帝对自然的权力"。[25]虽然通过实际的科学计算，汤姆森和斯图尔特声称太阳余下的能量还能用几百万年，但他们还是把太阳的死亡看作一种神与人为中心的自然的标志，与道德论下的宇宙观相容，神的判决仍然被放置于人类的时间阈限之内。即便是人们用于表达能量失去的首选术语——“耗散”，也充满了道德内涵。因此，比尔认为，热力学可能被卷入了维多利亚时代更加广泛的科学发展中，它扩展了时间维度，在宇宙中去除了人类的中心化位置，其形象、术语和叙事行为也同时被拉到了相反的方向。布鲁斯·克拉克认为，尽管都强调时间的不可逆性和宇宙的时间性，但是“线性的热力学时间准确来说更像是神话而不是历史时间……假设的热力学因果关系被比喻为一种普遍的且似乎是迫在眉睫的神秘的命运”。[26]这样，热力学就使得能量耗散成为人性化和道德化的宇宙戏剧中的一个表达。正如我们已经看到的，如果城市不断增加的能量浪费产生了威胁，迫使个体叙事仅仅成为支出矢量，并破坏了某些常见的大型历史叙事的合理性，那么就要用这样的方式来建构太阳的“热寂”理论：保持个体道德化故事的表现力，且同时要和与这个无常的，甚至可以任意取用的物
73 质世界相关的宏大的宗教叙事产生共鸣。

因此，尽管看上去从根本上背离了自然的稳定和俭约，但是热力学第二定律仍然被纳入一个意义的体系之中，人们用做功和浪费这样的语汇编撰了一个神圣的寓言，创造了一个人类中心化的叙事模式。1860年，热力学研究在与达尔文的自然选择进化论的辩论中则以另一个反唯物主义者的形象出现。汤姆森和他的那个小圈子用第一和第二定律计算出太阳能量供应的持续时间，并（错误地）发现它没有燃烧足够长的时间，以便让达尔文所描述的演化以极其缓慢渐进的方式发生。这一计算让达尔文大受困扰，他认为他们是“进化论假说中最大的反对者之一”。[27]后来，太阳的热寂被网罗进了反达尔文主义的阵营，针对挑起事端、具有反目的论思想的自然

选择理论，成为力量强大的反叙事。达尔文清楚地表明他对物种的起源感兴趣，**而不是**生命的起源，另一方面，汤姆森的热叙事允许甚至鼓励的是关于绝对起源的形而上学推测。如果达尔文讲述的故事认为物质优于抽象、特例优于原型、开放网络优于封闭系统、有机生命的连续性和从属性优于人类经验的独特向心性，第二热力学学说的重点则在于其有限的时间性及其线性特点，在于人类中心主义的、带有目的论的宇宙秩序，在于神意监督下的自然俭约之上。达尔文似乎喜欢物质性自然界呈现的鲜明的不可化约性，汤姆森则将自然界转变成为一个满是浪费的抽象的剧场。

事实上，物质世界的价值的降低在某些方面是热力学研究项目早期阶段的关键组成部分。能量定律是严格的、不可僭越的：它们有利于描绘一幅宇宙的图景，其中的每一个运动都由一份最精确、充满活力的账目所支配。例如，人们真正关心的是，热力学能够支持完整的、确定的唯物主义理论。[28]这个结论正是汤姆森、斯图尔特、泰特、詹姆斯·克拉克·麦克斯韦以及其他的第一代热力学科学家想不惜一切代价避免的；相反地，他们坚信心灵和精神的力量，它有别于，或者超越了，或者某种程度上不同于能量所遵循的物理定律。正如汤姆森提出的看似浪费的能量所进行的神圣转化，也如斯图尔特和泰特所强调的“看不见的宇宙”，它超越了仅仅“看到”的世界，这些作家还建议，思想的世界代表着超越严格的唯物 74
主义的另一种方法，非物质世界可以取代能量定律设置的那些严格的参数。

这是像能量这样在实体上模糊不清的概念所具有的危险。在这无形的物质界，或如加斯东·巴舍拉尔所说的“非物质化的唯物主义”，能量可以被看成是心态、精神、物质之间的中介物。[29]在一篇关于太阳能的有名的文章结尾处，斯图尔特和洛克耶讨论“制造一台无限精准的机器”，它可以通过一个很小的——事实上几乎不存在的——能量推进器来转化大量的能量。他们写道：

> 例如，我们可以设想一台电子装置，它如此精妙以至于只要有一定数量的定向能量（它小于任何可以分配得到的可用于突然启动的电流量），它就能穿过大西洋，并且（单就物理结果而言）在大洋的另一侧引爆一份杂志。事实上，大自然的力量似乎就是这样的，建造无限精准的机器并不是不可想象的。[30]

在这里，技术和人类几乎是息息相关的，就像地球另一边发生的爆炸仅仅起因于转瞬之间欲望的召唤一样（这一可怕的想法在随后的一个世纪里成为事实）。但是，对于这种说法所必须嵌入的更广泛的网络，人们却没有给予足够的重视。在创建和维护这样一个跨大西洋的装置时发生的巨大的能量消耗，以及用于制造炸药的资源，却没有得到计算。我们只需要将“定向能量（它小于任何可以分配得到的电流量）”与用于激活的海量能量进行比较就知道了。这样，斯图尔特和洛克耶就含蓄地为这个世界上不是由热力学定律严格限制而是让人类心灵发挥作用的惊人的力量做了辩护。这种观点含有神学的成分：在某个层面上，他们显然是把自己放在免受能量定律确定性影响的位置上。他们写道：“一个活生生的人不仅是一台能够运动的机器，而且他产生的运动是不连续的，并且具有多种多样的方式，除非是在非常有限的条件之下，否则这根本无法计算。”[31]但是，作家们也倾向于认为，技术想象力完全能够克服物质世界的局限性：

> 让我们设想一下，具有超常动力的蒸汽被人类的思想控

> 制。目前，情况深化了。我们继续研究时发现，仅仅一台发动
> 机就能费力地将热转化为功；如果我们接着深入研究，直到眼
> 前展开一幅胜利的场景，原本微弱的难以感知的思想的小溪流 75
> 已经流淌成一条宽敞的大河，水面上呈现的是人类创造的所有
> 的功绩。[32]

这段话展示了精神和物质层面复杂交织的关系：人脑有能力设计出蒸汽机，它又成为人精神力量的隐喻，从而使作家将思维**本身**神化成为一种不可抗拒的动力。[33]正如我们已经看到的，这种思维过去曾是，并在未来将继续成为能量神秘感的持续来源：它印证了一个想法，即资源的稀缺性并不是什么问题，因为人类的智慧总是会想出办法，从越来越少的能量支出中产生越来越大的能量效应。事实上，这仅仅是一种信念，但它深深地根植于维多利亚时代（和现代）的想象中。

我们也许还可以在以汤姆森为首的热力学研究和达尔文在这一时期提出的进化生物学研究之间进行有益的对比。对于达尔文来说，像自然“定律”这样的比喻是很成问题的，恰恰因为它承载着神学的负累。想象宇宙的运转要遵循某些“定律”，这就好像要再造一个神意统治与意图性的模式。[34]乔治·莱文争辩说，这个比喻困扰着达尔文，即使这让他有时能够使其自然选择学说中的“机遇驱动”的理论所包含的一些更为激进的内容温和一些。他写道：“科学家们承认一个结构理想的、人类可理解的世界是存在的，这便是对智力本身免于受无机自然规则约束的观点的支持，其形成的反讽也加重了达尔文的困境。智力本身就是统治者。”[35]相比较而言，汤姆森、斯图尔特、麦克斯韦，以及其他物理学家并不关心自己研究的“定律”有什么样的比喻——包括热力学第一定律和第二定律；

的确,"定律"这个术语带有神学的含义,这样的事实完全符合他们的观点,即在科学与《圣经》之间寻得一致性。但于我们的目标而言更重要的是,达尔文曾试图避免的神学含义因此蕴藏在热力学研究中:在某种程度上,心灵高于物质,因此,用莱文的话来说就是,心灵"免于"自然进程。

我想补充一点,这种豁免意识并不仅仅是那些明确提倡神学兼科学的宇宙观的人所拥有的。即使像赫胥黎这样的非神论者
76 (non-theist)也认为,人的心灵在能源关系的宇宙中起着独特的监督作用:"他可能只是一棵脆弱的芦苇,如帕斯卡尔所说的,是一棵有思想的芦苇:他的内在储藏着一笔能量资本,运行理智,就此而言,他似乎遍布整个宇宙,他足以影响或改进整个宇宙的进程。由于他的智慧,小矮人竟让泰坦也屈服于他的意志。"[36]人类智能是它自己的能量"资本",它既连接于同时又独立于宇宙中其他的能量形式。"能量"一词让赫胥黎占据了与人类生活相关的唯物主义立场,且仍然为人的智能保留了一个特殊的、宇宙论意义上的重要位置。这种豁免意识对理解能量有着深刻的生态影响,因为它表明人类有一种才赋——特别是技术才赋——可以让自己逃离自然限制。在第六章中,我们将看到罗伯特·路易斯·史蒂文森如何使用这种豁免意识,他在《杰基尔医生和海德先生》一书中虚构出杰基尔的堕落。

因此,通过"热寂"说建构的宇宙神学叙事,其带来的影响远不止以自然为代价而让人加倍推崇神学。它们也有助于让技术科学的发展成为一个能量浪费不可避免的世界中的道德长处。怀斯和史密斯写道:"衰退为自然神学开辟了新的前景。如果说,在永恒的运动中维持平衡的机械定律表明了上帝合理性中的善良,那么贯穿始终的缓慢衰退则表明了道德选择中的善。"[37]当斯图尔特呼吁

“普遍的矛盾”时，这确实是岌岌可危的问题。单是等待最终“自然界的能量浪费得以转化”依然不够；对那些还可使用的能量反而应该去做一些事情。怀斯认为：

> 认为第二定律只适用于耗散是错误的。在发现定律的英国人的解释中，文明进步的状况和人类的道德义务在让自然界拥有的生产力得到最大限度的利用上同等重要。如果对其不管不顾，这些力量必然会消散，毫无意义……文明的历史进程，有赖于将这种衰退引入生产性工作，这在现在比以往任何时候都更加紧迫。[38]

在这里，怀斯把这样一种普遍的意识编织进自己的描述中：在人类历史长河中，对太阳能的浪费将会在地球上有所反映。他还指出，为什么汤姆森和他的那个小圈子作为忧郁和崩溃的使徒形象错过了他们工作中的一个重要组成部分。太阳的死亡是可怕的宇宙必然性呈现出的一个令人敬畏的景象，但它也意味着面对一个不断衰 77
退的世界，在不断扩大的能量密集行为上，我们有着道义上的正当理由。维多利亚时代热力学科学家们的工作不断地提醒着我们，通过人类智能的强行干涉，可以使一个恣意利用能量的宇宙乖乖就范。利用在前面的章节中我们看到的廷德尔使用的意象，斯图尔特和洛克耶写道：

> 宇宙中有多种能量，像变形杆菌一样，总在改变它们的形状。如果不是这个习惯，我们早就应该能理解它们了，但是唯有当其努力逃避实验者把握的尝试全部付诸东流之后，它才会停止挣扎，告诉我们真相。[39]

像汤姆森、焦耳和卡诺这样的“实验主义”工程师发展的工业技术是呈现“真实”的窗口，也是保障秩序的手段。同样，在热力学著作中，通常用来描述能量所借用的社会比喻也表明了对人类控制和管理能量的倚重。斯图尔特和洛克耶写道：“在社会世界中的能量是很好理解的。”他们描绘了一幅社会稳定又可理解的图景，让看似不易了解的（且无序的）自然能量相互一致。[40]这种社会物理类比不仅像梅尔斯所说让当前的社会关系自然化，而且还在那些社会关系中埋设一种秩序，这要是留给自然自身去设计的话，它定会不假思索地抛弃。事实上，在斯图尔特把太阳看成是肆意挥霍的败家子这一观点背后，隐藏着一种社会世界观，它既稳定又在道德上清晰可辨，那些挥霍无度的人最终无法逃离自己的命运。

那么，热力学宇宙论，借自然浪费的不可避免而将人类能量的使用道德化，似乎是依赖于一个相当简单的叙事，其中不可持续的自然能量体系以太阳死亡的形式达到其应有的结局。然而，由于这个宇宙观实际上涉及两种截然不同、几乎是不可比较的时间——宇宙的和人类的——因此它需要持续不断地处理好时间，其运转是和以稳定、因果关系及时间上的易读性为前提的“现实主义”叙事相对的。[41]我们已经看到，在某些时刻，宇宙事件被降格到人们能够想象的叙事参数，使太阳能的消耗处于人类的掌控之下。然而，在另一些时刻，人们又强调时间阈限的广阔性，以及剩余能量储备的
78 无限性。例如，在《看不见的宇宙》中有一处，斯图尔特和泰特试图让读者感觉到他们讨论的秩序的重要性：“太阳系目前所存储的能量是如此巨大，几近于我们在无能为力时所说的无限，它可以给绝对无法估算的未来提供能量，用于生命的物理存续。”[42]对这种能量供应无限性的强调，在遇到其他地方人们迫切关注的热寂时就感到忐忑不安。正是由于能量能调和，因而又能摧毁不同系统之间数量

维度的区别，作家可以在本地和宇宙能量支出的说法之间穿梭而无需解释。[43]

造成不同时间尺度之间的这种紧张关系的关键在于，强调人的“无能为力”更甚于储备的“无限”，因为它唤起了人们对宇宙能量令人敬畏的力量和富足所产生的宗教情感。这就是维多利亚时代的热力学，既脱胎于应用工程学，又承载着宇宙的宗教意义，它关注如何进行调解，即能量使用如何“促进”，如何带领我们去思索自身的“无能为力”。能量耗散是自然的、不可避免的，太阳的热寂是一个可怕的符号，在强硬的热力学定律手中，它面临的是既定的命运。但与之俱来的是，人们认识到了未来自身能力的壮丽前景，等待着那些工作努力且高效的人去理解那些定律，并利用它们将自然界浪费的能量重新转化为宝。维多利亚时代的热力学可能是个非常严峻的话题——大家共有的这个印象是有些道理的——但它也包含了某种必胜的信念，某种宇宙能量的秘密已经被解锁的意识，而这个宇宙现在正等着人们去发掘。由于非物质优于物质的见解，人们贬低自然；无独有偶，这种现象还出现在人们试图通过技术的介入而把它变成人们可以利用的巨大能量库时。

因此，能量的供应是有限的，但这供给又是无限的；时间是短暂的，但这时间又是不可估量的长远的；现在依然存在一定的空间让我们介入其中，但条件是绝对固定的，我们也没有能力去改变它们。这些与其说是一大堆的矛盾，不如说是一个多视角的棱镜，能够不断转换时间尺度，以及将拟人式的比喻选择性地应用到非人类的事物上。热力学理论在无限的秩序之间，在太阳能明晰的图景和 79
让人敬畏、深不可测的宇宙储存库之间不断转换，努力地去调整能量相关问题中**可以想象**的部分。热力学叙事是一个由太阳之死所体现的不可阻挡的衰落和耗散的宇宙故事，是对人类领域自由的、有目的的能量使用所做的道德叙述；它是工业技术持续发展的指南。通过这些对能量和能量耗散的不同想象，另一种不稳定的观点也出现了，但这一观点把大规模的、系统的条件看成是固定的和不变的，而把在这个系统限制下的行为看成是迫切的道德责任。对于在能量的使用和用途上，什么是可以想象的，什么是不可以想象的，斯图尔特、汤姆森等第一代热力学家们正在努力创造一种福音派资本主义的宇宙观。[44]

于是，太阳的热寂有助于建构一种理论以及一门考虑生态问题的宇宙学。我们可以看到，我们讨论过的所有问题都可用斯图尔特的一句话来概括："普遍的热扩散形成了我们所说的宇宙中的巨大垃圾堆，而且它每年都在不断地增长。目前它并没有明显地阻止自身发展，但谁知道呢，我们切实意识到它在不断增长的那一时刻，也许尚未到来。"[45]亥姆霍兹在谈论太阳的热寂时，将宇宙描述成一个"无限的时间的海洋"，因此声称，对于恒星崩溃的预测，"我们无所畏惧"；而斯图尔特对人们"每一年"感受到的能量损失所做的强调，反映了这个问题的紧迫性。[46]但是也要注意他运用的引人注目的比喻。斯图尔特用了"巨大垃圾堆"这个比喻，不只是要将数量降低到可以想象的参数上，而且企图将那些消极的、造成生态灾难的工业性质转嫁到自然上。巨大的能量损失，成堆的垃圾和残骸，普遍退化的景观：这些事情**仅仅是发生着**，它们是可悲而又不可避免的自然秩序的一部分。因而，工业界得到了澄清，并被改头换面，成为效率和组织性的主体。依照这个观点，工业似乎是对白白浪费的宇宙加以利用的唯一手段，而不再显现它该有的面目：形成"垃圾堆"和广泛的环境退化的**原因**。

事态的发展确实奇怪。《能量守恒》可能预示着现实主义叙事中的数字与情节，呈现出一幅稳定有序的社会世界图景，这也是此类叙事所产生的来源。但这本书突然不加解释地讨论起时间的崩溃，时间尺度戏剧化地弯曲，究其原因，似乎要追溯到路易斯·卡罗尔，而不是安东尼·特罗洛普。从这些太阳垂死的故事中产生的热力学宇宙论，为自然与工业之间的关系展现了一幅惊人的、颠倒的 80
景象。虽然热力学起源于对工业技术效率低的研究，虽然它有助于强化能量是有限资源的概念，虽然它用科学的术语描述了化石燃料的燃烧为何是不可逆的过程，然而，它只不过是要来绘制一幅画面，表明**工业**是解决浪费的答案，而**自然**则是危险的不可持续的体系。令人惊讶的是，发动机这一工业技术的缺陷被假设成为宇宙浪费的模型，被人们想象成为让人类文明有效的、有组织性的手段。但要实现这样一个奇怪的转变，只能通过这些高度可疑的叙事手法了。

热力学和化石燃料资源

因此，我们可以返回到太阳的死亡，以及特殊的叙事压缩形式，这是斯图尔特用来让能量浪费显得紧迫的策略。正是这种压缩——将数百万年的太阳能戏剧化地压缩成可以在人类历史上的“每一年”测量的支出——**体现**在煤炭的能量中。1915年，乔治·霍金斯指出，在煤燃烧的时候，“需要年复一年才能生产出的东西只要一个小时就能以辐射热的形式被利用”。[47]那么，如果我们想象，化石燃料能量的使用现象表现——事实上，甚至是**支持**——我们在斯图尔特和他的拥护者的工作中看到的压缩叙事时间，我们就可能想象到，太阳的死亡所象征的内容很不同于热力学科学家强调的东西。虽然这即将死亡的太阳可能已经被塑造为自然浪费的最终化身，但作为维多利亚时代人们“恐惧”的焦点，也许它还是有其特有的力量的，它暗示工业秩序的快速自我耗损，以及这种秩序产生的自然退化。事实上，像斯图尔特使用的“巨大垃圾堆”这样的比喻，以及他提到的宇宙的衰退触手可及，都是行之有效的修辞手段，这**恰恰是因为**，读者对这种现象有亲身体验，因而能够或者曾经感受到消耗掉的能量还会有某种残存——以工业空气污染、渣堆、煤尘、河流污水等形式——“很明显地出现”在他们的日常经验中。斯图尔特自己也在其他地方承认，太阳的热寂距今仍然还有数百万年，要让“我们”对能量损失“不断增长”获得第一手经验，除非它是以目前威胁到环境现实的垃圾堆和其他有毒副产品的形式，否则这是极不可能的。换句话说，虽然文章中似乎并不打算采取这
81 种方式，但是它几乎控制不住地将太阳的热寂与当代环境状况联系起来。尽管它或直接或含蓄地表达了对工业发展的保证，但其中的热力学论述还是孕育着含有生态观点意识的种子，涉及资源浪费和不可持续的**人类**能量实践行为。克拉克指出：“热寂的预言［曾是］‘能量危机’的原始形式。”[48]即使热力学预言用神话而不是历史的术语表达了时间上的不可逆性，它还是广泛地表达了一种“危机”意识，这可能提示人们对人类的能量消耗应该采取具有生态意义的方法。

换句话说，如此频繁地使用拟人来描述太阳的死亡极具两面性。一方面，它清楚地表明了我所描述的所有方面都存在着人与神为中心的道德宇宙。然而，另一方面，它也暗示了一种极度的夸张，将人类的法典和意义结构深深地延伸与强加到宇宙的各个角落里。如果说“人类世”就是（用克鲁岑的话）人类成为“环境力量”的时代，就是人类成为（地质学或者气象学）领域的主角，迄今为止这样的领域只能由非人的因素来塑造，那么，太阳的死亡随即使人们认识到新纪元已经到来。

比尔认为，继汤姆森1862年出版的论文《太阳的热量时代》之

后，到了19世纪70年代，人们对热寂说的关注达到了普遍的高度。这种兴趣是由很多现象引起的：越来越多的人认识到热力学的中心性，大众媒体中热力学概念的广泛流传，以及汤姆森的预言在进化论辩论中所起的作用。但如果说我们还可以在太阳的“热寂”中看到“不可持续”的强大叙事——例如自然体系的不可持续的发展方向以及或隐藏或无意识的工业实践的不可持续的发展方向——那么，我们可能要把对热力学第二定律的关注看成是因资源枯竭和环境破坏而产生的广泛的生态焦虑。“热寂说”和对宇宙未来能量供应的担忧，在“煤问题”引发了一场关于未来英国自身资源的全国性论辩的同时，也成为大众想象的一部分，这绝非偶然。事实上，煤炭问题和太阳的热寂既涉及基于不平衡的能量预算之上的枯竭说，也涉及能量损失、未来可获得的燃料供应以及即将带来的可怕后果都具有的不可逆性和必然性。在使用的流行的比喻性阐述中， 82
热力学也借鉴了工业机械的形象来描述宇宙的运作。“为人可见的宇宙完全可以被看成一台巨大的热力发动机”，斯图尔特和泰特这样写道，他们把太阳描述成太阳系里的“熔炉”。[49]正如我们已经看到的，生产主义把阳光和煤炭供应相联系起来，经常把后者想象成储存和埋藏前者后的所得。但是，正如特德·安德伍德所指出的，这一对比在相反的方向上也起着作用：人们常常用显然是机械的和工业的术语来勾画太阳。他写道，许多19世纪的作品重新表述了那些传统的对立，“田园牧歌般的阳光基本上可以说是工业之火的反映”。[50]尽管有些热力学写作摧毁了工业的和宇宙论的著作，弘扬命运注定的、非物质化的宇宙论观点，但在停止运转和用尽燃料的熔炉的相关描述中，我们可以阅读到杰文斯和其他人曾说过的对自然资源枯竭感到焦虑的表述。事实上，当斯图尔特和泰特写下“热是我们这个宇宙中最卓越的共产主义者，毫无疑问，它最终会让当前系统完结”，在各层次的比喻之间、在微观和宏观之间产生的区别将不复存在。[51]梅尔斯指出，词语“当前系统”将整个宇宙与工业资本主义秩序合二为一了。[52]

在公众的想象中，这两种现象有着明确的联系。1868年，《贝尔格莱维亚》上刊登了R. H. 帕特森的一篇文章——《科学上的感觉论》，其中他写道：

> 除了预测我国煤炭资源的迅速枯竭，想象我们半数人口将会消失、另一半人依赖森林获取燃料之类的事态必然发生……当前那些领军人物所表述的科学，预测未来将会有更大的灾难，这让我们大为惊讶。他们说，太阳本身，很快就会耗尽。[53]

帕特森对于能量如何做功有着极为特殊的想法，而他这样想的目标则是，最终要去嘲笑这两种耗竭说，认为它们“哗众取宠”，但他还提出它们二者之间可以被想象为具有深刻联系的，这两种灾难彼此是交织在一起的。人类消耗能量，又在逃避责任，他们试图应付国家燃料短缺的现象，“科学”告诉我们，他们“很快”就会发现自己要去面对在整个宇宙中都发生的同样问题。帕特森在他自己的描述中表现得很耸人听闻，但很显然，时间尺度的崩溃在理解热寂这
83 一理念时已经为人们感受到。[54]

更严格的是，1866年伦敦《泰晤士报》上，一位匿名作家探讨煤的问题时，把其看作能量科学构架的有关耗竭的更大叙事的一部分：

> 我们也许不愿意考虑这些令人沮丧的后果（煤的供应的耗竭），然而它们一定会到来，就像明天太阳依旧会升起一般……

> 有些哲学家说，我们整个太阳系，就像一座上足发条的时钟，处于急速运转当中，终有一天要走向混乱，黯淡无光，死气沉沉，毫无生气，混沌无序。如果是这样的话，我们就没有理由再抱怨我们自己前景颓败，让我们这一代人深感安慰的是，这在他们的时代不可能发生。但我们的煤能维持多久呢？这就是问题所在。[55]

即将停止的时钟这个比喻，把两种理论结合了起来，这在汤姆森和泰特对太阳能衰减的描述中曾经出现过（“这必然就像一座时钟的钟摆，运行到其最低位置之后它再也无法上升，除非某种还没有耗尽的能源给予它新的能量，所以行星前仆后继，随着时间的流逝，会向着太阳发生蠕变”[56]），同样出现在杰文斯所说的不断减弱的煤炭供应这样形象化的描述里（“煤的所有特性，使它被认为是最好的天然原动力。它像一个发条，在地质年代里被上紧，又让我们松了下来”[57]）。这个大家共用的比喻**本身是一种**压缩时间的方式，尽管煤的问题和热寂在时间尺度上差别巨大，但还是把二者连接起来，运用同一个比喻，将它们放置到日常经验的时间阈限之内。但热力学运用这种压缩的方式是为了强调自然界的浪费，而《泰晤士报》的作者这样做是为了强调工业上的浪费以及解决不可持续的人类行为的迫切要求，因为那将会导致人类的毁灭。就像斯图尔特，他并没有把城市的衰落和解体归咎于自然，他用热寂时出现的混乱和无生命的死亡景象（回顾一下汤姆森关于“混乱和黑暗”的警告）来加强人们对即将到来的、人类造成的生态灾难的印象：“我们这个烟尘积垢的曼彻斯特和伯明翰必将被碾成废墟，犁过它们的地盘。”[58]

我们也注意到，19世纪60年代，“人类世”文献史上另一重要

的文献问世。1864年，美国环保人士乔治·帕金斯·马什出版了《人与自然》，这是主张人类活动对地貌具有重大影响的第一部重
84 要作品。“现在我们扯平了，”他写道，“劈开我们住所的地板、护墙板和门窗，用作燃料，温暖我们的身体，煮沸大家的肉汤。”[59]对于马什来说，处于危险之中的“住所”不仅仅是建立于能源密集行为之上的现代文明结构，而且更是地球本身。于汤姆森而言，如此一来，太阳的冷却有朝一日会让地球“不适合人类居住”，而马什看出人类的行为方式对自己的居所造成的影响：“地球正在迅速成为它最高贵的居民不再合适的家园，进入人类挥霍的别样时代……它使得生产力低下、地表破败、气候极端，以至于物种堕落、野蛮化，甚至灭绝。”[60]两位作者使用了相似的意象，描述了自我消耗的能量现象的动态景象。但是马什将这种意象直接纳入人类的领域，来描述人类活动对整个生物圈的深远的生态影响。

因此，太阳的热寂是一个不稳定的生态能指。最初它被想象成宇宙的中心，为工业的持续扩张和自然资源的丰收提供能量，但它看起来却越来越像是要背道而驰：这个强大的“绿色”的比喻，夸张点说，形象地代表了人类使用能量造成的环境破坏的规模。工业似乎在重塑整个宇宙。如果从表层来看，描述太阳热寂的这一无情的拟人在连贯的道德叙事结构内，构建了宇宙的过程，同时它表明人类对于广大的外部环境而言，已经具有了深刻的塑造力。如果汤姆森、斯图尔特以及其他领头的热力学科学家没有明示热力学与城市生态之间的关联的话，其余的科学家也已经说得很明确了。即将死去、能量耗尽的太阳，几乎是唯一照耀在城市上空的天体，这在许多作品中都出现过：从《纪念荒凉山庄》到《暗夜之城》再到《19世纪的暴风云》以及《时间机器》。诗人、小说家和评论家提供了一扇独特的——有时可能是试验性的或者模棱两可的——窗户，通向

人们对能量消耗和环境破坏的日益增强的意识。在下一章，我想讨论狄更斯《荒凉山庄》开篇部分使用的这个修辞手法。小说中，通过把人类行为与非计划的、广泛的影响联系起来，我们可以看到不可持续的能量使用和浪费这一观点的根源所在，从而帮助人们去理解为何人类的集体行为可能会产生“普遍的”后果。这里还涉及对时间尺度的把握——很显然，太阳不会受到人类行为的影响——但 85
是，热力学作家如泰特和斯图尔特并不承认其尺度的突然变化或他们所使用的比喻存在什么样的危险，为了我们可能认为的原始环保主义的担忧，狄更斯对这个比喻加以再利用，其中还伴有新的认识论压力的意识。 86

第二部分

不可持续的小说

第三章
狄更斯《荒凉山庄》中的能量系统与叙事系统

在悠久的狄更斯批评史上，从G. K. 切斯特顿到J. 希利斯·米勒再到亚历克斯·沃洛克都用“能量”这个词形容他的小说所具有的独特品质。[1]由于这个词语意义广泛，毫无疑问，它已经成为如此常见的批评比喻。“能量”似乎捕捉到那么多狄更斯的独特之处：他因勤勉而从低等中产阶级出人头地；他疯狂繁忙的工作日程；他不断生成的伟大的想象力；他精力旺盛、人头攒动的小说世界；当然，还有他伟大的小说主题——这个世界上第一个能量密集型的经济世界。从字面意义上来说，“能量”汇集了我们对狄更斯个性的两种重要认识。走近来看，它抓住了狄更斯人物完全因源自自身的特殊生命力而焕发出勃勃生机的方式；从远处来看，它描述了所有这些特殊的角度如何形成了更大的关系之网，即W. J. 哈维所谓的狄更斯小说中的“复合力场”。[2]狄更斯人物的这种独特的相互独立的存在——“孤独”，V. S. 普利切特称其为“特殊品质”——实际上是某些不可见的影响和结果结合在一起形成的。[3]当然，狄更斯小说中富有活力的不仅有人，还有树、帽子、眼镜、门环、建筑、绘画、桌子和鞋。如E. D. H.约翰逊所说，这种“有生命和无生命物品的充满想象力的混合”意味着，“人与环境之间存在一种互惠的关系”。[4]总之，“能量”一词表明了我们可以统称为“生态逻辑”的观点，从某种意义上说，人物、事件和环境相互塑造、相互表达、系统互联。

当然，我们谈论狄更斯世界的能量时，不能不谈到他语言的能量——它的丰富，它的活力，它拥有的力量和宽度。也许最重要的是，狄更斯的语言呈变体形式——它穿梭于美妙的比喻中、精致的反事实里，还使用多层的双关语。它创造了一个无处不在的变化着
89 的世界，在那里，火像时钟一样嘀嗒嘀嗒，房屋互相凝视、穿透了石块，整个城市响动着，像一块"巨大的玻璃，振动着"。[5]狄更斯的风格不仅给予即使是最轻微的人物和无生命的东西自身独特的热情，而且它提供了在一种厚重且无处不在的媒介中存在的共生现象：这种媒介既是万物居所的物质环境，又指向由文字塑造、激活并连接起来的环境。

正如我在前面两章中所讨论的，热力学论说也叙述了看似不同现象之间的联系，以及把动物和机械、有机和无机、自然和工业关联到一起，从而形成复杂的力的关联系统所需要的各种转换关系。像狄更斯的与热力学想象相关的作品，充满动感，含有各种变体。由于热力学在19世纪中期既是科学学说，又是大众流行观点，因此，我们经常拿来形容狄更斯小说的那些词汇，本身就是在他创作的时候诞生的。《荒凉山庄》(1853)得到了许多重要批评家的肯定——J. 希利斯·米勒、安·威尔金森以及巴里·戈尔德——作品与能量和熵在主题和氛围上都有密切的关系。[6]小说所想象的景观充满了能量过程的描述——昏沉暗淡的灯光、忽明忽暗的蜡烛、渐趋熄灭的灰烬、"摇曳不定的火光"，以及各种形状和样式的"不明方向的能量"，当然，还包括"自燃"。[7]这种想象的模式似乎是一个系统性的问题，而不仅仅是什么一般的惯例，因为大法官法庭的操作很快教会我们，要把我们所遇到的不同地点和人物看成是某个独特的、互相联系的整体表达。此外，它连载的第一部分，含有"太阳的死

亡”这一有名的描写；在出版一个月后，威廉·汤姆森发表了他的太阳热寂说——《自然界中机械能耗散的普遍倾向》。这些文本不仅是19世纪有关太阳崩溃最强大的论述，而且它们用不同方式表明了遥远的宇宙事件和在地面上运转的新兴工业秩序之间的关系。尽管狄更斯在写《荒凉山庄》时对汤姆森的讲座一无所知，但他们共同的想象反映了科学家和小说家共同的一套思想。资源的使用和浪费，个别单元和全系统之间的关系，资本和能源之间的概念同构，产业技术运用造成的自然界占用现象——所有这些问题都引起了狄更斯及其同时代热力学人士的浓厚兴趣。库恩、米罗斯基和安德伍德已经证明，要对能量概念溯源，在浪漫主义作品和19世纪政 90
治经济学作品中的比喻集群里都能有所发现；同时，我们认为，熵的概念是在城市卫生改革的讨论中，在把城市体系看成一台以不可持续的方式消耗能源的机器中逐渐显示出来的。换句话说，即使狄更斯没有在业余时间细画出其中的工程图纸，他也了解形成热力学研究工程中的概念群体的大量说法。

那么，《荒凉山庄》可以被有效理解成一个热力学的文本。但从这个方面来说，如果我们一定要扩展“热力学”的概念，我们必须看看小说的不同处理方式，还有它自己的承诺、兴趣和一般的要求如何为我们提供有关能量的表述，这种表述既呼应又挑战了维多利亚时代科学话语中的能量表述。如果我们接受这样的前提，即汤姆森和狄更斯有着共同兴趣，以及双方都关注做功、浪费、效率和系统性这些东西，因为这些东西有助于对新兴的工业文化形态加以界定，那么我们也应该关注各种说法在呈现方式上的差异。在下文中，我想探讨这种共有的且有争议的地方，以便讨论《荒凉山庄》是如何被看作一种**替代的热力学叙事**，如何把环境和自然的占用放到了能量形式表述的中心位置。

资源和成本

最重要的也许是，狄更斯将大法官法庭视为资源密集型系统的代表。它当然要在时间和金钱上付出代价，但这同样表现在各种物质性的东西上：油墨、纸、蜡烛、橡胶、胶带、蜡、木头、油、油脂和气体。[8]狄更斯在他所有对这个大法官法庭及其环境的描述中，都坚持它们是黏黏的、陈腐的、混乱的、闪烁的、分散的存在。但是他感兴趣的还有：揭发资源开采网络，追踪特别为这种大法官法庭，进而为整个城市供应物质的方式。例如，他描述了为供给这个法庭而运作的资源提取网络：

> 图金霍恩先生离开了德洛克领地的起伏不平的绿色山岗和枝叶茂密的橡树林，转移到空气闷热、尘土飞扬的伦敦城去。
> 91 他在这两个地方来去无踪，这就是他这个人莫测高深的一种表
> 现。他到切斯尼山庄去，就好像切斯尼山庄是事务所的隔壁，而回事务所来，又好像他根本就没有离开林肯法学院广场……在这片可爱的田野上，绵羊都做成羊皮纸，山羊都做成假发，牧草都做成了饲料，而图金霍恩先生就像伦敦一只熏黑了的鸟似的（它和其他的鸟一起栖息在这个广场上），他形容枯槁，老朽不堪……这会儿正逍逍遥遥地回到家来。[9]

这段文字中出现了许多转化的物体。首先，出现了大法官法庭，它将绵羊与山羊区别开来，结果让它们转化成不同形式的浪费。其次，有狄更斯式的散文，记录下了这些转化的恣意和无情。他的语言提醒我们大法官法庭的物资来自何方，但也直接跳过了羊都变成

了羊皮纸的暴力、牧草都做成了饲料的过程。狄更斯的语言既揭露了，从某种意义上说，又表现了这些转化中潜在的残酷。同时，我们意识到一种更广泛的转化正在发生：自然的空间正被改造成城市空间，变为城市的采石场。

事实上，图金霍恩在不同的地方看似瞬移的能力，反映了这些突然的、大规模的转化现象，说明表面的距离只会隐藏更深和更私密的途径，通过这些途径各种不同的区域融合成一个单系统。律师毫不费力的位移在小说中表现得令人惊讶，他从一地移动到另一地的过程通常被描述得很详细，但也往往付出了沉重的代价——想想乔的“勇往直前”或结尾处埃丝特在伦敦街头疲惫不堪地追寻母亲。事实上，就大法官法庭的律师而言，“移动”或“做运动”始终是一个昂贵的命题。狄更斯在这里运用的语言，即“就好像是事务所的隔壁”，迫使读者把图金霍恩想象成一个能在有形与隐形之间任意转化的人，同时又提醒读者，这样的能力只是语言的技巧，一种虚构。如果图金霍恩看上去违反了物理定律的话，那只是因为，在别的什么地方，存在着允许这样的结果发生所需要的相应的资源代价——譬如，要雇佣一辆马车，或者饲养一匹马。他虚构的力量不仅仅由客户的银行账户来维持，而且要由绵羊和山羊（代表法庭的假发和羊皮纸），再者，扩大开来说，还有他自己的力量来支撑。在某种意义上，自然资源转化成为符号资源，让图金霍恩这样的人创造自己对环境的无形的掌控。

如果这个场景给了我们一个更大的资源消耗网络的意识，那么
在其他地方，《荒凉山庄》则映射出较小的网络范围。我们看到：在 92
消耗家人的身体力量时，图金霍恩先生的行为才有可能实现；恰德班德先生夸张的移动总是和油、油脂以及消费其他人的食物联系在一起；斯金波先生的幻想小说创作是以柯文塞斯和他的孩子为代

价的。每一个结果的产生，尤其是那些看起来最虚无缥缈的，总是以系统中的另一个点为代价。全知的叙述者居高临下，通过追踪这个网络展开叙述，而埃丝特则是身体力行地走过条条通路到达各个终点：到布里克迈克家里，去柯文塞斯的公寓，走进杰里比的家里。在不同的方式下，我们与那些隐蔽的场所相联系着，它们维持和承担起了这个文化下的各种天马行空的幻想所带来的冲击。我们由此意识到，语言或讲故事中转化力量的方式会掩盖它暗中所依赖的资源。

正如我们在第二章中所见，第一代热力学科学家所讲述的故事——无论是宇宙未来历史的宏大叙事，还是对不同系统中穿梭流动的能量的近距离描写——都很少注意到一些中间地、社会制度和人设的环境，这些为现实主义叙事提供了场景。对狄更斯而言，能量并不是以可量化的提取物出现的，而是一个环境影响和转化形成的复杂的场，其中的建筑、人、事物、机构、城市街道、工业的副产品，以及各种自然形成物都相互连接和相互界定。熵不是能量流图纸上的一个余量，而是一种厚重的污染介质。而且，《荒凉山庄》把它的能量表达放置到工业获取和消耗的网络中，它们以一种令人陌生的、史无前例的方式改造着环境和人们的身体。“一条四十英尺来长的斑龙，像一只庞大的蜥蜴似的，摇摇摆摆爬上荷尔蓬山”，[10]这便是一种混乱的生态崩溃景象，更具体点来说，是在化石燃料消耗时暂时出现的令人奇怪的崩溃现象。煤炭是数百万年的地下压力之下储存和压缩的太阳能，所以维多利亚时代伦敦的扩增实际上源于中生代的阳光。正如我们已经看到的，从自然神学的故事中发展出来的热力学，会将英国的煤炭消费看作历史发展上线性的、神意模式中的某个符号和转折点，而对于狄更斯来说，这种消耗是由于能量使用“不自然”的速度而造成的短暂混乱，以及环境承载能力

的倾覆。狄更斯的斑龙，换句话说，不只代表原始的淤泥和混乱，它 93
还代表了早期的光谱印记，是从茫茫的伦敦烟囱里释放出来的地球储备能量几乎哥特式的回归。那漆黑的窗户，烟尘，甚至连成一片、会让路人摔跤的淤泥——所有这些都证明了能量密集型经济带来的不稳定后果，该经济要从有限的资源库存中获取能量，还要在**某个地方**倾倒那些资源消耗过后的残余物。

关于化石燃料能量连接其他不同地质时代的说法，狄更斯在小说其他地方有更明确的表述：

> 宽大的壁炉里烧着柴火和木炭——原来是德洛克家的林木和洪水泛滥前森林的木材。在这薄暮时分，壁炉里熊熊的火焰对外面的灌木丛眨着眼睛，而那些灌木丛看到树木被拿去点火，便皱着眉头，兀自生气。然而那熊熊的火焰并不能御寒。虽然房子里到处设有热水管，门窗上挂着毡子，屋里还架着屏风、张着帷幕，但都弥补不了炉火的缺欠，满足不了累斯特爵士的需求。[11]

虽然对大法官法庭的表现很显然是小说中有关能量浪费最具有回应式的描写，但这样安安静静的文字也是很重要的。切斯尼山庄里煤炭与木头共存的取火方式，在本质上，会瞬间烧掉两座森林，即史前的和现存的。在这段描述中，狄更斯不仅追踪着热能回归到它在特定资源库中的源头（煤炭和木材），而且他还沿着时间隧道追溯这资源库的形成。其中展现的是人们对能量的关注，因为它能在空间和时间维度运动：通过自然界进入人类历史，通过有机的生态系统进入人造的环境（为人类永远无法满足的“需求”所逼迫），又通过空空如也的德洛克家宅中四面透风的墙散逸出来。德洛克家的房子像大法官法庭一样制造废弃物，只是没有那么明显，累斯特爵士并没有意识到他自己扮演的角色，或者是他的世界中穿流而过的力量，就像那些无视污染的行人滑倒在满是泥泞的伦敦街头一般，“给一层层的泥浆添上新的淤积物”。[12]切斯尼山庄，就像大法官法庭一样，是一个能量系统，这两个不同地点之间的系统性联系揭示了一种普遍的认识，一种意识，即能量浪费可以为城市的街道和乡下的房产、正午和夜晚、中产阶级的喧闹和贵族的空虚做出界定。

能量的获取总是要个人或环境付出代价，在小说各个部分，我
94 们不仅能读到作者披露那些隐藏的来源的地方，而且还能看到在能量的限制下，最终导致那些表述性游戏结束的时刻。就拿格里德利的死来说吧，狄更斯强调，他死于“筋疲力尽”。[13]警长布克特把他这种能量耗竭仅仅看作是口语的表达：“听到你那么精力充沛的一个人说认输，真叫人奇怪，”他说，“你不能这样。”[14]这里指代的对象十分模糊：不能做什么？是认输还是谈论认输？从某种意义上说，问题就在这种模糊性上——我们所处的世界中，语言和物质资源没有明显的区别。布克特告诉格里德利：“根据这张拘票，你得跟我走，到法官面前去辩论一番，发顿脾气，你看怎么样？这对你会有好处，能使你精神起来，得到一些锻炼，好在下一次跟大法官打交道。”[15]在这里，他似乎相信能量的**表达**和能量的**拥有**是一样的，事实上，情况正好相反。他似乎还相信说句鼓励的话就可以让格里德利回到与永恒运动相关的集体幻想中的位置上，把他转化回来，成为人们所熟知的“来自什罗浦郡的人”。布克特，因其毫无限制的口头语言“资源”而闻名，却发现这种资源在面对物质资源的限制时，几乎毫无意义。这段文字的几百页之后，在一个类似的临终场景上，斯纳斯比不由自主地将“魔术般的”四先令半赠予垂死的乔。[16]乔的呼吸被比喻成拖拽一辆沉重的车子，意味着他再也无法

承受的巨大的能量重担。斯纳斯比的反应和布克特一样，一半喜剧性，一半感伤。这揭露出一种荒谬性，反复运用某个疗方，而在某种意义上，这个疗方却是问题的根源。事实上，这部小说展示给我们的各种表述性虚构中，可能最彻底地掩盖了资源使用的真实成本的就是斯纳斯比说出的语言——语言资本。虽然《荒凉山庄》和19世纪的能量科学有许多共同之处——关注转化过程、复杂系统的行为、自然与工业体系之间的能量运动——但是，从广义上来说它们又各自区别开来，狄更斯深深怀疑语言资本是他的文化对自然资源的持续错误表达产生的根源。

经济史学家菲利普·米罗斯基认为，19世纪物理学依靠经济学著述构建自然的某些假设来发展能量概念。米罗斯基修订了库恩所说的能量守恒“同时发现”模式，他写道：

> 我们需要的是一种基于历史的理解，物理学家如何确定事物的结构、其中的禁忌和热情，他们在能量守恒中最后加以具体化的加加减减……换句话说，必须有一个共同的评价环境，95
> 或者要是我们存一点私心的话，必须有一种系统性的记录，掌握业已完成的或有用的行为。吵吵嚷嚷的遥远的自然哲学家们是在哪里得到他们共同的记录的？用不着绕来绕去，他们都是从自己的社会背景共有的东西中获得的；更具体地说，他们都是从自己的经济环境中得到的。[17]

米罗斯基认为，人们视能量和资本二者同构，物理学和经济学之间互相频繁地借用彼此的隐喻和比喻。能量，和资本一样，被想象成一种可储存、可交换的“东西”，可以用来衡量功效；无论它经历了多少次交换，都能追寻它的轨迹，并加以严格的解释。同时，正如凯瑟琳·加拉格尔等所讨论的那样，资本的价值常常是以劳动力或自我创造所得的能量的形式表现出来的。[18]资本与能量之间的同构在能量概念的发展过程中不仅具有重要的理论意义，而且成为热力学著作中经常看到的社会和自然界进行比较的关键。像我们在前一章中读到的那样，斯图尔特和洛克耶声称，“人类社会的能量已经很好地被理解”了，因为他们认为资本的行为，以及（延伸来说）支配它的社会结构，清晰并且有序。[19]斯图尔特写道：

> 事实上，所有势能命中注定最终都会转化为动能。前者可以比作存在银行的资金或资本，后者可以看作我们在消费中支出的金钱。就像我们如果在银行里有钱的话，我们就可以在想用的时候取出来用，因此，在拥有势能的情况下，我们就可以在任何乐意的时候去利用它。[20]

能量是“命中注定”要转化成动能的：消耗是一个自动的、无需主体的、自然的过程。把能量看作银行里的资本也使得自然界为人服务，这一切绘制了一幅通过各种社会生活工具和制度机制轻易地控制大自然的图景。

但是如果资本和能量能够进行有效的比较，那么它们之间也存在着重要的差异。资本只是描述价值的一个工具；它是可以替代的，但是能量资源却不可以。资本与能量之间的比较或许在科学上是有用的，甚至是必要的，但一旦忘记它的比喻性质时，它也会具有
96 误导性。如果能量被定义为资本，或相反，那么距离金钱产生力量、资源是无限可替换的、经济上唯一的限制是人类制造的等想象也就一步之遥了。

狄更斯在《荒凉山庄》中也将能量和资本这两个词语视为等

同，但他这样做是为了更好地展示那些错位的地方，并确保我们不会忽视这种联系的虚构性。“现在这件官司只涉及诉讼费罢了，”贾迪斯谈论这个案件说，“为了诉讼费，我们总是出庭，退庭，宣誓，质问，提交文书，提交反驳文书，进行辩论，加盖图章，提出动议，援引证明，做出报告，绕着大法官和他那一帮随从团团乱转，根据那衡平法，一直转到自己呜呼哀哉为止。”[21] 表面上看，贾迪斯是在讨论大法官制度的货币成本：事实上，律师和所有的形式各样的过程都是昂贵的。但显然这段话的语言是如此形象，如此尽力地表现具体化的行为，以至于单单是金钱的东西让位给了更加具有包容性的身体体力的消耗，正像我们**感觉**对于一个人的身体来说，要维持这么多没完没了的运动是多么不可能。这段话的语言既生动又很单调，既活跃又了无生机，让语言的生成和能量的产生之间、贾迪斯的描述中提到的所有运动之间的差异触手可及，也使得那些不同的运动最终只会让人疲惫的事实显而易见。如果“山羊都做成假发”暗示了语言掩盖物质世界转化中所有的混乱、复杂步骤的方式是如此轻易，那么这一连串的词语则表明了某些相反的东西：语言产出的方式要远远超过它所促成的狭隘的现实世界。但两者都表明，资源和表现它们的方式之间存在着严重的不协调。

那么，“诉讼费”的力量就存在于对精力与经济之间联系的主张或是破坏中。因为热力学第二定律明确表示，每一次变换都涉及一些可用能量的损失，这一事实在化石燃料经济下绝对是至关重要的。因此，我认为，它实际上并不是开篇提出的“太阳的死亡”这一闻名的论断，而是几句话之后的一个比喻，即废弃物“复利式”的激增速度，它让我们更深地陷入知识和文化的领域内，它们是《荒凉山庄》和热力学共有的基础，但又是它们分道扬镳的根源。能量并不能产生新的能量；能量的源头及其储存库都是基于物理学性

质的基础之上的，因而它们最终会抗拒所有表述性游戏以及无限经济增长的幻想。能量与资本之间的关系并不是稳定的或线性的，正
97 如大众科学经常对经济所做的描述一样，它是发散的、渐进的。如果说资本经常遭遇到各种哈哈镜游戏，那么这样的幻想在环境中以更加明显、物质的方式暴露出来：因此，狄更斯开篇的重点放在用双关把金融和自然连接在一起的“存储”与“复利”这些词语上，显示了语言技巧的运用能够让经济幻想看上去像是自然律法一般，并且重新勾画出小说与实际物质问题之间的联系。对狄更斯来说，人类社会世界中的能量根本不是“很好地被理解”的，它也不能帮助我们理解物质能量形式。相反，人类社会和它对资本的幻想让物质现实更加神秘化，甚至它的街道和天空也在到处炫耀这种神秘化的后果。

通过把自己对熵的视线固定在物质环境中，包括这些环境给人的感知带来的所有挑战，狄更斯不仅强调能量从源头走向废弃物储存库的路线，还对人类改造的自然提出了各种问题，这些问题在维多利亚时代有关能量的讨论中常常得不到承认。汤姆森信心十足地提出了一种新的宇宙学，它把工业实践转化为宇宙过程的模式，从而掩盖熵原理具有的某些生态意义；对他来说，宇宙不仅仅**像**一个马达，它实际上就**是**一个马达。相比之下，狄更斯在具体的、退化的地点，以明知是临时的和模棱两可的方式，形成了他的“普遍”看法。在汤姆森的作品中，临时性只发生于那些热力学可能过于大胆地侵犯了上帝律法之处：宇宙**对我们来说**是一种浪费，**就我们而言**，能量也在逐渐耗尽。这些情况，在他的书中随处可见，证明在神圣秩序操控之前，先有一种调查研究的谦虚意识。但汤姆森宁愿把引擎技术制造的能量废弃物与整个自然界制造的废弃物这二者清晰、直接地连接起来——可以回忆一下他的讲座题目《**自然界中**机

械能耗散的普遍倾向》。相反，狄更斯提出自然界可能像大法官法庭一样无序、堕落，但同时**也**提出持有这种看法可能正是问题所在，从而收集了大量的修辞和意象。大法官法庭，像它所造成的污染一样，既披露同时又隐藏了一些东西。对待法院要用怀疑的态度，这不仅是因为它显然制造了如此多的混乱，而且因为它只有使自己看起来像一个正常的，甚至是不可避免的世界进程的一部分才能维持运转。正如加雷特·斯图尔特讨论《荒凉山庄》开篇时所论及的多层次的“互惠式的修辞”：“这是意识形态的作品，在这里只是暂时无所顾忌且过度明确地进行了阐释。”[22]狄更斯努力要突出的也正 98
是这种无所顾忌的自然化的观点。[23]

如果说热力学表现了一个处在流动和转化中的宇宙——描述了，比如，热转化为机械运动的方式，或化学键可以转换成电能的方式——那么，狄更斯惊人的使用比喻的想象力把这种可变换性推进到出人意料却很有启迪性的地方，他展现的世界既会与人类生活一起跳动，又会在人的压力之下弯曲变形。他使用短小的、充满变化的、几乎是野蛮缩减的描写方法，还有较长的、精致的、有时几乎是巴洛克式的改头换面的比喻——“壁炉里熊熊的火焰对外面的灌木丛眨着眼睛，而那些灌木丛看到树木被拿去点火，便皱着眉头，兀自生气”——这段话不仅在看似不同的现象之间建立了意想不到的联系，还唤醒人们去注意语言自身在人格化压力之下承受的负担。在狄更斯的作品中，转化通常来说既不是中立的，也不是静悄悄完成的；它展示的自我从直观上是贴切的，但又是惊人的虚假的。这与维多利亚时代的热力学话语中所采用的这种修辞方式形成了鲜明的对比。在这两种情况下，我们获得了宇宙的人格化图景——回忆一下前一章中斯图尔特将太阳描述为“支出超过自己收入的人”。然而，虽然热力学提供了这样的拟人，至少从表面上看，对帮助我们理解太阳正在消耗的能量有所启发，狄更斯却要求把它看作一个认识论的问题。

不可持续的叙事

事实上，除却大法官法庭，在其他许多地方，有关资本的虚构与它们的物质环境相分离的事实也十分明确。例如，斯墨尔维德的巨大财力被不恰当地安置在一个完全无力的身体上。同时，斯金波的自我辩护模式，是糟糕的经济诡辩和俗套的自然神学的混杂。他把大法官法庭浪费的能量转化为一种更深层次的和谐的表现：

> 他说，妙啊，有些事情慢慢发展，终于得其所哉，看了真叫人痛快。这一位格里德利先生是个意志坚强、精力旺盛的人（从理智的角度来看，却不像个和睦的铁匠）。他不难想象，格里德利一定是多少年来就东飘西荡，想找一件什么事情来表现
> 99 他那过于好勇斗狠的性格。[24]

这种自动生成的一致性被立即应用到他自己的义务上：“他一直提供机会让这个老好人有差事可做；他一直是柯文塞斯的大恩人；他确实一直在帮助柯文塞斯，使他能把这几个可爱的孩子养得那么好。”[25]但柯文塞斯在追踪斯金波时消耗的能量——就像格里德利寻求正义时支出的能量——是无可补充的，因此这些精心设计的虚构在他家人的居所遗留下来的物质残骸和他自己的虚弱身体上都存在着若隐若现的问题。斯金波代表的完全自给自足的系统实际上是单向的，并且被“发展”、“得其所哉”和“差事”这些委婉语掩盖了起来。

但也**仅仅是**隐藏了起来。斯金波的逻辑里存在着显然的荒谬性，这里也体现了狄更斯最重要的生态洞见。问题不仅在于这些能够自我辩白的虚构可以掩饰令人不快的事实材料；而且很显然，这些虚构如此荒谬，却依然能在其心理控制和现实后果上保持如此不可捍卫的**真实**地位。《荒凉山庄》的特点在于狄更斯对实质上非常可笑的事物进行表达的方式——斯金波起初似乎是大家公认的狄更斯式的漫画人物，心地善良——并且，狄更斯对其转化进行追根溯源，直至那些导致生态灾难和个人悲剧发生的情况。斯金波的被监护人理查德·卡尔斯通就把这些荒唐的幻想拼接到自己的人生故事中，他不仅将自己的命运系于贾迪斯案件上，而且将命运建立在伦敦正在发生的生态灾难的动态发展上。理查德使用的那些算计把戏都来自斯金波式的经济学，起初看起来只是滑稽的、比较烦人的：

> 我在那个烧砖工人身上省下了五英镑；这样，如果我舒舒服服地坐马车去一趟伦敦，然后再坐邮车回来，假定这需要花去四英镑，那我就可以省下一英镑……接着，他用他那笔记本里详细核算的一笔账来向我证明：如果不参军，他在六个月期间将负债两百英镑；如果参军(他现在已决定参军了)，在同一期间就不会负债，因此，参军以后，每年能节省四百英镑，五年能省两千英镑——这笔款子相当可观。[26]

短语“省下”(saving)既可以指不花钱，也可以指实质上的资本积累；理查德在这些定义之间自由穿梭，表明他已经将这种逻辑内化，在这种逻辑中，表象本身似乎就能产生财富，这与任何物质基础无关。这里我们获得了小说的一个中心思想：反复和耗散之间的

100 关系。格里德利的反复论证，斯纳斯比的多次捐款，理查德不断的辩驳；在每种情况下，某人不停地重复的过程与资源库的枯竭产生直接冲突。这些重复的活动开始只是一个笑话，有点滑稽荒诞；事实上，充满活力的、重复的能量支出是狄更斯喜剧的重点。但在这部小说中，那样滑稽的能量支出可怕地持续着，直到它与开篇中被看作是环境威胁的盲目支出高度接近。事实上，理查德有些漫画式的思维对狄更斯来说似乎是夸张的，但我们已经看到在伦敦的街道上，对经济无限增长的幻想和现实环境的压限之间存在着不匹配的关系。

理查德的算计是**不可持续的幻想**的一部分，也就是说，他给自己（和埃丝特）讲述的故事破坏了故事讲述延续下去所需要的条件。他充满希望的前景为他在经济上的这些虚幻假设提供了依据，但这反过来又让他的前景大大减少了希望，促使一切进一步落入幻想之中。随着问题的增加，利害关系越来越大，对故事讲述的投入也越来越深。在我引用的两段文章中，我们可以同时看到更多的债务和更大的乐观均呈现出螺旋形的上升趋势。这个故事让理查德的精神暂时高扬起来，但这故事本身并不是可持续的，因为一个人是不能靠把戏记账的，就像柯文塞斯家族无法靠“差事”生活一样。正如斯金波的各种神秘行为都是以柯文塞斯家庭的分解为物理成本的，所以理查德的故事开始对他自己的现实存在状态造成了损害。埃丝特是这样说他的计算方法的：“理查德给人帮点忙的时候，总是拿收回这十英镑作借口而随便花钱；他跟我谈起这件事的时候，那口气也像是他节省了或赚到了十英镑似的。他现在这样随便花钱和拿这样的口气跟我说话，已经有过不少回了。”[27]米罗斯基说得很清楚，在这里，“帮点忙”是个关键词，它把金钱与身体并置看待，指出理查德一边花光了钱包，一边耗尽了体力。狄更斯强调，

（与乔不同）理查德的死“没有直接的身体疾病”，[28]这个重要的细节表明，他的结局与其说是疾病传染的换喻，倒不如说是对“代价”的比喻。正如克鲁克的自燃是源于他自身的显然不可持续的商业行为（他的店是这样一个地方，“这里似乎什么东西都收买，可是什么也不出售”[29]），同样，理查德的衰落和死亡呈现的是一种注定不平衡的经济。他渐渐衰竭的身体变成了一种微观的缩影，反映了环境 101
本身层面上发生的系统性的衰竭，也反映了资本运转的精心幻想既掩盖问题又加速问题发展的方式。霍尔斯告诉他：“如果你不见怪的话，我想劝你不要老发脾气，不要这样性急，不要这样消沉。你应该更有耐性。你应该更坚强一些。”[30]

我们可能会停留在“坚强”（sustain）这个词上，因为它暗示了在理查德的故事中，甚至更广泛一点，在这部小说中，生态和法律是密切相关的。我一直坚持从延续性上讨论理查德的叙事，即尽管它对其赖以存在的世界造成了破坏，却依然具有可以持续运转的能力。这当然要归因于人们对“可持续的”（sustainable）下的定义。1965年《牛津英语词典》首先收录该词条，并将其定义为“能够保持一定的速度和水平”。[31]让这一定义从以往那些含义中脱颖而出的正是对时间性的引进。问题并不在于当下某种活动是否精力充沛，而是在于如果这种活动继续下去，且遥遥无期的话，那么最终会达到一个环境的极限，超出这个极限就将无法继续。维多利亚时代的人们并没有按照这个方式使用词语“可持续的”，虽然这个**概念**至少可以追溯到马尔萨斯，他用这些词语描述人口增长：“这是增长率，从事物的本性上来看，它也不会是永久的。”[32]正如我们已经看到的，威廉·斯坦利·杰文斯所著的《煤的问题》在化石燃料的消耗率的想法上同样施加了压力；两位作者都感兴趣的，不是简单的人口和资源之间的线性关系，而是增长**本身**的生长方式，以及当呈指数增长的力量施加于环境极限时出现的危机。

对于维多利亚时代的人来说，“可持续的”这个词语并不涉及环境状况和增长率之间的冲突，也不涉及同样的时间范围问题。相反，它是指一个论点经得起推敲的能力：“能够得到支持或辩护”，《牛津英语词典》上这么说。但问题并不在于这个观点是否可以无限制地重复，而在于它在当前的程序和证据情况下，能否保持到现在。这里有两个《牛津英语词典》上的例子：

> 1845年，T. 德·昆西，W. 黑兹利特在《泰特杂志》，12月，758/1。根据陪审团的判决，没有一个坦率和温和的人会允许自己相信存在任何可持续的诉讼。
>
> 1884年，法律代表，大法官法庭部门，27 69。被告针对决
> 102 议提出几项技术反对，其中没有一项……是可持续的。[33]

虽然在19世纪这个词并不只是出现在法学界，但它们却深深地联系在一起。事实上，它在现代仍然是法学著述的一部分：例如，在录取证言和进行审判时，提出反对要么会被驳回，要么会得到“支持”（sustained）。上面的第二个例子表明，这个词经常出现在大法官法庭的诉讼中。同样，“不可支持”这个词也是19世纪法律语言的一部分。因此，在维多利亚时代的法律话语中，可支持和不可支持，是指观点、逻辑和判决先例的组织结构，而不是某种形式的活动和环境支持这种活动的能力之间产生的动态关系。它们提出了推理过程要清晰、直截了当，借此，“得到支持”成为观点本身的内在属性。但我们也可以看到，有时，后来对于这个词语的现代理解踯躅于讨论的边缘。就拿大法官法庭编年史里面一个狄更斯式的例子来说：“他们没有被任命为婴儿的监护人，实际上也没有其他任

何人被指定为她的监护人，而如果这项法案能得到支持，那么不管怎样，任何一个给婴儿花了钱的人，或是保姆(前提是这位保姆领取的工资不足)，都可以提起类似的诉讼。"[34]声明此诉讼"得到支持"，就是指允许其他人向被告提起还未主张的索赔请求。诉讼滋生诉讼、索赔衍生索赔，突然间，一个案件创建出一个由更多原告、文书、律师费以及针对被告人有限资源提出的其他要求所构成的网络。案件本身的联系，以及这一案件与其他类似案件**之间**的联系，突然开始变得无穷无尽，令人害怕。这是狄更斯在《荒凉山庄》中攫取并放大的问题：抽象推理世界无法远离物质过程和需求的世界。我们已经看到，狄更斯使用诸如"代价"这样的词来填补法律过程中的语言与在运动和胁迫下的身体世界之间的鸿沟。狄更斯使用这些单词，是为了呈现那些空洞的、充满理性的判决体裁的小说忽视或否认的物质性。这种物质性反过来又与废物产生和资源损失联系在一起，它们对法庭院墙之外的城市环境造成了巨大的损害。

从19世纪人们的意识来看，理查德的经济幻想显然是"不可持续的"——它们不能承受些微的细查。但这种不可支持于他而言并没有什么意义：尽管理查德的推理存在明白无误的差错，他还是继续以这种鲁莽的方式行事。让他一直，至少是暂时地抱有这些幻想的原因，正是他自己的未来前景(这让他得以承担自己的债务) 103
以及他自己的身体资源(他为了所谓的前景，也在消耗这些资源)。也就是说，等式中增加了时间性和物质性，因此我们看到戏剧化的过程，从而逻辑上的"不可持续"成为环境意识上的"不可持续"。理查德日益消耗的身体被用来比喻同样发生"在大法官法庭中"退化的城市风光，因而受到不断推迟的、无可救药地扩散的争论，这在最后都要付出物质的代价。正是这种结构把《荒凉山庄》中理查德的故事与其他大多数维多利亚时代的自我欺骗和因果报应故事区别开来。例如在《米德尔马契》中，弗莱德·文西也因为他假想的前程而陷入债务，不愿进行生产劳动。但艾略特更感兴趣的是个人设计与来自现实（想象不出更好的词语）的偶然压力之间的冲突。在弗莱德的计划中，没有什么**根本**行不通，如果换一个别的人在病榻前照顾，费瑟尔斯通完全可能烧毁第二份遗嘱。相比之下，理查德的故事本质上是一种**自我消耗**。他对自己的前景说得越多，他的境遇越差，他就越是要求助于未来的前景。小说的结尾部分发生的这一幕就位于他所居住的肮脏的伦敦城区：

> “我们进行得很顺利，”理查德接着说，“霍尔斯也会对你这样说的。不骗你，我们正在快马加鞭。你问问霍尔斯好了。我们一点都不让他们休息。霍尔斯懂得他们那些拐弯抹角的做法，我们什么地方都不放过他们。我们已经使他们大吃一惊了。我们还要把那一群蒙头大睡的人闹醒，你记着我的话吧！”
>
> 长久以来，他的希望就比他的失望还要使我痛心；他的希望一点也不像真正的希望，而他却下定决心硬要把这当作一种希望。他的希望如饥似渴，但他也知道这是勉强的和**不可持续的**，所以长久以来，他的希望就使我感到痛心。（492，黑体为我所加）

理查德的语言充满了抽象的动感——旋转，缠绕，转折——将我们拉回到大法官法庭的事务运转中，“动议，查阅，汇报，反复考虑”。[35]可是，虽然理查德的劳动并没有产生任何有益的影响，它却**的确**要付出代价：“我注意到，他的眼睛陷得多么深，显得多么大，他的嘴唇又是多么干燥，他的手指甲也几乎都啃光了。”[36]埃丝特说，他对满怀希望的前景“多么渴望”，这反映了产生这种前景的情感需要，以及这一前景带来的鲁莽的消费。在这种情况下，“不可持续”一词将这个话语所有的层面都联系在一起——司法的、情感的和生态的——表明个体和众人的幻想衍生出的争论倾泻而出，影响环境，又促使人们进一步陷入幻想。根据理查德的逻辑，未来凭借本身做 104
了抵押。

但理查德的故事是大法官法庭日常运转的中心比喻，这一事实也揭示出狄更斯的生态批评有一定的限制。如果说从微观到宏观进行推理——从他的故事类推到大法官法庭再到整个英国经济秩序——可以让我们去想象工业现代性不可持续性的逻辑，那么从宏观返回到微观——从系统类推向个人——则把这些问题纳入有限的和清晰的道德界限之内。不可持续性表现为有问题的思维和行为方式所包含的功能，而不是参与产生浪费的、资源密集型的经济秩序后带来的不可避免的结果。但恰恰是这种**非**个性化的、集体参与的问题，使资源消耗和环境破坏如此难以解决、难以进行道德教化。约瑟夫·米克在《生存的喜剧》中这样认为：

> 环境灾难永远不会是悲剧性的，因为它们并不是个人的道德错误。俄狄浦斯犯下的罪恶谋杀和婚姻玷污了底比斯，但又是什么造成了纽约的污染？丹麦的堕落有哈姆雷特而得以救治，但又有谁会为芝加哥的堕落来负责任？没有哪个英雄直觉上会因数百种动物的灭绝或海洋环境的恶化而遭受痛苦。对环境犯下的过失是集体所为，这些人不均衡地分布在现在活着的人和曾经在这个世上生活过的人之间。生态危机的责任不是落在具体哪一个人的头上，它呈现的仅仅是一个大灾难的景象，没有任何得到救赎的前景，是一出真正的悲剧。[37]

理查德和俄狄浦斯不一样，他不是造成世界污染的原因，但他仍然能为其做出补偿。他的死同时也是贾迪斯案件的终止，在不断付出的“代价”中，故事郁郁而终，因而它也不再是表明系统性崩溃的一个信号。但这并不是说生态威胁已经过去，而是说，它的边缘地带因被挤压进了某个个体悲剧故事的模式中而变得缓和了。能量和废弃物不再像开头篇章说到的那样极其难以区分；相反，通过使用某些可定义的品质特征进行表述，废弃物也可以被清楚地鉴别出来，并被赋予了叙事性的意义。正如埃丝特在小说中通过自己的身体遏制疾病的传播一样，理查德通过牺牲自己来结束能量的浪费。理查德的故事可能是不可持续的，但《荒凉山庄》找到了一种方法，让它得以完成讲述。通过理查德，小说可以将混乱的问题组织起
105 来，并将系统性的、超越于个体的消费问题个性化。

熵的体系，叙事体系

对于维多利亚时代的人们来说，就像我们一样，社会和经济秩序不可持续的这种可能性意味着，他们不仅要去面对环境灾害，还要去面对一些他们深深珍爱的信仰濒临崩溃的景象。设想一下，这种消耗的行为可能会让地球遭受掠夺；让农场土地、河流和森林废弃；生命也会枯竭，人类和动物都要去面对与人类在自然秩序中的位置相关的一些不愉快的生存问题，甚至是命运和自身物种的存在目标。总的来说，人类面临着一个选择：一种文化可以改变它消耗资源的方式，也可以改变它为自己讲述的故事，从而对后果视而不见。就像理查德不断地修正自己的故事以便去维持他日益难以持续的状况，许多维多利亚时代的人也承认，人们在不顾一切地挥霍自然资源，只为了加快速度实现那个令人安心、带有明确目的的故

事。《荒凉山庄》发表几年后，《旧金山观察家报》上刊登了一篇讨论资源耗竭的文章，一位不知名的作家说，“然而，我们不相信我们想象的灾难有一天会来到，因为我们信赖科学和发明”。[38]作者承认，煤炭和木材产品可能会用光，但如果他们真的面临这种情况，他们肯定能找到其他能量形式作为替代。同时，如果环境被彻底污染了，也一定能发明一些东西来为它清洁，把废弃物利用起来或是埋葬到其他地方。我们在第一章中看到，对神意的信仰顺利地变成对技术的信仰；事实上，后者的开发常常被想象成是前者神圣设计的实现方式。这是理查德的逻辑：解决的方案无止境地推延，变成了一个假想的未来，而现在则让已经成为现实的、受到破坏的未来蒙上了一层阴影。当英国的经济和文化生活不仅仅是利用，而且是**依赖**于能量密集型的做法的时候，当这些做法看起来越来越难以持续下去的时候，神意故事就像理查德那样，同时也变得更加不确定，更加必要。

《旧金山观察家报》中所表达的对发明的“信赖”中最令人惊讶的部分是，它紧随其后提到狄更斯：“因为米考伯先生经常会说，‘会有办法的’。”[39]笔者援引了小说中最臭名昭著的败家子作为国家资源管理的榜样，这表明这一问题多么令人迷茫，信念和信仰的说法从神意转嫁到技术上是多么轻率。乍一看，这似乎也是对狄 106
更斯的误读。除此之外，我们还受到了那么多的鼓励，去轻视理查德·康斯坦、斯金波先生或米考伯，因为他们相信会“发生”的事情，事实上，的确“发生了”一些事。狄更斯显然是在嘲笑那些利用神意故事推卸责任或放纵自己挥霍的人，但是他似乎**的确**认为，那些工作诚实，坚信上帝会支持，或者说会**维持**他们生活的人，最终都会发现他们的信仰得到了回报。虽然《荒凉山庄》里讲述了各种浪费和损耗的形式，但我们在这里回忆一下我们的观察记录（这也是我们阅读这部小说时常做的)，就会发现它的结构特点是，即便最小的人物、事件和进程也永远不会是废笔。[40]这是我在开篇中探讨的狄更斯小说的“能量”体现之一——小说中即便最微不足道的细节似乎也充满潜在的价值，或可能成为重大的主题上、叙事上或象征性的“作品”。正如多萝西·凡·根特所说，在狄更斯的世界里，“没有任何一点要抛弃，因为毋庸置疑它对整个小说体系的神秘结构都是必不可少的”。[41]如果说打扫十字路口的乔只能在这个城市体系中艰难度日，却又会被它轻易抛弃的话，他对《荒凉山庄》的叙事体系却是不可或缺的。他对这个小说世界的重要性，换句话说，相较于他对整个世界的重要性而言，是成反比的，正如狄更斯主张的，这样宝贵的生命相反地却可能会被抹杀。尽管存在着诱发幽闭恐惧症的危险，尽管对世界似乎要被掩埋其中的垃圾感到无助和厌恶，狄更斯小说的叙事逻辑却似乎意味着，没有什么是**真的**被浪费了。在大法官法庭驱散、耗尽和堕落的地方，小说却予以构建、组织和建设；法律制度忘记、丢失或视若无关的事物，整个故事体系则予以拯救、改造并赋之以意义。

我认为，正是在此处我们可以看到狄更斯的小说和维多利亚时代的热力学，尽管它们在生态和思想意识上存在差异，但它们开始再一次找到彼此的共同点，认为甚至浪费都可以在一些代表性的模式中得到完整的解释，从而**转化**为别的东西。我们可以暂时回顾一下米罗斯基对热力学基本概念的阐释以及他的观点，为了让能量科学家在能量经历各种变换之后还可以随时掌握它的行踪，“必须有一个共同的评价背景，或者，我们更现实点来说，就是要有一个阐释的体系，去记录完成的或有用的行为”。但是我们也可以稍稍修正这一点，即在熵原理中，热力学也设计了一个系统，用于记录那些**没**
107 **有**用处的行为，或者是耗散的能量。因为熵，如我们所见，并不只是用来描述无序和浪费的术语；相反，它还是一个理论上可界定的量，在能量平衡表中进行计算，就像被用来创造生产的有用能量一样。对于汤姆森和他的同伴来说，能量原理使得没有什么行为会如此渺小或无关紧要以至于从宇宙的记录中被遗漏这样的宗教理想得以强化。即使它浪费了，但用实际点的话来说，对于整个世界而言，它仍在某个地方“进行着计算”。这并不是说他们就不关心能量浪费问题——他们是关心的，他们为提高马达的工作效率而不知疲倦地工作可以证明这一点——但他们也坚持他们的信念，相对于物质世界而言的损失并不是真正的损失。斯图尔特和泰特在《不可见的宇宙》中讨论耗散的能量时，明确了这些假设，强调通过能量关系矩阵所有行为构成相互关联的整体，追溯热力学思想的缘起至19世纪早期的自然神学：

> 我们的每一个想法都伴随着大脑粒子的位移和运动，我们可以想象得到，不管怎样……这些运动在宇宙中传播。巴贝奇很久以前就接受了这种观点，自那时起，这些观点就为一些科学家所称赞，其中就有杰文斯。这位作者说，“巴贝奇先生指出，如果我们有能力跟踪并检测出任何微小干扰的影响，那么所存在的每个粒子都可以是已经发生的一切的记录”。[42]

他们提到的巴贝奇的论点来自1837年的《第九篇布里奇沃特论文》，文章更明确地将浪费行为从万物的秩序中排斥出去：

> 没有什么自然原因或人类主体造成的运动会永远被抹杀……问一问击打着上万条荒凉海岸的波涛，它会告诉你上一波汩汩水流，在垂死的受害者头上呼啸而过：这杀人的凶手面

> 对他的殉葬奴隶身上的每一个物质原子，在他还未停止的战栗中，他读到了先知对先知王的谴责。[43]

虽然斯图尔特和泰特没有像巴贝奇一样如此形象地讨论道德，但是他们认为这个世界得到充分关注、能够追踪并度量的想法有助于他们建立自己的自然神学观点，并以道德世界的能量关系为基础。我想这里需要注意的是，巴贝奇及其之后的物理学家们把“浪费”行
108 为和思想结合得非常紧密。个体经验，即使是那些看似被遗忘了的，用这个观点来看，也作为现实记录的一部分被保存下来，并且得到具有感知力的人的认可——或者，用巴贝奇的说法，就是得到了“读者”的有效建构。这样，以信仰为依据的思想世界，既因物质世界得到拯救，又超越了它。我们可能会想起我在第二章中讨论的汤姆森在《自然界中机械能耗散的普遍倾向》里所说的话：“因为最能肯定的是，创造力本身可以产生或者消灭机械能，所谓的‘废弃物’不能被消灭，而这可能是能量的某种转化。”[44]从一个层面上来说，虽然这是对能量守恒和耗散观点完全包容的断言（能量可能会消失，但它永远不会被破坏），但其中的宗教色彩也是显而易见的。汤姆森利用古典自然神学，表明浪费和损失只是表象，从恰当的角度来看，它们是会发生转化的。

正如热力学使用能量耗散的不可避免性或含蓄或直接地为存在另一个维持万物秩序的“体系”做辩护，狄更斯也让大法官法庭成为驱动小说发展、形成强大的叙事经济秩序的力量。[45]毫无意外，他这部最致力于描述系统性瓦解原理的小说，同时也最致力于追溯被埋葬起来的令人惊讶的意义网络，它向我们展现的就像是汤姆森采用的情境化、可转化的视角。虽然大法官法庭是“封闭的”，就像第48章的题目一样，但是，的确，由于它越来越接近于一个“封

闭的体系”，所以没有从中逃避的世俗方法，神意叙事结构本身才成为脱离获救的办法。事实上，“法律与叙事”这两个体系呈渐进式发展，事件逐渐展露出来，人物之间暗藏的联系似乎更巩固了大法官法庭的四封的围墙（结果表明，谁又不是这个案件中的一分子呢？），然而，它们同时又赋予小说一种控制性的结构和约束感。因而小说又成为与它自身相对的“封闭系统”，其中发生的行为不是浪费了，而是保留了下来，并转化为意义结构、复杂的象征秩序、清晰可辨的叙事整体。蒂娜·扬·乔伊很睿智地说过，对维多利亚时代故事中的封闭性和神意模式的强调意味着，表面上看起来是浪费的能量形式在作者“包容的视野”下从修辞上得到了象征性的恢复。[46]她写道:“通过道德行为可以恢复所有潜在的损失，它在这里 109
也被升华到叙述主体的高度——事实上，能量在热力学原理和叙述原理中得到了守恒，它们包含着也控制着能量的分布。”[47]《荒凉山庄》看上去既是在模仿大法官法庭系统性的紧缩，也提供了另一个选择，让能量不会白白消耗掉。作者含蓄地把“叙述主体”看成一种可能性的方式，来重新组织那些看起来耗散的能量，狄更斯的小说和汤姆森、斯图尔特以及麦克斯韦等人的著作完全一致，包括他们将人脑假想为超越现实世界浪费的方式的种种尝试。

我将进一步强调这一点，并且表明，随着围墙的封闭，以及一种有序的设计感变得更加明显，叙事的可持续性处理经历了相应的转变。小说的开头，在死气沉沉的太阳下，过路人堆积的垃圾堆很是可怕，它反映了这个城市拥挤的人口，他们数量过多、姓名不彰。这个图景显示了一个近马尔萨斯式的噩梦，梦中，如此多的人消耗着能量，来来往往——或者说，仅仅是他们的**存在**，就又加高了污秽的堆积，于是世界也在这重负之下呻吟着。这里对不具姓名的路人以及城市污染的强调，表明了人们不仅关注环境，而且它令人不安地，甚至是极端地挑战着读者。肯·希尔特纳的主张令人信服，他认为有关环境污染和资源浪费的作品中出现的主要问题是，这个责任是集体性的：人人都生产废弃物，人人都要燃烧化石燃料，所以人人要为环境灾难负责。希尔特纳问道："因为事实上每个人都身处其中，所以就没有一个人愿意去承担责任，这样的问题叫人如何去描绘？"[48]他声称，经常性地，作家倾向于回避这个困难，把责任完全归因于工业，或特定的某个人或某种利益纷争。《荒凉山庄》最初拒绝这种对责任的简单限定，或对责任方的局部认定。开始时，废弃物的产生是如此令人不安，正是因为那些路人的意图和目的**无关紧要**——环境退化、资源超负荷，太阳昏暗地照射在那些或善良或邪恶的人身上。能源危机颠覆人文叙事的基础，因为这意味着所有的行动，任何的行动，都涉及对有限资源的消耗。日常生活基于庞大的数字上，不可避免地与环境退化在一个能源密集型文化中直接相关。《荒凉山庄》开头提到的观点与我们在起始章节中讨论的《伦
110 敦刑事监狱》里梅休提到的热气球是一致的，能量支出从叙事所指中分离出来，这对辨别废弃物的产生非常重要。它表明，大法官法庭与运动着的城市以及资源利用的文化逻辑之间并不能严格地区别开来。同样，开篇时缺乏明显的区分——各时代之间、自然和工业过程之间、个体之间、法院内外之间——同时也是一种困惑和启示。整个城市环境中污染的扩散表现的是责任的扩散，知觉上的不够清晰表达了作者对环境的深刻洞察。

但是《荒凉山庄》一个接一个地将个体叙事从不具名的芸芸众生中提拉出来，并在这样做时，给城市看似随意的支出赋予固定的形态。在这个过程中，人物所消耗的能量分为浪费和非浪费两类：斯金波、理查德、霍尔斯和斯墨尔维德分别以不同的方式和不同的原因代表能量浪费的个体；同时，埃丝特、约翰·贾迪斯、阿伦·伍

德科特和布克特同样以多种多样的方式代表对能量的精打细算、修复、组织和“充足”利用。能量支出，换句话说，被赋予道德价值，附加到人物的动作、意图、道德取向之上。这种模式——恶人浪费而英雄则不会——是狄更斯世界的一个共同特点，我们可能不会注意到它是如何中和了小说开篇中激进的生态观点。《荒凉山庄》也因此有效地缩减了人口，于是开始时看上去可怕的人海，结果却成为有限数量的个人故事网。也就是说，一开始存在的那种如此可怕却又不可避免的、非自愿的姓名模糊感，最终被一种管理良好、完全个人化的体系所取代，在这个体系中，人类关系和叙述又恢复了它们的意义。乔治·莱文认为，叙事性具有一种生态逻辑配价，与达尔文的比喻“纠缠体”明显相契合：

> 要讨论任何有机体的生命和本质，就需要讨论其他许多或他所对抗的，或他所依赖的个体，而这些个体都处在看似无穷无尽的联系链条上。维多利亚时代现实主义叙事同样包含许多人物的复杂、错综的故事，因此往往很难确定哪些人物是真正的主角，哪些又是配角。[49]

然而，在《荒凉山庄》的结尾部分，确定的难度降低了。我们可能无法在“真正的”主人公和次要人物之间划出一条鲜明的界线，但我认为，我们拥有更好的比较意识，去确定谁更重要，谁又不太重要。 111
更重要的是，在追踪彼此联系链的过程中，这些链条似乎不再是“无穷无尽”了，因为狄更斯小心翼翼地把那些模糊的地方处理了。[50]这是对小说中的生态问题的一种解释，因为它发挥了作用，含蓄地缓解了人口的压力问题。开始时看上去可怕的人海变成了一个巨大的、可管理的网络；的确，总会有如此众多的人物需要读者去追踪觅影，但是我们最终都**能够**追踪到他们的事实，慢慢地将这可怕的过度人口转变成令人放心的、受到限制的比较充足的人口。

能量的表现在小说中的转变，阐明了希尔特纳持有的让集体对环境负起责任来具有困难的观点。他认为，从普通市民的角度来看，他们“凭借那些威胁到生存的行为（化石燃料消费）来拼命地维持自己的生活，这可能让人难以面对这样的行为，更不用说要去解释了”。为了克服这些困难，“一个解决的办法就是主张，消费者本人并不是问题的原因，虽然这很显然与事实相对立。相反，可以说问题是其他个体由于自私和麻木不仁的行为而带来的”。[51]最终，小说对描述能量浪费的组织，消弭了开篇中隐含的一些更为激进的可能性。在前面我们看到，德洛克家通风良好，这让它成为能量耗散的一个不知情的代言人，在倒数第二章中，小说才将这个漏洞弥补起来：“事实上这里还有一点，但对累斯特爵士来说，这点亮光总归要完全熄灭；到那时猎园陵墓那扇原来关得紧紧的潮湿的大门就要打开，欢迎他进去。”[52]狄更斯还利用热量和能量的语汇来描绘切斯尼山庄——在累斯特爵士和他的亮光很快就要被“熄灭”这段话的几页之后，我们得知，很快房子里会“晚间也没有成排的烛光”，“那些鬼影幢幢的房间”也没有客人可招待[53]——但此时语言被赋予稍微不同寻常的用途。而之前对房子能耗的描述把切斯尼山庄和大法官法庭以及资源开采与废弃物的无处不在的系统隐隐地联系在一起。在这里，使用那些词语不是要提示彼此之间有多么深厚的关系，而是要强化最后的牵制。切斯尼山庄的能量耗散不再是广泛的社会和环境废弃物的一个换喻链接，而是一种隐喻的手法，用来唤醒人们对特定的家庭和社会组织方式的道德滑坡的认识。正是累斯特爵士自己的能量——他自己个人和家人的生命力量——现在面临着消亡的危险。更重要的是，悲观一些来说，这被认为是一个合适的结论——这是在惩罚目光短浅、老旧过时的生活方式。世界上布满废弃物这样更激进的观点是小说开篇中重要的组成部 112 分，通过把能量看成是一个道德标志，而不是一种有限的自然资源，狄更斯从这一观点中抽身出来。这样，能量作为一个**问题**就象征性地得以包含进来——也作为一种象征被囊括其中——又被消灭殆尽。

从感觉上的混乱转向清晰，从鱼龙混杂、难以区分的城市居民转向人数众多却在限定范围之内的小说人物，从普遍的责任转向特定模式和阶级盲目性的行为造成的道德堕落，小说的叙事逻辑始终想远离开头部分普遍的复杂性，从而转向一种更加令人安心、更加敏锐的环境意识。在小说的结尾，新的荒凉山庄自身已经不再害怕能量耗散。那些表达热与冷、消耗和浪费的词语，忽明忽暗的烛光和即将熄灭的火焰等意象，在对地点的描述中占据了重要的地位，贯穿于整部小说，并把不同的地点联系起来，但是现在消失不见了。埃丝特坐在门廊上，没有烧煤：人们想象，外面的温度与里面的可能大致相同。自给自足、发展良好的中产阶级家庭，最后从这些其他区域中分离出去——伦敦，切斯尼山庄，甚至是破旧的荒凉山庄——我们现在看到，能量耗散标志着道德和精神的堕落，而不是一个完整的文化秩序中出现的消费模式的结构性问题。

从某种意义上说，就语言和能量的问题，我们又回到了起点：这些意义的象征性形式是否能以某种方式拯救我们所看到的所有浪费现象，把它变成某种贮藏，并加以转化。又或者，为了促进小说完结并收回那些散失的能量所使用的叙事方法，是否要有那么明显的人为痕迹。精心设计的和难以置信的巧合，贝克特的超自然侦查力量，被用来处理那些模糊地方。所有这些都有助于构成其最终意义上的一种有序的叙事经济学，但它们又是不是为了要反映一种让人放心的神意的经济学？又或者，另一方面，它们是不是要让自己**感觉**像它们的惯例：还存在着更多的小说，其中表达的那些令人不快的事实要么在人的控制之下，要么在困境之中？我认为这些问题都是无法解决的，因为它们证明不相容的叙事模式之间存在冲突——神意的和生态的曾经（也许现在依然）相互竞争以构建一种
113 文化下的能源概念。

第四章
《我们共同的朋友》中的再生能量

狄更斯的《荒凉山庄》和威廉·汤姆森的《自然界中机械能耗散的普遍倾向》几乎同时问世。如我所说，这是出版界一次引人注目的巧合——这一时刻，科学家和小说家就系统性的能量枯竭与崩溃的景象提出了相似但又各有区别的观点。相比之下，《我们共同的朋友》大约十年后才出版，那时能量守恒和耗散、太阳的死亡以及热力学研究项目的其他部分在公众的想象里都已经尘埃落定了。这两部小说之间的岁月里出版的作品主要有：约翰·廷德尔就能量守恒发表的颇受欢迎的演讲《热：一种运动形式》；威廉·汤姆森向大众介绍热力学定律的论文；赫伯特·斯宾塞的《第一原理》，这本书试图从能量和进化的规律中构建出一个完整的哲学理论体系。[1]大家的兴趣于《家庭箴言》和《一年四季》上可窥一斑，它们在19世纪50年代末和60年代早期刊登的文章主要有：关于廷德尔讲座的《热是运动吗？》和《热与功》，W. R. 格罗夫和阿尔弗雷·斯米关于能量守恒的热门作品《物理力》，关于有机生命的能量的《生命热能》，关于太阳死亡和宇宙能量损耗问题的《琐事小记》、《地球》及《尊重太阳》。[2]正如在许多新兴话题中一样，术语还没有固定下来（譬如"力"就经常被当作是"能量"的近义词），但总体的发展趋势是，热力学概念日益引人瞩目，越来越多的人开始接受"能量"一词，偏向于用它来描述动力的数量。随着对能量科学论述的兴趣不断增加，对国家自然资源存储产生的需求引起了大家的担忧。正如我们已经看到的，W. S. 杰文斯所著的《煤的问题》是这些担忧中最严厉的表述，但这之前人们对此就已经具有浓厚的兴趣。
114 英国科学促进协会主席威廉·阿姆斯特朗在1863年发表的讲话主题就是煤炭的枯竭问题，像《生活年代》这样的流行杂志以及狄更斯自己创办的《一年四季》都对这一话题做了进一步的讨论。[3]

能量定律在这一时期得到普及，就转化而言产生了两种截然不同的、几乎毫不相容的观念。一方面，由于所有一切说到底只是能量的不同形式，所以用廷德尔的话来说，宇宙被认为是一个“不断迁移和转化”的地方。[4]在发动机技术和农业化学等各领域发生的一系列惊人的技术进步表明，人正在学着去掌控这些转变。但热力学定律在能量形式的可塑性上也建立了严格的数量限制，从而刺破了人们对转化的无穷性的幻想。正如我们已经看到的，第二定律描述道，不可利用的热不可避免地会被生产出来：每一次能量交易产生的浪费剩余不能再次转化。我们还看到，第二定律描述道，化石燃料经济的方向是不可逆的，在这种经济中，某些资源永远无法得到补充，污染也不会“自然而然地”恢复到衰退和再生这样稳定的循环之中。

接下来，我将讨论《我们共同的朋友》所展现的想象世界在这些相互矛盾的能量转换概念构成的歧见分界线上存在的方式。对狄更斯来说，语言是转化的主体：它能把水变成火，让怠惰变得活跃，还能使死人复活。言语想象，事实上，可以说在狄更斯所有的作品中都具有某种活泼的“能量”，但其他任何一部小说都没有这最后一部小说的主题那样清晰、复杂。[5]从无序中演变出秩序、从死亡中唤出生命的这种语言的力量，成为对那些试图在支离破碎的世界中构建狭隘封闭的意义之人来说至关重要的“资源”。[6]同时，在

《我们共同的朋友》里的很多人物，与《荒凉山庄》中不一样，他们对于新近提出的热力学世界观有强烈的自我意识，这种热力学观点认为，理论上，人们可以在功效和浪费的抽象平衡基础上去度量、追踪并界定每一次的能量支出。狄更斯最后这部完整的小说关注的不仅是资源利用的文化秩序给个人和集体带来的扭曲影响，还有小说中的人物对人的生命在这样一种秩序下的位置进行反思所做出的种种尝试，以便在人们无法逃避的、用能量关系经济来界定的世界中寻找人生的意义。

19世纪60年代的能量观

正如科学史家格赖梅·古戴所说，“能量”的热力学定义——对动力或功效数量的度量——在19世纪60年代英国出版的期刊 115
上广泛流传。[7]尽管如此，这种定量式的界定却依然与这个单词长期以来的非技术性内涵产生矛盾，因为过去它指代的是一个人的自主、勤奋或活泼的**品质**。举个典型的例子，1860年，卫理公会牧师丹尼尔·怀斯曾经写道：“能量是一种人格力量——它是内在的力量。”[8] 1860年，威廉·汤姆森和彼得·格思里·泰特在杂志《良言》上合作发表了一篇题为《能量》的著名文章，文章一开始就勇敢地面对这一语义张力：

> 科学界以外的读者在拿起这篇文章时，可能以为它是要劝诫人们参加一些男性的运动或者选择持续活动的人生，相应地也会去谴责每一种懒惰的形式和感官上的放纵，结果他只会丢下它，因为他发现这原来是个物理学问题。但你不要让他如此草率。[9]

这里的语调可能是开玩笑的，但它表明了汤姆森和泰特很清楚他们面临的任务是为科学借来一个单词，且这个单词早已经在大众间流传广泛。他们消除了读者的疑虑，这看似深奥的定义其实与日常经验是相契合的，并且“有可能让所有的物质事件变得完全大众化”。[10]事实上，这是他们处理事务的一个关键部分，即促使他们对“能量”所做的定量式界定得到大家的认可，由此进一步强化这一术语在科学和业余领域的含义。其他另一些人采取了更激进的做法。例如，天文学家J. P. 尼科尔在他的著作《物理学百科》(1860)中呈现“能量”这一词条时，便宣称物理学家做出的界定具有优先性，他说他向读者介绍的是这一术语“更广泛但也是唯一真实的意义”。[11]鲍尔弗·斯图尔特认为，应该对这一术语进行一次彻底的重新定义：“我们必须学会不去把能量看成品质，而是把它看成一种**东西**。”[12]

对定义的这种苛刻的要求是难以实现的，因为与这个词的两种定义相关的文化想象之间有很明显的重合现象。一方面，在讨论国家实力、生产力和国家认同感时，“能量”一词的两种用法可以自由混用。从定量上说，人们普遍认为，英国作为世界强国的地位取决于它的能源。同时，许多人似乎观察到，英国人国民性格中有一些品质，使得他们能够更好地管理那些资源，因此当之无愧地享有这样高的地位。正如我们所看到的，这种价值观有时带有宗教色彩，
116 有时表现得更加世俗化。在这两种情况下，视能量为质量和视能量为数量的这两种观点是相辅相成的概念。卫生改革家埃德温·查德威克夸口说：“两个英国劳工或工匠在生产能力上被证明相当于三个丹麦人，或三个挪威人，或三个瑞典人，或三个诺曼工人，或三个德国人的效率。”接着他又指出：“如果有两份资本或两个劳动力均相等于他国的三份资本或三个劳动力的话，那么两个地区的居

民，全面点来说，在经济上就等于另外的三个地区的居民，因而我们就可以满怀信心地断言，英国两千七百万人口从这点出发，在经济力上至少相当于三千七百万的法国人口。”[13]查德威克将能量看作一种可量化的资源进行讨论，但他却把它作为国民特性的一种表现形式，作为英国人性格特色中“精力特别充沛”的一种衡量指标。

此外，(许多人相信) 工程师、政治家、领导者——这些“精力充沛之人”——为这些资源的开发提供了可能性。《一年四季》的某位作家在1863年参观国家肖像馆时，就在思考所有画中人物所共有的品质:“如果有人问你那些刻画出来的最闻名的、最杰出的人物面容上有什么首要的特点，什么普遍的特性的话，你的回答可能就是‘**精力充沛**’。”接着，作者在讨论画廊对当时社会的价值之一时，很明确地把民族性格和民族工业这两个世界统一起来:“那些浑身脏黑的工程师偶尔从繁重的工作中解放出来，在这些房间中消磨一个小时，还有其他一些周六下午来到这里的聪明的技工，在看到那些自我造就的人变得如此出人头地，以至于能将自己的画像挂在国家肖像馆的时候，都会受到激励。”[14]在一种相互加强的逻辑形式下，视精力充沛为历经时间考验的个人特征，能帮助理解物质世界的能量原理；工业产生的巨大威力，反过来，进一步成为英国人品质的标志。就像热力学论著中所说的一样，“能量”在这里是表面多样化背后潜在的统一的原则。如果磁、热、光和运动在本质上是成为物理原理的能量所包含的全部形式的话，那么画廊里的政治家、军事英雄、思想家和科学家就代表着英国人同一种品质即充沛精力的表现形式。

但是，虽然“能量”因此可以视作英国国家权力的一个复杂的、多面的能指，可是它的定性和定量价值之间依然存在着一种悬而未决的张力。如果在国家肖像馆的墙上看到的“充沛精力”强调了个 117

人的努力，那么其科学的、工业化的界定把个人的努力仅仅看作总能量预算中的一个单位。汤姆森和泰特写道：

> 背上刺刀冲锋，那么战士的给养就是潜在的战争能量；爬上铁骑冲锋，我们就额外要求供应马匹的饲料所赋予的能量；当我们使用火炮和小型武器的时候，硝石、硫黄和木炭的混合物所蕴藏的潜在能量，就是那可怕的巨大声响和毁灭产生动态效应之前片刻的宁静。

当他们在谈论，除了给养，一个军队的资源还包括“供应马匹的饲料”以及火药中“硝石、硫黄和木炭的混合物所蕴藏的潜在能量”时，他们就是把士兵也仅仅看成是“战争能量”的一个部分。[15]请注意，在查德威克的那段话中，他很快就从对“两个英国劳工”的讨论转移到“两千七百万人”的讨论中。一旦能量可以被描述成一种量，那么将个人看成是巨大的、聚集的能量机制的一部分就会成为常态。

然而在19世纪初期，正如安德伍德所指出的那样，能量作为一种个人特征“暗暗地增加了个人的主体性”，但是这个词被赋予的新含义却要破坏这种主体性，因为它把个人看成是一个更大的动力系统里面另一个可以衡量的、能够被替代的部分。[16]过去，“能量”更多地意味着“资源”，但自从人们用它来描述人的某种素质，它便具有了更深的内涵：人被定义为生产系统中的燃料。凯瑟琳·加拉格尔把个人的身体和国家资源转化体系之间的关系总结为“生物经济学”，这很有意义；朱尔斯·劳把这一时期的特点说成是，从个人和个体这样的身体资源概念上做出的“竞争性的转变”，转向把这些资源看成是“集体的、理性的，甚至技术层面的”概念。[17]虽然劳感兴趣的是人的体液的各种表现——血液、牛奶和水，但他描述的从个人向集体的转变也追溯了能量概念的变化。因为能量本身过去（包括现在）被看成是一种流体。[18]在卫生改革者如李比希、查德威克、霍克斯利和其他人的眼里，所谓的能量“流动”稍有不同：能量资源流经人体，再以污水和其他废弃物产品的形式从城市流出去，不过，这些流出的东西仍然保留了施肥的“活力”。

当时劳对流体的研究可以有效地应用到对这个具有隐喻意义的流体的讨论中，能量以及它流动的方式将个体与更广阔的超越 118
个人的能量守恒、利用和耗散集合模型连接起来。劳认为：“公共卫生学（其重要使命在于调节生物材料的社会流通）论著提供了一种模式，它帮助人们去思考怎样将个人的身体作为一种社会资源来对待，或者作为一种模式来对待，可以为了人们的观点认识对其无限地加以控制——也许此一时令人安心，而彼一时又着实让人害怕。”[19]的确，在19世纪60年代，能量守恒的观点恰好处于给人安慰又带来恐惧的两极之间。一方面，将所有活动——机械的、动物的、自然的——量化并形成能量的能力，意味着国民生活的每一个部分都可以被概念化为一个单一消耗体系的一部分，为合理管理资源提供了基础。另一方面，任何生存的物体都遵循这种总体化逻辑的事实正在呈现令人惊讶的削减趋势。用国家甚至全球的视野去思考一个人的能量，对于谈论能量守恒的道德伦理而言是至关重要的第一步——像查德威克这样的卫生学家们是最先呼吁要实施可持续能量行为的一批人。但从技术层面上考虑资源，也意味着要把自己看成一个在消费的部分，并要让自己的个体观服从非人性的逻辑。如果单个的劳动成果是通过参与更大的生产力体系而实现其意义的话，那么这种参与也让它总是面临着失去其意义的危险。

以这种方式去理解人类劳动，把它看作各种能量形式当中的一种，是马克思历史哲学和他的异化概念的关键。安森·拉宾巴赫明确表示，马克思在19世纪50年代的研究越来越显示出热力学思想对他的影响；他的成熟理论“对于人的劳动力与其他自然和技术中的无机生产力之间表现的质的区别基本上是漠不关心的”。[20]但对马克思来说，把生命降低到劳动力的层面，以及所有力量——自然的、工业的、动物的——统一起来的思想，是走向解放必不可少的一步。如果人类劳动和机器劳动都可以被认为是同一基本原理的表达方式，那么社会可以期待有一天前者将完全取代后者；“真正自由的王国，”他写道，“只有以这必要的王国为基础才能够蓬勃发展。”[21]许多评论者指出，马克思的共产主义未来取决于资本主义带来的技术设施。但是资源的浪费、劳动力的剥削，以及人的生命成为“物质力量”的“劣变”都是资本主义社会关系的产物，是将在后
119 革命社会消失的“有限的资产阶级形式”。[22]能量概念和现实中对能量的物质开发是资本主义支配人与自然的重要组成部分，但它们在下一个历史阶段依然拥有物质丰饶发展的未来前景。

到19世纪60年代，在个体自主性的定性的、道德的秩序，以及国家和历史的动力集合形成的定量的、系统化的复杂聚集之间，“能量”已成为不稳定的中介。量化式的定义意味着**任何**行动，无论多么微小，都可以被概念化为能量消耗的载体；能量守恒和耗散的热力学论述可以扩展到人类活动的所有领域。反过来，这种扩展也对劳动与身份之间的关系提出了令人不安的问题。例如1862年，埃德温·查德威克在英国科学促进协会的讲话，探讨了精神和身体的能量之间的转换关系：

> 对人力进行最适当的调整，作为一项投资来获取最大的生产力，需要在相当长的一段时间内对不同的卫生和其他条件做

> 出大量的观察。维持这种力量的手段之一，就是所谓的形而上的手段；即在劳动过程或劳动成果中附带开心快乐的精神兴奋。仅仅用物质手段，像食品、服装、住房等，无论开始效果多好，过段时间后就会变得沉重、疲惫、缓慢，这时就需要精神上的刺激来维持身体的能量。[23]

对于查德威克来说，人是“生产力”的储备，但在疾病和营养不良的状况下会遭到耗竭，同时，在放荡的休闲活动、压力、烦恼、缺乏自尊时也会被消耗殆尽。查德威克在演说过程中，主要用来表达身体劳动力量的词语“力”，逐渐让位于“能量”一词，后者表达某种更广阔和更混杂的东西——一种似乎既来自身体又来自精神的力量。把能量定律延伸到人类经验的各个角落，为查德威克提供了一个统一的范式，通过这种范式，可以解决各种现代性的问题。

但强调对能量所做的这种广义的解释，可能会从生产过程中，以及从为个人身份提供稳定基础的劳动形式中消解能量的意义。这一观点是在查德威克演讲的几年之后，《庞奇》上一封题为《储存的辛勤劳动》的写给编辑的信中提出来的。这封信可以解读为对查德威克报告所做的一个谨慎的解构，也是对人类生活的所有方面服从于能量守恒的量化逻辑的解构。该信开篇简要讨论了能量守恒问题，认为“科学界目前无法想象出，当我们所有的煤都用 120
尽时，我们该如何获得力……我们应该尽力节约使用力，不要丢弃任何我们能够节省下来的力”。作者认为囚犯，无论是从他们消费的食物上来说，还是从他们徒劳的“辛勤劳动”方面来说，都代表一种巨大的能量浪费；作者提出要建立一种体系，“把囚犯们操作一个把手、踩着一根光木条这些与有效的机制毫无关联的力积蓄起来，因为现在这些力只是在监狱中白白地浪费了”。[24]这是对查德威克观点的直接呼应，他也对囚犯表示过关注，认为“他们通常而言，没有生产性，而且双倍增加了供养一个乞丐的支出”，只是这里的观点更进了一步。追求效率的逻辑迅速地转到了节省劳动力上，从那些活着却被视为“无生产”的人身上收获能量。我们几乎很难看出这是一个笑话，因为它在精神上非常接近那个时代的偏见和矛盾。事实上，这封信旨在表达的唯一讽刺是它的结尾部分：“附：我想发明一种方式，节约人们在跳舞所支出的，或者像我前面说的，所挥霍的力量。”[25]如果跳舞是浪费能量，那么**生命本身**看起来也像是资源的浪费。《储存的辛勤劳动》从字面上的监禁（获取现实中囚犯的能量）转移到一种更具比喻性的圈套，它就是一种对任何活动都涉及能量损失的病态自我意识。“我们生活在一个劳动的世界里，”斯图尔特在一篇关于能量的热门文章中写道，“我们无法逃避它。”[26]

这种逻辑的延伸可能会产生一些可怕的结论。1865年，在《一年四季》上发表的一篇题为《上山劳动》的文章中，作者讨论了平庸诗歌中涉及的能量浪费：

> [一位拙劣的诗人]应该坐在公路旁阴暗的角落里，避让那些乘坐着马车的伟大诗人，这比浪费他们的时间、精力和他们的手去扮演地狱中的老西绪福斯的角色要好得多。无论我们对他个人的悲伤和同情有多少，他们身上那永恒的失败法则都是一样的，而浪费的精力对这个人类世界来说又是多么大的损失，这个事实……永远不会改变，即便是为了某个不知名的弥尔顿心头的苦涩悲痛，只因他弄错了自己的职业，要将石头滚上帕纳塞斯山，最终也只会是失败，还要被淋上满头的泥土和尘埃。[27]

衡量个体的活动不仅从损失的“时间、精力”上来看，而且要从“对这个人类世界”的得失来看。个人的能量在某种意义上**属于**整个国家系统的能量。作者说，**什么都不**做——“坐在公路旁阴暗的角落里”——要比在无望的追求上浪费国家的能量好得多。然而，我 121
们可能想知道，这段话中一篇**成功的**诗歌具有什么价值？诗歌本身是对资源的有效利用吗？如果不是的话，那又是别的什么？一旦不考虑某个活动的趣味性，仅仅从能量的守恒和耗散上去判断一项活动的话，我们发现自己陷入了一个为生产而生产的虚无逻辑中。如果没有一个连贯的叙述来理解活动的目的，那么，自相矛盾的是，对生产力的强调就是整个宇宙的能量浪费。

于是，能量的论述在这里就与劳关于流体循环的论述产生了分化。能量被理解为一种资源，既是循环的，也会逐渐**停止**循环。把人体理解为一个通道，贯穿其间的能量流会让自我的界限看起来具有渗透性且不稳定；但把人体看作一个通道，能量在其间发生**损失**，这又会让尘埃、烟雾和烟尘变得不仅仅是活动的副产品，而且是它的主产品。虽然对能量守恒的讨论经常会在人类的生活和浪费之间进行对比——从生命引导和利用能量进行生产的方式这一层面上讲——但它也在二者之间暗暗地建立起令人不安的区别。1865年，《一年四季》上一位匿名的撰稿人写道:“我们做任何活动，都能够用同时发生的另一消亡的运动来进行解释。”[28]虽然这个观点表明了行为和反应之间的对等的稳定模式，但是“消亡”这个词语——尤其是在《物种起源》已发表的语境下——清楚地表明了损失的不可逆性。所有的运动都必须在能量消耗系统中得到理解；这个系统依赖于有限的资源而存在，所有运动都在驱使它走向消亡。那么，这就是在化石燃料能量方面，人类活动令人不安的地方：它使生命本身成为一种污染形式。

“白痴们对能量的讨论”

正如乔治·莱文指出的，在《我们共同的朋友》中，“现代资本主义的危机……表现为寻找一份不妥协、未破坏的职业具有的不可能性”。[29]“不妥协”“未破坏”这两个词语恰恰与能量的问题联系紧密：工作受到“破坏”是因为，它的各种形式都不可避免地连接到更大的、非人的生产综合体上面；它又被“妥协”的原因是，书里
122 的人物不能不**意识到**，他们的行为深深地嵌入这个综合体上。有时候，狄更斯用这种意识来达到一些喜剧效果，例如，当赛拉斯·魏格第一次打量鲍芬先生时说：“您是富裕得可以坐享清福的人呢，还是要我对您白鞠一个躬？”后来又自言自语说：“一个躬白鞠了！”[30]魏格对聊天的热衷尤其荒谬，因为他自己的行为特别夸张过度——突然脱口而出的诗歌，华丽的口语用词，还有并不能让他有所前进的无尽的阴谋和想象。魏格身上体现的喜剧效果异常丰富，这与他的吝啬和自我保守的精打细算形成鲜明对比。他的个性几乎没有顾及自我而超越了这些量化框架。但就这样，他完美地概括了狄更斯对保守主义逻辑的矛盾心理。我们**喜欢**魏格是因为他毫无建树的夸张过度，而我们**不喜欢**他则是因为他完全只管自我（从而对社会不负责任）的伦理。

事实上，这样描述魏格也体现出，在狄更斯自己的小说实践和新兴的节约能量的文化之间呈现了一种张力。正如我们在前一章中所讨论的，虽然他的小说结构是“节省”能量的——循环出现的人物、把看似浪费的行为纳入秩序和象征意义模式中——但是同时这些小说又深深地落入了松散、无意义和夸张的乐趣中。奥威尔认为狄更斯风格的标志是运用“不必要的细节”，大量的想象力让

他的小说世界特别生动。[31]于是，在他的小说中宏大的、固定的结构——在这样的结构中似乎每一件事都得到了严谨的叙述——与那些由于**并不是**严格罗列出来而给读者带来乐趣的过度的松散和想象之间形成了一种张力。但是，正如我们已经看到的，能量的概念也构建了同样的张力——是利用做功和浪费这些词语带来的。在某种程度上，浪费能量是为了**生活**，而小心翼翼地保存它则会带来死亡；然而，在层层污染包裹下挣扎的环境背景中，这种精神在生态意义上是危险的。魏格（故事叙述者）就体现了这种张力，他一面小心翼翼地想尽方法厉行节约，一面又源源不断地冒出那些毫无意义却令人愉快的废话。

魏格的喜剧想象既强化了又影响了小说其他部分挖掘到的社会能量体系内的被迫参与所存在的黑暗面。像魏格一样，尤金·瑞伯恩也意识到在节约和消费的体系中自己所处的位置。不像他的前辈理查德·卡尔斯通，盲目地接受了大法官法庭的逻辑，让自己沦陷到精神上的无人区，瑞伯恩的麻木不仁似乎也源于他对自己的位置过于敏锐的意识。对于理查德而言，在贾迪斯案件中除了追逐利益还有其他的选择；诚实地工作是他一直要抛弃的一种选择。对 123
于瑞伯恩来说，劳作的世界已经失去了意义，这一问题与能量有关：

> “白痴们在谈论，”尤金向后一靠，双臂抱起来，闭着眼睛抽烟，轻声地透过鼻子说话，“‘精力’。如果词典里从头到尾的任何一个字母下边，有一个我所讨厌的词儿，那就是‘精力’。这种陈腔滥调的迷信，这种鹦鹉学舌！究竟算什么！要不要我冲到大街上，抓住我碰见的第一个看来有钱的人的领口，摇晃着他，说‘马上去打官司，你这条狗，还要聘请我，要不我就要你死’？而那就是所谓的‘精力’啊。”[32]

事实上，瑞伯恩这段话本质上是在批判我们在《荒凉山庄》中看到的法律世界里的能量动态，其中大法官法庭的精心编排——“提出动议，援引证明，做出报告”[33]——在这个枯竭的、混乱的环境中有着它自身的物理问题。为了回应社会要求他成为一个“精力”充足的人——一个有个性的人——瑞伯恩牵扯出了他的职业和城市的街道，在这两个地方，能量的传统特点——自主、积极和活跃——都降为废弃的哑剧。视能量为品质变成了能量仅仅是一种支出。在《我们共同的朋友》里没有大法官法庭，也没有一个让人憎恨的机构或者职业体现或者集聚了能量浪费的问题；相反，瑞伯恩对能量的讽刺成为对工作本身价值的一个影响更加深远的控告。

接下来狄更斯强调了这一点，莱特伍德满怀同情地说，“给我点儿真正值得花精力去干的事，我就会给你显出点精力来”。[34]这两个人通过他们对这个词本身的关注，表明了个人对自己工作的想法与工作得以实现的现实系统之间存在着天壤之别。接着，故事讲述人用这段话做证明，让我们管窥这个包容万象的系统：“完全有可能，在伦敦邮政局城区投递范围内，在这同一个黄昏，另外还有一万个年轻人，在说着这些同样的满怀希望的话。”[35]在这里，小说从质量转向数量，从如何让两个人“精力充沛地”行动转向“一万个”年轻人都陷入同样的困境这个事实。即便他们的抗议与其他抗议别无二致，他们还是因为自己的拒绝而被卷入一个无名的集体中。因此，对查德威克来说，认识到能量关系的普遍性以及个人在国家的生产生活中扮演的角色是自我意识的解放，但这在《我们共同的朋友》中却成了令人惊愕的活动景象，从清晰可辨的人类目的中摆脱
124 出来，加以量化，且分离出来。正如劳所说，“在《我们共同的朋友》中……公共的空间——尤其是河流——直接提出了自我和他者、身体和环境、占有和自控之间的边界问题”。[36]瑞伯恩和莱特伍德试

图维持自我的周围边界，他们拒绝逾越他们出行时所乘坐的马车车厢而参与外部世界——很显然瑞伯恩捂上了自己的眼睛——但参与能量系统却不是一个可以选择的问题。狄更斯把对话安置在移动的马车上，这样使得律师对“能量”的断然摒弃发生在城市的交通网络**之中**，然而对于有些观察家来说，正是伦敦繁忙的交通网络给伦敦带来了活力和统一。[37]没有什么工作——因而没有什么身份——不是以某种方式或参与或依赖于更大的能量关系矩阵。各种形式的能量，实际上，表现为尘埃发生的不同形式：“那刺骨的寒风，与其说那是在刮风，不如说它是在拉锯；而当它拉锯的时候，锯木场上到处都飞旋锯末。每条街道都是一个锯木场，并且，拉这个大锯的没有上手，只有下手，每一个过路行人都是下手，锯末便迷住他的眼睛，呛得他喘不过气来。”[38]就像词语“能量”和“资源”之间的张力一般，“上手”与“下手”之间的对比印照了一种动态，个人的品质被纳入集体的消费支出景象中。“上手”就是指拉着大锯上面把手的人，但这一术语还表示有素质的个人、杰出的个人。这里，在下手严重浪费的行为中，区别实际上被抹杀了，在那些力量与显而易见的目标之间的解耦中，它被暗暗地抹杀了。

完美循环利用的幻想

在这部小说中，要想从能量浪费中逃离开来的唯一可能存在的通衢大道便是循环利用了。正如很多人注意到的，这也给无数人所做的工作做出了界定。凯瑟琳·加拉格尔在《身体经济学》中描述了“卫生想象”——查德威克和其他一些改革者提出的城市循环利用的前景——对《我们共同的朋友》中狄更斯表现的废弃产品经过转化又重新进入生活这一观点的影响，加拉格尔说明，尽管狄更斯和罗斯金很厌恶马尔萨斯和李嘉图等政治经济学家，但是他们仍然重复了这些人将“生活”抽象量化的观点，矛盾的是，这种量化放在非生命物质上，倒是最容易识别的，也是能够进行量化的。[39]加拉格尔所说的“生物经济学”让我们得以窥见，生命力的物化是怎样
125 让生命本身的功能商品化，并被引入循环经济。[40]这些看似毫无生气的物质能够再次获得生产力，而查德威克和其他回收利用观点的拥护者则认为，草率地处理城市垃圾无异于将能量白白地消耗掉。

但到了1860年之后，“能量”和“生命”之间的区别就体现在，前者的出现是与化石燃料驱动的经济秩序的产生不可分割的。在这样一种经济中，商品并不体现创造这些商品花费的劳动时间的“生命力”；相反，对于局部来说是有序的某种生产，如生产某个商品，**必然**会在更广泛的环境中造成更大的无序（能量损耗和浪费）。正如我们所看到的，化石燃料支出的副产品——煤烟、烟雾和灰尘——不会通过腐朽和新生这样的“自然”循环恢复到充满活力的状态。查德威克等公共卫生学家，本质上都是生产主义者，他们相信能量循环受到阻碍，仅仅是因为对废物管理的计划不够完善；然而，化石燃料的消耗，不只是破坏了这个循环，它按照一个完全不同的模式运行着。现在这种变化是历史性的、单向的。像卫生学家那样通过农业、身体、污水等方面来关注能量的循环，就会错过新能量经济所蕴含的不可逆的趋势。

因此，加拉格尔指出了小说中以各种奇怪形式表现出来的受阻滞的生命力，还有狄更斯对查德威克、F. C.克雷普等人提出的城市回收说法的借鉴。虽然这些都是有道理的，但是我认为，《我们共同的朋友》还展示了一种冲突，它发生在腐朽和新生周期性发生的这个旧模型与现代以熵为中心的经济之间，在这种现代经济中，浪费并不代表未加利用的潜力，而是指转化本身的终止。当老头儿告

诉丽齐:"你还在吃奶的时候,你烤的火就是从这条河上,从那些运煤船旁边捡来的。"[41]他这十分形象的提喻法暗示了转化的奇幻过程——"火"直接产生自水,温暖又源于寒冷。老头儿想让不知感恩的丽齐把河当成生存的源泉,尽管它具有有害特质:"好像你不是靠它过活似的!好像你吃的喝的,不是靠这条河似的!你哪能够这么忘恩负义,丽齐?"[42]加拉格尔认为,通过把河流称为"吃的喝的",老头儿破坏了把河中的废弃物转变为金钱,继而转变为生存物质的巨大网络。这样的一种自我建构本质上是具有保护性质的,因为它跳过了令人生疑的中间步骤(捞尸体,翻过口袋),暗示着一种更为直接的转化力量。废物成为珍宝,水变成火,寒冷转为热量:这些状况差别巨大。无论是从比喻意义上(河**就是**老头儿),还是 126
从转喻意义上(河为他提供了有价值的东西)来说,这种想象掩盖了熵的问题,并且在潜意识中把老头儿本身与河中的废弃物等同起来。通过想象一种奇妙的转化力,重新认识那些看上去失去的却又无法补救的东西,从而避开了生活与污染之间令人苦恼的联系。

但如果说老头儿想象的是转化和区别,那么河流本身,作为循环的介质和比喻,展现的则是混杂和终结:

> 那些笨重地移动着的、黑乎乎的驳船,当它们那有裂缝的、漆皮斑驳的侧面向他们渐渐逼来的时候,没有一只不是仿佛要吸干河里的水,恨不得把他们都吸到河底去。每一件东西都在夸示着河水那毁灭性的影响力——变了色的钢材,腐烂的木头,蜂窝状的石块,绿茵茵、湿漉漉的沉积物——这些都让你感到,被压碎、被吸进河底、被淹没的遭遇和想象一样险恶。[43]

老头儿对煤所做的异常描述借助这个交通网络成为可能,这本身取决于大众消耗的动态，并产生一个有机和无机形式的不加区分的混合，同时带来秩序和能量的损失。火不是来自水；它是自那些腐烂的设施上窃取而得的。虽然狄更斯感兴趣的是看似消耗的能量形式可以“回归到生活中”，但我认为，他同样感兴趣的是，一个完全可循环利用的周期性经济的想象，笨拙地嫁接到了一个对不可再生资源进行开发的系统上。在这一点上，狄更斯远离了城市卫生改革的话语，以及它经常使用的那些变性语言。安德鲁·温特博士的《废物利用》似乎建立在与狄更斯小说相同的想象空间中：它不仅描述了伦敦的垃圾堆，还介绍了从中提取价值的过程，表现了废弃物和无机材料似乎凭借自己陌生的、转化性的生命力量又活跃起来：

> 当捡垃圾的人从垃圾堆里捡起这老骨头时，竟有那么多样的新生命在等着焕发！它的实质，藏在带手柄的刀子、棋子和裁纸刀等各种形式中，与日常的生活相交织在一起——辛勤的工作、快乐的享受以及智力娱乐等；同时，它若是落到制造商的手中，在它的那些不固定的、家用的产品中，更惊人的变化也会随之而来。[44]

对于温特而言，科学打开了人们进入“奇妙之境”的一扇窗户，在那里，无序的东西也能轻易地加以整理——或者它们能自动地进行
127 自我整理——那些看似惰性的物质、能量潜力、废弃物和副产品又重新发挥出它们能量充沛的潜能。对废弃物，甚至“最令人头痛的废弃物”进行科学的调查，将为我们展现尚未开发的能量库：“这样我们的储备就能得到补充，由于它给人类研究输送的能量，匮乏也变为丰富”。[45]前面我们曾见过这种说法——“能量”一词的含糊

性不仅让温特去暗示科学**本身**就是一种能量，并且在现实资源缺乏时，它会有最高的产出。

不是所有的卫生改革者都像温特这样乐观地看待城市垃圾的转化问题；许多人都讨论了其间涉及的复杂的工程学问题。然而，正如尼古拉斯·戈达尔指出的，其观点的特点是“极端的乐观”，尽管城市回收的支持者们令人钦佩地提醒了大家，要去关注能量资源应该得到更加精细管理的问题，他们还是经常会发表一些令人困惑的言论，把能量看成是完全可再生的，且认为废弃物只是个暂时性的问题。回忆一下本书引言中提到的F. C. 克雷普的评论：“现代科学的发展，使得大量的资源可以让人类理智地加以运用……一场前所未见的、和平的、道德的、社会的革命将会产生！”准确来说，废弃物实际上能给予巨大的能量**供应**，只不过是在静待人们去转化。但克雷普的愿景是通过他所说的、没有具体计算的能量输入，即“气动力、蒸汽动力和农业化学”，而得到“无限多”能量。[46]也就是说，循环的过程依赖于大量的额外能量投入，这一支出将导致额外的浪费，以及资源的额外消费，等等。**这**就产生了颇具争议的几何图形问题，即这是螺旋形的，而不是圆形的问题。这是城市回收计划中令人困扰的问题，因为它们要面对热力学定律规定的种种限制：尽管它们承诺解决能量短缺和耗散的问题——有时以守恒定律作为它们维护自己概念的一个明显的缘由——但将这些计划变为可能所需投入的能量常常都是不明确的、未经仔细计算的。道格拉斯·高尔顿写道，“污水就像莱茵河金沙里的黄金一般，其总价值将是巨大的，但却没有人成功地提取出宝藏”。[47]但当主要问题是能量的节约时，这个问题是不容忽视的——“提取”宝藏所需的能量也不再是一个附属的问题。

狄更斯的垃圾堆不会自动“提升”价值尺度；它们需要大量额

外的能量输入：

> 这一列车马从黎明到黄昏整天来来往往，川流不息，每天都觉得这堆垃圾很少或者毫无变化，虽然，日复一日，也能看出
> 128 这一堆东西是在慢慢地消散。我的老爷们、绅士们和名誉委员会的委员们，你们，在你们那铲垃圾、扒煤渣的工作过程中，已经犯下了堆积如山的狂妄过失，你们必须脱下尊贵的外套去铲除它们，必须用女皇陛下的全部马匹和全部人力投入这项工作，否则，这座大山将会迎面崩塌而下，把我们大家都活活埋葬。[48]

然而，卫生改革者们却义无反顾地坚持认为，各种废弃物形式其实代表着未开发的能量——从本质上说，问题的规模揭示了解决方案的力量——狄更斯揭示了废弃的能量形式怎样消耗**更多**能量。小说中的粉尘本身不具有转化的性质；相反，关于转化的语言——看上去“在慢慢地消散”——最终证明只是视角上的一个小把戏，是站在远距离立场上，忽视所需付出的大量劳动力的结果。同样，《我们共同的朋友》坚持要亲身去体验清除污物。上面这段话中，狄更斯半开玩笑地想象着老爷们和绅士们卷起袖子的样子，但在小说本身中，他着重关注从下层阶级的身体上提取额外的能量。如果把《荒凉山庄》看成在每一个房间都点着一支忽明忽暗的蜡烛，那么在《我们共同的朋友》里则挤满了向外辐射热量的人们，他们双手搓在一起，努力保持温暖。在河上度过一个晚上之后，老头儿对丽齐说：“我不会浑身滚热的；那是当然啰。我的两只手好像钉进桨里一样，瞧它们多僵。”[49] 后来侦探警察提醒说，老头儿僵硬的双手在他的死亡中发挥了重要的作用。他也许能把火说成是从河里直

接提取出来的东西，但语言并不能温暖他的四肢。在整部小说中，这条河不仅是垃圾处理的区域，而且是热量发生损失的地方，这就好像变质再循环、城市流通的假想实际上就是能量消耗：

> 河边是寒冷的，这是一天二十四小时中一段沉重的危机四伏的紧要时刻，这时活在世上一切最高贵和最美好的东西，都处于他们生命的最低潮……也许火这东西，也和靠它维持生存的更高级些的动物和植物一样，在这个白昼与黑夜方生未死之间的时刻里，比其他任何时刻都更倾向于灭亡。[50]

这段描写体温的文字正与关于“能量周期性”的小说相对应。对于温特来说，清除和回收都是同一过程的某个部分——“清洁工从我们的房子中清除的垃圾里，没有一粒灰尘不会再次被迅速投入循环之中，获取利益”——对于整个循环过程而言，清洁工只不过是一个没有实质作用的助手而已。[51]在《我们共同的朋友》里，为了让 129
垃圾堆和河流生产出任何一种能源，我们必须做更多的工作，必须付出更多的生命。《我们共同的朋友》里出现的循环要么是极其有限的，就像赫克萨姆一家靠着河水中的垃圾勉强度日一样，要么就是虚幻的，是一种虚构，就像老头儿拖着的尸体似乎有了生气一般，或者像是哈蒙的“重生”一样。

正如南希·梅茨所指出的，《我们共同的朋友》以“垃圾的艺术性回收”为写作特征——强调个人的想象力，它为维多利亚时代伦敦表现出来的显然的无序状态赋予了一种秩序：“这种观点认为，一切都具有潜在的价值，没有什么是那么微不足道、粗鄙或表面上讨人嫌的，以至于人的想象力无法为它注入生气，让它新生。”[52]但是，垃圾的“艺术性回收”和与环境的转化性、顺应性有关的模糊想象之间是完全难以区分的。公共卫生学家们那些变态的想象——非常接近狄更斯自己的想象——没能保持语言水平和物质转化之间的严格区别：通过充满想象的语言飞越，垃圾成为具有潜力的原材料，它能带来丰富的物质，而毁灭性的生产系统似乎也立刻——且很显然地——变得可持续起来。在城市卫生改革者的手中，将废弃物转化为价值表明了生态转化的可能性，但通常情况下，这是通过语言的变革力量来掩盖问题的深度。这种能量转换和生产主义的论断看上去能使失去生气的东西焕发新生，并“回收”垃圾，但这种集体幻想却掩盖了污染具有的固执和顽固不化的物质性。人们对环境的关注，从而转向对工业的辩解。相反，《我们共同的朋友》展示了想象拥有的力量，以及这种力量给针对问题的轮廓有清醒认识的人带来的威胁。

能量与结局

随着小说慢慢地走向其结局部分，其重点也从对污染和资源的关注转向作为阶级差异标志的能量语言。从生态上讲，这一转变削减了两种方式。一方面，狄更斯很公正地批判了统治阶级如何使用能量守恒的学说将工人描绘为一种动力。回忆一下查德威克对非生产性休闲活动的反对，他的目标是专门针对劳动阶级的，他们
130 “造成浪费的主要原因是对自己每一天中时间的错误使用，通常这占据了他们一半的生产力”。[53]另一方面，阶级也有助于狄更斯更改他讨论的语言，把他的注意力从个人在用能量浪费规定的世界中如何有意义地行动和工作的问题，转到批判一个特定阶级对能量**词汇**的误解上。

正如我们已经看到的，瑞伯恩在开篇部分就抱怨“精力”一词

的使用，尽管他显得很超然物外，他仍然是这个大系统的一部分。但随着小说的发展，这显得更加棘手，能量和不可逆性这样全球性的问题变成瑞伯恩和海德斯东之间能够改变阶级差异的冲突。书中对后者使用了磁性、热量和力等词语进行了一致的描述。他告诉丽齐·赫克萨姆，“我处于某种巨大的吸引力的支配下，我抗拒它也是枉然，它完全征服了我。您可以让我去赴汤蹈火，您可以让我去投河跳海……您就可以以同样强大的力量把我引向一切好的东西——每一种好的东西”。[54]叙述者说，他有一种“疯狂的生命活力”，[55]他火热的激情被比喻成一个火炉。[56]他是一种能量——原生的、无形的、多变的——必须要发泄到**某个地方**。丽齐也许能把他变好，但是瑞伯恩，相反，却引着他到城市的街道上去消耗精力。他说：“一天晚上我往东走，另一天晚上我往北走，有几天晚上我四面八方绕着圈儿走。有时候，我步行；有时候，我乘车，让那位校长的口袋全掏空，因为他也乘车子跟着。”[57]如果说小说开始时瑞伯恩的争论是围绕着“精力”的，那么到了结束部分争论的对象是一种特殊的能量体现，即海德斯东。

整部小说中，城市的街道被描绘成一个充满浪费的地方，而城市的这一面恰恰是瑞伯恩用来消耗校长精力的地方：“他不像是个猎人，而像是被猎者，一蹶不振，精疲力竭，脸上显露出渺茫的希望和消耗精力的仇恨与愤怒，双唇惨白，头发湿漉漉的。”[58]后来海德斯东突发报复，伏击瑞伯恩，瑞伯恩看到“大气中突然闪过参差不齐的点点火光”，他感觉自己像是遭到了雷击。[59]狄更斯在袭击之后，继续使用富有能量的语言，当海德斯东坐在那里思考自己的命运时，他写道：“他面色严峻地坐在火前，仿佛这是一股具有魔力的火焰，正在使他变成一个老人。他坐在那儿，脸上阴沉的线条愈来愈深，呆滞的目光愈来愈萎靡不振，面色也愈来愈苍白，仿佛被涂上了一层灰。”[60]海德斯东是一种能量，却被引向了徒劳无功的目标，剧烈地释放之后，已然完全丧失。而且，徒劳的目的不仅包括他一心对上的瑞伯恩，还包括他自己那些毫无意义的工作。狄更斯表达得很明确，海德斯东的教学是在一种无尽循环的封闭系统
131 中发生的，而教育的目的似乎也就是“机械装运”[61]和制造出更多的教师。

海德斯东的能量受到了阻碍和误导，狄更斯对他的关注也有助于说明，中产阶级可以保持自身的稳定，远离这个充满浪费和破坏的世界。和维尼林一样，海德斯东身上体现的是中产阶级能量的噩梦版。那是一种原生的、向上的奋斗力，并与机械化和商业化的盲目力量密切关联。狄更斯通过对能量进行不适当的操控，进而限定了海德斯东的人生——把他的力量机械地引入会导致挫折的工作当中：

> 不仅如此，他还得把好些东西加以压缩，以腾出地方来容纳更多的东西，这又使他总是处于一种紧张状态。然而，在他身上仍旧能够察觉出一股生机、一股火气来（虽然是闷在心里的火气），从而令人感到，这位年轻的布拉德莱·海德斯东，假如在他是个贫苦少年的时候，偶然被送往海上去谋生，在那一船水手中，他可能并非最差的一个。他用一种骄傲、抑郁和阴沉的心情来对待自己的这种出身，但愿能把它忘掉才好。也只有很少人知道这些事情。[62]

但这正是狄更斯做出关键区别的地方。事实上，海德斯东只是**看上去**像个中产阶级；他的出身在他一直往上攀爬的过程中也变得朦胧起来。他“闷在心里的火气”不仅仅暗示了他情感上的愤怒，还

伴有一种因阶级仇恨滋养起来的野心。在这种情况下，健康的、真正的中产阶级能量出现的条件就准备好了。

他通过海德斯东所做出的改变——稳固中产阶级的婚姻以疏引能量——在小说的结尾得到了强化，其中维尼林一家的成员们在讨论能量守恒和婚姻的问题。与蒂平斯夫人聊天的“承包商”，用查德威克能量计算法描述了丽齐的未来，以及她与尤金的关系：

> 蒂平斯夫人接下去兜揽那位拥有五十万生灵大权的承包商。这位权势显赫的人物好像认为，这里所谈的这个男人所要做的，应该是给这个年轻的女人买一只船，再给她买一份数目不大的每年有固定收益的投资股票，让她自谋生活。这些事都是一个牛排与黑啤酒的问题。你给这年轻女人买一只船，非常好。你同时给她买一份每年有固定收入的投资股票。你是用英镑来表示这份固定收入的，而实际上它是好多磅牛排和好多品脱黑啤酒。一方面，这个年轻女人有了一只船。另一方面，她消耗好多磅牛排，喝好多品脱黑啤酒，这许多磅牛排和许多品脱黑啤酒都是那个年轻女人的发动机所需要的燃料。她因此获得一定数量的体力去划船，这体力又能生产出许多钱；你 132
> 把这些钱加在那笔数目不大的有固定收益的投资上，于是你就算出了这个年轻女人的收入。这（在这位承包商看来）就是看待这个问题的方法。[63]

蒂平斯夫人和“承包商”用能量的内容来表达丽齐的生活，至于这个笑话，则是和《庞奇》文章中的一样，建立在一种荒谬之上，把人类活动降低到其功能等同于燃料。它也展示了下层阶级人民的生活可以转换成动力单位的随意性。蒂平斯夫人和承包商似乎完全没有意识到，他们在苛责“可持续”的能量实践的同时，又与显然是毫无生产力、纯粹产生浪费的维尼林家、波茨纳普家和拉姆尔家搅和在一起。他们分明是对瑞伯恩迎娶了一个“工厂女孩”感到震惊，[64]从承包商的反应来看，他们不仅无法理解这样的婚配，还把她降低到原来的样子，贬抑她的人生只不过是一种能量经济，需要对其加以严格的管理。

但丽齐不会以这种方式贬低自我。一方面，她已经嫁给了瑞伯恩，这一事实让承包商精心的计划看上去不仅显得迟钝，而且没有意义。更重要的是，这场婚姻将她从下层阶级中提升起来，离开了由这种精确计算的方式操控的领域。如果瑞伯恩不再关心维尼林之流所有的观点，那么丽齐也就不再受他们那些代表性做法的左右。蒂平斯夫人和承包商之间的讨论，似乎是对小说早期提出的能量观点的呼应，也用更加刻板和严格的讽刺性语言处理这些观点，让它们成为阶级对立观点误用的滑稽产物。在小说开篇提到的那些能量观点似乎无可避免，现在却总挂在那些显然可笑的、身无所长的人物嘴边，因而就被阻碍开来，减少了它们的威胁性。当瑞伯恩在小说开始时抱怨“白痴在谈论……能量”时，他的话把我们带进了非常复杂的领地，引出了耗散和守恒定律主宰的能量王国中个体活动的可行性问题。现在，到了小说的最后，这就变成了只是一个白痴在谈论能量而已。

瑞伯恩摒弃了维尼林之流具有的观点，把他对这个追名逐利的世界所抱有的（半心半意的）兴趣以及那些无意义的、散漫的行为抛在脑后；同样，丽齐通过离开工厂并嫁给他，逃离了这个没有意义的、机械劳动的世界。从某种意义上来说，他们是在一个中间点上相遇的，两人的婚姻强化了他们作为中产阶级的身份地位，并将
133 二人拯救了出来，不会再把人生变成能量术语，成为工厂劳作中的

能量分布，而解决的方法，用下面的话语来表达，恰如其分：

> “假如我能活下去，你会发现我是怎样一个人的。”
>
> “我会发现我的丈夫有用不尽的意志和精力，会把它们最大限度地发挥出来，是吗？”
>
> “但愿如此，最亲爱的丽齐，”尤金若有所思又多少有些像是想入非非地说，“但愿如此。但我不能这样非分地妄想。回顾一下我过去无聊的、虚度的青春，我怎么能这样想呢！我谦卑地希望能如此，可是我不敢相信果真如此。”[65]

此外，有关能量和废弃物的语言非常灵活，这很有用处，在这里，它有助于小说的收尾。如果说在狄更斯笔下，对浪费的物质能量形式进行循环利用被看成是奇异的幻想，那么在这里，通过将其转化成情感生活和性格的隐喻，它变成了一个可以实现的个人目标。瑞伯恩“虚度的”青春可以通过救赎的故事得到改变，在这样的故事中，过去是不可改变的，却获得了新的语境。他消耗掉海德斯东的能量，以及他也是伦敦街头垃圾的制造者之一，都只是在最后将他转变成更加隐喻式的力量。请注意，“用不尽的意志和精力”这样的短语，把小说所关注的物质能量资源问题，与它在结尾部分表达的心灵资源这样的观念之间的沟壑填补了起来。事实上，作者在这段话中巧妙地改变了“无尽的”（矿产）这个词，把它从工业力量的来源转变为个人拥有的东西，成为个体自身故事的一部分——“**我**过去无聊的、虚度的青春”！前者是会耗尽的，而后者则是人们能够改变的故事。通过这些不同的故事和语言转换，“能量”这个词本身又回到了它早期的语义状态，即被界定为某种品质。

小说通过与能量有关的语汇在工业生产和情感生活这两个世

界之间往返自如，说明它要从生态灾难中撤退出来，转而进入一个取之不尽、用之不竭的私人能量领域，其标志是挪用了生产和浪费专有的名词术语。另一方面，术语的连续性使用激活了情感生活中的能量，并且提供了一种解决灾难的方法；它意味着仍有能量“源泉”未曾开发到。正如我们在这一章以及整本书中都看到的，后者在这期间已经成为人们多次使用的策略，因为由不可持续的能量消耗产生的恐惧，在使用其他非物质来源生产“能量”的呼吁下得到了减轻，这些非物质来源包括：科学、英国人的性格、灵魂生活、心
134 灵。瑞伯恩已经回归到了他的纯粹的潜能上；他的性格已经成为一种未开发的资源，正等待着表现出来。他是“可再生的”。但这种回归恰恰使他重回到了小说需要解决的问题中：在一个人人都被牵涉其中的生产体系中，实际使用的能量哪一部分不参与整个生产体系？这里，我认为我们看到了加拉格尔所描述的动态理论，其中生命只能在它的延迟形式中看到它的价值，那里唯一纯粹的能量是那些还未被利用的能量。狄更斯可能试图把这个词恢复到原来的状态，但是语言就像能量一样，它本身在使用的过程中已经被改变了，并且这是不可逆转的。

对于玛丽·普维来说，《我们共同的朋友》结尾部分就是“将抽象的商品化转化为有价值的隐喻”。狄更斯尝试着用商品化的“能量”来做到这一点。然而，他在这样做的时候，在否定在商品化的能量关系所形成的庞大世界中人类能量仅仅是另一个商品这样的观点的时候，他也错失了一些机会，未能把能量看成是生态符号，以表明在废弃物产生的系统中个体是如何与他自身对能量的使用达成妥协的。相反，我们回到了对能量的一个神秘的想法之中，这一想法看似通过语言的连续性解决了我们提出的那些问题，但实际上用普维的话来说，只是在向我们暗示有一种“超越人类控制的

力量”。[66]

《荒凉山庄》和《我们共同的朋友》这两本书都回避了能量浪费带来的一些令人困扰的影响，我指出这一点并不是要对狄更斯吹毛求疵。在这两部小说中，他抓住了超越个体的开支和浪费体系中的个体参与问题，这些体系极难找到解决办法，也很难表达出来。查德威克在高效节能上的兴趣很容易受到人们的嘲弄，我们也可以看出为什么狄更斯会嘲笑它——削减人类活动，变成集合的单元，这似乎不近人情。然而，查德威克的观点——虽然显得狭隘——也表现了某种环境意识的萌芽，认识到自己的行为也会以微弱的方式影响到人们生活于其中的宏观系统。为了想象出这种联系，并对个人的行为产生影响，人们必须在某种程度上把自己想象成一个消耗资源、产生污染的单元。虽然这听起来与我们的直觉相反，但在某些方面，环保意识就是一种量化的意识。这就是口号“思考全球化，行动本地化”背后的含义，即理解一个人的个体消费情况必须要参考更大的资源利用和浪费体系的状况。拒绝把人的生命活动加以量化，就像狄更斯在《我们共同的朋友》中的明显做法一样，就是要反对让个人的身份从属于浪费与毁灭的体系这样的逻辑，但它也否认了人是消费者这样的现实——事实是，只要尤金和丽齐继续 135
在伦敦生活，燃烧煤炭，购买商品，就职于那些从其他地方获取资源并得以运转的工作场所，他们**就是**这个系统的参与者，也是这种政治制度的一部分。这就是为什么狄更斯只能说他们的未来便是拥有一个“目标和能量的矿藏”——也就是纯粹的、没有实体性的潜能——因为任何实际活动都会导致生态灾难，这依然在英国的大街上、天空中和水域里蔓延。确实，又有什么样的生命不是这样的？狄更斯在小说开篇时就提出了这个问题，到了末尾却依然没有答案。一个人可以站出来反对贬低的人类生活，但他不能仅仅通过自己所采取的立场，而逃离已经贬低了生命的那些实实在在的方式。小说的结尾部分转换成了寓言的模式，向我们提供了一个令人不满的观念，即中产阶级的婚姻会让一些清洁的、未开发的、不打折扣的能源变为可能，狄更斯由此向我们暗示，当一个人拒绝了量化的逻
136 辑，什么样的反应将不复存在。

第五章
约翰·罗斯金的替代性能量

约翰·罗斯金一直被视为英国文学中的环境与传统的中枢人物。罗斯金和布莱克、华兹华斯以及约翰·克莱尔一样，他的作品开始时一直被视为关键之作，正如蒂莫西·克拉克所言，那是“一场绿色的政治运动，他的重要性几乎无人敢于质疑”。[1]乔纳森·鲍泰干脆把罗斯金放到了“浪漫生态学”上，主要关注他的生态整体主义和能源节约，以及他批判的不人道的工作条件，这也是劳工和环境之间的重要联系。[2]罗斯金作为环境思想家，他的影响延伸到19世纪晚期，如威廉·莫里斯和帕特里克·盖迪斯的作品，进而又达到20世纪，如J. 艾伦·霍布森、刘易斯·芒福德和格列高里·贝特森的作品等。近年来，他也成为新兴的生态经济学领域的一块试金石，旨在通过强调经济活动改变当地和全球生态系统的复杂动态又被其改变的方式，对与增长有关的讨论做出方向上的调整。这种影响可以追溯到20世纪早期弗雷德里克·索迪和E. E. 舒马赫，还有当代的思想家，如前世界银行经济学家赫尔曼·戴利、经济史学家胡安·马丁内斯·阿列尔。这些作家都很重视罗斯金，因为他坚持自己的观点，认为生产力目标和它的结果是判断经济活动的必要度量值，并把能量看成是人类和自然系统之间的生物物理联系。[3]事实上，正如我在下面篇章中想要展示的一样，罗斯金的作品是对维多利亚时代产生的能量密集型文化所做的最深刻的沉思。

罗斯金谈论的能量是很独特的，然而，正如我们将看到的，它也遮蔽了——有时很显然参与了——热力学的当代发展进程中。罗斯金和狄更斯、汤姆森及其物理学同行们一样，对能量成为**系统**中的一种属性感兴趣，但是把他与同时代人分割开来的是他表现出对
137 该系统全面包容性的兴趣，也就是能量作为环境、美学和经济领域的中介的方式。罗斯金有关能量的观点是综合性的、生态的，因为它涉及的不只是对自然系统的考虑，而且还有自然形成、文化生产、工作条件、经济组织模式、交通网络，以及人类构造的环境之间互相交换的领域：数量庞大、转瞬即逝、奇特非凡、毫无界限。在其综合性范围之内，这种观点让罗斯金对维多利亚时代的能耗做出了强大的、多层次的批判，并且将生态危机的根源追溯到美学标准和环境状况之间网状的、强化的动态模式，而不是某个特定的阶级、行业或思维方式。罗斯金把“能量”作为一个广泛的能指，重点放在那些转换性的关键处，它们把看似不同的现象和人的行为模式连接了起来。支配自然界的能量又赋予我们身体能量，我们的身体又将能量输送到文化生产中，从而塑造环境，塑造我们的工作氛围和审美标准，然后改变身心，等等。罗斯金有关艺术、经济和自然环境的批判性著作都试图在这个循环的不同点上进行干预，指望能给当代的能量密集型消费模式找到替代。但这个观点非常宽泛，虽然这曾经是其批判力的标志，最终却会创造出一种全封闭的、快速排除各种可能性的、污染环绕一切的感觉。如果罗斯金和狄更斯一样，在看似不同却互相联系的领域追随能量，讲述替代性的热力学故事，那他最终也会走向崩溃和解体的终点。当他在职业生涯快结束时写下他著名的《风暴云》讲稿时，整个大气层似乎都已经城市化了，其性质由于能量浪费过程发生了不可逆转的改变，而这些过程界定了主导秩序的价值和经济生活。因此，最初出现的关系网络，在他后期

的著作中，看起来更像是一个反馈循环或螺旋进入不可逆转的气候混乱：退化的环境产生了退化的口味，退化的消费选择又产生了一个退化的世界。当然，这是一种非同寻常的反馈，从它们这里，现代科学家发现了引发气候变化的燃料——二氧化碳水平攀升产生环境效应，接着又释放更多的二氧化碳——但是罗斯金循着这个逻辑却发展出了显然是不科学的但很强大的叙事，即人为造成的全球生态破坏。 138

能量与建筑

众所周知，18世纪40年代末，罗斯金在著作中把他的注意力从绘画转移到建筑工程上来，如《建筑的七盏明灯》和《威尼斯之石》，此时他对“能量”一词的使用发生了重大变化。罗斯金在《近代画家》前面的几卷中，用这个词来辩称，在体验中的那些看似不相关的地方都有着更深的一致性，并把他的福音教养和浪漫主义整体主义思想相结合。他在第二卷中写道：“在完全是混合和中性的颜色里，也绝对存在着一种纯度和杂质的意识，就像最简单的颜色一样；这种品质很难界定，读者可能会因我称它为能量而感到十分惊讶。”[4]在这里，罗斯金利用了亚里士多德对能量的定义，他在《形而上学》和《修辞学》中都表明了物体的积极运动状态。[5]特德·安德伍德指出，亚里士多德在后一文本中运用这个词时，让他后来的译者产生了一种有趣的混乱：“亚里士多德建议演讲者描述活动，或描述一些假设很积极的事物，以便创造一种生动的效果。但是中世纪时期亚里士多德的翻译者混淆了所描述的活动和创造的生动效果之间的区别。”[6]罗斯金在《近代画家》中似乎追求一种类似的模糊；通过让“能量”成为评价的度量，罗斯金不仅试图忽略美学对象和感知的心灵之间的区别，而且还忽略了所表现的对象以及表现物本身之间的区别。因而，“能量”与物质、道德和审美都融合在了一起：“我认为这种性质的原始概念，”他在谈到纯净和能量时说，“是完全物质性的。”[7]尽管显得宽泛，但是这一术语有时会将早期这些作品中表现的悬而未决的张力引进来。有时，纯能量的鉴别制造了一种道德二元论，不安地面对着整体主义和统一性。

> 因此在所有情况下，我认为这种纯粹于我们而言是理想化的，因为它足以表明万物赖以生存、运转且拥有此在的神是常在的、充满活力的；而肮脏作为无序和衰变的伴随者，始终代表的是神佑的撤离……从纯净的观念上得来了精神化的观念；因为事物的本质特征是它的惯性，因此，通过增加能量的纯度，我们在某种程度上甚至就赋予了事物本身精神化。[8]

如果能量被定义为具有积极的本质，那么腐烂枯朽则是能量转换的
139 一种类型，就像健康、成长和发展一样——回忆一下卡莱尔在《英雄和英雄崇拜》中描述的枯叶，虽然他说腐烂是一种力的表现。然而，对于罗斯金来说，他有时想要强化的道德观会使得以神的能量激励的世界及其相反者之间的分离加速。

当讨论转向建筑的时候，能量的意义发生了变化。与绘画不同的是，建筑需要把能量作为一种**资源**来利用；绘画也许表现的是自然界的“神圣能量”，但建筑的创造取决于身体的能量。当罗斯金在《两条路》中写道，“所有名副其实的艺术都是能量——不仅仅指的是人类的身体，也不仅仅说的是精神，而是这二者相互结合，互为引导：精巧的技艺和手指的协调携手善良的情感和心灵的劳作”，[9]这个词语不单单意味着审美的本质或者身体的消耗，而是说这两种

现象在某种建筑结构中彼此之间都具有重要的意义。《建筑的七盏明灯》于1849年出版，《威尼斯之石》出版于1851年至1853年之间：很显然，这段时间，詹姆斯·焦耳和赫尔曼·冯·亥姆霍兹正在利用他们自己对自然力量的统一和互相转化的浪漫假设来构想热和能量的机械当量，从而能把“做功”量化。我们在罗斯金有关能量的讨论中所看到的转变，也在现代物理学的发展中得到了映射。[10]

把视角向建筑转变，以及将能量理解成衡量工作的方式，就把身体资源和美学价值上的问题融合在了一起，从而使得生产和消费的区域变得不可分离。对罗斯金来说，哥特式的成功，是因为它让个体在更大的生产系统内有表达自己的空间：“各式各样的爱情”，他说，都在整体建筑的“终极能量”中得到融合。[11]与此相反的是，任何建筑在追求统一性时，都要求工人精准、富有规律，运用自己的精力要像机器燃烧自己的燃料一样：

> 如果你想从他们中获得精准度，让他们的手指能像齿轮一样去测量计数，他们的臂膀像圆规一样绘出曲线，你必须要先去掉他们的人性特点。他们所有的精神能量都必须要灌注到制造齿轮和圆规上去。他们所有的注意力和精力都必须投注到这些微小行为的圆满完成上。你的心灵之眼必须要倾注到你的指尖上，你心灵的力量必须充满每一根引导它的那些不可见的神经，一天十小时，它都不能背离其严格的精度，所以心灵和视线都会疲惫倦怠，整个人最终也迷茫无措。[12] 140

“能量”既可以指做功的过程中付出的努力，又可以是对这种努力的表现，因此这一术语将商品生产的行为和商品消费的行为联系了起来。对于罗斯金而言，哥特不仅仅是让人的精力得到了健康的运动，它还从结构上体现这种精力，并且影响了观者的人生体验。下面这段文字把哥特式建筑和其他建筑形式进行了比较，注意他使用的有关能量的词汇：

> [在]哥特式拱顶和窗饰中，有类似肢体骨骼或树木纤维的硬挺；在建筑的每一道肉眼可见的线条上，都能看到一种具有弹性的张力，从一个部分向另一个部分传递的力量，以及对它们不遗余力的表现力。希腊和埃及的装饰类似，它们仅仅是表面的雕刻，仿佛墙壁的表面印上了一枚印章，或者它的线条是流动的、轻盈的、华丽的；在这两种情况下，装饰品的框架中都没有能量的体现。但哥特式装饰脱颖而出，冷峻刚毅，它可以卷成花样浮雕，也可以凝成座座尖塔；这里它像一个怪物突如其来，那里它生长萌芽、开出美丽花朵，片刻后又相互交织、生成一根枝丫，地棘天荆，雕以凸饰，如芒刺丛生，或是扭曲在一起形成痉挛般的各种缠结；但即便是它最优雅的地方，也是那样的明快利落，永远不会呈现须臾的萎靡。[13]

不仅在短语“传递的力量”和“弹性的张力”上，而且通过他对分词短语形式的倚重，如“流动的”“卷成”“突如其来”等，罗斯金的哥特式变成了一个跳跃着活力的体系。哥特式既能够表现自我，又有独特的魅力，因为它既可以固定于某个地方，又是无法固定不动的；从而它能因为自己的变动不居而为消费者提供一种永不衰竭的兴趣来源。他写道：

> 至关重要的原则不是对**知识**的热爱，而是对哥特**变革**精神的敬仰。哥特精神中的不为人知的**不安感**，恰恰是它的伟大之

> 处；那颗睡梦中的心灵不知疲倦，在壁龛之间到处徘徊，在尖塔周围愉快地扑动着翅膀，在沿着墙壁、屋顶的那些迷宫般的缠结和阴影里消磨、淡出，然而它却并不餍足，也永不会感到餍足。[14]

虽然文章表面上是关于哥特式的创作精神，但很显然，“在壁龛之间到处徘徊”的实体也是罗斯金本人，或是任何愿意跟随他脚步的人。参与生产的能量不仅存在于结构本身，而且还存在于关注于此的批评家所说的那些“至关重要的原则”中。

在这里，词语“能量”的包容性会带来模糊性，它有着策略性的意义，因为这能让罗斯金去处理不时遇到的循环论证。哥特式的审美价值可以通过创造它的劳动者的健康来衡量。但是我们怎么知道工人们是健康的呢？美学可以告诉我们。通过把物质和性质领 141
域结合起来的能力，“能量”可以帮助他无视这个问题，使得审美价值和身体健康看上去**早已经**在一个共同的度量衡中结合起来。然而，尽管这样会变得不易掌握，扩大这个术语的含义依然是重要的。美学和能量正以这样一种方式携手并进，艺术生产可以直接与其他任何商品生产进行比较，这就像国家资源的使用和表现与个体劳动者的劳动能力一样。如果说在人们错误的怀旧情绪中，这一举措遮蔽了哥特式生产的实际情况，那么，它也控诉了现代生产中不必要的浪费性支出，并把其中的浪费与消费者的审美退化相联系起来。哥特式“可以塌缩成一个炮塔，扩张成一个大厅，盘旋成一段楼梯，或突生出一座尖顶，它的优雅丝毫无损，它的能量永不会耗竭”；[15] 这样它就与维多利亚时代的商品文化形成了鲜明的对比，对于罗斯金来说，后者是以新奇为前提的，且依赖于资源密集型的生产实践。托马斯·理查兹认为，当罗斯金在文章中称颂哥特精神“并不餍足，也永不会感到餍足”且能保持“永久的新颖性”的时候，他无意识中重复了他所控诉的文化价值观。[16]但我认为，罗斯金有意引用这种相似性，是为了把艺术与商品文化的术语都拉进一个涣散的领域中，从而对它们进行比较，把它们看成是彼此相竞争的消费者。罗斯金强调哥特式是“永不衰竭的能量”，他试图借此找到一种美的生产形式，来响应“贪得无厌的人类需求”——借用瑞姬娜·加尼尔的话——而不用把这种贪得无厌施加到自然环境或工人的身体上。[17]工业生产的关键动力及其背后的人的压力都不可忽视，应该将它们重新构建为另一个结构体系的构造模块。这是罗斯金整个职业生涯中论辩策略里的关键因素：以接受对手的条件开始，但又展示出它们可以有不同的安排。正如他在《给那后来者》中谈及商人时所说的:“他们既不知道是谁在维持着赌场的银行，也不清楚同样的纸牌还可能玩出不同的游戏，以及在遥远的黑暗的街道上，还有什么其他的损失和收益虽在无形中却在实质上依赖着他们这些身处光明中的人。”[18]事实上，我们可能会把“能量”这个词语本身看成这样的一张纸牌——它是与作者要将道德和审美施加其上的产业和技术的世界日益紧密联系的一个标志。

对于罗斯金来说，建立一个可替代的能量系统的关键在于发展健康的消费伦理观。这意味着既要培养普通老百姓具有更高的审
142 美能力——避免那些廉价的、造成浪费的快乐行为——又要在那些商品的物理源头上去发展他们的伦理意识，让他们拒绝去购买任何建立在人类痛苦和环境破坏基础上的物品。在《威尼斯之石》中，罗斯金要把我们的注意力重新拉回到商品的物理源头上，他的这种兴趣通过他有关能量的观点持续不断地传达了出来——这不只体现在那些实际用到的术语，如“能量”、“力量”以及“动力”等，而且是通过一整套有关运动、转化、过程以及转变这样的比喻体系，他用这些来强调形态和表面发生的动态变化之下各种现象的本质。

正是他在追寻这些变化上的兴趣——这种兴趣与人们起初持有的热力学世界观相一致——使得他能够持续呈现马克思所谓的商品拜物教理论。他写道：

> 现在，读者朋友，请您环顾一下这间英语教室，你经常为它感到骄傲，因为它的建筑是如此优良且坚固，它的装饰也如此完美。再检查一次所有这些精确的线条，完美的抛光，以及对那些干爽的木材和精炼的钢构所做的准确的建设。很多时候，你会因它们而感到欢欣鼓舞，以为英国是多么伟大，因为她一项小小的工作都可以做得如此彻底。唉！如果从更正确的角度去解读的话，这些完美恰恰是英国奴隶制的象征，它比惨遭蹂躏的非洲人和古希腊的奴隶还要痛苦、屈辱一千倍。男人可能会被殴打，缚住手脚，折磨，像牛一般遭受奴役，像夏天的苍蝇一般遭到扑杀，但在某种意义，也是最乐观的意义上，他们仍然是自由的。但是他们要压制自己的灵魂，让还需吸取营养的人类智力的树干萎败，砍伐下来使其变成腐朽的枝节，那些即将去拜见上帝的血肉肌肤在小虫子的分解之后，被制成皮带连接机器——这实际上就是奴隶主；现在那些生机勃勃的大众平民像燃料一般被送进去填充工厂里的烟囱，他们的精力则在一张精致的大网中日复一日地耗尽，或是被榨干殆尽做成了一根精确无比的绳子，相对于他们而言，可能在英国过去还拥有更多的自由，虽然她的封建主一句很随意的话语都能让人去冒生命的危险，虽然那备受折磨的农夫流出的鲜血滴落进她田园的犁沟。[19]

这是一段不同寻常的文字，部分是因为罗斯金以看起来似乎静态的物体开始，并在它们中看到了它们得以获取生命的活生生的能量转

化的世界。注意这段文字如何从有机蜕变（皮肤转化为皮革）转入工业能量交换的世界，在那里人类的生命被直接转化为污染。如果
143 说哥特工人的创造性能量依赖于他自己的建设，那么英国工人辛苦付出的精力则浪费在他所生产的商品上，浪费在那些将会忘记他存在的时尚的客厅上。在这两种情况下，罗斯金的任务都是要去揭露“制成的”产品背后所隐藏的那个杂乱的能量世界。事实上，有人可能会说，这段话的重点是要把这种紊乱带回到能够压制住它的令人舒适的范围内——这是一种含义略有不同的“哥特式”。罗斯金在这里的观点其实是彻底的，甚至是根本性的热力学观点。复杂而精细的秩序结构的创造——“一根精确无比的绳子”或“一张精致的大网”——需要消耗能量，每一次消耗都有成本，因此在其他地方就会增加混乱，或者熵。虽然我们习惯于认为，工业品比原材料代表了更高层次的秩序和能量，工业过程提高了效率标准，但从热力学角度看，情况恰恰相反。维多利亚时代的热力学作家要讲的是，一架发动机何以消耗能量从而生产出某种局部的秩序（有用功，或商品），而罗斯金在这段文字中则把英国文化本身想象成一台巨大的发动机，它一边在所生产的商品中创造出秩序，但另一边，它又在更大的环境以及它用作燃料的“大众平民”中播散无序。事实上，后一种语言构建——“那些生机勃勃的大众平民像燃料一般被送进去填充工厂里的烟囱”——尤其引人注目，因为这表明生产的终点并不是创造价值，而是烟雾。罗斯金对此态度严肃：当一个人计算人们在自然资源和人类为生产所付出的能量的成本时，那些饰品、奢侈品、精致的丝网和精确无比的绳子都变得一文不值。

我们可能会注意到，罗斯金在解读客厅时，与《我们共同的朋友》中的狄更斯有多么不同。维尼林家奢华装潢的房间似乎是凭空产生的——的确，文章中使用的现在时态把暴发户自发流露出来

的“新”展现在我们的眼前：“餐具橱上的一面大镜子里，映照出餐桌和座位上的这群人物。映照出维尼林家的新纹章式样，金的、银的、上光的、不上光的，各种各样的骆驼。”[20]然而，评论家早已指出，狄更斯的目的是要将这个耀眼的世界与熵（即伦敦试图掩盖或忽略的阴暗的一面）联系起来：河上的拾荒者，成堆的垃圾，混乱的街道。但狄更斯的讽刺，精彩而又行之有效，把读者从维尼林家的家具上拉开来。于读者而言，镜子像是一个幽灵，其中映照出的那些来宾聚集在一起——它就像一位沉默不语、见证一切的目击证人，看着晚会上的一项项程序，检验那些出场的人是否神游太虚。[21]相反，对于罗斯金来说，这段文字**本身**也像一面镜子，向读者反映出，那些填满他或她自己客厅的物体，以及线条、边缘和抛光等的表面 144
背后那怪诞的深度。狄更斯用他的故事“来自某个地方的人类”破坏了这个世界，而罗斯金则提醒人们，存在着故意被隐没在黑暗中的许多可怕到没有穷尽、无法复原的故事，从而破坏这个世界。请回忆一下上面引用的《给那后来者》中的一句话，“在遥远的黑暗的街道上，还有什么其他的损失和收益……虽在无形中却在实质上依赖着他们这些身处光明中的人”，这表明还有一个复杂的关系网，它超越了任何限制于局部地区中心的秩序。总之，罗斯金的能量故事经常包含某种反叙事的冲动，展示传统情节和组织模式的瓦解。

罗斯金的作品从根本上来说属于热力学领域，因为他虽然强调的是能量资源的流动，但是他并不愿意只从某个特定机器或能量反应上去考虑能量。相反，他试图通过把握总的环境中能量的转化和利用，来重新定义浪费、效率和生产力这些热力学词语。我们讨论的发动机不是指特定的汽车或步枪，而是指国家的整个经济组织，正如我们所讨论的能量库存并不是一块煤或一把火药，而是推动生产的自然资源和人类劳动力总量。在他有关政治经济学的作品中（我们接下来会讨论到），罗斯金一直从国民总额的意义上去看待能量，总量只有这么多，但每一个人都依赖于它。如果对李比希来说，“文明是权力经济”，那么对罗斯金来说，文化是能量经济。[22]生产出来的每一件物品，都依赖于资源总库，但是究竟生产了**什么东西**——是食品、家具、彩色玻璃窗，还是炸药——则取决于人们的审美理想、文化需求和消费习惯。他试图保持一个稳定的审美参照，所有的生产行为都据此进行判断。像马克思一样，罗斯金认为文化是生产的物质条件的表现；然而，不同于马克思的是，他认为文化对这些条件有产生强大影响的潜力。

能量与政治经济学批评

作为20世纪“生态经济学”流派的先导者，苏格兰生物学家帕特里克·盖迪斯在他1884年出版的作品《约翰·罗斯金，一位经
145 济学家》中提供论据，证明能量的热力学概念——做功的能力——建构了罗斯金对现代政治经济学的批判，而且，对能量的强调成为其作品独创性和论辩力的基础。盖迪斯在描述政治经济学家时写道：“他们在物理方面的讨论没有注意到现代的能量学说理论（如果他们确实没有涉及某些与基本规律相矛盾之处的话），这一点充分证明他们科学主张的薄弱。”[23]盖迪斯认为，正是重视能量使得罗斯金的经济学著作《给那后来者》和《经济学释义》如此宝贵。盖迪斯这样说的确有些道理，但是他再三提到“经济学家”，并视其为一个整体，这在谈到能量问题时往往有些浑水摸鱼。但这也不能怪他，因为罗斯金与卡莱尔一样，经常喜欢把经济学家看作“他们”，由此把他们的论点清扫到一边。但是罗斯金作为经济思想家的身份中最关键的一面是，他把自己定位于不同思想流派和经济演算方

法二者之间的做法。一方面，他与史密斯、马尔萨斯和李嘉图的古典传统进行对话；另一方面，他也与新古典“边际主义”流派的杰文斯进行对话，这一流派在同时期刚刚脱颖而出。正是他在这两个阵营之间不同寻常的地位，使得他以能量为基础的批判观点如此清晰易辨。

我们看到，《威尼斯之石》里面探索到的能量热力学概念，在《给那后来者》和《经济学释义》中得到更彻底的接受。在《经济学释义》中，能量经常被认为具有“内在价值”，他以此来攻击他所认为的主流经济学思想中对“交换价值”过于信赖的观点。他写道：

> 内在价值是任何东西维持生命的绝对力量。给定数量和重量的一捆小麦也具有一种可以进行测量的力量，来维持它身体的物质性；一立方英尺的纯净空气，含有固定的力量来维持它的温度；一束美丽的花朵，蕴含着固定的力量来活跃或鼓舞人们的感官和心灵。[24]

他强调力的量化和可测性，即一件商品的能量内涵是可以用数学术语来界定并“固定下来”的，这里很显然能看出与能量的热力学定义之间的联系。（我们马上要回到“一束花朵”这儿来。）对于罗斯金来说，价值并不能由价格来界定，也不是由供需关系的市场机制来决定，而是通过我们对什么能“有利于生活”的理解；他这句话的意思，部分的是指某特定商品弥补其生产过程中消耗的能量的能 146
力。[25]一筒仓的小麦所包含的内在价值要超过一颗钻石的价值，即便（举例来说）两者能在开放市场上拿到同样价格。J.艾伦·霍布森是这样说的：“考虑到罗斯金先生的学说拥有的内在价值，我的注意力已经转向了正义的科学本能，这引导着他用物理对等词去解决

‘成本’和‘效用’。”[26]

但是，正如凯瑟琳·加拉格尔所表明的，古典政治经济学家实际上并没有忽视身体的能量，也没有忽略交换价值和使用价值之间的区别。[27]盖迪斯宣称，“经济学家”忽视甚至否定现代能量学说，但这正是作家如马尔萨斯和李嘉图所**不会**去做的。事实上，他们把“精力”放在工作的中心，如果我们像罗斯金那样来定义精力：“任何东西维持生命的绝对力量。”马尔萨斯的人口规律和李嘉图的地租理论实际上是基于土壤的生产力，以及某特定数量的土地供养人口（马尔萨斯）或取得利润回报他们投入的工作（李嘉图）的能力。还有，可以肯定的是，在解释能量在经济生活中扮演的角色时，这些作家内部产生了纠纷——马尔萨斯批评李嘉图的劳动价值论，他认为，它对商品之间的能量差别没有充分加以考虑。但一般来说，我们并不能去指责政治经济学家，说他们忽视了能量的意义。

事实上，有人可能认为古典政治经济学家过于关注能量，因为他们对于最大化生产力的兴趣可能会把人类贬低，仅仅看成是劳动力单位。正如我们已经看到的，这是狄更斯在《我们共同的朋友》和其他小说中无情讽刺的经济思想。事实上，盖迪斯本人也提出了这种看法：

> 因此，机器、男人、妇女、儿童都在竭尽全力地劳作着：“用工资来维持劳动者”，李嘉图说，因为那时还没有形而上学家，而只有物理学家——因为他们都是同样的机制，不需要在他们身上浪费什么燃料。为了最大限度地提高生产，我们需要的只是“用资本修建而成的巴士底狱劳工”，当然还有签订合同的自由，这样工人就可以自由地选择是在这里工作还是在别的地方饿死。[28]

对于盖迪斯来说，李嘉图**过于**物理学家了，因为他太专注于用有效的燃料消耗和高效的生产力做规定的底线。罗斯金用下面这段话来批判古典政治经济学家自身，反对他们的观点，即如果工资由劳 147
动力市场的运作决定的话，会产生更大的功效：

> 然而，事实并非如此。除非仆人可以是一台发动机，他的动力是蒸汽、磁力、引力或任何其他可计算的力，这才有可能。但相反，他这台发动机的动力却是灵魂，这种饱含特殊性的力，作为某个未知量，进入所有的政治经济学家的方程中，而他们却还不知道，它会证明他们的所有结果都是错误的。这台奇怪的发动机要完成最大数量的工作，绝不会是为了获得薪酬或是迫于压力，抑或通过一查尔特隆的煤作为燃料提供的帮助。它做工作只会是因为它的动力，也就是，这个生物的意志或精神，通过它独有的燃料，也即情感，获得了巨大的力量。[29]

这是罗斯金的惯用策略：不仅在道德上睥睨对手，他甚至都没有使用他自己的术语来战胜对手。在这种情况下，为了追求最大生产力，政治经济学家将劳动者视为一架机械，一台引擎；尽管如此，他们仍然没有达到他们所看重的生产力。在这里，罗斯金使用的术语如“力”和“燃料”，似乎从物理学上来说一点也不严格，很显然，他把玩“动力”和人的“动机”之间的关系，从而扩大能量的外延。虽然他声称，把情感视为动力将完成最大数量的工作，但这一定要在他使用伦理方法解决经济问题所包含的上下文语境中去理解。罗斯金在《经济学释义》中明确提出，他不是从原始生产力上来定义“工作”的，而是把它作为一种创造性的，甚至是让人快乐的体验，他称之为**歌剧**。与歌剧相反的是劳动，他将其定义为“由于任何努力而导致的人类生命的流逝、丧失或失败的数量”。通常人们会把它与努力本身或是力的运用（歌剧）混淆……劳动是在努力中的遭遇。这是一个消极的数量或遭遇的失败的数量，它在每次取得功绩的时候都要进行计算。[30]罗斯金希望用一个在道德上令人钦佩但是在经验上又很模糊的表达人类苦难的度量来计算生产成本。因此，当他宣称完成“最大数量的工作”时，我们必须记住，于罗斯金而言，这个量也是对质量的衡量。[31]

正如詹姆斯·克拉克·舍伯恩所指出的，罗斯金和古典政治经
148 济学家之间的冲突源于他们在参照标准上的根本区别。对于老一辈的经济思想家来说，任何社会所面临的困扰都是自然的稀缺性，随之而来的是，产量最大化就成为最重要的目标。于罗斯金而言，相比之下，他的参照标准很多；反过来，这又导致他会强调分配和消费。[32]他在《永远的欢乐》中写道：

> 神意（Providence）的律法规整了这个世界，所以，一个人的劳动，如果应用得好的话，足以为他提供他一辈子中所需要的任何东西，不仅如此，还会有许多给他带来快乐的奢侈品；进一步来说，能给他带来长时间有益健康的休息和有用的休闲时间。一个国家的劳动，如果得到了充分的利用，同样，足以为他的人民提供良好的食物和舒适的住所；不仅如此，还会有良好的教育、奢侈品、艺术珍品，就像现在围绕在你周围的那些东西一样……无论你在这个世界上看到了什么穷苦，或是痛苦，或是堕落，你都要确信，这要么是工业界的困顿，要么是工业界的错误。这不是因为偶然，不是因为天庭下令带来的灾难，也不是因为原始的、不可避免的人性罪恶，这原罪让悔恨填满了你们的街道，让牺牲堆满了你们的坟墓。这只是因为人们应当永远节约

> (providence),却一直存在着浪费;人们应当永远劳动,却一直存在着淫逸;人们应当永远顺从,却一直存在着任性。[33]

把现在流行的自由放任观点所使用的术语颠倒过来后,表达的意思就不能再清楚了:稀缺性并不是我们借着和神圣的强制性法则相一致的市场运作就可以去解释的一种状态;相反,它是奇怪地挥霍了天赐财富的一个标志。最终,"providence"一词的首字母从大写变成了小写,把责任直接推回到人类管理在经济过程中的作用。以同样的理由,罗斯金完全否定了马尔萨斯人口过剩会造成的压力:"在这个世界上,现在没有,且将来也不会有任何真正意义上的人口过剩;只会是在某个局部地区发生人口过剩,或者,更准确地说,是一定数量的人口在现有的情况下于局部地区无法控制。"[34]因此,问题从如何生产足够的产品转变为应该生产什么,应该在什么情况下进行生产,以及应该如何分配:"我相信突然发生的、广泛的不平等需求,这种在商业运作活跃的国家里必然会出现的现象,构成了我们在合理的劳动组织中要去克服的唯一的大困难。"[35]

在这样的背景下,罗斯金摆脱了资源匮乏的问题,质疑人们为了生产而生产这样看似成了固定思维的想法。他探讨了政治经济词汇表中的一些关键术语,认为:"但是最后,'产品'这一被人们认为是最清晰的词语,却常常是最模糊的。"[36]他(颇不公平地)认为, 149
约翰·斯图尔特·密尔在独自追求提高生产劳动的过程中,没有看出来这样一个概念,如果不考虑产品的社会使用,它自身并不能算是一个产品:

> 一把钢叉可能比一把银叉看起来更像实质性的产品:我们也许得承认,刀是很好的产品,它一点也不亚于叉子;镰刀

> 和犁头都是耐用的物品。但是，刺刀呢？……或者，并不是刺刀，他用的其实是炸弹，难道在最后完全“享受”那些大力生产出来的物品（每一个都价值十英镑）不是取决于对生产它们在时间和地点上所做的适当的选择；这样的选择，也就是说，难道不是依赖于和政治经济无关的哲学思考？[37]

因此，回到前面的那段话，我们可以看到，罗斯金把一束花朵蕴含着的“固定的力量”与一蒲式耳小麦中包含的能量进行比较，并以此作为一种挑衅，旨在扩大能量的含义，不再局限于原始生产力这样的意义，如此就可以把各种不同的用途考虑进来，也就是，当人的基本需求得以满足时，利用资源所达到的其他需求。这在某种意义上就是他的作品《威尼斯之石》中表达的观点的延伸，即把看似不同的学科或评价模式调和到一起。扩大能量的定义，源于且支持人们对选择更加多样性的意识，这些选择与利用能量能达到的目的相关。因此，在《给那后来者》中他写道，“消费是生产的冠冕；一个国家的财富只能从它的消费上做出估计”。[38]那么，对于健康的经济来说，关键就在于消费伦理，帮助人们去正确判断什么不应该消费。

那么，怎样用罗斯金的物理学来理解盖迪斯的说法呢？看上去能量这一宽泛的定义将会把罗斯金置于和当代自然科学发展趋势相矛盾的处境，因为自然科学要将它的定义日益局限到它做功的能力上。19世纪后几十年中，新古典主义或“边际主义”流派开始主导经济思想，如果我们考虑到罗斯金对能量的强调是发生在这种背景下，盖迪斯的观点就大有意义了。像罗斯金的观点一样，他们的经济模式中重消费轻生产，并且把能量与快乐或“实用”联系在一起。我们可能会在评论中听到一些重复的观点，类似于罗斯金所关心的花朵的动力，比如维多利亚经济学家弗朗西斯·埃奇沃思所说的这句话："快乐与能量相伴。**能量**可以被视为数学物理的中心思想。"[39]事实上，像舍伯恩和威廉·亨德森这样的批评家则把罗斯金 150
强调消费欲望、拒绝劳动价值论、强调经济学家所说的"负效用"看成是19世纪70年代和80年代发生的所谓"边际革命"的先导。[40]

尽管与新一代的经济学家们有着表面的共性，但是他们之间存在着更深的分歧。如果他和古典主义理论之间的问题在于，它表明没有足够的资源去满足需求(因此含蓄地认可了贫困的存在)，那么他与新古典主义理论之间的问题是，它表明价值**仅仅**是主观愿望的特性，因而物质资源之间的性质差异只在于他们回应那些欲望的方式。W. S. 杰文斯说："价值完全取决于效用。"[41]瑞姬娜·加尼尔追溯了这一历史的转变：

> 目光无法超越面对自然时出现的稀缺性和斗争的这种文化，到19世纪末期才逐渐消失，这时西方社会也看到了过剩。从而，人们通过预测过剩和人类工业能力来控制自然成为可能。虽然经济学仍然被称为"稀缺科学"，但稀缺性不再是物质障碍，而是一种认识，即随着生产能力的提高和闲暇时间的增加，社会创造无限新需求和欲望的能力增强了。[42]

稀缺性仍然是一个重要的术语，但它已经具有完全不同的意义，因为它不再描述自然的限制。在这种新范式中，没有自然稀缺性，只有需求的稀缺性，或资本的稀缺性。这种推理的问题在于，它将自然资源降低到所有其他商品的地位，而实际上它们是所有其他商品的**基础**。新古典主义理论的前提是，拥有一个无限化石燃料资源的世界，因为只有在这样一个世界中，人们才能想象生产力不断增加，商品会被无休止地替代，而经济增长也可以无限期地持续下去。正如菲利普·米罗斯基所指出的，尽管新古典主义的研究计划尝试把基础建立在当代热力学理论上，却完全忽视了热力学第二定律和不可逆性的思想，即资源一旦被利用就将永远消失的事实。[43]

经济思想中呈现出不断增长的趋势，即把想象的自然资源看作另一种可替代的商品，那么，对于盖迪斯来说，罗斯金所坚持的经济方程中能量的重要性的观点，则有助于帮他摆脱这种趋势。罗斯金给另一个非正统的经济学家弗雷德里克·索迪提供了灵感，许多人
151 认为后者是生态经济学的创始人之一。索迪呼应了盖迪斯的观点，也很重视罗斯金谈及的热力学概念。他写道：

> 罗斯金，孤身一人、独树一帜抗议他那个时代出现的一些错觉妄想，但他要把经济建立在生活基础上的诉求徒劳无获。他在精神上反对科学，或者说反对追求科学的牟利性，这种追求玷污了乡村环境，也导致工人处于这样卑劣的生存条件之下，在利欲熏心的物质主义洪流中，他成为这项事业的斗士，具有更崇高的精神和审美价值，但是如果我们需要理论并证明他的哲学，我们就必须转向唯物主义科学。[44]

罗斯金强调不可逆过程和能量资源，批评浪费、不顾后果的消耗，他的经济学论文对后来的环境学家如盖迪斯和索迪产生重要影响，但他在《经济学释义》和《给那后来者》中根本不是要消弭批评，或是提出后来被生态经济学家称之为“发展受限”的观点。在这些作品中隐含着对环境的关注，但他的主要兴趣则是人类生活的不可逆性。工人们“像燃料一般被送进去填充工厂里的烟囱”，他们正在经历的经济过程，就像一条熵的单行道，他们的身体就像电池一样

在机械生产系统中耗尽。在这个阶段，他主要关心的是污染，它是道德败坏和价值观错位的标志，而不是整合自然界和资本主义发展在物质上的不可持续性时受到威胁的标志。

罗斯金在讨论约翰·斯图尔特·密尔《政治经济学原理》中的一章“论静止状态”时，很有启发性。密尔文本本身已经成为现代生态经济学的一块试金石，因为它声称，虽然工业的发展已经使得经济大幅增长，但是土地和资源的有限性意味着这样的增长将不可能永远持续下去。这个文本在现代可持续概念的理论化过程中具有重要意义。正如密尔指出的那样，“静止状态”的必然性——人口和资源达到平衡点，经济发展停止——得到了上一代经济学者的理解。但马尔萨斯和亚当·斯密看到，持续的经济发展停止，会导致（用密尔的话来说）人类大众处于“省吃俭用的节约”的生存状况中；密尔却争辩道，我们应该把它视作一个潜在有利的处境。[45]他认为，原经济增长没有什么意义，因为人口的不断膨胀和奇怪的财富分配不均衡使得大量的人口陷入生存困顿的状态。静止状态的来临将迫使人类去关注怎样精心地管理人口和更公平地分配资 152
源。这在本质上就是马尔萨斯的理论，它使得工业发展带来的生产力达到预期的成绩，且结果令人满意。静止状态并不意味着“发展”的结束；事实上，它是人类文明在道德和文化上取得进步的重要一步：

> 我们几乎没有必要去说明，资本和人口的静止状态意味着人类发展也处于静止状态。对于各种精神文化、道德和社会进步而言，依然会有同样大的空间；拥有足够的空间提高生活的艺术，而且当人们不再把全部心神集中在前进的技术上时，进步的可能性还会大大提高。甚至工业技术也可能获得重大的、

> 圆满的发展，由于这唯一的不同之处，工业进步不再是除了增加财富之外别无其他目的，而是会产生合理的效果，即缩减人们的劳动。迄今为止，人们依然在质疑，是否所有的机械发明都能减轻人类每天的辛劳。它们让更多的人过着同样艰苦的、束缚身心的生活，让越来越多的生产商和其他人赚取财富。它们提高了中产阶级生活的舒适度。但它们还没有产生影响人类命运的重大变化，这是它们的本质和未来所要完成的使命。除了公正的制度之外，只有当人口的增长是在人类明智、富有远见的审慎指导下时，人类智慧和科学发明者的精力对自然力的征服，才能成为人类共有的财富，成为大幅度改进和改善全世界的手段。[46]

这里对“前进”的批判，对机器生产带来的假想利益提出的深深质疑，对工人阶级苦难明显的同情，经济发展的重点应该是提高“生活的艺术”的观点，以及对监管机构的引导作用和深谋远虑的能力的需求：如果这些描写使用了更高级的修辞艺术的话，它几乎可以被认为是罗斯金本人所写。然而，奇怪的是，正是这段话让罗斯金在《给那后来者》最后的篇幅中争辩一番。更奇怪的是他选出来进行抨击的密尔的观点。密尔写道：

> 想想这个世界再也没有留下什么让自然可以自发的行为，那该让人多不顺心啊；耕耘每一块神赐的土地，以便为人类生长足够的事物；开垦每一块绚烂的荒野或是天然的草地，所有四足动物或鸟如果不是驯养为人所用的话，就被作为食物的竞争者而消灭，连根拔起每一段绿篱或每一棵多余的树，几乎没
> 153 有哪里还能生长出野生灌木或花卉，而不会以改良农业的名头

> 被当作杂草消灭。[47]

这段话看起来也很像罗斯金的观点,但他本人却反对以上说法:

> 我们可以不必为此担心。人既不能饮用蒸汽,也不能以石头为食。一块土地上能容纳的人口最大量也意味着可食用蔬菜的相对最大值……整个英格兰,如果它做此番选择的话,就会变成一座工业制造城市;英格兰人为了全人类的利益而牺牲自我,愿意身处噪声、黑暗和致命的呼吸中缩短自己的寿命。但是整个世界不可能成为一座工厂或者一处矿井。再怎么心灵手巧也无法让钢铁被人消化吸收,也无法以氢来代替酒。……只要人仍靠面包才能得以生存,那遥远的山谷铺满上帝赐予的金子时就会开怀畅笑,他幸福的子民爆发的欢呼就会在榨酒机和井台边萦绕。[48]

我们再次找到了对可替代性的思想批判:尽管商品都有市场价值,但并不是所有的商品都具备能力为人类提供食物。罗斯金在这里将经济看作一个世界体系,它为了保持自身运转正常而依赖于**某个地方**得来的能量。当然,这也是密尔的观点。尽管罗斯金有些暗示,但是密尔并不认为世界有朝一日会变成一个巨大的城市,相反,由于城市文明所需求的能量如此之大,世界上可能没有哪块土地不被开发。密尔和罗斯金的观点都建立在自己所认为的自然资源有限性上,也就是人类的能量消耗会对环境造成损害,所以人们在某些时候,必须去面对过去造成的限制,即当前的生活结构将无法持续下去。

我认为有许多事情促发了这种针对“静止状态”所做的令人费

解的批判。在最基本的层面上，罗斯金似乎只是对密尔有些非理性的敌意。他往往有趣地歪曲了密尔那些人道的、细致入微的观点，并对其严词谴责，这一点众所周知。[49]此外，罗斯金对主流经济学的推理**本身**不屑一顾，因而他似乎也不愿意去相信，通过他所认为的没有价值的方法可能得出一个有效的结论。虽然罗斯金并没有亲自做出这样的声明，但我还是怀疑，他反对密尔在其静止状态的设想中给文化分配的角色。在这里，密尔似乎想象认为，经济发展将最终产生出人文经济，文化的发展也可以被给予应有的重视，但罗斯金始终坚持文化在经济事务中的首要地位。对他来说，首先
154 需要改革文化；只有更高的道德标准和品味才能使人文经济成为现实。

然而，罗斯金并没有明确提出这样的观点，即表明在他的批判背后还有些别的东西。我认为，更本质上来说，罗斯金对密尔有关“静止状态”的观点很不舒服，因为它凸显出一个未曾解决的矛盾，出现在他对经济生活中能量角色进行理论化的过程中。像罗斯金一样，密尔试图解决经济生产的充沛性和有限的生物圈之间的关系。然而，与罗斯金不同的是，密尔承认，首先工业技术以及其利用能源的能力使得这种充沛性变得可能。回忆一下密尔的“静止状态”的想法：“甚至工业技术也可能获得重大的、圆满的发展，由于这唯一的不同之处，工业进步不再是除了增加财富之外别无其他目的，而是会产生合理的效果，即缩减人们的劳动。”[50]这恰恰是罗斯金不能接受的。他对机械和工业各种形式的怀疑导致他否认它能产生**任何**有益的影响。前文中，我们遇到过他愿意用“同一张牌”来玩“不同游戏”的观点，但当他面对机器时，这种意愿就终止了。他在《劳工书简》中问：“那么，阿克莱特们和斯蒂芬森们是否只是在污染环境而已呢？”然后他又自己回答说：“绝不是。”[51]但是尽管

罗斯金这样自信，这于他而言是比他所承认的更深层次的问题。一方面，他想假设有一个富足的世界，以削弱马尔萨斯的观点，即认为贫困是源于自然资源的匮乏，并证明资源能满足人们对审美的追求。毕竟，在盈余的语境中去争辩“非生产性”活动的价值会更容易些。另一方面，他想否认工业的发展与能否实现所说的充沛性的关系；在这里，他应和了古典政治经济学家和重农学派对工业生产力的否定。

这便解释了上面引文在结束时使用的奇怪语气：“只要人仍靠面包才能得以生存，那遥远的山谷铺满上帝赐予的金子时就会开怀畅笑，他幸福的子民爆发的欢呼就会在榨酒机和井台边萦绕。”密尔把他健康的静止状态，部分地建立在由工业能量创造出的充沛性上（或许就其本身而言是一个天真的想法），而罗斯金则把他认为的能量充沛的观点根植于一个理想化的、近乎神奇的观点上，即似乎能把人类从辛劳中解放出来的农业上的丰盈。还有，可以肯定的是，在这个理念中可以发现一种健康的生态学洞察力，即农业，而不是工业能量可以为身体提供在其他地方得不到的营养（这一观点没 155
有引起密尔的关注），但农业的神秘化和对工业能带来充沛性的作用的否定彻底破坏了它。当密尔评论说，机器并不能减轻工人个体的辛劳时，他却承认了其中存在的**可能性**。

在其他地方，罗斯金采用不同且更加令人不安的方法来解决这一问题。在《时间与潮流》中，他辩称，“许多必要的工作，在准确的意义上说，都是‘奴役’；也就是说，它们把一个人沉降到农奴的状态，或让他成为一个没有思想的工人，一种彻底的动物的状态，但或多或少却称不上是人的状态”。[52]他说：这些“必要的”就业，包括化石燃料的开采、处理和生产等肮脏的工作，挖掘、烧火和锻造。他认为，因为这些工作是必不可少的，所以不幸的是，可能有必要确定哪些孩子令人绝望地迷失了，“沦落为从事普通的机械业务的后备军”。[53]换句话说，罗斯金名义上是保护工人以防止堕落，但他迈出了危险的一步，几近于倡导一种人们被奴役的制度。在《经济学释义》中，他转变了自己的立场，认为从事那些“必要的”制造性劳动的，应该是罪犯，或者是“那些在当时无力胜任其他事务的人”。[54]这并没有让人放下心来。我们几乎可以慢慢地看到，罗斯金有关自由主义过失的独特形式使他陷入最怪诞的反自由思想的形式中。[55]

总之，罗斯金与现代生产不体面的阴暗面做出斗争：不仅由于它让工人堕落，而且因为一种更加令人困扰，也更加棘手的观点，即认为这种堕落是**不可避免的**。罗斯金反对剥削贫困工人以建立自己乌托邦式的对充沛性的幻想，而他用来支撑自己观点所需要的丰盈的世界，本身依赖于**某种**剩余能量的开发。这个矛盾让他烦恼，却没有得到他的正视。他要么试图想象一类天生就**应该**堕落的人，或者更典型地，他会退回到怀旧的情绪中，怀念前工业社会组织，在阶级的底层，阶级并没有因为其立场而降低。当然，这两种解决办法都是站不住脚的：第一种方案是不可接受的，因为它包含着明显可怕的道德选择；第二种则是因为他给工人剥削史施加的理想主义薄雾，以及它与现代工作条件的明显脱节。在这些扭曲和矛盾的
156 时刻，我们可以清晰地看到马克思的剩余价值理论的优越性。

但我认为，我们应该克制自己，不在他预言的时候限制他，不在他不明所以的时候谴责他，这是很重要的。我认为，更具启发性的是，借由他我们要认识到，有一位作家试图通过一种新兴的机器驱动和资源密集型文明中包含的矛盾与妥协来思考。正如我们所看到的，他使用“能量”一词，扩展它的意义，毕生追求着要将它转化，以期对能量与文化之间的复杂关系有所了解。在最后一节中，我想谈谈他对能量的理解怎样影响了他的文化视野。

能量与环境

正如我在上文中提到的，罗斯金在《给那后来者》和《经济学释义》中对政治经济学的批判主要集中在能量上，它涉及劳动力的消耗和劳动者健康的耗损。他把自己对能量的理解延伸，把花朵和艺术作品这些都包括进来，以反驳他所认为的流行趋势，即把劳动力仅仅当作动力的来源，把创造性的或精神的或情感的生活当作附带的关注点；另一方面，他还坚持认为能量是一个具有实体的量，以此质疑商品的价值，因为商品把资源从生命的生理需求上转移开来。

虽然没有在这些作品中强调这一点，但他同样关注能量使用对自然世界的影响。这一点似乎相当明显，因为任何一个偶然了解罗斯金的社会批判的人都知道，他生动形象地严词谴责维多利亚时代的英国，烟尘覆盖了她的天空、河流和街道。但罗斯金的环境批判，是他在对经济生活中能量的功能和经济行为对自然环境造成不可逆的转换的能力这二者的理解上，以特定和有效的方式构建出来的。正是他对能量作为一个聚合的量的兴趣，让他形成了这种批判，并引导他最终构建了人为造成的全球生态灭绝的观点。

罗斯金的观念以现代城市不断增加的能量需求开始。他与卫生改革者如查德威克和霍克斯利拥有相同的观点，把城市视作一台发动机，它从农村引入能量供应，并产生大量废弃物，虽然他和他们在废弃物管理和回收的技术问题上有所分歧。一方面，正如我们所
看到的，他对“废弃物”的定义远远超过了传统的形式——污水、煤 157
尘、烟雾——包括其他人可能认为有价值的那些不值一提、制造拙劣的消费品。他把城市想象为一个巨大的消费者，生产出的几乎全

是废弃物:“它整个烟雾弥漫,像一个巨大的空荡荡的商店。”[56]他用以下术语来探讨能量流:

> 因此,整个国家的天空一片漆黑,空气具有毒害性,这都是为了给伦敦和其他城镇供应铁栏杆、粗俗的装潢材料、珠宝、玩具、服装、花边,以及其他浪费和不名誉的生活方式。逐渐地,国人甚至无法给这贪婪的邪恶中心继续供应食品;必须要从其他国家进口食品,再拿任何一种可以激发他们欲望的、使用机器能够制造出的商品进行交换。因而,整个国家的能量趋势就是,越来越接近于笼中松鼠的状态,或是像一只踩在轮子里的转叉狗,等着它的外国主人喂食坚果或狗肉。事实上,当我们恰且地想象伦敦与国家的关系时,它的景象变得比任何梦想都要奇妙和美妙。[57]

掀开商品拜物教的面纱,他揭示的是一个不可持续的系统,其中可用的资源无法跟得上人们追求那些毫无价值的商品的欲望。我们再一次看到罗斯金在审美标准和能量利用之间寻找的联系,以及他所关注的人的基本生理需求是如何被当代生产实践神秘化的。更重要的是,对这种不可持续的态势的看法考虑到了一个关键的相类似的比较:城市与乡村的关系成为整个英国和仍然自足的其他农业生产区域之间的动态关系。英国对廉价制品的渴求,使它成为其他国家的奴役,因为这些国家提供给它的食品,它却再也生产不出来了。正如我们将在第七章中看到的那样,这一点儿也没有表现出工业强国与提供资源给它们的地区之间的关系。现在,我要指出,罗斯金认为这种动态局限于英国,因为“世界不可能成为一座工厂或者一处矿井”。贪得无厌的需求,在某种程度上,与自然界的承载力之间产生了碰撞。

如果说在《给那后来者》中对能量的需求确保，至少在某个地方，仍然有肥沃的山谷被“上帝赐予的金子”覆盖，那么在别处他想象资本主义发展将摧毁它所依赖的能源。也就是说，他想象一个系统，通过自身非理性的、内嵌的矛盾来消耗自己。然而，不同于马克思对这种可能性的描述，罗斯金满怀恐惧，担心发生的生态危害太大，因而会所剩无几。我们在《两条路》中窥见到了这种恐惧： 158

> 如果你所有的草地，只能生长出铁而不是小草；如果你所有的耕地，不是由砂和黏土构成，而是突然变成平展的钢铁；如果整个地球，不再是绿意盎然、鲜明生动、长满了森林和花朵，呈现的仅仅是一台恐怖的发动机，连接着一个巨大的熔炉；如果整个地球一片漆黑，了无生气，只是受人谴责的金属——你还怎样去喜欢这个世界？[58]

罗斯金认为，如果不是自然在不断地自我修复的话，资本主义便走到了发展的尽头：“它当然会没落，若不是所有自然界生产的物质，呼吸着大气的精华；并且，随着呼吸，从它无情的坚硬中软化，落入肥沃的、仁善的泥土；聚集自我，变成泥土，即哺育我们的地方，或是岩石，成为我们建筑的材料。”[59]这里的观点——以及《两条路》整篇文章的观点——认为，铁是“自然的”，尽管外表相反，但是它参与了腐化和更新的自然循环。注意看看罗斯金从《近代画家》以来走了多远，那本书中提出，分解的过程是神圣力量退出的标志。相反，在这篇文章中，生锈对能量循环而言是**必要**的。但我们在这段文字中也看到，古典自然神学观点经久不衰。自然经济似乎注定就是要来接收和修复人类对它的任何破坏：铁，工业生产的基本元素，它由自然回收，并且这样做也是以“自然”为名义。

在这场争论中我们可以看到，罗斯金要充分地想象出他的意象处处所要表达的含义是多么困难：有朝一日，**整个**地球会变得不适合人类生活居住。在所有我们看到的文字中，描述不顾后果的工业化将要面对的未来前景时，总有**某个**地方承诺会得到恢复，成为全球生态崩溃的避难所。在《给那后来者》中，它是一片神奇的天然的金色山谷；在《时间与潮流》中，它是对恢复天赐自然的呼吁；在《劳工书简》中，它是一些“外国区域”，以英国为代价来维持它们的能量、维护它们的环境。这个“其他地方”，可以远离地球整体的枯竭和掠夺，它在不断转移，对它的想象也十分模糊；对这个“其他地方”不断做出的新设想表明，它不足以成为解决这个不断显露的灾难问题的途径，但人们必须继续相信这个地方的存在。

但随着罗斯金年龄的增长，他越来越回避自然神学的慰藉，以及这个其他地方的想法；相反，他开始信奉全体污染的观点。这在
159 他的晚期作品《19世纪的风暴云》里达到顶点，其中他对全球环境退化的想象支配着他对能量、自然和经济生活的观点。作品太过于悲观，它根源于罗斯金的长老会教派信仰。然而，我认为，它还源于人们对能量在经济生活中的利用和神秘化，以及毫不在意地消耗自然界资源的完全世俗的理解。

《风暴云》一书分为两个主要部分。第一部分是1884年2月4日给伦敦学院做的演讲，它经常被收入选集中；第二部分是顺序比较模糊的解释性注释，它是罗斯金后来收集的，被称为第二“讲座”。第一部分围绕罗斯金的日记组织起来的，每一条记录都逐字转载并作为“证据”，来证明自己的观点，即过去的四十年见证了英国天气前所未有的变化。第二部分包含的日记和注释赋予了《风暴云》文本一种科学严谨的基调。前者提供的是基于多年耐心观

察和细致记录的天气模式描述："通过我自己不断的密切的观察，我可以向你证明，在接下来的四十年里（大约在1831年到1871年间——因为人们质疑的这种现象是逐渐发生的），不会再有像这样的云，像现在这样常常连续数月不间断地，出现在英国、法国或意大利的天空。"[60]接下来的记录是这个"证明"的一部分，通过数据的积累来进行论证。罗斯金在引言中说，"在接下来的文字所描述的事实中"没有"哪一个不是以化学家的分析方法和几何学者的精确要求来进行验证的"，[61]"第二讲座"部分的注释中大量参考了他同时代最著名的一些科学文本，他似乎有意不只为我们提供验证，还要提供给我们对这些验证所做的验证。

这种姿态不只是对同时代那些科学文本的尊重，因为它们试图要把战火烧到敌人的阵地上。在这里，罗斯金的战略，像在其他地方一样，就是要让科学家们出局，要以比他们更强的方式来玩他们的游戏；一旦做到这一点，他能带来他们所缺乏的审美、同情和道德观念。当他谦虚地开始第一个讲座时，他仅仅提出，"请你注意一系列云的现象，我权衡了现有的证据后发现，它们是我们这个时代所特有的；然而，迄今为止这还没有得到气象学家的注意或是记录"，[62]他变得越来越刻薄，对自然过程的科学构想不屑一顾："科学 160
人士像忙碌的蚂蚁一般，研究太阳和月亮，研究七颗星星，我相信，到这个时候，他们能够告诉我**这些研究对象**的一切内含，以及它们如何移动，它们是什么做的等。对我来说，我不关心两块闪光的铜片如何移动，或者由何构成。"[63]相反，他想知道的就是风暴云：

> 这苦涩的风从哪里来，**它**又是用什么做的…某种程度上，它看起来就像是用毒烟制成的；很可能它就是如此：在我的两旁两英里范围内至少竖立着两百个火炉烟囱。但仅仅是烟雾

> 的话，又不会到处吹刮，那样疯狂。对我来说，它似乎是由死人的灵魂组成。[64]

因此，他改变讲座风格——从谦虚的数据收集到严厉的道德谴责——引用科学文本来展示他的精通，以及科学固有的认识论局限。《风暴云》的讲座具有深深的表演性，把研究者罗斯金推上了舞台，淡然跨越学科界限，超越了各种修辞手段。[65]

这种策略充满人们对职业竞争的敏感意识，因为，正如格雷格·梅尔斯指出的，像卡莱尔和罗斯金这样的“圣人”越来越发现，他们自己必须“和那些声称在自然的解释问题上具有职业性专利权的科学家，开始是地质学家，然后是生物学家、核物理学家，去争夺作为符号解读者的权威”。[66]但我想在这里强调的是，《19世纪的风暴云》中描写的争论具体来说，是和物理学——甚至更具体点来说，是和热力学——之间的争论。我们在序言中听到了公开的论调，他夸口说，他对想象力的掌控更胜于“物理学家对手中的望远镜”。[67]在第一个讲座中，罗斯金执着于“风暴云”或“瘟风”的构成，实际上就是对于用科学话语重新界定能量形式的执着；正如我们所讨论的，热力学将工业和自然过程概念化为二者不可分开，因为它们都可以被定义为能量的转换。根据罗斯金的描述，风暴云是工业污染物和混乱的天气模式掺杂后的不稳定形成，因此它是工业和自然之间有意义的区分被瓦解的一个实例。在一篇日记中，他把一种云的形成描述为“密集的工业雾”。[68]在另一篇中，风暴前方发出的隆隆声“像铁路行包列车，可怕地嘲笑着他们——空气是令人
161 作呕的一团闷热污秽的雾，像烟一般”。[69]我们也许会想起落在狄更斯纸上的伦敦城里“像鹅毛大雪似的”煤屑。[70]罗斯金立刻抛却了谨慎的微笑，采用更加不稳定的混和句法：

> 从我上次结束写作以来，又过去了三个白日和三个黑夜，每一次黑夜降临都像是它在沉淀更多令人讨厌的东西，最后迫使我停下阅读，双眼几不可视。透过下方烟囱管道喷吐出的带着硫黄味的可怕云雾，看上半分钟，就能发现在铅蓝色的天空上，有一片可怕的白色的积云。[71]

在这里，做比较的双方不再那么明显——我们不清楚“下方烟囱管道喷吐出的带着硫黄味的可怕云雾”是看起来像云的烟，还是看起来像烟的云。这似乎正是问题所在：对于罗斯金来说，工业与自然在句法上、分类上和物质上已经不可区分。工业能量已经如此彻底地渗透进自然环境中，以至于它已经创造出了它自己的天气和思维模式。托马斯·理查德说，罗斯金在《风暴云》讲座中使用的意象很显然是属于热力学的，并认为他“收集热和风的比喻组成了自然资源目录，却没有意识到他所面对的，也是他最担心的，便是熵”。[72]但如果罗斯金没有完全意识到他恐惧的是熵的话，他似乎感觉到他的文字表示，他与维多利亚热力学，以及与理解自然秩序的变化之间会有长期的争论。这场争论，隐含于第一个讲座的意象之中，当罗斯金在第二个讲座中直接对廷德尔、斯图尔特和汤姆森直呼其名时已经变得很明确。[73]

虽然罗斯金是从各个角度来攻击这些科学家的——包括他曾经针对密尔所做的偶尔的人身攻击——但他攻击热力学的主要利器是他反对抛弃绝对差别。他在注释的开头抱怨说，虽然他说“美丽的东西如‘自然天成’，丑陋的则是‘不自然的’”，但科学将拒绝划出任何这样的界限：“在最近流行的哲学概念中，世界是一个宇宙，白喉被认为像歌曲一般自然，而霍乱则像消化一般。”[74]这句话中表达的需要，是杜绝把“自然的”看作一个稳定的、可理解的现象

和研究对象，因为这样做是极其危险的，也正是风暴云的威胁所在，还是文本本身要挖掘的。尽管他这一刻并未明确指涉热力学，但罗
162 斯金反对意见的背后，则是对能量概念中表达的有机和无机领域之间的身份认定问题的关注。后来他明确表示，首先对廷德尔的能量概念提出质疑，然后又转向斯图尔特：

> 鲍尔弗·斯图尔特先生着手撰写《能量守恒》的论文——得出的结论是，我们马上就会看到，就当前世界做出的它[能量]终将完全耗尽的预言——披上"适当的科学外衣"后，我们会得出一个天真的印象，即步枪枪托和步枪弹丸的打击之间会有一些差异。[75]

罗斯金认为，斯图尔特没有尊重生命和无生命体之间的区别：

> 现在，如果斯图尔特先生是一个更优秀的学者，他一定会知道，即使他从前不知道，那个希腊词"能量"只能被用在活跃的——活跃的意思，更恰当地来说是就**心理**而言——动物行为上，它不能被当作"科学外衣"用在步枪弹丸的飞行上，也不能用在一具死尸的倒落上。[76]

但这里就罗斯金来说，有一些模棱两可的话：作为恪守规定语法的作家，他是否反对热力学话语对"能量"一词的挪用？或者他是否反对能量科学提供的描述统一自然界的全貌？后者是更大规模的批判，看上去似乎是他所希望提出的——毕竟，罗斯金的目标是现代世界观的破产——但是或许，他感觉到他在科学上立足不稳，他把自己的观点转移到了古典语文学这更坚实的基础上。

在整个文本中，对于热力学论述存在着不安的情绪，他想要与它的术语针锋相对，但是又不愿让自己完全陷于这样的攻击中。罗斯金的犹豫是有道理的，他为再次强调热力学打破的差别性所做的种种尝试非常神秘：例如，人们很难相信白喉不是“自然的”这句话的含义，或者“飞速穿透的子弹或者弹丸，比之蠓虫的小嘴或女裁缝的针深思熟虑后谨慎刺出的小孔……所含的能量也并不多些”。[77]在细细审视之下，不仅这种差别会消失，而且它们似乎要恢复应用我们在《近代画家》第二卷中所看到的二元对立思想。这种二元论与几十年后的写作显得格格不入，它记录了人们付出毕生的努力，在看似不同的现象中，寻找到（用舍伯恩的话说）“相互依存性、连续性和统一性”。[78]

鉴于我们讨论过罗斯金试图利用自己对能量的广义理解，来消弭不同的生存领域之间的差别，那么，与热力学家的这场争论，回归 163
到细微的文献差别或是早已被抛弃的形而上学二分法上，看上去可能就很奇怪了。我们已经看到，随着职业的发展，罗斯金越来越关注视能量为可衡量的热力学观点，他还从中寻找物质基础来发起他对现代消费文化的攻击。但是，当我们拿到《风暴云》时，使用能量词汇达到美学评判的努力已经完全白费。很明显，罗斯金想扩大能量的定义，这仅仅意味着把能量的各种可能的表达式都纳入道德和美学的范围内。对于罗斯金来说，能量的热力学观点已经走向了反面：它把所有能量用语囊括在工业动力的标志下。

根据他在第二个讲座中与热力学科学家的争论，我们可以理解罗斯金为什么在第一个讲座末尾利用太阳的“热寂”进行含蓄的批判。他写道：

> 白晃晃的太阳——枯萎的草，盲目的人。总之，如果你要

> 问我导致这些事情发生的任何可想象到的原因或意义——要是根据你的现代信仰来分析的话，我什么也不知道；但是我可以告诉你它对古代的人来说有什么含义。记住，在过去的二十年里，英国，包括所有要么引诱它要么追随它的那些国家，都曾故意地、公开地亵渎上帝；都公开宣称做过邪恶的事情，每个人都尽可能在自己的权限之内，对自己的同胞制造不公。在这种道德晦暗的情况下，每一个古代的预言家都预言了物理上的晦暗，说："天上的光会黯淡，星星将撤回它们的光辉。"[79]

罗斯金在这里试图从热力学和"现代信仰"上收回垂死的太阳这一意象。他让这一意象回归到它作为世界末日预言和强烈道德象征的位置上。垂死的太阳，以科学家的眼光来看，不存在任何"可想象到的原因或意义"；仅仅是通过先知的解释性看法，并且是基于《圣经》之上，这种迹象才变得清晰。他总结道，"在这以前，大英帝国的太阳永远不会落下，现在已经变成了太阳永远不会升起来"，[80] 由此他把伦敦天气的晦暗与世界帝国的过度扩张和衰弱相联系起来。

几乎在《风暴云》文本的每一个层面，我们都可以看到绘制泾渭分明的跳水线的愿望以及这种愿望不断遭受到的挫败。这种趋势发生在科学观点的层面，罗斯金试图在自然和不自然、有生命的和无生命的之间做出区别，这些区别是站不住脚的；它还发生在意
164 象层面，他努力地重新借用了共有的文化符号和隐喻；它发生在公信力的层面，在那里他试图在公众眼中把自己和那些同样对自然有发言权威的人区分开来；最后，它还发生在物质环境的层面，其中他追踪到的大气干扰表明自然和工业之间不断增加的、不可逆的渗透现象，并且已经达到了二者无法区分开来的程度。这最后的、最

令人不安的区别消解现象是其他层面发生的原因：一个热力学宇宙的产生以及它的解释都要通过对自然进行技术科学性的挪用。

奇怪的是，当罗斯金谈到他自己的修辞态度和辩论方式时，他不愿意容忍任何差异之处。在第一次讲座中，他通过各种各样的人物角色转换，包括谦逊的观察者、业余的艺术家、内行的语言学家、浪漫的幻想家，或是《圣经》中引来天灾的人，试图探讨具有各种不同的面目的风暴云威胁：自然现象、审美衰退、道德灾难、启示录般的象征。我们可以把这种策略解读为，演讲者既小心谨慎又有所顾忌。一方面，正如我所指出的，罗斯金生动形象地表现了自己摆脱那些学科界限的自由，他认为这些界限阻碍了科学家们去理解他们想要解释的现象。对于他所认为的云层结构过于严格的科学分类，他说："多亏了科学人士的睿智，我们对底层的云没有进行命名……在**他们**对应着每一天甚至每一小时划分出的线条下面，云朵并不会下降，而在**他们的线条**上方，雾也不会升起。"[81]这种对科学划分线条的批判成为整个文章中的副歌，也是科学把经验王国和认识模式相互隔绝开来的比喻。然而，另一方面，罗斯金的折中整体主义也似乎是杂乱无章的，比如，他从各种立场和角度去攻击他的对手，却没有完全致力于其中一种，导致整个文本成为态度犹豫和夸夸其谈的奇怪混合物。我们可以把罗斯金叙述声音的不稳定性看作科学的、道德的、精神的、审美的等各种各样反应的形象表达——这是这种危机所需要的，但我们也可以把它看作无法找到稳定的基础，从中他可以展开他的批评。他是不是攻击汤姆森和朋友们，认为他们是差劲的科学家、邋遢的作家、可怜的经文评注者、肤浅的唯物主义者？当他结束第一次讲座时，他正处于完全的预言模式，把自然看作一种启示录预兆的符号系统，这一举动似乎既有侵略性又有防卫性，充满指责的修辞掩盖了从自然主义者领域中撤退的事实。正如

165 我们看到的，罗斯金把能量概念变成学术性用语，继而从对它的全面科学的批评中撤离出来；我们看到他在第一次讲座的结尾，再次从世界转移到书本中，从自然的行为问题转移到如何解读和阐释符号的问题。

罗斯金似乎无法找到稳固的基础或一套连贯的基本原则来攻击科学家，这是因为，正如他所知道的，“自然”将不能再支撑他的论点。它已经成为一个变化的、有争议的、被污染的东西，一个已经由工业从物质上和概念上重新定义的领域。这种由自然发生的变化带来的混乱，让他的论点也变得模糊，但也赋予了它相当大的生态力量。他写道：“这股风是19世纪80年代的瘟疫之风；这段时期在未来的气象史上肯定会被人们认识到，成为迄今为止还未在自然过程中记录下来的现象。”[82]这是整个讲座的关键：罗斯金不仅认为自然是有历史的，而且他承认人类行为正在以污染的形式改变历史。我们已经摆脱了他之前曾求助的自然平衡和限制：这场风暴云并不是周期的一部分，或者是自然“经济”资产负债表的一个条目，而是一个新的前所未有的形成，是由无节制的消费推动人们一往直前所得的产物。

这的确是一个热力学的宇宙，一个由不可逆转的变化、自然与工业的相互渗透以及废弃物的产生所决定的宇宙。然而，这与汤姆森和其他维多利亚时代的物理学家绘制的图画截然不同。对他们来说，大自然于能量概念的支持下在工业的图景中被重新塑造——它的浪费标志着，人们只需在可能的地方引导自然界这台不断运转的发动机适应人类的目的。对于罗斯金来说，工业能量的使用和缺乏考虑的资源消耗带来了破坏性的效应，从而使得自然界也变得混乱和浪费，怎样才算是合法的人类目的这一问题仍然是开放的。对汤姆森和他的圈子来说，浪费是不可避免的；对罗斯金来说，它变成这样是因为，一个巨大的、其自然处在不断变化中的资本主义制度是以它自身的产生为前提的。我想，我们可以看到，他们关注的领域之间联系多么紧密，但他们的假设和结论又是多么不同。

为了理解罗斯金使用风暴云意象的意义，我们可以把天文学家理查德·普罗克特在其天文学科普著作中谈到的风暴云拿来作为一个对比。对于普罗克特来说，和罗斯金一样，风暴是自然能量的表达： 166

> 风暴被唤醒，它猛烈地冲击吹刮了一会儿，便安歇下来，没有对陆地种族的需求做出任何贡献。在这里，我们立刻就看到了，大量的能量没有得到充分利用。我并不是说，这种看起来无用的力量的消耗对自然经济没有任何用处。毫无疑问，每一个自然事件都有其目的。我想说的是，如果这看上去被浪费的能量可以用来满足人类的需要，那么我们就可以利用它，而不必担心大自然的经济会由于它自身能量的发挥而遭受这样的影响。[83]

普罗克特关注工业生产中的资源浪费问题，因此他主张在这里寻找一种方法，去开发还没有得到人们利用的风暴动力。这样来看，它就是早期人们对“绿色”能源技术的呼吁，要取代对化石燃料的过度依赖。但是，尽管普罗克特很关心环境的损害，他仍然把自然作为某种用于满足人类欲望的存在；“毫无疑问，每一个自然事件都有其目的”，这既表示人们对非人类中心的自然概念已经有了模糊的认识，也表明人们对这一概念兴趣缺失。对于普罗克特来说，更重要的是，即使是看起来最“无用”的自然事件也为我所用、转化为燃料。就像在早期的自然神学著作中一样，自然仍然是一种“经济”——一个需要制表和管理的簿记系统，而不是一个不涉及人类需要、经济实践或意义结构的物质生态系统。到19世纪末，物理学家威廉·克鲁克斯公开猜想，人们不仅将要利用风暴能量，还要实现“控制天气”。[84]

另一方面，罗斯金的风暴云恰恰暗示了这样一种生态系统意识：它不是人类手中等待被利用的能量来源，它本身就是由于人类对资源的欲望而产生的连锁反应。普罗克特暗示，整个自然经济都有可能因人类的能源开发而“受害”，但他的目的是主张对自然进行完全的技术管理。然而，他的暗示意义重大，因为它考虑到了人类活动**可能**改变自然面貌的可能性；罗斯金抓住这种可能性并使之成为核心。对他来说，风暴云不仅是局部污染造成的景象，还是降临到大气层本身的不可逆的变化。[85]

但罗斯金立场的最大的困难之一与我们在其他地方看到的紧张有关系，处在热力学的概念支撑以及人们对原理的利用之间。也就是说，热力学定律是，并且一直是宝贵的生态工具，因为它们可以
167 揭穿人们的文化幻想，即能量无限产生、无废弃物生产，以及或否认或掩盖了环境限制的经济增长模型。事实上，20世纪，索迪、杰奥尔杰斯库-勒根、赫尔曼·戴利和无数的其他人充分利用了这些定律，来描述无休止的经济扩张的不可能性。但是，正如我们所看到的，这**不是**第一代热力学家们使用定律的方式。这就是罗斯金的问题。他想对资源消耗的限制和熵产生的问题进行实质性的热力学论证，但他发现，热力学观点本身已经被他所认为的意识形态的反对者利用。这就是为什么他对经济过程中物质能量的作用的强调必须由盖迪斯来重申，因为盖迪斯认为罗斯金是个物理学家；如果罗斯金没有认识到的话，那么盖迪斯也认识到了，他的洞察力与热力学理论是非常一致的，即使它们与它最初的支持者们采取的立场和观点

是不一致的。讲座倾向于既利用又反驳那些科学论证，这部分地证明了，在对物质世界的生态承诺和否定维多利亚时代科学著作中对与能量有关的唯物主义主张的表达方式之间，这次讲座的观点具有不稳定性。

但《19世纪的风暴云》最显著的贡献在于它的想象力，而不是它的准科学基础。在这一点上，罗斯金提出了一个不可逆转的全球生态灾难的前景，它是人类对能源的无限欲望的结果——我们今天称之为气候变化。虽然从某种程度上说，把这一术语应用在维多利亚时代的文本中有些不合时宜，但吉伦·伍德却鲜明地展示了19世纪初人们对人类行为和天气形成之间因果性的、非神学的辩证关系萌发的兴趣。1820年时，他提出，“自然哲学家已经开始认识到，这种关系不仅仅是形式上的和永恒的，而且是动态的、属于特定历史时期的，依赖于人类的活动”。[86]艾伦·贝威尔同样认为，19世纪时期，在美国，“气候变化是共和国人民的早期生活中谈论最多的话题之一”，并且被用来为帝国扩张做辩护。[87]卢克·霍华德、布丰伯爵、托马斯·杰斐逊等人的观点是，人类的定居有**改善**气候的作用。当然，我们现在对气候变化的看法可能与这种关系是相反的，但关键是，在一开始人们就可以想象到其中存在着**某种**关系。要能想象出这种因果性的、历史性的关系，既挑战了自然神学、《圣经·启示录》中有关大气层形成的文献资料，因为它否定了自然界的永恒稳定性，也挑战了将天气模式解读为上帝恩惠或上帝不满的标志这样的做法。一般来说，罗斯金在《风暴云》的讲座中混淆了这些观点。正如我们所看到的，他借用了《启示录》中的《圣经》语言，却把它应用到显然是人类制造的问题上。事实上，他在讲座中埋设下的一个讽刺是，一个没有上帝的世界本身却制造出了《圣经》中提出警告的各种灾难性的后果。 168

在罗斯金的例子中，他的洞察力的深刻之处常常在于他使用的意象的力量，以及他想象力的延伸的力量，而不在于他的论证是否具有严格的逻辑连贯性。只有通过对“物质和能量之间转化”的实质性限度的合理理解，并结合能力——以及意愿——来想象这些极限如何与实际的社会实践、消费模式和人类欲望相互作用，这个问题才变得可以想象。虽然罗斯金的观点有些方面肯定是不合乎逻辑的，但是他广泛而不墨守成规的方法，他理性分析和想象力的结合，他把能量作为物质的、社会的和美学的能指的兴趣，都表明了这个“新现象”——一个世界性的生态危机的概念化——已经处在它的早期阶段。这就是为什么他成为索迪、盖迪斯以及整个20世纪和21世纪生态经济学家的试金石，他们都试图把热力学概念、审美
169 健康和环境问题作为经济和社会分析的核心。

第六章

个体的幻想，自然的限制

罗伯特·路易斯·史蒂文森的《杰基尔医生和海德先生》

自其诞生以来，热力学一直以物理转化的可逆性问题为中心。热力学第二定律引入了能量的普遍耗散问题之后，不可逆性成为物理学中越来越重要的理论问题，尤其是在19世纪60年代和70年代之间。1867年，詹姆斯·克拉克·麦克斯韦提出了他著名的“筛选妖”说，在理论上，它可以克服原本是不可逆转的熵的积累问题。1874年，威廉·汤姆森在爱丁堡皇家学会举办了一次讲座，它后来被命名为《运动的可逆性》；约瑟夫·洛施密特响应了麦克斯韦和路德维希·玻尔兹曼著作中的观点，首次明确地提出了著名的“可逆性悖论”。不可逆性问题代表了经典牛顿力学与热力学之间的最深刻的分歧，这也是由平衡与秩序所定义的宇宙和由单向流动性、可能性所定义的宇宙之间的分歧。麦克斯韦、玻尔兹曼、洛施密特等人在这一时期所做的工作并不仅仅是一种范式的转变；它在许多方面都表现为有意识地、努力地去理解这种转变，调和看似不相容的科学推理模式。正如我们所看到的，对能量过程单向性的关注，也是理解化石燃料经济和在消耗廉价、可用能源的基础上建立起来的文化的关键所在。因此，不可逆性既有宇宙学的，也有生态学的效价，即便在受人欢迎的热力学著作中这两个领域之间的关系有时会被遮蔽。在下文中，我将讨论罗伯特·路易斯·史蒂文森的小说《杰基尔医生和海德先生》，它既是对当时热力学修辞的神话阐述，也是一个关于资源枯竭不可逆转的生态寓言。小说的情节不仅关于其主要人物所经历的转变，史蒂文森还明确地把它想象为一
170 台发动机，它受不可逆性的逻辑支配。更重要的是，我认为，这一叙事具有不可持续性，在叙事过程中，恰恰是对小说的投入耗尽了用于维持小说发展的种种条件。这部小说把自然向科学概念的转变戏剧化，但它又将这种戏剧性置于维多利亚时代晚期伦敦倚重资源的环境中。它使用热力学概念来建立它神秘的前提，并且在这样做时，暗地里批判在科学领域和通俗领域中经常形成能量概念化的“巫术思维”。

杰基尔和海德的热力学世界

19世纪80年代，当作家撰写《杰基尔医生和海德先生》时，热力学原理正广泛流传。但在解读像史蒂文森这样的作家时，它们有特殊的价值。史蒂文森来自工程师家庭，曾经为了成为一名工程师而接受培训，他早期发表的作品包括1873年呈交给爱丁堡皇家学会的一篇论文，题为《森林的热影响》。[1]该论文讨论了热从树冠上消散，“流向星宇和冰冷的星际空间”的现象，并展示了一个年轻的头脑不仅对精确的测量感兴趣，而且关注生态系统不同部分之间的关系——这里特指森林和大气层。[2]史蒂文森时代的爱丁堡是能源科学发展的中心。麦克斯韦是在爱丁堡大学接受的教育，与热力学物理学家威廉·麦夸恩·兰金一样。这二人在校期间都受到自然哲学教授J. D. 福布斯的深刻影响，他强调把科学探究应用到工业上，而他自己的实验工作则集中在热辐射的传播上。[3]来自格拉斯哥的威廉·汤姆森及其兄弟，工业工程师詹姆斯·汤姆森，也都与

福布斯联系紧密。[4]正如我们在第二章中所讨论的，威廉向爱丁堡皇家学会提交了关于热力学第二定律的里程碑式的论文——《自然界中机械能耗散的普遍趋势》。正如汤姆森兄弟著作中所说的，实践工程与自然哲学的紧密联系对19世纪热力学定律和苏格兰文化个性的发展至关重要。克罗斯比·史密斯和诺顿·怀斯辩驳说，与剑桥教育的普遍准则相反，以福布斯为例的苏格兰教育方法，根源于托马斯·里德和约翰·罗比森的“常识”学派，强调“科学与 171
艺术的统一，以心灵与物质世界的关系为基础”。[5]认识到抽象与应用、心灵和物质的统一，对我们解读史蒂文森的小说是至关重要的。

在史蒂文森时代，爱丁堡大学是一个蓬勃发展的工程和科学研究中心，史蒂文森参加了两位著名教师的会议。工程学教授弗莱明·詹金，是威廉·汤姆森研究海底电报线路著作的合作者，对年轻的史蒂文森来说也是一个特别重要的人物。后来，他刚刚完成《杰基尔医生和海德先生》，就撰写了一部赞美他的老师和朋友的传记，即《弗莱明·詹金的回忆录》。[6]自然哲学教授福布斯的继任者是彼得·格思里·泰特，我们已经把他作为热力学概念的关键推广者，他同时也是汤姆森和斯图尔特的合作者。泰特还是史蒂文森的大学导师之一，他的《关于物理科学的一些最新进展的讲座》(1876)，就是题献给史蒂文森的父亲的，年轻的史蒂文森很可能在他的本科课堂里也听过。[7]其中对热力学过程的描述将对他的小说中有关能量转换的修辞起到不可估量的作用。

《杰基尔医生和海德先生》这本小说极其关注热力学研究计划的核心问题：物理形式的转变、转变过程中身份的连续性、资源的消耗和发生不可逆转变化的现象。从内心深处来看，杰基尔从事的是一个人类工程学的实验，它开启了海德的“生命能量”；小说的开篇描述了厄特森的同事们犯下的罪恶行为源于“精神高压”，并让我们做好准备去阅读后面的部分，它不仅利用工程原理组织物理变态的过程，还用它构架故事的情节。[8]物理转换的不可逆性是“古典”与现代科学之间脱节的关键点之一，它反映了史蒂文森对奥维德式变形的比喻和讽喻表征结构所做的现代改写。[9]

虚构的变形类似于热力学的转变，这表现为史蒂文森把两个自我作为不同的能量形式来加以区分。杰基尔描述了海德的“生命中的狂暴能量”，[10]还有“他的思想也更加灵活”。[11]另一方面，杰基尔则变得“身心都十分虚弱”，[12]并且“缺乏力量无以让它继续保持”，[13]这里的“它”指的是自我克制途径。后一句话非常关键，因为它提出了针对小说中能量和身份之间关系的思考方法。杰基尔
172 所处的社会环境，以及他为了成功驾驭自己身处的环境而发展起来的综合人格，需要永不停歇地消耗能量。杰基尔在解释海德年轻而不成熟的外表时称，他自己的外表“十之八九是努力、美德和控制的人生的样子”，而海德则“没有那么多经历，更不会那么筋疲力尽”。[14]只要当杰基尔就是让人疲倦的，事实上，即使是在这个世界上的享受都被想象成一种能量消耗——“热闹欢腾消耗殆尽”，[15]呼应开篇提到的“精神高压”，描述了杰基尔那群富有的同事聚会时的紧张性欢乐。在变身海德的一次冒险归来之后，杰基尔“剪着午夜烛花”，这可能只是一个小细节，但它很好地暗示了他对能量形式易于掌控的信心。[16]《杰基尔医生和海德先生》是一则有关蜕变的故事，它合乎工业时代的特点，符合由工程师来掌控这个拥有巨大变革能力的世界，适合实业家，还有越来越多的普通人。

杰基尔计划的成功完全取决于这种控制力，以及发生的转化具有的完全可逆性，杰基尔可以沉溺于海德的身份中，但是海德还要能够变回杰基尔，以实现完全“分离这些部分”[17]的梦想。起初，这个计划似乎实行得很好，杰基尔描述了他最初对这些变化的掌控：

> 我只要能逃进我的实验室门里，花一两秒钟，把我一直准备好的药剂混合后一口吞下即可；无论他做过什么，爱德华·海德都会像镜子上的哈气一样瞬间消失；取而代之的是静坐在家中，在书房里剪着午夜烛花的亨利·杰基尔，坦然笑对所有人的怀疑。[18]

这种彻底的可逆性，尽管可能是不完美的，但依然代表了人们偏离变形著作的书写传统。正如玛丽·瓦尔纳所主张的，奥维德和其他神话文学中的变形通常是一个单一的事件，表明一个人获得了适当的、永久的形式。反复地、随意地转换自己的能力是神的专享力量，但这正是杰基尔的双重生活实验所必需的。[19]正如我们在本研究中所看到的，有关变形的神话通常都会引发人们对能量科学的普遍讨论。泰特及其合著者鲍尔弗·斯图尔特，都利用普罗透斯来说明物质与能量的区别：“一个像古人认为的永恒不变的命运或必然；另一个则是不断快速地发生着各种各样变化的普罗透斯自身。”[20] 173
科学正致力于驾驭这种有如神助的普罗透斯般的变化无常，这是斯图尔特和洛克耶明确提出的观点：

> 宇宙中有多种能量，就像普罗透斯一样，它总是在改变它的形态。如果不是因为它的这个习惯，我们早就应该理解它了，但只有当它摆脱实验者掌控的努力变得徒劳无用时，它才会停止斗争并告诉我们真相。[21]

如果说神话有助于建构科学的理解，那么，科学反过来又能塑造神话；瓦尔纳写道：“变形书写的特征是，它们出现在过渡的地方，在传统和文明的交汇中……巫术可能是自然而然的，而不是超自然的，科学的语言因此深刻地影响着变形的视野。”[22]《杰基尔医生和海德先生》半是小说半是寓言、半是散文半是诗歌（纳博科夫的观点），它借鉴了物理学上的“现实主义”的可能性和压力，来为这个能量时代重构它的神话传统。同时，史蒂文森利用读者对这些传统的认识，以及杰基尔对它们的违背，来质疑普通大众或是专家讨论能量时所包含的对控制力的幻想。

能量形式确实可以在彼此间互相转化，但绝不是没有损耗的。由于其根源于工业工程学，并且在涉及盈亏时要考虑做功和废弃物，那么正如我们所见，热力学著作中常常充斥着政治经济学界的各种比喻。泰特使用了特定的经济术语来描述能量的使用：例如，做功时的“支出”和针对给定输入的输出“偿还”。[23]如果能量可以被理解为一种资本，那么资本常常是以它所代表的能量来定义的——最好的例子便是T. H. 赫胥黎所写的关于政治经济学的论文，即《资本：劳动之母》，它在《杰基尔医生和海德先生》面世四年后发表（我们将在下一章中读到更多的细节）。杰基尔变形产生的第一个影响被消解了，他付出了最直接的代价，也即金钱。抓到海德的人们决定用这个事故来“勒索他”[24]：给那个他在街上践踏的孩子家人一百英镑。在这一点上，金钱足以抵消**某些**损失。海德可以买回因他的行为而被剥夺的自由和安全，杰基尔也可以“**坦然**笑对所有人的怀疑”（黑体为我所加）。[25]但值得注意的是，正如我
174 们在整个研究中所看到的那样，虽然资本可以用来表示能量，但它本身并不是能量。金钱不能逆转海德实施的行为产生的一切后果。最重要的是，他的匿名在后来以一种被证明是非常“昂贵”的方式遭到戳穿。

在他的《自我表白》中，杰基尔进一步掩饰类似的事件，解释说他“在可能的情况下，甚至会匆匆忙忙地弥补海德所做的坏事。这

样，他的良心也能过得去了”。[26]这两种感情的结合——“在可能的情况下”和“他的良心也能过得去了”——简而言之，让我们了解他的整个困境。从一开始，他就面临着要去“弥补”其行为的问题。海德的行为只能得到部分的、暂时的补救。然而，在早期，这些行为能刚好得到补救——通过金钱赔偿的方式——这样，他可以说服自己，他的实验既有效又无害。

随着小说进一步发展，变形让杰基尔和海德自身在精神上、社交上和身体上都付出了代价。杰基尔清晰地记录了他用于恢复他身份的不断增加的药品剂量：“随处可见的是日期后面只有很简短的几个字，通常只是一个词——‘两倍’，在几百条记录中，大约出现了六次。”[27]故事情节围绕着在反向变形的过程中不断增加的困难展开，杰基尔发现自己越来越难以把自己恢复为原始的身份。杰基尔开始不自觉地变为海德，“只有像体操运动员那样付出努力，并且在药物的短时间效应内”，他“才能维持杰基尔的相貌”。[28]资源有限成为主要的问题：“不用考虑金钱”，杰基尔写信给那个药剂师，希望能获得变形需要的药品。[29]然而，哪里也买不到药品，金钱也没有用了。药品资源和艰辛的努力——对二者的付出都在不断增加——成为把杰基尔恢复到原来身体形状所需要的代价。泰特写道：

> 每当发生变形的时候，至少是部分地，总存在一种倾向，从更高级或更轻易的可变化形体向更低级或更不易的可变化形体过渡……因此，宇宙的能量在总体上不断地从高级向低级的形式转化，因此转化的可能性会越来越小。[30]

等会在下文中再讨论“高级”和“低级”这两个词的道德效价，但现

在，我们必须看到杰基尔自己发现了汤姆森、泰特和其他热力学科学家努力所要解释的问题：经历转化的系统的能量，在没有外部能
175 量输入的情况下是无法恢复的。“一台完美的热力发动机”，一台可以逆向运行以恢复到其初始状态的发动机，是不可能制造出来的；必定需要付出额外的劳动或燃料才能实现它的完全逆转。这额外的输入通常代表着比所做的功要付出更多的能量。因此，虽然发动机可以“产生”出动力来，但它能这样做的代价是要进一步地消耗周围环境中的能量。虽然，正如我们所看到的，流行的热力学描述通常并没有强调能量使用的生态维度，但是它们在描述能量系统以及其所处的环境之间的关系时含蓄地表明了这一点。稍后我们再继续讨论这个问题。

人们对动物生命也要服从能量科学规律的认识，源于19世纪化学和物理学对生物学的强大影响。科学史学家埃弗里特·门德尔松写道，19世纪，“某些功能性生物学领域的人，通过训练，稳步侵入了无机领域的科学”。[31]以蒸汽机比喻为媒介，生命体系也可以被理解为能量系统，正如泰特所言：

> 这在科学上迈出了伟大的一步，它表明，正如燃料的消耗对于蒸汽机的运转，或者是蜡烛光源的稳定而言是必需的一样，生命的引擎也需要食物来补充肌肉工作和心脏跳动所支出的能量……对你们中的一些人来说，尤其是如果你们没有特别考虑过的话，听到我们推测说，也许可以借助于物理原理，特别是能量耗散的原理，来得到生命构成的观点——仅仅是生命力，我再重复下，而不是更高级的东西——这可能是惊人的。[32]

沿着赫尔曼·冯·亥姆霍兹和尤利乌斯·罗伯特·迈耶的工作，泰

特在他的讲座里明确表示，能量守恒和耗散的理念消除了有机与无机界之间严格的分界。[33]当然，史蒂文森向我们表达的则是，许多人的观点中依然保留着这条分界，杰基尔也利用这些术语来把他自己和另一个自我隔绝开来："他觉得海德只是一个精力旺盛的东西，不仅穷凶极恶，而且没有生命活力。"[34]由于这个句子使用了修辞格，因而"没有生命活力"甚至超越了"穷凶极恶"，这说明杰基尔要区分二者，必须要找到超越道德范畴的根据，因为道德已经无法帮他做到这一点了。试图使用"没有生命活力"来作为他最后的堡垒，标志着杰基尔的"超凡药剂"[35]只是为泰特和其他人所讥嘲的"声名狼藉的活力"提供了另一个名字；这也表明了杰基尔的推想 176
只是一种过时的科学思维。当然，它也表明了人们对完全可逆性的信念。

杰基尔和海德代表着截然不同的两极。杰基尔是高度结构化的资源，他的形象既包含以富足的金融资本资助海德的夜间冒险行为，也在于他拥有的社会资本为他认下的被保护人提供掩饰、不在场的证明、体面的虚饰。杰基尔的世界只存在工作，即便是他的社交圈也只有职业人士。拖在他名字后面一系列的首字母缩写词，"M.D.，D.C.L.，L.L.D.，F.R.S.（医学博士、民法学博士、法学博士、皇家学会会员）"加强了读者的印象。[36]另一方面，海德被描述为"阴沉激动，像着了火似的"，[37]他确实像是火一般燃烧着杰基尔的燃料——恩菲尔德说，他"带出了我的汗水，感觉像刚跑了步一般"；[38]他燃烧着证券、支票簿、信件；他在谋杀卡鲁之前爆发"怒火"；[39]他消费金钱、化工盐，以及杰基尔"白天的时候辛苦工作"[40]赚得的好名声。泰特认为，把功转化为热很简单，但要把消散的热转化为功，那就完全是另一回事了。杰基尔的世界被辛辛苦苦地统一在一起，但破坏它的速度却是很快的。

幻想绝对的可逆性，就是幻想一个事件不重要、名誉逐渐消失的世界，就“像镜子上的哈气一样”。[41]当然，世界上的事件确实会产生真实的后果，史蒂文森强调转化的物理性，这把蜕变与能量有限、行为无法消解联系了起来。事实上，杰基尔的可逆性实验不仅仅是要绕开特定行为产生的影响，也是想要逆转另一个人类不可逆的问题——衰老的过程。史蒂文森低调陈述了自己对这一主题的兴趣，因此没有太多评论，但它出现在小说的关键部分。当海德仍然穿着杰基尔的衣服去拜访兰尼翁时，他的形象十分可笑，像一个孩子在父亲的衣柜里玩耍：

> 他的衣服要是穿在普通人身上就会很可笑，也就是说，他的衣服虽然质料很好，但对他来说，每一处都太大了——裤子挂在腿上，为了不让它们掉到地上就卷了起来。衣服的腰部挂到了臀部下面，领子又伸到了两边肩膀上。[42]

这是对杰基尔叙述中表达的严肃主题进行的戏剧性介绍：对衰老过程的恐惧。[43]他在谈到自己需要为他的快乐找到一个发泄口时说:“我不只是声名远播、得人尊重，而且还在步向老年”，[44]这也呼应了前面兰尼翁就自己的年暮所说的话。杰基尔描述了他第一次
177 转变为海德时，青春活力迸发的经历:“我有一种奇特的感觉，一种言语难以表达的陌生的感觉，这种新鲜感让我体会到一种梦幻般的幸福。我觉得自己更加年轻，身材更加敏捷，也更加精神振奋了……我高举双臂，一种青春向上的活力让我高兴得忘乎所以。”[45]杰基尔认为，海德代表了一种未开发的能量，一种“新的力量”，[46]他希望在两个身体之间、在年龄代表的金钱和社会力量与青春的精力之间发生可逆性的转移，这也是希望逃避生活中时间流动的不可逆

转的方向。也许在这里，我们很清楚地看到了它与几年后出版的奥斯卡·王尔德的小说《道连·格雷的画像》之间的深层联系。虽然史蒂文森的作品更关心的是物理能量的问题，而且在很多方面，比起王尔德来说，更少道德说教，但是二者在实现巫术般转换时都严格遵从经济学规律，避免不付出任何代价就返回青年时期。俗话说“烛烧一半，光增一倍”，海德燃烧得非常明亮；至少，他毫无节制地消耗了他的精力。但他并不是一个蓄有额外能量的水库，也不是时间的倒转；相反，他夜间的过度活动加速了他们共同死亡的进程，毁灭了二者共存基础所在的资源及其所处世界的整体结构。尽管他年轻有活力，他的身上还是有“畸形和腐朽”的烙印。[47]海德不是一泓青春的泉水，而是现存经济法则的一个组成部分。

值得注意的是，史蒂文森一辈子身体欠佳，不断地与虚弱的身体搏斗。他在19世纪80年代写给弗朗西斯·希特韦尔和他母亲的信中，告诉他们说自己精力不足。[48]三十七岁时，他在一封写给朋友的信中署名为“一个老老头”，[49]二十三岁时，他写给希特韦尔的信中说：“但愿你知道我觉得自己有多老！我确信这就是年龄带来的——这样的粗心大意，这样的缺乏魅力，这样持续的身体疲劳。我是一个七十岁的人了：哦，美狄亚，要么杀了我，要么让我再年轻起来！”[50]请注意，在最后一个例子中，史蒂文森丧失了身体的活力，便向神灵发出了呼吁。这一举动揭示了人们渴望转变，回到精力焕发的状态，同时也承认这种渴望是徒劳的。回溯性的转化只能存在于幻想中。

资源的不可逆转的耗竭，以及用蒸汽发动机的比喻来集中反映这个问题的做法，为读者提供了一组术语，可以通过这些术语来理解《杰基尔医生和海德先生》中的变形比喻体现出来的热力学的烙印。连带地还产生了第二组术语，表达从需要能量来维持的有序性

向代表可用能量损失的无序性的转变，它是渐进的，却是不可避免
178 的。当麦克斯韦和路德维希·玻尔兹曼这样的科学家开始讨论微观和宏观状态之间、分子水平上的粒子运动与系统的整体方向或组织之间的关系时，其他的启发式的修辞手段补充了蒸汽发动机的比喻，帮助人们去想象能量流和不可逆性的问题。在讨论气体行为的时候，麦克斯韦通常会假设存在着两个房间：一个是热的，分子在快速地移动着；另一个是冷的，分子移动缓慢。这种情况是假想的，因为同一速度的所有分子极不可能随机地聚集在一个地方。当然，麦克斯韦和其他人还是在讨论能量——热、速度、状态之间因呈现出的差异使其转化为功的问题——但是现在很显然运用了组织、概率和秩序的语言来加以描述。

这对于杰基尔和海德来说是至关重要的，对他们的描述不仅是就他们各自的精力而言，而且他们也被当成不同的身份来对待；事实上，这很显然是杰基尔的计划，以便对他的“各部分”实现完全的分离。记住我们物理实验中所用到的独立房间，那么，把未经修正的人性描述为“不协调的化合物”就具有了额外的意义。[51]因此，不仅仅是杰基尔代表着有序的能量、海德代表着能量的耗散和无序的增加——尽管批评者们是这样建议的——分离**本身**就代表了一个特定的秩序，它促使维持截然不同的存在状态之间泾渭分明。彼得·加雷特把实验描述为“一种化学纯化的过程”，在这里也许跟随杰基尔的引领会更有益，暂时把“纯化”的观点想象为一种理想化的、未混合的浓缩液——也就是说，海德是“纯恶”的。[52]在1870年的一次演讲中，麦克斯韦揭示了分子水平上发生的分离背后的科学：

> 分子科学进展最显著的结果之一，是它让人们理解了不可逆进程的本质，即这种进程总是趋向于且从不会远离某一限

> 制性的状态。因此，如果把两种气体放入同一容器中，它们就会融合，产生的混合物会变得越来越均匀……就这两种气体而言，可以通过化学方法来将之分离。[53]

尽管自从第一次变形之后，要对杰基尔和海德进行严格划分就很困难——例如，在代词属性上就能立刻感觉到混乱——但是其状态的走向崩溃以及不断统一，也是渐进的："当我睡着的时候，或者在药效过后，我几乎不需要经历任何过渡（因为变形的痛苦每天都在减弱）就会发生变形，脑子里充满了恐怖的幻想。"[54]过渡阶段变得越
来越轻松的原因是，杰基尔和海德的身份通过对死亡的恐惧结合在 179
一起，向对方的方向发展，渗透任何将他们区分开来的——如生理、语言、社会、道德的——障碍。杰基尔变得"心灵上麻木不仁"，[55]并成为谋杀的帮凶，而海德则被揭露和追捕，学会了如何驾驭社会上的习俗和制度："然而，这个人非常精明，他用自己的意志力量控制住他的愤怒；他写了两封重要的信，一封给兰尼翁，另一封给浦尔，他必须确定信件都寄走了，并且要按照它们预定的方向寄走。"[56]当然，虽然我们也不相信能达到任何即使是短暂的"纯洁"的状态，但随着小说的发展，这两个人之间的集中的差别变得更不明显了。这个过程是一种渐进式的混合，却不是朝着二者相聚合的方向发展的。相反，杰基尔和海德代表着身份上的日益混乱，这也正是贝克特式的代词之间斗争所强调的，"他，我说——我不能说，我"，[57]因为它揭露了自我的语言中那些人为的划界。当兰尼翁和浦尔打开通向杰基尔房间的门时，也是打破了他和一切他之外的事物之间的障碍，它把一个渐进式的、在内部发生的过程加以外化，并推向终点。

因此，在小说中，情节本身就是一种不可逆转的力量。第一章

中明确讨论了叙事的偏向性，恩菲尔德告诉厄特森为什么他没有进一步研究海德先生的奇怪案例：

> 我倒很想弄个一清二楚，可这就跟参加末日审判似的。你要是这么一问，就好像在山顶上推下一块石头，然后平静地坐在山顶眼睁睁看着那块石头滚下去，碰撞着别的石头一起下落，用不了多少时间，一个无辜的人（你绝对意想不到的人）就会在他自己的后院里被石块砸中脑袋，那时候这家就得换人了！[58]

毫无疑问，这一比喻本质上来自史蒂文森熟知的一部小说，沃尔特·司各特爵士的《威弗莱》：

> 但在进入一个众所周知的拖延的话题之前，我必须提醒我的读者，有个懒散的男孩逃学，在山上滚下一块石头（这项消遣我在儿时也曾十分擅长）：它开始时会慢慢地移动，歪歪扭扭避开每一个小障碍；但是当它得到全部的冲力后，在它接近它下冲的末尾时，它就会冒着烟打着雷，给每一处泉水激起一片十字水花，像约克郡猎人一样，清除树篱和沟渠，当它就要到达它
> 180 将永远安息的地方前，速度更变得疯狂奇快。[59]

在两个文本中，石头的路径是不可逆的，但史蒂文森不仅把石头下山与它进入他人视野并造成伤害（不管作者说得有多么诙谐）联系起来，而且把它和世界末日审判结合在一起，以此来强调不可逆性。在他的笔下，这一比喻不再描述一个精彩的故事中速度的变化以及叙述者对素材的掌控，完全相反：它是失去控制的叙事。这很适合用来描述《杰基尔医生和海德先生》的情节，文本中出现了一系列

的叙述者和讲述故事的人，每个人不经意间都在故事的暴力结局中扮演了一个角色。小说的非对称结构——第三人称全知叙述者先是让位给兰尼翁写的信件，后来是杰基尔的“自白”，却没有再回来结束故事的“框架”——只强调了读者的一个感受，即在这个世界上没有一物能返回到其初始的状态。正如杰基尔曾悲伤地说：“因此，这完全是向着糟糕的方向发生的运动。”[60]

下山的比喻也是值得注意的，人们经常在物理学中用它来描述能量的位置（势能）和运动（动能）之间的关系。对于设计水轮的工程师来说，要从山下的河流中获取能量，这是一个特别重要的概念。泰特说：

> 当你将高处的能量转化为低处的能量时，你可以毫无损失地完成整个过程，但是如果反过来——就像上山一样——那么……只有较低处能量的一小部分可以再次上升形成高处的能量。在这一过程中，其余的能量都降到更低处去了。[61]

史蒂文森经常把科学和文学的方法及其代表性的实践进行比较，这对于放弃了一个领域而去追求另一领域的人来说也许并不奇怪。他在他的《一个工程师的家庭》中写道：“工程学和文学的研究方向南辕北辙”，但形成这种视角差异的根据是有启发性的。[62]工程学和文学可能研究的方向不同，但它们出现这种情况——像雅努斯，或杰基尔和海德一样——都是源于一个共同的优势点，驱动二者的是人们所关注的事物和规则，且它们相类似。二者都依赖于仔细观察外部世界的轮廓，根据不同的指令，利用这种观察来塑造和管理物质。史蒂文森在《卑微的谏言》中提到了对事物进行理性提取的必要性：“人们使用的方法，无论是推理还是创造，就是要对眼花缭

乱、令人困惑的现实世界半闭上眼睛。”[63]在《家庭》中，他满怀深情
181 地批判了他祖父留下的工程日记，这并不是因为他认为罗伯特·史蒂文森感兴趣的事物其实不够有趣，而是因为他觉得对它们的处理方式不够艺术：

> 如果只是把科学简化成公式和图表，那么这本书也是切中要害的；如果说艺术依赖于对自然的深入研究，那么人们又常常会觉得作者的话是多么索然无味……这其中就有他对矿脉所做的再三重复的、夸张的描述；这是文学的能量被误导的标志性作品，它们在读者的头脑中没留下任何影响，只余一些多样化的词语和一幅小品图而已，上面画着一位精力充沛的老人家在一片混乱中攀登。[64]

短语“文学的能量被误导”记录了祖父迷茫而又困惑地在自己的写作中将文学和工程学分离开来，但正因为如此，它又把二者结合了起来。史蒂文森对工程实践最钦佩的地方，正是祖父的著作中所缺失的东西，即对引导能量和减少废弃物所进行的仔细的、必要的安排。他写道：

> 工程师的职责是双重的——设计工程而后再监督工程的完成。堪称完美的(这里将“完美”的首字母大写并做特别强调)正是他的设计。削笔刀断裂，浪费了“三十六先令”，“错过了一天，或是良机”，在这每一个事件中，他看到的都是一只懒惰的手，他深感厌恶。[65]

在史蒂文森给祖父的画像中，我们可以看到某种张力，这种张力也

主导了他对杰基尔的描述：工程师或科学家在他的设计中力求能得到大写的完美，然而他与环境的实际互动过程则表现为，在周围环境的物质现实中，他混乱、失去能量且纠结。

史蒂文森的小说是一部奇妙的工程学作品，其文学能量得到了巧妙的引导，在完美磨砺过、如宝石般的句子中，它的情节几乎以临床的精确性来组织它环环相扣的叙事声音。[66]他注重自己的世界中精致的细节，其中呈现出的技艺也是显而易见的，例如，他在厄特森要求看看海德的脸和后者表达赞同的情节之间插入了一个停顿："海德似乎犹豫了一下，接着，仿佛在思考之后，他猛地转过头面对着厄特森，满脸挑衅。"[67]这是一个很次要的情节，却让我们发现，史蒂文森极其关注人物与自己身体进行互动的心理细节。海德面对的是一个非常熟悉杰基尔外貌的人，被发现的恐惧瞬间慑住了海德的心智；他带着自己特有的狂妄自大，宣称自己对实验效果的绝对信念，并把他那变形的脸直接暴露在老朋友的注视下。在这部小说中，身体施加了真正的压力，如果在这个早期的场景中，奇异 182
的变化表明他取得了一个小小的胜利的话，那么斗争的条件已然被设定。对于史蒂文森来说，故事越精彩，就越有必要对林林总总的身体现实保持忠诚。罗伯特·凯利评论史蒂文森的冒险故事时写道："史蒂文森甚至拒绝留下一丝可能性给梦想、巫术或隐晦的意志力量，让它们在塑造他的主人公们漫游的怪异世界中起一点作用。当然，只有一种方法可以扭曲这乏味的现实，那就是伪造。"[68]杰基尔当然不是在伪造他的变形，但在小说的发展过程中，"乏味的现实"再次表明了它的不可侵犯性，拒绝被他的某种隐晦的力量所左右。在他的实验开始时，杰基尔认为，"这种情况要与普通法律分别而论"，[69]但最巧妙的工程学或想象也无法规避身体的规律。他这样做的企图，反而给他带来了一种"更不熟悉、更可怕的压力"。[70]

《杰基尔医生和海德先生》中的道德动力

迄今为止，对杰基尔和海德之间转换的讨论仅限于把它想象成一个纯粹的身体现象，一个耗散的问题和结构分化的损失。当然，小说的这些特征与一个人丧失内在道德的故事紧密相连。杰基尔不可能无休止地回归到他的初始状态，这不仅仅是因为变形从本质上会损耗能量，不可逆地消弭差别性，而且由于在经历了这么多反复以及道德上的困惑之后，他开始忘记他的原始状态**是**什么样子的。谁是杰基尔，如果他喜欢间接地（或本能上地）享受海德的体验，掩盖他的罪行，允许他耽溺于另一个他会谴责的行为中，那么谁又是杰基尔？他难道仅仅是一个名字，一个社会地位，或一套衣服吗？小说触发了身体科学和内在道德领域之间复杂的相互作用，它在史蒂文森的抽象诗学理论中变得更加清晰。

史蒂文森写下随笔《谦卑谏》，就是为了委婉地批驳小说家和史学家瓦尔特·比桑特在随笔《小说的艺术》中赞成的新闻真实性。史蒂文森的抽象理论基于文学和科学之间的对称关系：

> 艺术，就像算术和几何学一样，把目光从我们脚下那粗陋的、彩色的、移动的自然中移开，取而代之的是某种虚构的抽
> 183 象。几何学告诉我们有圆，但它在自然界中却从未出现过；要是问它这个圆是绿色的还是铁制的，它只好用手去捂住嘴巴了。艺术也是如此。绘画，可怜地把阳光和铅白相比较，放弃了它真实的色彩，因为它早已放弃了凸显和动态效果；它不是去与自然竞争，而是设计出这样一种色调和谐的方案。文学，最主要的是在其最典型的思想倾向中，即叙事的取向中，同样

地逃避直接的挑战，而是去追求一个独立的、创造性的目标。[71]

如果说《杰基尔医生和海德先生》具有这种抽象的特点的话，那么有趣的是，我们可以在其对道德行为的描述中发现。这部小说在细节描述上小心谨慎，这不仅表现在对海德的大部分罪行的描述上，而且还包括杰基尔、厄特森和恩菲尔德这些人物的罪孽。因此，我们可以从下面这些术语上去了解道德生活：

> 我那些深以为恶的反常行为在许多人这儿甚至被大为夸赞；但凭着我的那些清高的看法，我怀着一种近乎病态的羞耻感，仔细地掩饰这些行为。因此，我成为今天这个样子，正是我自己心里那些难以满足的欲望造成的，并不是出于我的行为不端和堕落。而且，善恶可以区分、融合人的两面性，相对于大多数人来说，它们在我的心中差别更大。[72]

正是由于这种本质上抽象的道德话语，以及对具体善恶行为事实的省略，我们明白了，变形的身体科学形式和道德形式在同一部小说的时空中从本质上来说是如何共同延伸的，以及它们之所以如此的意义所在。这里引用的修辞，贯穿于小说的始终，以各种力量的相互作用来构建它的道德世界，而不是凭可以进行观察和评价的行为细节。小说强调的是某些心理状态的力量，而不是它们的某些具体的道德品格。[73]因此，文本中特别强调的是杰基尔对他的过失的**评价**，而不是直接描述他们的行为，而他的评价则常常是矛盾的、不连贯的。他告诉我们，"我的快乐（至少）是不体面的"，[74]接着，两页之后，他又说，"我在伪装中匆匆忙忙寻找到的快乐，正如我所说的，是不体面的；我不想用更难听的词来形容它了"。[75]在第一个例子中，

“不体面”是他用来形容自己行为的委婉语（“至少”），然而在第二个例子中，他告诉我们“不体面”是他用来形容自己行为的最难听的词语。从某种程度上说，这种不一致肯定是杰基尔丧失道德的产物；这说明他无法估计与自己行为相对应的道德承载。但它也标志着小说本身对构建道德生活的兴趣，以及通过保持稳定的概念与
184 规约来创造和维持道德存在的方式。“不体面”在这一语境中富有内涵，因为它就道德行为怎样出现在社会语境中来对其进行界定，并且它表明了杰基尔最大的投入是在建设一个道德人格，而不是在表达什么对错的绝对标准。

正如几乎所有评论家所指出的那样，尽管小说颠覆了任何简单地把道德的本质与身体或面貌相联系做比喻的尝试，它却在追寻内在和外在状态之间的关系。但是也许，这并不像杰基尔躺在公园长椅上晒着太阳、沉溺在自我庆贺的幻想中时，突然发现自己变成海德那样明显。在这里，道德生活和身体外貌之间有着直接的互相影响。然而，在其他时刻，身体世界保留着它自己的生命、压力和现实，无法追溯到任何特定的道德源头。比如，无论杰基尔什么时候睡着了，他就开始变形为海德，但是并没有什么具体的行为或思想来刺激这种变形。但是，如果说道德和身体的世界有时是直接联系在一起的，而在其他时候它们又相距甚远，那么在所有的情况下，它们二者在总体方向上相互追逐：违背了人们的集体良知的违法行为（从身体攻击到谋杀）越是不可逆转性的，人们感受到的道德困惑和身体不稳定性就越大。道德生活，无论其定义在人们的头脑中是多么模糊或者只是临时闪现，它都经历了不可逆转的变化过程，并且以身体的形式表达出来，这表明小说的物质世界是根据能量原理来界定的，而不是像传统寓言一样，根据一个稳定的道德参照系统来界定的。能量形式借由身体状态的恶化映射道德存在的恶

化以支援道德寓言，其中的自然趋势总是朝向“低级”、“耗散”或“退化”的形式；但有关能量的论述也颠覆了寓言，因为它通常描述的是连续统一体，其中那些独有的状态和维持它们的那些清晰的分界线——好与坏，高与低，有机与无机——在一个趋于均匀化和扩散的宇宙中被打破。

这种道德转型与能量物理学规律在结构上大致相吻合，但这并没有使史蒂文森成为一个彻底的唯物主义者。关键并不是说，一个人的道德本质仅仅是一种能量系统，它不可避免地总要随着时间的推移而退化；更确切地说，保持道德自我的**意识**需要不断地努力，而当努力停止时，道德的自我就无法自然而然地保持完整。我们可以很容易地想象，小说的道德世界呈现的结构是完全不同的：随着时间的推移，**两种**状态之间的转变可能变得越来越轻易。在这种情 185
况下，小说可能暗示，一个人想让自己适应两面性的存在是多么容易。史蒂文森从单向能量系统的角度来构建道德生活，他坚持认为其内在要求是很显然的，也是非常真实的。为了维护作为道德人的身份意识，人们需要**付出**一些代价。

在杰基尔博士和海德先生的身上想象这些领域相互交织在一起，可能承载着史蒂文森独特天赋的印记，但道德与能量科学之间的关系在科学和通俗写作中有着广泛的历史。史蒂文森可以根据物理定律来建构其小说的道德世界，因为那些物理定律早已经被彻底道德化了。在热力学中使用的大多数术语都带有道德含义：在泰特的讲座中，诸如“高级”和“低级”等描述能量的词语的变化是微妙的，而“挥霍”或“浪费”等术语则更为明显，“消散”或“降解”更是不可避免地负载有这样的意义。正如我们所看到的，还存在着一些中性的描述，这个事实——例如熵的有效定义为“难以获取”或“不可用”的能量——意味着“消散”等词语的使用更清楚地强调了道德价值的存在以及把它们嵌入科学话语中的愿望。正如诺顿·怀斯和克罗斯比·史密斯所表明的那样，能量科学、自由市场经济学和宗教是可以在价值、隐喻和假设之间进行复杂转化的话语：例如，所有三个学科都把浪费的邪恶当作不言自明的存在，就像史蒂文森的祖父在工作中看到形状、时间和金钱的损耗时所说的“懒惰者的手指”一样。同样，正如我们已经看到的，会计学比喻被用来描述资本、能量和道德事务，因为或平凡或出色的分类账可以通过把混乱的事件编入能量和熵、利润和损失、善良和邪恶的不同类别而让它们具有意义：正如小说中的语句，“海德已经清了他的账单”。[76]因此，能量的道德化并不局限于耗散这样的现象，而且还包括守恒和一般的记录保存这些概念。例如，罗斯金在《经济学释义》中交替地讨论了价值和能量的守恒问题，并且很明确地使用了道德性术语：

> 世界在他们而言，好像他们可以凭借某些方法和活动方式欺骗它。但他们是无法欺骗**它**的：他们只能去欺骗他们的邻居。而世界则不会被蒙骗丝毫，它的一丝气息都不会被偷偷拿走。每当你做了一件明智的事，就会得到一息生命；若做了一件愚蠢的事，则一无所得；若是一件邪恶的事，那就会有众多
> 186 的死亡分派予你。[77]

在人类世界，一个人可以通过欺诈而获利，但物质世界则更为严格：禁止创造和消灭物质与能量的律法确保，即使是最小的交易也会被“监控”。在这个意义上，能量守恒成为神的替代者。

在最近的一篇名为《海洋轮船的道德经济》的文章中，克罗斯比·史密斯和他的合著者描述了19世纪工商企业中工程科学道德

化的问题。在高效蒸汽船的设计上，一位论和福音派观点之间的分歧是很明显的：虽然两者都视浪费为罪恶，但一位论的乐观主义与福音主义就浪费和罪恶皆不可避免的观点有着鲜明的差别。对于福音派来说，能量的系统性下降与人类固有的道德堕落和损害他们创造的不完美紧密联系。正如神圣的经济这个系统里，几乎无人能获得拯救，大多数被分派给诅咒，自然所固有的浪费确定了，人类对其过程的干预也永远不能逃避系统的律法。[78]对于福音派的威廉·汤姆森来说，任何脱离热力学第二定律的逃避都只能来自神的干涉；这样的观念完全符合，把恩典降临到一个犯有罪孽的不值得的人身上，他自己是无力去赢得救赎的。

沿着这条分界线，我们可以看到，从某种程度上讲，史蒂文森自己的道德工程学故事恰好落在福音派假设的一边。自我分裂的实验设计得很差，但是它也无法得到很好的设计。史蒂文森清楚地指出，杰基尔和海德这种迅速分解式的存在只是小说中其他人物内心生活的极端化、外在化和加速化发展的景象。海德的劫掠掠过厄特森的脑海，如"一张点亮的画卷"：[79]

> 一个人物，两段情节，整夜在律师脑海中交替上演。有一次他昏昏沉沉地好像要睡着，却看到那个家伙更加贼眉鼠眼地在人们熟睡着的房子中来回穿越，走得更快了，更快了，快得使人感到头晕，那家伙穿过城市灯光组成的迷宫，在每个街角拐弯处撞翻一个小姑娘，听任她们躺在地上尖叫。[80]

噩梦并不是说海德可能在任何地方出现，而是说他**确实**已经无处不在。正如杰基尔看到他自己的那样，这个实验揭示了已经存在的东西："我已经知道，我们人生中的厄运和负荷永远束缚在人们的肩膀

187 上，当我们试图摆脱它时，它却以更加陌生和可怕的压力回归到我们身上。”[81]

能量与道德寓言之间的关系是混乱的。一方面，在其宽泛的轮廓中，小说似乎反映了人们放纵自己邪恶行为的这种不可逆的堕落倾向。道德世界就好像有它自己的力量一样，充斥着物理定律的压力和现实。另一方面，小说强调要维持定义、秩序和连贯性所需付出的努力，这意味着，在另一层面上，向下的热力学运动并不是要去追踪善与恶，而是有序和无序。它表明，道德可能只是身份建构的一个元素；在这种情况下，沉迷于邪恶的问题并不在于它会受到宇宙的惩罚，而在于它难以维持人们虚构的那个有序、连贯的自我。

天启与生态

正如我们所看到的，个体能量交易中的“缺陷”使科学家们直接想到宇宙最终的“热寂”。以类似的方式，杰基尔变形的叙事有时就像是一个提喻，展现的是整个世界更大的灾难。在一个引人入胜的段落中，史蒂文森用这些术语描述了这个城市：

> 雾昏昏沉沉地淹没了整个城市，灯火像红宝石一般闪烁着；透过这些低沉的云层带来的壅塞和窒息，小镇上的生活仍在继续，发出如大风似的隆隆声。但房间里火光照耀，轻快欢乐。瓶子里，酸液很早就溶解了，秾丽的色彩随着时间的流逝变得素淡，正如彩窗上的颜色变得越来越浓一样，山坡的葡萄园里，这炎热的秋日下午的辉光已经做好了准备，去驱散伦敦的大雾。律师不知不觉间也放松了下来。[82]

此处对《启示录》中提到的天启的参考是不可能错过的（“天上的星辰坠落于地，如同无花果树被大风摇动，落下未熟的果子一样”，《启示录》第7章第12和13节），但在这段文字中显而易见的是对能量形式和化学过程的兴趣。这段话本身把对立的事物糅合到一起：“红宝石”这个词与价值和疾病、稳定性和腐朽紧密联系在一起，滚滚前进的生活听起来既虚幻又空虚，是不顾后果、徒劳无获的运动消耗。酸液已经混合均匀，这一结果不容改变，打开瓶盖子，就会发生消散，但是它不会像魔鬼一般充满整个房间，并驱除已经无处不在的雾气。秋天积蓄的热量可能会给人带来温暖，驱散厄特森 188
心里的阴郁，但就像杰基尔的酊剂一样，它是有限的，其效果也只是暂时的。

因此，这段话将发生在房间里的微小的物理过程、外面大世界的命运以及基督教末世论的语言联系起来。事实上，当小说逐渐走向结局的时候，它越来越依赖《圣经》来理解杰基尔的灭亡；杰基尔对发生在自己身上的一次令人震惊的、自发性的变形评论说：“这一莫名其妙的事件，是我之前经历的逆转，就好像墙上的巴比伦手指，在拼写着对我的判决。”[83]注意这里的“逆转”是怎样成为某种显然处在他掌控之外的东西，由于外部的环境逻辑而强行降临在他身上，因此对应了之前让他过上这种双重生活的“可逆性”。通过将他自己的这种向下的变形与神的判决和末日的迹象联系起来，这本小说呼应了《启示录》，正如我们已经看到的，形成了对第二定律的科学解释，并有助于强化有神论宇宙观。汤姆森对热寂的描述，尤其常常折射出《圣经》的节奏，包含了对《圣经》的参考。那么，史蒂文森的作品不仅描述了看似独立的物质实体发生的不可逆转的融合，还把宗教和科学、古代和现代的末日预言结合了起来，就像维多利亚时代的许多热力学文本一样。杰基尔注意到：

> 虽然我的情况很特殊，但给出这样抉择的条件却是有史以来就存在的；许多相同的诱因和恐惧为所有被诱惑的、颤抖着的罪人投下了死亡的烙印；而我，就像我的大多数同伴一样，选择了善良，可是却发现自己没有足够的力量来维持下去。[84]

杰基尔跟汤姆森、泰特·斯图尔特、麦克斯韦和其他虔诚的科学家一样，开始意识到，能量定律也只不过被用来强化《圣经》上展示的那一幅有目的的、神意控制下有序的宇宙画景。

但《杰基尔医生和海德先生》与泰特和汤姆森的观点之间存在严重的差异，特别是后者趋向于视能量耗竭为自然秩序的产物。在史蒂文森的世界里，似乎的确存在着某种“普遍的趋势”，即一切事物都是向下发展的，但他尽力把这种衰退的趋势描述成社会和文化的弊病，而不仅仅是自然界不可避免的产物。这里的关键在于，他着重强调杰基尔用来发生变形的物质资源。一方面，杰基尔需要用药品来让他回到他的“原始”身份，这让那些把小说当成人内
189 心里善恶斗争的寓言故事来阅读的读者感到十分复杂。如果海德代表的是邪恶的本质，那么仅凭一剂药物怎么就能让他又变得“善良”？药品的处方把杰基尔和海德的行为纳入更广阔的物质环境，从而不同的人物不仅指示了其内在状况，而且从一开始就在更大的社会以及资源经济的环境中紧密联系在一起。的确，正是因为杰基尔对药品的天真的信念（他认为它能帮助自己逃离这个苛刻世界），导致他走进困境之中。杰基尔（以及读者）只是渐渐地开始认识到面临的现实：在小说的发展过程中，这张用来变形的秘密处方发生了变化，从一个冒着泡泡的烧杯，一种道具，变成了从药品零售商的存货中得到的一种很特别的东西。杰基尔仅仅在故事的一开始掌控这种药品，在故事结束时，他为了这药“找遍了伦敦”。[85]因此，情

节的发展从人物似乎可以自我控制的内在空间转到了周围环境的资源网络中。如果说史蒂文森对《杰基尔医生和海德先生》的想象“来自某个深埋的矿藏”，那么变形所需要的那个特殊的药物则不是。[86]小说把关注点转移到药品化合物的物质层面上，让读者逐渐意识到，杰基尔的内心世界以及正日益困扰他的外部世界都存在着有限性问题。小说开篇时，伦敦街头满是小商贩“摆出了他们盈余的钱财”，[87]到了结尾却显得那么凄冷。城市环境的设置不断地提醒着读者，这样的凄冷正是人为造成的。

小说对资源耗竭的强调也在史蒂文森其他的作品中得到了呼应，它们常常批判那些不顾后果的行为以及不切实际的幻想，坚持认为某些重要的物质是有限的存在。例如，《金银岛》的故事重点就在于海盗们对珍贵资源的盲目消耗。

> 他们点起的火堆能烤一头牛，现在火烧得太旺，他们只能从背风面靠近它，即使这样也要非常小心。我发现，他们做起饭来也同样浪费，准备的饭足足是饭量的三倍；一个海盗傻笑着把吃剩的东西全都扔进了火堆里；加上了这不同寻常的燃料，火顿时熊熊燃烧起来、噼啪爆响。我从来没有见过这样的人，如此不顾未来。我只能说他们是今朝有酒今朝醉；尽管他们能凭着一股蛮劲打一仗，但是像他们这样浪费食物，放哨时睡大觉，是根本打不了持久战的。[88]

这种穷奢极侈的行为在两个小型社会之间划出了一道分界线——
一边是瘸腿约翰·西尔弗率领的海盗们，另一边则是吉姆·霍金 190
斯、利维塞医生、乡绅特里劳尼以及其他“文明”的人——由此表明，海盗们“不自量力”，他们的溃败部分地来说也是咎由自取。虽然从很多方面来说，《金银岛》的道德意义十分复杂，但在这里，它把善恶与人的节俭和浪费紧密联系在一起：以吉姆·霍金斯、利维塞医生以及其他“非海盗的人”为代表的传统社会之所以能成功就在于他们的美德，而这美德又由其成功得到了印证。这二者都是厉行节约的结果。另一方面，虽然《杰基尔医生和海德先生》也触及了这一二分法，但它强调的是对资源耗竭更加黑暗的一面进行更加透彻的考虑。杰基尔无法去追寻青春和精力，他呈几何级数递增的药品需求（他的记事本上记载着，“随处可见的是日期后面只有很简短的几个字，通常只是一个词——‘两倍’，在几百条记录中，大约出现了六次”[89]），以及他要找遍伦敦来满足自己需求的决定——这一切都表明（就像许多评论家所认为的那样），他要么酗酒，要么吸食鸦片。[90]但是我们在《煤的问题》以及其他新马尔萨斯主义著作中也可能会读到有关资源耗竭的分析，这也标志着人类文化上出现的一个越来越大的问题，即消费模式呈现出螺旋形上升的趋势。小说中说得很清楚，这些模式根植于个人的幻想之中，他认为他可以不顾后果地纵容自己所有的欲望，他青春的能量甚至能够加以商品化。杰基尔的幻想依赖的前提条件不仅仅是彻底的可逆性，而且还有他认为自己的需求可以无限满足的观点。正如我们所见，他逃避为海德的行为，正是他想通过转化获取更多能量的尝试；因此这也是他试图逃避自然限制，他沉溺于自己的错觉之中，幻想着一种**无需成本**的能量耗费。

我们可以回忆一下马尔萨斯在《人口论》中对戈德温的批判。对于马尔萨斯而言，戈德温认为“精神力量超越肉体”的观点是很危险的，因为它们忽视了身体的局限性和真正的能量损失造成的影响。增加精神能量的刺激物只是掩盖了身体的需求和缺陷，还会产生毁灭性的影响：“如果不断地使用这种刺激物，并不会让你不朽，只会让你加速损毁自己的身体。”[91]值得注意的是，马尔萨斯诉诸民间故事来佐证他的观点：

> 所有这些努力就像是故事中那只兔子所做的无用功。缓慢爬行的乌龟，其身体完全压倒了它的精神，无论其精神力延伸到了多么广阔的天地，其智慧多么敏捷、多么活跃，无论其对于前一两次的召唤有多么不乐意，它的脑力王国最终还是得臣 191
> 服于饥饿的呼唤，或是随着筋疲力尽的躯体一同沉入梦乡。[92]

同样，史蒂文森狡黠地将神话和童话糅合在一起，来平衡与资源无限以及藏在内里的精力的泉源相关的文化奇想。

正像《金银岛》中的海盗一样，杰基尔，抑或海德，也因为奢侈而遭受惩罚，由于他不顾后果、漠视他人所遵循的局限性，而被看成是社会的弃儿。从而人们感觉，像瘸腿约翰·西尔弗这样的人，应该被看成是难以驾驭的力量，是在普通社会中需要适当、有效地加以管理的反社会力量。但是史蒂文森还清楚地表明了，海德是社会中一个唾手可得的替罪羊，只是这个社会不想承认，事实上正是它自己孕育出了海德。当杰基尔说，“长久以来，我心中的恶魔都被囚禁桎梏，现在它咆哮着冲出了牢笼”，[93]他指出压制与最终的释放在力量上呈反比关系。那位人人敬重的绅士尽力要控制，而这位享乐主义者的挥霍无度正是尝试控制时出现的不可避免的阴暗面。树立威严、职业地位、得人尊重、社会和经济上的资本积累，以及构成厄特森、杰基尔及其社交圈中人们的生活方式的所有其他因素，共同形成了一个处在重重压力下的社会，其代价鲜为人知，在海德的浪费行为中得到了体现。事实上，杰基尔要在他的“善良”与“邪恶”这两个自我之间划上一道泾渭分明的界线，这样的努力已然失败，小说中其他人物再现了这种徒劳的行为，更广泛地拒绝承认他们与海德之间的亲密关系——他们用在他身上的“不正常”“可鄙的”等词语强调了他们的观点——且他在这些人中的形象也正是他们自己文化下的产物。[94]正如斯蒂芬·阿拉塔所认为的，“小说不断地把海德的问题转回到他的对话者身上，于是，他们所做的解释就变成了我们所关注的对象”。[95]

因此，这部小说把我们在整个研究中一直要寻找的一个关键故事戏剧化了：梦想着能拥有无限能量，从而逃出这个封闭的、有限的环境。正如马尔萨斯的批评者在工业和农业能源中看到了解决其人口“陷阱”的方法；如同狄更斯在未被污染的中产阶级能量中，为资本主义生产的限制性和浪费问题找到了出路；正如罗斯金试图在伟大的艺术作品中找到取之不尽的能量形式，为工业和功利主义价值观以及他认为的危害找到替代答案；杰基尔也一样，他把海德看成是某种能量形式，可以让他自己逃避开来。的确，他自己的叙述也充满了这种修辞：回想一下他对成功变形的
192 描述，“我只要能逃进我的实验室门里……无论他做过什么，爱德华·海德都会像镜子上的哈气一样瞬间消失”。[96]起初，海德确实代表着从杰基尔冷漠、受人尊重的生活以及衰老中逃离开来。但是随着小说的推进，杰基尔自己开始变成了一种逃避，脱离他起初尝试逃避时所产生的**后果**。也就是说，海德拥有无限能量这样的幻想本身带来了一个问题，即解决它需要耗费更多的能量。因此，小说将一个关键的生态叙事戏剧化了：从有限的环境中逃离的故事本身，由于给环境带来的负担而产生了更多的限制性。

尽管兰尼翁医生拒绝接受杰基尔的研究，认为那是“不合乎科学的胡言乱语”，[97]但是，实际上，这恰好表现了当时困扰着能量问题的局限性。下面杰基尔说的话浓缩了那些矛盾，其中有部分也正

是我们所讨论的：

> 我在这篇自白中不愿过深涉及我的研究有两个原因。首先，因为我认识到，我们生活中的厄运和负担永远捆缚在人们的肩头，当你尝试着要抛弃它们时，它会带着更加不熟悉和更加可怕的压力回来。其次，因为我的故事将会清楚地表明，唉，我的发现还不完整。[98]

也许没有比这更好的例子，来表明困扰着当时许多热力学文本中的能量问题的认知不一致性。一方面，杰基尔发现的不可逆性让他得出结论，即人是无法逃脱支配宇宙的严格定律的。这些定律，正如它们在许多人类热力学文本中所描述的那样，在这里被看成是长久以来对物质存在上的缺陷和限制的宗教真理所做的科学表达。但在下一刻，杰基尔似乎没有注意到其中的矛盾，竟然得出了截然相反的结论：他说，问题**不在于**他对可逆性的梦想与物质局限性之间根本上是不相容的，而在于他的科学研究并没有足够发达，以至于能让他克服这些限制。正如我们在本研究许多时候所看到的，这个问题是，能量通常被概念化了。即使是像泰特、斯图尔特和汤姆森这样的作家，也把热力学科学概括为一套律法，它可以限制人们对无限能量生产的幻想（比如永动机）；即使他们似乎表明浪费和无序是能量密集型工业实践中**不可回避**的副产品，他们还是设想更精细的工业技术的发展能解决污染和浪费的问题。回忆一下斯图尔 193
特和洛克耶所说的“制造一台无限精准的机器”，这机器能产生“惊人的结果……只要赋予其非常少的能量”，且作者们认为“这并非不可想象”。[99]这样的推测很自然地导向了大家熟悉的麦克斯韦的“筛选妖”，那是一个想象的实验，它表明熵是如何通过对力量“无限精准”的计算来加以克服的。正如杰基尔的实验所引起的问题在某种程度上促使他相信，更进一步的实验就能解决问题，同样，将熵、浪费与资源枯竭转化为紧迫的社会和环境问题的工业技术，也被认为是解决这些问题的方法。因此，在极端的情况下，科学就会滋生出怪物，需要它自身去进行战斗。这部小说中的逻辑与语言最终都是自我创造和自我解构的。就拿兰尼翁对杰基尔实验的评论来举个例子：他说它们“不会带来（就像杰基尔的大部分研究一样）任何实际用途”。[100]虽然兰尼翁表面上试图说明杰基尔的实验没有实际意义，但是“不会带来任何实际用途”也可以被理解为完全相反的含义，即他的实验具有**无限的**潜力。虽然兰尼翁拒绝在令人敬重的科学家名列中给他一席之地，但从另一方面来解读他的话，以及杰基尔对限制性所持有的既尊重又漠然的态度，都暗示他也许完全地代表了许多人不愿意承认的主流科学的态度和行为。小说总是同时包含了科学定律的内在严谨性，以及隐藏在其中的或含蓄地表达出来的隐秘的幻想。因此，“双重性”不仅是个人身份建构的问题，而且是对文化态度和物质限度的辩证矛盾进行概念化的一种修辞。[101]

在这种情况下，我们可以回想一下第二章中讨论的T. H. 赫胥黎所说的话：“他可能只是一棵脆弱的芦苇，如帕斯卡尔所说的，是一棵有思想的芦苇：他的内在储藏着一笔能量资本，运行理智，就此而言，他似乎遍布整个宇宙，他足以影响或改进整个宇宙的进程。由于他的智慧，小矮人竟让泰坦也屈服于他的意志。”[102]这样的感触说明了人类智慧在某种程度上可以得到科学定律的豁免，虽然它看似支配着所有其他的物质过程。杰基尔的故事是存在于幻想中的豁免，是有关人体内隐藏的特殊能量“资本”的梦想，而一位机智
194 的思想者就可以以某种方式来提取并操纵这种能量。但资源稀缺

性和能量损失的压力有效地修正了赫胥黎最后一句话中的比喻：正是小矮人海德让智慧的巨人泰坦，即杰基尔自己，屈服在他的意志之下。如果说赫胥黎的比喻描绘的是一幅自利式的图景，是人类在宣称自己在宇宙中的特殊位置，那么，史蒂文森的中篇小说讲述的就是一个更为颠覆性的故事，即人类的自我扩张被它自己的豁免梦想所阻挠。

同样，小说颠覆了退化论者想象中的能量浪费和阶级之间的联系。正如我们将要在第八章中讨论的那样，退化的观点常常成为中产阶级恐惧和欲望的管道，它将底层阶级看成是经济和进化的能量系统中的一种浪费形式，并且认为贵族阶层作为能量较少的人类，对国家的生产力和人类未来的进化所做贡献极少。因此，中产阶级的产业、纪律和美德可以以生物的方式来构建，作为驱动物种向更高层次发展的能量形式，从技术、道德和经济的条件上来考虑。因此，史蒂文森的小说具有颠覆性的力量：虽然海德是“返祖的”“遁世的”，他身上有许多人们熟悉的退化痕迹，但小说坚持认为，他是中产阶级的体面附带而来的压力和虚伪的独特产物。阿拉塔认为，史蒂文森不遗余力地将退化概括为“不是低级阶层的堕落或贵族阶层的浪费，而是中产阶级的‘美德’”。[103]能量浪费的问题并不在于上层阶级和下层阶级，而是在中产阶级自私自利的虚构中，包括退化论本身。小说中的中产阶级从业者在职业声誉和社会地位的掩护下掩盖了他们悄然发生的“浪费”行为，他们似乎凭着自己单身汉的团结性，代表着一种生殖上的死胡同。

退化论将阶级差异生物化，把生产与污染区分开来；把中产阶级的能量与底层阶级的熵区分开来；把健康的进化性生长与恶性、返祖和进化倒退也区分了开来。这样的划分掩盖了很多事实，例如：工业生产必然包含污染，中产阶级的“能量”依赖于工人阶级的贫困，而发展状态也与污染和浪费的动态有关。《杰基尔医生和海德先生》的小说中处处打破了这些泾渭分明的想象，揭示了看似分裂的实体之间所具有的密切联系。杰基尔-海德二元体的最终崩塌具有重要的生态意义：这个退化的人物，能量浪费的化身，被证
195 明是中产阶级恐惧、妄想和欲望的替罪羊。杰基尔构建出海德，是为了在不必面对后果的情况下利用能量；同时，他的同胞们把他构想为“不人道的”和“他者”，拒绝接受他在自己的社会和职业领域中的出身。

因此，杰基尔的故事不只是一个不可逆转的小说，而且是一个不可持续的故事。它是不可持续的，因为它试图把不受束缚的生命欲望与一个有束缚的世界匹配起来，幻想有限的资源可以带来无尽的转化。为了保持自身的发展，杰基尔的情节依赖于一些条件——包括，且特别是化学药品的可获得性——而它们又被情节的发展无情地破坏了。小说揭示了小说的进程试图维持对现实的某种理解，而这些进程同时又使得这种理解毫无道理。书中最突出的区分不是在善与恶之间，而是在人对自己的信念（或一个人的阶级或外形）与种种混乱的、令人困扰的、不成立的、人必须去忽略的迹象之间。各式各样职业的人士都有自己的体面虚构，但他们中出现了海德来挑战他们。在杰基尔身上，隐藏着控制能量转化的幻想，可这又在他试图实施时被打破。

史蒂文森的小说是维多利亚时代产生的个人幻想与资源消费关系的最生动、最复杂的想象力表现之一。它反映了个体内在生命的无限前景与生物物理定律的限制性以及有限物质环境之间的冲突。它清楚地说明了，在对无休止的能量供应以及这样的供给可以实现每一个人愿望的信念上，个人和环境都是鲁莽的。它期待着这样的梦想和信仰深深地嵌入文化和商业想象的时代能够到来。正

如哲学家艾伦·施特克尔所说的，某些能量密集型技术（如汽车）
的象征性力量不在于它们的功能效用，而在于它们可以让消费者
“实现自己希望（有次序地）成为什么样的人的各种幻想”。[104]《杰
基尔医生和海德先生》不仅将蕴含于每个个体身上的多重自我戏
剧化了，它还使这些自我的物质实例依赖于正在发生的现代性的特
定条件。城市的匿名性，工业资本主义下的公共和私人领域的鲜明
划分，身份和道德存在的建构和偶然性：这一典型的维多利亚时代
的文本通过展现自己这个时代的表面裂痕和未解决的矛盾，来展望
下个世纪的到来。我认为，尤其是在能量资源的表现上，这一点更 196
为正确，它描述的个体可以获得人类额外能量储备的方式，导致了
无限的自我创造和扩展这样的不可持续的幻想。 197

第七章
约瑟夫·康拉德
能量、熵和帝国小说

约瑟夫·康拉德在1897年的一封信中，向R. B. 坎宁安·格雷厄姆描述《“水仙号”上的黑家伙》中出现的人物辛格尔顿的力量时说：“没有什么能真正触及他，除了腐朽的诅咒——因为这是永恒的法令，它能熄灭太阳、一颗颗星星，甚至在下一刻就能变化出冰冷的幽暗覆盖整个宇宙。”[1]康拉德在其他几封信以及批评亨利·詹姆斯的论文中也明显提到了太阳的熄灭，而他在《黑暗的心》、《间谍》以及别的小说中，把太阳描述为一段逐渐微弱、将要熄灭的余烬。然而，在其他的作品中，太阳的形象又变为相反的一极，成为不灭的甚至受到压制的力量。本章认为，这种对太阳能截然不同的表述，大致与热带地区和帝国的“中心地带”之间的界限，工业文明所体验到的自然的力量和工业文明所要利用、引导并使用的能量之间的界限都是相契合的。这是作为原材料的能量与烹饪过后的能量之间的对立。针对《间谍》所做的《作者笔记》也表达了这样的对比，认为康拉德这第一部（也是唯一一部）完全将背景设置在伦敦的小说，脱离了其之前的两部小说《诺斯特罗摩》和《大海如镜》，并且用能量的词汇来表明这种差异性：

人们开始陷入沉思，当他们面对这一现象的时候——甚至

> 是已然逝去的现象：例如，南美，那片拥有原始阳光和残酷革命的大陆；大海，那盐水的巨大膨胀，天堂里苦乐的镜子，地球上光的反射器。还有那个巨大的城镇呈现在眼前，那个人口比其他大陆更稠密的小镇，人们赋予它的力量，似乎让它对天堂的苦乐也漠不关心；世界之光残酷的吞噬者。[2]

这一段描述为我们阅读《间谍》做好了准备，把其中的光明和黑暗意象不仅视作道德的象征，而且更明确也更具体地，把它们视作能量形式在全球经济中的表现的组成部分。热带地区的阳光处于“原始的”状态，它是帝国中心消费者无穷欲望的一部分。事实上，198
小说中的太阳是在金属无声的阴影中染上了颜色：黄铜、金子，还有铁锈。虽然批评家们把注意力集中在《间谍》所描述的政治和道德世界的中心问题，即能量和熵之上，但康拉德本人在这篇笔记中指出，要想充分解读这种比喻的意义，就要把它们放置到他全部作品的脉络中，要就作品中所包含的地理和经济空间来讨论：帝国的“外围”、“海洋”和“帝国的中心”，以及伦敦。[3]在康拉德提供的更广阔的洲际视角下，“吞噬者”一词表现的基本上是一个新陈代谢的情形：在更大的世界自然经济体系中，这个城市是一个消费者——实际上是一只寄生虫。如果我们把《间谍》和《黑暗的心》、《诺斯特罗摩》、《大海如镜》以及康拉德主要时期的其他作品放在一起阅读，我们就可以看到这一从属的体系远远超越了伦敦和其他西方国家的界限，且康拉德用能量流、效率和浪费等热力学词汇来绘制这个想象中的充满剥削、规定方向的全球经济的坐标。

早期维多利亚时代的热力学著作，尤其是在其流行的幌子中，经常充满了军事隐喻和帝国色彩：“炮兵们熟知这里的事实，对于一个双倍速度的球体来说，它能穿越某个阻碍其前进的障碍，且距离可达原先的两倍。”[4]这种比较不仅在知识和权力之间形成了直接的联系，而且它们认为知识可以证明权力的**合法性**，反之亦然。对能量日益有效的利用是物质进步的明显标志，民族优越感和帝国的控制力让这种进步得以具体化，并获得了认可。斯图尔特和洛克耶写道：

> 例如，我们假设手上有一把枪，装满火药和子弹，并且以正确的姿势端起，那么只要在扳机上消耗你一点点的能量，就可以获得巨大的机械效应，当然结果也是各式各样；轻触扳机，开枪，子弹全速发出。然而，它的前进方向将取决于枪的指向；如果它方向精准，它可能会打爆一本杂志，不，甚至能赢得一个帝国。[5]

帝国的成长不是建立在暴力的基础上，而是精准，是以聪明、有效地利用能量来表现身体力量的基础上。这种对效率进行良好控制的观念是区别欧洲和非洲的显著关键：前者知道如何管理其资源，而
199 后者却一无所知。“效率”、“能量”以及“浪费”等词成为帝国辩护学亚范畴中的修辞试金石。本杰明·基德在他的著作《社会进化》(1894) 中写道：

> 即使现在，确保成功的唯一条件就是对道德必然性进行明确的界定。要达到这一点，似乎必须处于下述条件之下，当世界上精力充沛的种族完成了对温带地区的殖民时，却遇到了地球在效率低下的管理下仍然存在大量浪费的景象。[6]

这一段选文中用到的术语也是全书中提到的那些：西方是高效的、能量充沛的，热带地区是效率低下的、浪费的。这种修辞是必需的，

因为，就像基德自己承认的那样，大量的资源，包括能量资源，正在从帝国的地盘上向欧洲的中心地带流动，工业文明日益依赖于此，基德在《控制热带》(1898) 中写道：

> 如果我们现在转向世界的进口清单，仔细阅读一下，显然能看出，我们的文明在多大程度上已经从热带地区汲取了供给……奇怪的是，我们这个复杂的、高度组织化的现代生活，很大程度上取决于世界上某个地区的工作和产品，它和我们的关系要么是不确定的，要么完全是偶然的。[7]

在国王利奥波德年代的刚果或是英属罗得西亚居住的非洲人，有理由去质疑“休闲”这个词在何种程度上准确地描述了欧洲对该地区的干涉。在所有的情况下，基德的叙述准确地表现了他要承认英国的从属性，然而，在下一刻，他又以委婉的方式，掩盖了精心策划的系统化剥削和实施剥削的贪婪行为。社会学家斯蒂芬·邦克写道：“现代系统本身就是高度能量密集型的，只能出现在从下层提取模式中获得大量能量和物质工业生产模式的区域。”[8]因此，从重要性这层含义来讲，把殖民地说成是“从属国”就把事情完全颠倒了过来。基德所用的效率高、活力十足的欧洲人的修辞表明，他用公平的甚至是利他的交换条件掩盖了单向的、提取式的资源流动。热带地区的居民遭受了“能源短缺”的影响，基德当然认为这是因为他们“缺乏主动性”，且只能由一股充满活力的欧洲人来把他们纠正过来。[9]正是“能量”这一术语具有的弹性，让基德能够拿出一张资产负债表，实际上那只能是欧洲与其帝国利益之间的实际能源关系的相反事物。 200

在天文学家理查德·普罗克特对资源消耗的讨论中也有类似

的分析。普罗克特关注到英国煤炭和其他资源存量的减少，既模糊又强化了欧洲人和“野蛮人”之间的区别。

> 准确地说，文明的种族相对野蛮部落的优越性，没有比在下述事实中表现得更清楚的：与后者不同，前者并不餍足于仅仅满足一时的需求，或前后数日的需求，而是为未来岁月甚至直系后代的需求做好安排。因此，在过去几年里，这一伟大运动的领袖们已经极大地改变了人类的面貌，以便对今后还要在这个地球上居住成千上万年的人的需求进行预测并做出审慎的安排，来展示新事物的优越性。[10]

虽然在明面上关注的是资源消耗对未来的影响，但暗里则是资源消耗对当今欧洲人的影响，以及保持他们公认的比“野蛮部落”优越的能力。这段文字中最有趣的事可能就是，普罗克特的重点不在于开发新的能源，而在于表明它们将得到开发。欧洲文明的**形象**与它实际拥有的资源一样危如累卵，我们可以把这段文字看作维持正确的构造装置的号召。他写道：“事件发展的进程会导致储备的快速使用，那么，我们必须做的是，借此去**表明**获得新鲜的、用之不竭的能源的途径将成为可能。”[11]这一逻辑建立在信念的基础上：证明人们已经相信的东西。这种信念断定，今天对资源的显然低效的利用仅仅是明天实现效率和丰富的手段。这肯定是正确的，因为要不是这样（如隐含的推理所言）的话，我们就不会比低效率的野蛮人好多少。“拯救我们的是效率——专注于效率”，马洛在“奈丽号”上告诉他的听众，确切地说，他相信，这种品质把现代文明的人从罗马祖先以及暗指的生活在刚果的“野蛮人”中分离出来。[12]但是康拉德认为这里的区别仅仅是修辞学，它是由人们对这个空洞的能指拥有的信念支撑着的。欧洲人效忠的不是效率，而是所谓的“效率”。

正如基德所说的，鸟粪、铜矿、象牙、橡树等都在“白白被浪费”，因为欧洲人没有去收获并运输，这种观念既荒谬，又自欺欺人，这是带有功利主义性质的技术拜物教的偏见，在歪曲的语言和经济学论著中流行的比喻中获得了合理性。基德的论点借鉴了热力学 201
耗散的修辞来描述不真实的利润，但事实上，它与热力学本身的规律严重相悖。文化人类学家阿尔夫·霍恩伯格写到了效率的差异，它能反映工业和非工业经济之间差异：

> 正如马克思所见，工业对利润的需求并不是一个具体的“资本主义”问题，因为“资本主义”问题是可以通过改变所有权和分配制度来抑制的，这种需求是与生物繁殖相对应的工业生产中的热力学**低效**的征兆。狩猎采集者，甚至在卡拉哈里沙漠等地区，可以获得9.6倍于狩猎和采集的能量，而工农业通常的产量只是人类安排的能量输入的一小部分。[13]

霍恩伯格的热力学描述参照了杰奥尔杰斯库·罗根的著作，其中，“生产性”的工业并不生产任何东西；事实上，从全球能源的角度来看，这是一种巨大的消耗。正如我们在罗斯金和其他学者那里看到的，在工业生产系统中无法挽回的巨大能源支出并不是20世纪才发现的现象。约翰·赫舍尔在1866年的一封信中指出：“我们正以巨大的、日益加快的速度耗尽我们的资源，消耗我们的国民活力，因此，一个非常糟糕的清算日迟早要来临。”[14]他责怪“那些自称文明的人，实际上奢侈又自私”，因为他们“大量而且毫无节制地消耗着地球上生产出来的每一件物品”。[15]

收到赫舍尔信件的人是经济学家W. S. 杰文斯，正如我们所见，这个人所处的位置就在不断发生位移的领域里一条断层线上，在19世纪后半叶，有关能量的观点就在此领域里不安地萦绕着。我们已经讨论过《煤的问题》成为“可持续”观点发展过程中重要的早期文献的原因，但它的论点在本质上具有深刻的民族主义关切：他认为自然资源将会枯竭的警告常常是针对英国维持全球霸权而言，而不是出于更广泛意义上对环境完整性或人类的关注。因此，对帝国影响力的分析一直都在他的考虑之列。在这本著作的最后几页中，他明确地指出了能源开发与帝国建设的联系，认为正是煤炭的利用使得英国能够在全球扩大其文明影响力。虽然杰文斯预言了大英帝国的衰落，但他的语言带有一种预兆式的帝国逻辑：“当我们伟大的春天走向尽头的时候，我们的火焰只剩一半时，难道我们不
202 可以在别处寻找文明的火焰吗？我们这里并不是燃料的唯一存储地。”[16]托马斯·理查兹写道：“强加于杰文斯的结论是，能源储备很快就会耗尽，必须在世界其他地方找到新的能源储备。他以一种新的对帝国的号召结束了他的著作，这一号召后来成为战争的口号：一种为了夺取新资源的生态号召，一种基于本国经济资源不断减少的号召。”[17]因此，在杰文斯和基德这样的作家笔下，“文明之火”就不仅仅是光明或黑暗的道德修辞，而是有关帝国事业核心的物质能量流和资金。

杰文斯对煤炭价值的关注使他忽略了一个至关重要的事实，也是批评者长期以来一直关心的事实：英国的工业体系早已依赖于其帝国所拥有的能量资源。正如福斯特和其他生态历史学家所指出的，19世纪中期“海鸟粪大潮”的发生是因为人们普遍担心欧洲和美国的土壤活力会枯竭。[18]1858年，美国经济学家亨利·查尔斯·凯里讨论纽约地理学会的行为时指出：

> 由于整个国家的能源都被用于扩大商人的权力，所以处处可见其人民“掠夺地球上资本储备”，这就不足为奇了。就让现存的制度继续下去，用上文中作者的话说，当“美国、希腊和罗马将共同站立在曾经的废墟中”的时候，“时间也就停止下来”。[19]

工业化西方的土壤活力枯竭（以及它所带来的萎缩的利润）意味着，如果资本主义农业要继续发展，从其他地区获取自然资源和化肥就成为必然。正如我们所看到的，化学家尤斯图斯·冯·李比希男爵曾经批评过无效的城市处理方法造成了化肥的浪费，他还使用能量的术语坦然批评了英帝国主义：“大不列颠抢夺了所有国家的肥力资源。”[20]马克思也响应了李比希的观点，他在帝国建设工程中看到了一个与城市劫掠农村土地类似的结构。福斯特在他的马克思主义生态学著作中指出：“对马克思来说，社会层面的代谢裂痕与城乡之间的对立分裂是相联系的，这从世界层面来看也很明显：所有的殖民地都目睹了它们的国土、资源**和土壤**被掠夺来支持宗主国的工业化发展。”[21]虽然凯里关心的很显然是城乡之间的裂痕，以及美国的市场和农业生产中心之间日益扩大的距离，但他在进行批判时使用的那些术语，也同样适用于李比希和马克思描述的新兴 203
帝国主义体系的逻辑：“贸易往往……增加人们依赖于世界上的大中心城市的必要性。因此，它向支配地位迈进的每一个阶段都伴随着……人的力量的衰减，以及土壤资源的不断耗竭，这又需要诉诸新的土地，转而又是进一步的耗竭。”在凯里看来，这种事态就是“通往集权制、奴隶制以及道德和肉体死亡的道路”。[22]

虽然杰文斯在《煤的问题》一书中为政治和经济领域里能源的首要地位做了辩护（“事实上煤炭并不是和所有其他的商品并肩

而立，它早已超越了它们”[23])，令人奇怪的是，他后来的一部主要作品，《政治经济学理论》(1871)，这部新古典主义经济学的奠基之作，却努力掩盖热力学定律在经济过程中的重要性。他的“效用”概念，即商品的交换价值由市场偏好决定，完全不考虑它的“使用价值”以及它是否能做功或维持做功的条件。经济学家胡安·马丁内斯·阿列尔曾质疑，杰文斯为什么会在一本书中忽略了他曾在另一部作品中苦苦思索的东西，米罗斯基提供了一个答案。[24]米罗斯基认为，杰文斯在物理学和经济学之间建立联系的时候，错误地把能量等同于效用，因此毫无疑问，他认为自己的方程对一门学科而言是公正的，但实际上他却把这学科置于一边。因此，正是由于能量守恒和耗散作为塑造物理世界变化的原理这一点越来越根深蒂固，所以经济学论著摘取了这些原理所描述的压力、限制和有限性，同时更加自由地借用了一些术语。[25]如果这不是完全的奥威尔现象的话，也导致了相互矛盾的语言问题。“浪费”、“效率”、“生产率”和“能量”等术语都因矛盾变得令人困扰，因为它们是由这两个偶尔类似却截然不同的论述领域共享的：一方面是热力学，或者叫能量经济学，另一方面是主流经济学，即商品经济学。

事实上，许多混乱的根源都在于资本和能量之间具有误导性的同构现象，我们在前面的章节中遇到过。也许T. H. 赫胥黎在1890年发表的论文《资本：劳动之母》就是在观念上对这种概念对称性运用的最好的例子。在这篇文章中，我们实际上可以观察到热力学的修辞逐渐转变为资本主义经济学修辞。赫胥黎从讨论能源科学
204 的原理开始，以阐明亨利·乔治在《进步和贫穷》中所描述的劳动价值论。赫胥黎指出，严格说来，劳动并不是“生产性的”，因为它只能改变通过自然界获得的能量。他说，植物是唯一真正有生产力的劳动者，而太阳则是“原始资本家”。[26]赫胥黎，简而言之，要求我

们把能源想象成一种自然资本，所有的活动都借助它而得到了“资助”。但是赫胥黎没有讨论生态经济学。相反地，他试图通过对资本生产率的辩护来支持当前经济制度的合法性。他在行文中悄悄地颠倒了他的术语：在开始的时候，他说能量就像资本，但到了后面却变成了资本**就是**能量。这一转变带来了一些令人吃惊的结论：

> 野蛮人，像孩子一样，借用了他所需要的资本，但总而言之，其意图不在于回报；如果要说他寻找他需要找到用作食物的根、果实、蛋、蛴螬或蛇的过程中，他的劳动“制造”或有助于“制造”这些物品的话，那么“制造”这个词显然是不恰当的。对于更先进的部落而言，这也同样适用，因为他们仍然只是猎取者，比如因纽特人。他们可能耗费了更多的劳动和技能，但这都是在破坏而已。[27]

“破坏”在这里是一个人为了生存而去消耗自然界中发现的能量；由于这是一个无法建设、“制造”任何东西的野蛮人的生活，所以这对于赫胥黎而言就是一种浪费。他还辩称，土壤甚至不是“经济生产的要素之一”，鉴于他之前赋予农业以首要地位的观点，这一结论真是不同寻常。考虑到他写作的目的是把资本定义为经济活动的唯一绝对必要的组成部分，从而为此他不得不贬低三联式中的另外两个要素——劳动和土地，那么，这个立场虽然不太合乎逻辑，但似乎更容易理解了。[28]如果从这个方面把资本误认作能量，生产制造就成了能量投入的“回报”，而不是热力学术语所说的**进一步**的使用，或者按照赫胥黎的说法，是对资源的进一步“破坏”。

能量概念的不稳定性和资本的神秘化，直接为帝国优越论提供了佐证。在《诺斯特罗摩》中，资本被理解为一种动力，在建造一条铁路以满足从苏拉科矿中提取银时它遭到了物理限制。为了喜剧效应，作者把不连贯性置于突出的位置：

> 后来，夜深时，他还在外面踱来踱去，和他的总工程师进行了长谈。他一直很了解他。他们两人的才赋如水火一般根本不同，但这并不是他们互相协调合作的第一个项目。他们两人
> 205 世界观不同，但从他们二人的关系中可以迸发出一种力量为世界服务——一种微妙的力量，可以使强大的机器、男人的肌肉运动起来，并在人们的胸中唤醒对事业无限奉献的精神。坐在桌子旁的年轻人，对他们来说，调查所要建设的轨道就像追踪生命之路一样，在完成这项工作之前，不止一个人会受到召唤迎接死亡。但他们将会完成这项工作：这种力量几乎和信仰一样强大。但不完全相同……工程师的声音清晰地回荡着："我们搬不了大山！"[29]

事实上，这段文字让资本更加神秘，其中提到的力量和运动似乎都直接来自它在人类中的代表们——铁道建设会长和他的总工程师。难以置信的是，前者相信"[大自然的]敌意总是可以被金融资源克服"，[30]只有科斯塔瓦那些不妥协的高山会有小小的麻烦。对这两个"根本不同"的人物的强调，展示出了在南美政治事务中小说更加关注人物品质的"力量"，这是很荒谬的。但它也暗示了资本观念本身是如何与人们的信仰体系紧密相关的，这一体系是帝国建设的要求，也因为接触到帝国建设所面临的物质现实而受到威胁。整段文字的语言显然是造作的——从"强大的机器、男人的肌肉"这一突兀的头韵到委婉的"在完成这项工作之前……受到召唤迎接死亡"，笨拙地隐藏了企业的浪费性和剥削性。正如康拉德在《吉

姆勋爵》中所说:“在电报电缆和邮轮线的末端,我们文明中的陈旧功利性的谎言枯萎、死亡。”[31]

霍恩伯格认为,“只有从全球范围研究工业体系,才能认识到资本积累的神秘性——这种生产的浪费形式只有在不对称的能源贸易的支撑下,才能持续下去。只有从**局部**的范围来看,它才能显得‘富有成效’或‘效率’”。[32]认为资本是一种能源形式的想法,在接触到热带地区的物质现实后会出现问题,不仅如此,认为资本能无限扩张生产力的幻想实际上也依赖于企业是否能从当地获取原材料。[33]霍恩伯格的描述显然是对罗莎·卢森堡和列宁的热力学观点的更新,他们都认为,资本主义生产本身所固有的内在缺陷使得它对异域资源的剥削,包括自然的和人类的,成为这一体系存在的必要条件。卢森堡写道: 206

> 一般,资本主义与简单商品生产之间斗争的结果是:在用商品经济取代自然经济之后,资本取代了单纯的商品经济。非资本主义组织为资本主义提供了肥沃的土壤;更严格地说,资本主义是以这些组织的废墟为基础的,尽管这种非资本主义**环境**对于积累来说是不可缺少的,但后者却以这种环境为代价,通过击垮它而继续存在。从历史上看,资本积累是资本主义经济与前资本主义生产方式之间的一种新陈代谢,没有后者,前者就不能继续下去,它侵蚀和同化着后者……只有持续、渐进地瓦解非资本主义组织,才使得资本积累成为可能。[34]

卢森堡的模型和她用来描述它的术语——“废墟”“侵蚀”“瓦解”,特别是“新陈代谢”——强调了资本积累以及从乡村到城市的有序和能量的方向性“流动”所付出的巨大物理和自然代价。这一分析与19世纪末期和20世纪早期主流的新古典经济学家给出的分析形成鲜明对比，后者抽象的无限交换模式排除了生产的自然基础，没有对被转移的商品的内在价值及其有用性做出定性判断，因此，可以设想在帝国中心和殖民地之间的交换是互惠与发展的体系。

在《黑暗的心》中，城市和热带之间的差异借由能量术语得到了鲜明的描绘。当马洛抵达非洲时天空晴朗，“烈日当空”，与伦敦的天空形成惊人的对比，那里正值热寂，如预期般暗淡：“没有光线，没有热量，好像很快就会猝然熄灭。”[35]更让马洛感到震惊的是，他们看到当地人拥有“一种野性的活力，一种强烈的运动的精力，就像海岸边的波浪一样自然真实”，“让人想起许多直截了当的事实”。[36]尽管这种“外化”表现的是马洛观点的翘曲作用，但是他对健康的、自由的人的描述，与几段文字之后使用帝国的委婉语描述的那些筋疲力尽、自由迂回地行走着的劳动者之间有着鲜明的对比：“从海岸所有隐秘的角落带过来，有着合法的时间契约，他们拖着病躯，能力低下，因而允许他们蠕动离开。”[37]语句“能力低下”带有不适当的黑色喜剧性，它表现了作者要想在小说中维持其虚构出来的极其高效的欧洲秩序必须花在修辞上的功夫。马洛遇到了一
207 个奄奄一息、憔悴不堪的非洲人，脖子上系着一条精纺羊毛围脖，“来自海外的白色羊毛线”。[38]这条围脖莫名其妙地让马洛感到不安，也许是因为它挤进了一幅几乎不可想象的世界图景的末尾部分。从海外来的羊毛，还有“制造出来的商品、垃圾棉布、珠子，以及织入深色底子的黄铜线”，[39]不仅代表着如此辛苦的劳作获得的微薄补偿，而且更可怕地表明了，非洲人的生命活力正在被转化成这些琐碎的产品。在欧洲侵略者的眼中，这些生命就像象牙或橡胶一样，只是那个体系所需求的“原始材料”而已。[40]

人类像电池一样耗尽了能量，只为侵略者精心的设计提供动

力，这是康拉德和福特·马多克斯·福特合著的一部鲜为人知的、奇特的科幻小说《继承者》(1900) 的主题。“四维人”，一个来自第四维度的种族，正在为入侵地球做准备：“他们来的时候，就像来了一群白发老人，他们要汲取我们的力量，就像岁月吞食掉肌肉的力量一样。”[41]他们巴洛克计划的一部分，就是要干涉欧洲帝国对格陵兰岛煤炭资源的利害关系。开始创作《继承者》的时候，康拉德正在忙于撰写《黑暗的心》。《继承者》可以被看作对布尔沃-利顿《将临之主》(1870) 的修正，这是另一种颠覆性的入侵故事，把能量操控看成是文明差异的关键特征。[42]但关键是，与布尔沃-利顿不同的是，康拉德和福特假定这种差异是内在且系统性寄生的。

当马洛回到欧洲时，他追随着“象牙的涓涓细流”[43]到达其目的地布鲁塞尔，作者运用了与新陈代谢有关的术语，把这里也描述成了不顾一切的消费中心：“我发现自己回到了那个阴森的城市，我憎恨人们匆匆溜过街道去窃取钱财，去吞下他们低劣的食物，咽下他们有害的啤酒，做着他们那些无足轻重和愚蠢的梦。”[44]城市本身的阴暗色调显示的是另一种物质和经济的转化：从刚果输入的象牙，在布鲁塞尔自身的物理结构中得以具体化。小说开始的时候提出了这种联系，马洛的一个听众，叫“会计”，拿出他的多米诺骨牌，坐着“玩搭垒建筑”，把获取资本与处理象牙和物质结构联系起来。[45]事实上，小说关注的问题之一——也正好适合把地点设置在河流上——就是追踪事物流动的方向。在小说开篇，马洛认为伦敦是游荡在地球上的海员们的来源地，“从圣火中取来火种的人们”。[46]这 208
一意象反映了杰文斯支持工业的沙文主义思想——“在古代神话中，火是从天庭偷来的礼物，但正是我们的同胞展示了火的力量，并给这个世界送来了第二份普罗米修斯的礼物”。但到了小说的结尾，对事物的流动、道德和能量的描述似乎是无望的倒退。[47]

就像《黑暗的心》中描述的伦敦一样，《间谍》中的帝国资本处在一轮微弱的“血腥的”太阳照耀之下。[48]康拉德通过不断地引出排水沟路灯和维尔洛克家中的煤气灯，强化了城市景观和能源形式之间的联系。警察副总监回想他窗外的街道和灯盏，在自然环境面前也只能是吃败仗：

> 这一天十分难熬，开始是湿冷的寒雾让人喘不过气来，这会儿呢，又被淹没在冷雨中。煤气喷灯的火焰忽明忽暗，模糊不清，仿佛要在蒙蒙细雨中熄灭似的。人类自命不凡，妄自尊大，在凄风苦雨的压抑下仿佛是一个绝望的、虚荣的，值得怜悯、惊奇、蔑视的庞然大物。[49]

帝国的心脏，蔓延到整个世界的神圣火焰的虚构的来源，几乎不能让它自己的灯光保持明亮。夜晚，失眠的维尔洛克倾听着他窗前的声音：“从下面寂静的小巷里传来了均匀的脚步声，是有人在向这座房子走来，又悄然而逝。脚步声在远处消失了。夜行人的脚步不慌不忙，稳稳当当，好像早就开始在用脚步测度着，从一盏煤气灯柱走到另一盏煤气灯柱，没完没了地走下去，楼梯拐弯处平台上的那座古老的时钟嘀嗒作响，人入睡，在卧室里也愈来愈清楚地听得见了。”[50]同样在那些街道上逡巡的，应该还有希特探长，这个名字取得很合适，他是小说关注能量形式最明显的标志。就像“生产”或“高效”一样，“热”是一个充满矛盾的术语，正如巴里·戈尔德所说：“**热**的反面还是热；通常对它的使用表明的是可用的能量，即科学家和工程师所说的热源，指涉的是那些处于高温下的机体，借此我们可以取暖或开动蒸汽机。然而，从技术上的说法来看，热又常常会变成冷源，成为储存无用能量的‘垃圾场’。”[51]

事实上,《间谍》中的伦敦受到两种热破坏形式的威胁——爆炸和耗散。前者在小说的叙事中得到了突出的表现——教授的雷管、格林尼治的攻击以及史蒂夫的死亡——但是后者最终更为重要地影响了小说中的世界。起初,无政府主义者被称为“煽动者”,[52]
但这个形容词,表面上指的是他们点燃引信的方式,实际上似乎 209
更恰当地描述了他们缓慢点火的样子。云特用他“死气沉沉的眼睛”[53]看出去,他“为非作歹的天性,像一只盛过毒药的古瓶散发的气味,尽管瓶子已经空空如也,毫无用处,随时可能被人扔进满堆着废品的垃圾堆”。[54]米凯利斯向他的同志们发表了一番自己的高论,但“急促的呼吸似乎带走了他声音中所有的热情和活力”。[55]把无政府主义者描述为肉体和精神上虚弱无力,反映出他们阴谋策划的毫无意义;正如符拉迪米尔所说:“你的朋友们可以放火把半个欧洲烧掉,也不会影响这里的公众舆论,让他们赞成通过一项普遍镇压的法令。除非是他们自己的后院发生了什么事,否则他们是连看都不会看一眼的。”[56]小说中人物精力的无情消散伴随着各种形式的衰退。维尔洛克卧室窗外时钟的嘀嗒声,人行道上的来往的脚步声——这些声音单调而重复,在整部小说中不停地出现,在革命和反革命的没完没了的谈话消逝之后,总是萦绕在人们的耳边。当温妮把维尔洛克的血滴落在地板上的声音误认作钟声时,小说中的呆板单调显然与小说结尾生命的消逝相联系。[57]确实发生的爆炸——格林尼治爆炸案——对城市的生活丝毫没有影响;在人们全然忘记之前,它曾是各家日报登载过的一件新奇事情。

虽然警长们都关注恐怖主义问题和爆炸的可能性,但小说本身更感兴趣的则是在行动的表面之下他们渐渐感到的筋疲力尽和徒劳无功。在小说结尾处,温妮意识到她的生命完全虚度,于是谋杀了她背信弃义的丈夫,能量损耗在这里得到了非常清晰的表达。

小说描述两人的情感状态时使用了激情似火和消失殆尽这样的词汇：对于维尔洛克来说，符拉迪米尔的邪恶感觉就像是“热烙铁，燃烧着他机体内的组织”；[58]但是最终对他产生的影响是让他“彻底耗尽了自己的精力”，[59]就像“他神经中的最后一个粒子也都已经耗尽了”。[60]对温妮来说，她哥哥的去世就像“一块白热的铁划过她的眼睛；同时，她的心变得坚硬，冻成了一团冰，让她的体内不住地颤抖”。[61]她平定而寂静地承受着降临的冲击，犹如令人敬畏的太阳的死亡，“她惊呆了，就像在盛夏的某一天，由于我们信奉的神明背信弃义，太阳忽然熄灭，地球上一半的人惊愕万分，悲观绝望地吓呆
210 了一样”。[62]

上面的一段文字很重要，因为它强调了小说中能量修辞的不同用法。这充分说明了维尔洛克强大的专注于自我的能力，对他来说，他的问题就在于他待在自己有限的王国中，感受着经受打击后疲惫的“机体内的组织”。相比之下，对温妮来说，她看到的是一个外部世界，被剥夺了所有的慰藉。维尔洛克对自己感受到的疲劳所做的无休止的、自我怜悯的独白，让她感到陌生而难以理解，康拉德这拟科学的散文记录下了她的想象被一种原始的、惊人的现实体验取代的情景：“他的话音所造成的声波波长适中，正根据正确的数学公式在空气中传播，它在房间里一件件器物中间回旋，它也在抚摸着维尔洛克太太的头，仿佛她的头是块石头。”[63]当然，文字本身是高度人工化的产物，而且还预见到温妮的另一个发现：规整她的世界的那一套思想和行为系统是不可避免的。对她来说，斯迪威的死意味着她可以终止自己所做的高强度的劳动：

往事的回忆压得她喘吁吁的，数不清的托盘盛着早饭在楼梯道里上下传送着；为了一个便士跟顾客吵个不休；还有那些

> 做不完的苦活儿，从地下室到阁楼，扫呀，掸呀，洗呀，忙个不停，虚弱无能的母亲拖着两条浮肿的腿在油腻肮脏的厨房里做饭烧菜；可怜的斯迪威则在洗碗间给先生们擦皮鞋，她们辛勤劳动完全是为了斯迪威，而他自己并不知道。[64]

爆炸因此变成了一种枯萎的生活景象，经年的劳作最终徒劳无益。后来，温妮本人的猝死在报纸上也成了一篇满是陈腐的想象的新闻，它被说成是一件难以解释的事情，并将**永远**是一个谜。奥西朋的口袋里装了一份十天前的报纸，现在只是一块碎屑，也让“永远”这个词成为对这个城市短暂的日常事件所做的一段黑色的滑稽评论。康拉德在撰写《间谍》时阅读了《伦敦的灵魂》(1905)，且十分赞赏这本书，福特在书中讨论了城市中被遗忘的生命：“为了建造这铁路，这屋顶的风景，那么多生命逝去，那么多人付出了努力，那么多人倾注了希望……至少对我来说，想到所有这些生命、这些人中几乎没有一个会在这世上留下任何痕迹，心里就十分惆怅。”[65]如果说福特是从总体上反思那么多消失的生命，那么康拉德则是在追踪一个个逐渐消失的具体的生命——从已婚的姐妹，到孤零零的寡妇，还有过期报纸上的几句话。 211

对这个虚构的城市所做的最详细的描述出现在小说第二章，即维尔洛克走向符拉迪米尔办公室的过程中：

> 维尔洛克先生脚下的人行道上，满地阳光照出的古老金色，墙垣、树木、马匹和行人都没有在地上构成阴影。维尔洛克先生正在弥漫着古色古香的金色粉末的气氛中穿过一个没有阴影的城市向西走去。房顶和墙角，马车挡板和马的罩衣上，都照着红铜色的光线。这些光线也照在维尔洛克先生穿着大

> 衣的宽厚肩背上，它给人一种生锈似的迟钝的感觉。然而维尔洛克先生却丝毫没有意识到自己迟钝。他透过公园栏杆看着富饶繁华的伦敦，十分赞赏。所有这些人都应该受到保护。保护乃是富饶繁华的第一需要。要保持富饶繁华，首先就要保护。他们应当受到保护；他们的马匹、马车、房屋和仆从也必须受到保护；他们的财富的来源，在城市的心脏也好，在这个国家的腹地也好，都应该受到保护……如果维尔洛克先生不是天性就不喜欢各项不必要的劳动，本来是会搓搓双手表示满意的。[66]

维尔洛克的工作，像希特以及符拉迪米尔一样，是要致力于保护这个体制本身。在表面上可能会威胁这个体制的是无政府主义和爆炸，但是这段文字告诉我们，维尔洛克看不到的威胁是生锈，是一直存在于这个奇幻的资本积累世界中的自然而然的腐坏，在一片看似没有阴影的土地上，一团阴影投射在他的背上。维尔洛克把自己看成是欧洲财富“来源”的守护者，“在城市的心脏也好，在这个国家的腹地也好，都应该受到保护”。对于维尔洛克来说，“国家的腹地”可能指的就是英国的中心，但是对阅读康拉德其他小说的读者来说，它还会激发人们去想象非洲和南美洲的自然世界：小说《诺斯特罗摩》中，文明想要扩张达到的黑暗的中心，“那片土地的疲倦的中心”。[67]事实上，在大使馆里，符拉迪米尔提醒维尔洛克，他的工作实际上是保护整个跨国贸易利益的全球体制的一小部分。正如康拉德必定知道一样，符拉迪米尔无疑也知道，在维尔洛克通往他办公室的路上，照亮一切的红铜色光线的真正来源——因为铜是欧洲工业生产的绝对基础——就像刚果的象牙对利奥波德的意义一样，它也是英帝国谋求在罗得西亚利益的驱动力量。

这就是《间谍》中帝国主义的表现：一个存在于城市运作核心

的体制，却只在人们感知的边缘才出现。在故事中，这样一个阴影的位置既与大多数人物心灵有限的半径范围一致，又与对帝国关系的神秘化相协调。在上述段落中，财富“来源”这一令人困惑的想法只是悄然提及，但这个词语在符拉迪米尔的办公室里又作为 212
一个明确的讨论话题重现。符拉迪米尔在向维尔洛克解释轰炸天文台阴谋背后的原因时是这样评论中产阶级的：“他们以某种神秘的方式相信，科学是他们物质繁荣的源泉。”[68]抱有这种观点的结果是，他们决定攻击格林尼治天文台，这里当然是科学的代言地，但它也象征着帝国建设的中心：时间标准化和本初子午线的建立。诺顿·怀斯和克罗斯比·史密斯在他们撰写的开尔文男爵传记中说：“在维多利亚时代和爱德华时代，大不列颠的统治较少依赖于帝国早期建立的军事力量，而更多依赖于这个世界的几何惯例，这样海上贸易和交通才能成为可能，否则，这个极其分散的、主要是岛屿的帝国就几乎不存在了。”[69]

正如我们所看到的，热力学揭示的不仅是工业生产中心的低效率问题，而且还有所有能源交易中涉及的消耗问题，它破坏了有序的自然世界的美景。非洲大地上的“怪诞而自由”的自然，就像城市化的欧洲大陆上人们看到的“一个已经驯服的怪兽的桎梏”；[70]然而自然界的腐蚀性和无序的力量在城市的角落和空隙中依然发挥着作用：维尔洛克背上的锈迹、伦敦天空中的夕阳、忽明忽暗的灯光以及城市居民的萎靡不振。小说致力于揭示无边的大海上以及不在铜色灯光照耀下的那些地方，人们感受到的不能驾驭的环境力量，这种力量在权力和管理网络的表层之下更隐蔽地施展着它们的才能。休·爱泼斯坦在对《间谍》的注解中谈论起伦敦时说：“相对于之前的那些作品，这部作品让我们意识到能量的严重衰减和更加令人厌恶的惰性。当然，康拉德比狄更斯，甚至比罗斯金看到的景象更加稳定、更加衰败。”[71]“更加稳定、更加衰败”指的是，康拉德的城市有一块被强行施加了某种秩序的纪念碑，它不可避免地招引来了毁灭的幽灵：缓慢腐蚀，能量消耗。

腐蚀和浪费也是《伦敦的灵魂》的主题。福特指出，城市居民无意识中习惯性地不停耗费资源，仅仅是为了抵制熵的作用，来维持城市的物理资本以及它的“商业能力”：

> 假设身体衰弱是存在的，我们必然丧失我们的做事能力；那么，健全的精神从属于健康的身体，伦敦也必然失去她的营
> 213
> 生……堤坝和上游河流的水闸会在每一次潮汐来临时淹没整个城市和整个伦敦，这让城市的下水道几乎从不缺乏大家的关注。滑动的沙子在圣保罗大教堂的地下流动着；所有被伦敦遗忘的暗流和溪流会暴涨，冲破它们的束缚，从地下侵蚀着房屋的地基。[72]

《伦敦的灵魂》坚持认为存在着不断的、不可见的修复工作，以防止城市崩溃，并保持城市的干燥和运转；以《间谍》中更加悲观的观点来看，城市里所有活动都弥漫着一种终究会徒劳无益的气息；以天启的观点来看，未来的伦敦地下水附着在现在的城市基础之上，就像太阳的“热寂”，预测的是未来数百万年后的场景，给人类的工作蒙上了一层阴影。在这两种情况下，城市在人们的想象中都不是生产活动的引擎，而是为了自我维护所做的一种不稳定的安排。科学被认为是秩序的使者和财富的源泉，最终人们描述自然界不断地工作以打破其中的秩序并耗尽其财富。

熵因此以两种方式威胁着资本主义秩序。在一个层面上，它是对立的原则，自然不可避免的律法，传递谎言称人类的理性逐渐进

步或最终征服整个世界。康拉德喜欢用“热寂”的未来历史来戳穿帝国野心的伪装。不可置信的是，在有关亨利·詹姆斯的一篇文章中，康拉德写道：“当最后一条渡槽断成碎片时，最后一只飞艇坠到泥土上，最后一片绿地消失在了垂死的大地上，人类，在把自己培养得不畏痛苦、永不气馁后，他眼睛里永不暗淡的光芒照见的却是微不可见的太阳光。”[73]从罗马帝国的渡槽到现在（以及未来）对天空的征服，人类“进步”的整个轨迹最终将使它在自然界的压力和无可挽回的能量耗竭下依然不堪一击。但是——这是康拉德批评得更犀利的一面——熵也是在工业资本主义和帝国主义剥削的逻辑**之中**起作用的原理，几乎有大量不可想象的功让情况恶化，而不是毫无功效。这是法国帆船在马洛旅程开始时盲目进入大陆所看到的景象，或者更确切地说，是他遇到的移民拿他们的枪向着看似不死的河马开起火来的情形：“那些移民经常一窝蜂跑出来，抓起枪就向它开火，直到子弹打光才罢手。有的人甚至通宵达旦地等它来。然而他们的精力全都白费了。”[74]从个体上来说，人性的倾向是鲁莽地消耗掉任何多余的精力所能负担得起的物品；从群体上来说，作 214
为一个巨大的利益追求者，帝国的资本主义是朝着浪费和无效的亘古不变的形式发展的；管理者与会计师、火车站、蒸汽船、代理人、步枪和铆钉构成的整个运转体系仅仅是为了保持从刚果输出“象牙的涓涓细流”。

同样，小说《间谍》把谈论重要的、具有系统性的效率与人们对人物完全徒劳和浪费行为的意识结合在一起。助理长官对埃塞里德爵士吹嘘说：“外国政府可不能抱怨我们警察的效率不高……不到十二个小时，我们就查出了那个被炸成碎块的人是谁，也找到了这次未遂事件的组织者，而且还瞥见了幕后的策动者。”[75]但考虑到他在这个体制中的位置，他却得出了一个截然不同的结论：“他感到自己仰鼻息于上司，主子太多……英国的春天刮起强烈的东风（东风合乎他妻子的脾胃）使他越发不信任人们的动机以及他所领导的机构是否卓有成效。这些天来，办公室工作一事无成的局面特别使他感到震惊，何况恼人的天气又害得他那脆弱的肝脏不时作痛，难以忍受呢。”[76]助理长官个人的这种不信任是有根据的。他对调查效率的描述——从某种意义上说，是对小说本身如何展开的描述——由于整个行动的无意义而被破坏。参与炸弹阴谋者的身份可能很快就揭露出来了，但炸弹阴谋本身，如我们所知，即使它能得到恰当实施，也只能是加强现行政治和经济关系所构成的体系。

事实上，《间谍》的叙事形式是在向这两个方向拉伸：一方面，小说不仅具有强烈的讽刺意味（欧文·豪说，它“在不停地毁坏主要人物的特征、精力，及其生命力”[77]），它还特别低效：

> 但是他还有一种叫人说不出来的神态，任何一个技术工人在干活的时候，就算干活很不老实，也不可能有这样的神态。这种神情只有这样的人才有，他们依靠犯罪，兴风作浪干蠢事或者利用别人干坏事，担惊受怕来讨生活。这种道德虚无主义的神态只有开赌场或妓院的人才会有，私人侦探、坐探、酒店老板、卖电疗健脑带的和专利成药的发明人才会有。不过刚才说到的最后一种人是否也有这种神态，我可没有把握，因为我调查得还不够深入彻底。就我所知，最后说到的那些人说话时的表情很恶毒，那是不足为奇的。不过，我说这些也只是想肯定
> 215 一下，维尔洛克先生说话时的态度一点也不恶毒。[78]

这几乎是康拉德在戏仿康拉德自己。《黑暗的心》中常常说的“无法形容”，意在提出一种超越共用参照系的道德基调；在这里，穿越

城市深处的一次突袭以尴尬的撤退结束，温和、微轻的人物刻画打破了我们所想象的肤浅的维尔洛克。在这些看似无关紧要的细节上，这部小说常常也可以说几乎是倔强地扩展铺陈，使原文与所描述的迟缓单调的生活一致起来。

另一方面，叙事本身把能够展现整个维尔洛克家族的一系列反应极其有效地整合到了一起。康拉德在第八章中打破了前面直截了当的时间序列，他又绕回到前面的一个小插曲，即维尔洛克太太的母亲搬进济贫院，希望巩固史蒂夫在家庭中的地位。当然，讽刺的是，正是这一保护行动将史蒂夫卷入了维尔洛克的阴谋，并导致这二人的死亡。但是，因为我们此时还不知道，事实上，史蒂夫在格林尼治爆炸中已经丧生，所以这一章作为作者积极干预的例子和对史蒂夫历史的重建在小说的时序上是隐蔽的，直到我们去回顾最初的时序之后才会发现。因此，在第一次阅读时，这个插补的情节似乎以同样的、严酷的单调性向前推进，这种单调性描绘的是小说其余部分的发展节奏；只有在回想起来时，才认识到它是整个情节的关键时刻。因此，《间谍》中的主要人物所采取的行动具有一种阴险的双重性格：一方面，它们像一台有效的可怕的机械装置，加速维尔洛克家庭向下螺旋式发展和解体；而另一方面，他们的行动带有某种迂曲而不相干的特性，对任何事情都没有持久的影响。

正如斯蒂芬·邦克所指出的，“虽然［支配性的］群体，利用并管理由下属群体产生或转化的能量，可以改变他们的物理和社会环境，但他们也要依赖他们自己所创造的社会和物质组织。人类成为自己改造自然和社会的囚徒”。[79]维尔洛克“体质上的”营养不足、疲惫、低效，甚至腰围，都可以在19世纪帝国主义话语中找到参照点。人们认为城市居民懒散的状况是他们依赖帝国剥削的直接结果，这也是许多世纪末评论家所关注的话题。J.艾伦·霍布森指

出，在成为一个制造业和商业中心的过程中，英国不再“在农村生
216 活中培养构成帝国的骨骼、肌肉和大脑，而是为了未来的力量而依赖于殖民生活”。[80]霍布森问道，既然有四分之三的人口生活在城市中，英国是如何“保持一个民族进步所必需的体魄和活力的？”[81]逐渐减少的能量以疲惫和麻木的形式呈现了出来，它们分别代表着剥削者和被剥削者的特点。霍布森将这一分析应用于欧洲和其殖民地的城市居民：

> 即使在白人最兴旺的南非地区，当我们仔细分析时，也能发现他们的生活是寄生性的。白人农民，不管是荷兰人还是英国人，几乎都没有工作，不管是从事体力劳动还是智力劳动，都显得懒散“落后”；镇子上的商贸阶层、专业人员阶层和官员阶层同样显现出松弛和麻木的明显迹象，在约翰内斯堡等发展迅速的城市中，少部分的投机商和商界人士有着绚烂的前景，短时间里间歇性地点燃了能量的火花，这火花也只是让我们眼睛发花，却掩盖了生活深层的本质特征。[82]

像康拉德一样，霍布森颠覆了基德这样的辩护者创造的“充满活力”的欧洲神话。在世界的另一端，《间谍》中的城市居民代表了《黑暗的心》中非洲劳动人民能量耗尽、等待死亡的相反面。他们不是因劳动过度而身体耗竭，而是因懒惰、依赖和了无目的的付出变得肥胖、精神疲惫。在这里，霍布森也在攻击卡尔·皮尔逊的优生学计划，这个计划常常是在能量术语下进行构架的。正如我们在下一章中将要看到的，对管理种族进化能量的关注为退化和优生学的观点提供了支持。

当然，身体和精神上的能量损失之间，严格说来，只有比喻式的

联系。然而，在另一种意义上，它们也是紧密联系在一起的，因为它们都建立在工作价值的观念之上。正如杰奥尔杰斯库-罗根所指出的，熵定律在本质上是一个不可避免的拟人化的概念：“不具有拟人化思想的头脑是不可能理解秩序熵的概念的，正如我们所看到的，它不能脱离对人类目的的直观把握。”[83]如果不考虑这些目的，经济过程似乎仅仅是一个尽力消耗能源的巨大系统，在这个系统中，人类参与者服务于系统的需求，而不是其相反面。这确实也是康拉德所看到的，于他而言，工作的价值和生命的价值是相互定义的。把能量损失的许多比喻、史蒂夫的死，以及城市的景象结合起来，看作一个不可阻挡的、不可逃避的系统，是贯穿小说《间谍》的由人类做功的浪费性触发的一种焦虑。“活动——活动”是维尔洛克那里对符拉迪米尔的要求，在下达这一命令的文字几页之后出现了一只 217
苍蝇，嗡嗡地撞在窗玻璃上，这一形象可以视作整个小说的中心象征：“那个微小的充满活力的机体，发出的无谓的令人烦恼的声音，很不愉快地打扰着这个高大的男人，妨碍了他的懒散。”[84]这部小说充满了对无用行为的描述，比如说：维尔洛克夫人的母亲“对运动有一种狂热”，[85]希特反映了罪犯和警察是“同一个机器生产的产品，一个被归到有用的类别，而另一个则被归到了道德败坏的类别”，并且“他们在各种情况下都将这一机器视为理所当然，只不过都是同样地严肃”。[86]因此，“有用的”工作是一种传统上的界定，而“希特”只是这台机器运转中的一部分。苍蝇嗡嗡叫的无形媒介，如果使用人类的术语的话，讲的就是伦敦根深蒂固、相互关联的权力关系系统，在这个系统中，一颗微小的粒子发挥自我的结果只会是耗尽精力而已。

1898年，康拉德给格雷厄姆写的一封很无情的信中，明确地把太阳的“热寂”与人类活动的终结联系了起来。

> 一个命中注定最终要被冻死的人的命运并不值得担心。如果你把它放在心上，那也就是一场无法忍受的悲剧。如果你相信改良，你就必定会哭泣，因为所要达到的完美必定以寒冷、黑暗和寂静终结。冷静点看来，改革的热情、品德知识甚至美貌的完善，只不过是虚张声势的表象而已，就像一个人在一群盲人中担心自己的服装式样一样。[87]

城市只是加剧了这种凄凉的感觉。维尔洛克“不相信任何一个人的努力有什么实效”，[88]这一立场也只是在小说中得到支持，它表明了为什么《间谍》在康拉德的全部作品中这样反常：它的场景设置颠覆了那些读过他的海洋小说的读者所习惯于找寻的许多关系。马洛说:“我不喜欢干活——没有人喜欢——不过我喜欢干活中所包含的东西——一个发现你自己的机会。一个真实的你——对你自己，而不是对别人而言的你——其他人是永远也不可能了解你的。”[89]有价值的工作，正如马洛所描述的，也如康拉德经常想象的，是对自然界混乱力量的直接讨伐，尽管力量渺小也依然拒绝衰颓。自相矛盾的是，其有关大海的作品中人物所面对的力量的强度，提高了生命的价值。虽然人类对混乱的斗争最终是一项失败的工程，正如康拉德向格雷厄姆指出的那样，但是大海时时刻刻对人类提出的要求，反而缩小了危险的范围，这里的危险指的是从每一件事物的热死亡到桅杆断裂或被水淹没的甲板带来的威胁。这种危害使
218 工作充满了直接的、显而易见的价值，并提供了一个平台，在这里，效力、勇气、自我牺牲、团结和其他的人类特征都因为人对它们的坚持而得到了重视。康拉德在《大海如镜》中写道：

> 由于重视严格认真的荣誉的人建立起高标准的公共的职

业道德心，高出一个诚实社会的停滞水平之上，所以掌握这一因不断努力而达到艺术高度的技术的人提高了在陆上的造船工艺和海上的航海艺术的停滞的水平。在工作以及娱乐上有利于那超绝的富有生命力的技术发展的条件应该非常仔细地加以保存，以免这种工业和竞赛会因内部隐伏的衰败而毁灭。[90]

康拉德关于亨利·詹姆斯的文章也强调了这一点，尽管强调的重点不同。在那里，地球上剩下的人类，仰望着垂死的太阳，除去了西方文明的保护幻象，回到了康拉德将其与艺术家的作品联系起来的那种内心的反抗：

说到艺术的能力，我们每一个人都拥有一点，这种能力可以在上一群人中的某些个体身上找到它的表达，他们富有表现力，也有足够的勇气从自己的脾性、从艺术的角度去解释人类的终极体验……可以肯定的是，如果还有什么人的话，也只有一个富有想象力的人，会在看不到明天的前夜受触动而发声——可能是严肃的劝诫，抑或是一句嘲讽的评论，谁能猜得到呢？[91]

康拉德在整篇文章中对詹姆斯的赞誉是用能量的语言来表达的——他形容他的想象力是“扑不灭的青春”和“永恒的春天”，他描述了其工作时身体的“力量”，而放弃整个世界对康拉德来说则是伟大艺术的终极源泉：

所有的冒险，所有的爱，还有每一次的成功都是在突然中断后获取的最高能量中完成的。它是我们力量的最大限度；

> 它是我们可以自由处理的最强大的、最有效的力量，它是一个人独自待在书房中工作的基础，是建设共和国的基石，这样一个共和国可能会在两个大洋上投射出让他人形秽的影子。[92]

因此，艺术建设性的、坚守性的能量，就矗立在熵以及帝国社会恣意挥霍的对面。康拉德的意思是，我们应该严肃看待这两种并置的事物：

> 从本质上讲，小说家的创作艺术就像在一片漆黑、摇荡众生的大风天气里进行援救工作。正是这种援救工作，抓住了
> 219 骚乱即将消失的末期，说得好听点，就是走出原来的阴暗，走进光明，在那里你可以看到、抓住那些挣扎着的形式，它们被赋予了相对价值在这个世界中唯一可能的永恒形式，即记忆的永恒。[93]

这个悖论——非永恒中的永恒——拒绝接受进步的使徒们所吹嘘的虚假秩序，因为这篇文章从整体上，在记忆、艺术以及对不可抗拒的环境的蔑视中，把永恒的能量和有意义的功效完全置于知觉的内在范围。

在《大海如镜》中，康拉德描写了一艘蒸汽船需要修缮替换部件，它的引擎“像搏动的心脏一样跳动着”，当它能源耗尽时，“就漂在水波上抱病等死”，其实作者是在谈论热力流以及作为机器技术过程的一部分的腐朽。[94]但是，康拉德还把现代的蒸汽船与早期的勘探模式相比较，它不像今天处于全球商业体系和帝国管理系统控制之下，而是那些勇敢无畏的个人穿越那些未知的领域，并且直面大海上反复无常、毁灭性的力量。因此从伦敦出发的海员，如《黑

暗的心》中所说的“从圣火中取来火种的人们”，不仅仅是对欧洲狂妄自大的讽刺性评论，而且是对过去和现在航海业更加复杂情况的表达。这种对比出现在诸如“弗朗西斯·德雷克爵士”和“约翰·富兰克林爵士……淘金的人或者名利的追求者们”[95]这些探险家和他们在现代的后裔之间，或者是马洛在旅途中遇到的普通官员们，以及他们不假思索即服务的贸易和商业机械的既定网络之中。有时候，康拉德对前者表现出一定的怀旧情绪，似乎对伴随全球系统化出现的勇气和自给自足的衰退，以及现代人对机构组织和他人劳动的依赖感到遗憾。

然而，这种怀旧情怀并不是纯粹的，康拉德很清楚，早期的探索是由对资源的无情索求驱动的。在《吉姆勋爵》中，马洛提到了17世纪的生意人：

> 希望他们在那里不要去找什么胡椒！如果有一袋胡椒，他们会毫不犹豫地割断对方的喉咙，并发誓放弃自己的灵魂，他们原本对此格外谨慎：这种奇异的偏执使他们以各种不同的方式反抗死亡……这使他们变得英勇；也让他们在对贸易的渴望中变得可怜。[96]

在这样的情境下，像切斯特和金特尔曼·布朗这样的坏透了的人物作用就很模糊了：一方面，由于他们在全球化经济体的边缘和空隙中依然坚持工作，所以他们似乎又想回到以前的航海时代。对于切斯特来说，地图上还存在着未经探索的区域，充斥着财富和未开发的资源；对于海盗布朗来说，仍然有王国要去征服，还有 220
生活需要去改造，超越国际管理网络设立的种种界限。但这些人似乎仅仅是这种网络令人讽刺的替代品；虽然他们看上去是在开拓全球贸易的界限和未开发领域，但他们并没有体现现代帝国行为中的首要精神和主流逻辑。切斯特对未开发的海鸟粪岛屿的兴趣，也使用了人们熟悉的那些剥削和浪费的语言构架，被认为是全球能源经济中的一个潜在的节点："想想那些可爱的东西变成了阳光下的废弃物，这是多么可怕——这些东西原可以把甘蔗射入高空。"[97]同时，布朗的巨大胃口，他要"把一切都挤榨干净"的欲望，暗示了一种永不满足的、消耗整个世界的贪婪；也就是说，他似乎并不是现代帝国行为的替代品，而是它的化身。[98]换句话说，这些人物既做又不做的复杂方式，似乎都标志着现代模式和过去模式之间的差异，这说明了康拉德自己对历史的矛盾心理。现代的、官僚化的蒸汽运输系统和常规化的提炼系统似乎体现了一种新的"松弛的、假意的、弱视的"精神，[99]以及与自然界的妥协关系。但似乎这种欲望的全球化的例证也一直都存在着。从这个意义上来说，康拉德对进步思想的批判是双重的：事情并没有那么糟糕，他们也只是和以前一样糟糕。

康拉德的怀旧情结一直都是部分的、讽刺的、临时的。这样，航海生活就不允许人们完全信奉人类高尚和英雄主义的信念，而是要人们自愿悬置自己的质疑。《吉姆勋爵》本身是一则叙事作品，以在这个世界上寻找出某个地方，让他去实践这种质疑而不受打扰为基础。欧洲对能源和其他资源的依赖、设计用于管理这些资源的官僚基础设施，以及旨在将其提取系统化的机械化运输网格，使得维持这种悬置的难度越来越大，也难以让自己投入以英雄主义、牺牲和团结的道德理想组织起来的生活当中。康拉德早期的幻灭故事《青春》，关注的是一艘运输煤炭的船只，这并非偶然：年轻的马洛心怀理想主义，与船只的逐渐瓦解、货物的自燃和船长"为
221 了保险"[100]对废物利用具有的荒谬痴迷相对应。年轻的马洛看起

来既不受船只原有任务常规化的影响，也不受局势的日益荒谬的影响。但是我们感觉到——年老的讲故事的马洛证实了——这些年轻人的理想正在变得多么不稳定，他们在卑鄙的现实中承受了多少打击，他们与各种结构的联系多么紧密——物理的、经济的、心理的——但这些对他们却是完全有害的。继续以此为信念并不是一种堂吉诃德式的贵族气，它代表的只能是疯狂或盲目。《青春》使用具有讽刺意味的挽歌术语所表达的幻灭过程，在《间谍》中则几乎完全是用苛刻的愤世嫉俗的语气表现出来。在前者——以及《吉姆勋爵》——中出现的怀疑暂停状态，可以赋予行动以短暂的意义，它在后者看来仅仅是以舒适和安全的名义维持的集体幻象。

康拉德与狄更斯、罗斯金一样，运用能量耗散的修辞手法，融合了保守和左翼对现代性批判的元素。一方面，他用它来揭露资本主义霸权与能量和效率的修辞之间的矛盾。作为吞噬者的城市代表着一种全球经济，世界资本主义培养的不是帝国主义常常主张的第三世界经济的发展、财富的传播和资源的有效利用，而是以贪婪和疲惫为特征的依赖性关系。另一方面，康拉德则把“自我更新的世界”这种马克思主义的“无政府主义”梦想判定为错误的，这却是米凯利斯“可怜地”试图在维尔洛克的起居室里皈依的梦想：“壁炉里堆起的煤块塌了下来，发出轻微的爆裂声。”[101] 小说通过对热的逃逸的描述以及对宇宙命运的尖锐评论，用犀利的讽刺呈现米凯利斯所认为的历史唯物主义的力量将会不可阻挡地驱使社会走向财富的公正分配和一个无阶级的社会这样虚空的信念。正如我们所看到的，康拉德的反动倾向并不局限于对乌托邦社会主义的否定，而且有时还会扩展到一种想要使英雄主义和勤奋的生活方式消失的愿望。《间谍》中对将要发生的事进行了想象：“他们的生活方式只是庸庸碌碌的世人的权宜之计，他们采取变通的方法借以使并不完美的社会免于在精神和物质方面遭受不易觉察的侵蚀和污染。”[102]小说中对不易觉察的腐败的兴趣表明：不只有维尔洛克是小说中的“间谍”，而且是熵本身，这是帝国文明暗暗否定的，实际
222 上却在破坏着其推进秩序、进步和繁荣的要求。

第八章
进化的能量和未来
亨利·莫兹利和 H. G. 威尔斯

1865年，约翰·爱德华·摩根博士在社会科学促进协会发表的讲话中讨论了英国城市能源的消耗及其对国家未来的威胁。虽然他的讲话与《煤的问题》一书同年发表，它和这部著名的作品一样，着重于当代社会和经济实践的可持续性，但是摩根并没有讨论化石燃料资源的供应，也没有涉及鸟粪、农业肥料、热力学第二定律，或者我们一直在讨论的任何其他有关耗竭的叙事。相反，他的兴趣是“种族”的能量，在他看来，“种族”似乎受到城市增长和“退化”的可能性的威胁，“退化”是一个演化倒退的过程，它会使人类回到更原始的生物状态。对于摩根来说，就像许多描写退化的作家那样，问题出在现代城市的生活。城市中心充满了“各种沉闷的有害气体”，这些有害气体是由煤燃烧和不卫生的污水处理等不同方式产生的，它们污染了街道、水源和大气。[1]他指出，城市贫民中的病人缺乏耐力，心脏和肌肉都很虚弱，似乎也不能承受“艰苦或持久的劳作”。[2]摩根用国家的、历史的措辞来解释这些失去活力的躯体，他认为，人们借此可以诊断英国自身即将衰落的情况：“难道民族不会像个人那样，由于过度消耗身体和精神能量，在世界历史上日益削减自身的力量，从而过早地消耗了永久伟业所主要依靠的国民生命力？”[3]

摩根的问题不仅仅是城市居民在烟雾和污秽的笼罩下日渐消瘦，而是随着城市的不断扩大，它使越来越多的人口受到这种状况的影响。这个孕育出健康且“精力充沛的”人民身体的国家，却把
223 越来越多的人交给了贪得无厌的城市：“这个国家被抢走了大部分的生产人口；那些处于力量旺盛时期的男人和女人，当他们的生活最有盼头的时候，搬去城镇，他们抛弃的地方和他们迁入的地方之间形成对比。”[4]正如杰文斯和李比希所警告的那样，城市地区的扩张可能使国家的资源耗费超出其承受能力，所以摩根警告说，目前的增长和消费模式是不可持续的。他们的不同之处在于，摩根不是在谈论煤炭矿藏或化肥，而是在谈论人力“资源”，随着时间的流逝，这些资源由于退化而可能变得生产力低下。对于摩根来说，工人阶级的身体是一种引擎——用安森·拉宾巴赫的说法就是“人力引擎”——需要维护和供应稳定的资源。但它**本身**也是一种资源，是一种能源，驱动了国家经济的引擎，并塑造了历史进程。正如丹尼尔·皮克所写的：“人们似乎并不能丢下身体不管，因为身体是一笔至关重要的族类世代相承的遗产。”[5]这些资源会由于营养不良、居住在通风不佳且疾病充斥的住宅区、污染造成的生长受阻等原因而遭到毁灭。在《柳叶刀》上，一位描写退化的作家把穷苦的劳动者描述为“缺乏紧张感，而整个系统中轻松和谐的工作却主要依靠这种紧张感”，“系统”一词似乎同时指代在思考时的个体神经系统，以及依赖于它们的更大的社会和经济体系。[6]因此，退化论通过把身体看成是生产的纽带，而把物理学和生物学联系在一起。摩根在整篇文章中交替使用“能量”、“力量”、“生命力”和“活力”这些词，所指的是受到疲劳威胁的总的物理-生物材料。

退化使得身体不仅成为生产力的源泉，也成为**生殖力**的源泉。城市生活不仅消耗了当今工人劳动时的身体能量，还影响了他们后

代的活力。摩根预见到了由令人担忧的人口趋势引发的一种处于发酵阶段的紧急情况——日益增多的人口拥入城市寻找工作——而且因为不断演变的退化过程:“我曾以受到退化威胁的种族为主题谈及的公共健康标准低下……就会成为永久的遗产传承给后代。”[7]这是退化论的关键所在:人们担心，不卫生的现代环境不仅妨害当代人的身体健康，而且对国民的“精力”有着永久影响。这样，健康**本身**就变成了面临枯竭的一种资源。退化可以被定义为任 224
何有悖于生产规范的东西，不只是病人、体弱者和智力低下者，还有罪犯、颓废者，对于某些作家来说，还有社会主义者和同性恋。这一观点把这些不同的群体归并到一起，认为他们缺乏活力、无精打采、百无聊赖，从而威胁到国家的生产力。的确，我们可以想象“退化”中的“生殖”同时指的就是后代的生物生殖和能量的生产。

因此，虽然退化主要是一种进化论的论述，但它也是一种工业观点，一种用来衡量能否付出劳动能力的“健康”程度的指标。在这一章，我想追溯把进化论与对城市能源使用和浪费的关注结合起来的退化论的一些含义。我追随加雷思·斯特德曼·琼斯的观点，把退化理解为一个神话，即引发中产阶级的恐惧，并把工人阶级(不太常见地，以及贵族阶级)归为生物性的“他者”，从而掩盖了能够洞悉工人阶级动乱原因的真正的经济和政治不满。[8]但是我的重点是这一论述的生态学效价，这是阶级划分的方式，具体体现在退化论上，它使污染、浪费和资源耗竭生物学化，从而将责任从产生问题的阶级、破坏环境的工业体系转移开来。这种重心的转移的结果是把穷人看成污染的**源头**，而不是环境恶化的受害者。虽然我借鉴了许多持退化论的理论家的观点，但我主要感兴趣的是精神病学家亨利·莫兹利，他在精神病理学方面很有影响力的著作使用了能量、浪费和污染等很形象的词汇。在第二部分，我的注意力转向另一部小说，即H.G.威尔斯的《时间机器》，它既利用了又批判了许多退化论者著作中可以找到的能量消耗的修辞。我认为，这部小说的结论对进化论和热力学的分歧做出了关键性的区分，这些区别在讨论退化论作家的作品中突出的“种族能量”时常常混淆不清。

退化与环境

“退化”一词最早出现在19世纪60年代英格兰的《柳叶刀》中，它提醒人们注意工业生产、不适当的废物处理和过度拥挤而造成的严重的、长期的公共健康问题。早期的退化论作家强调城市贫
225 民的困境，以及所有城市居民对一系列环境污染物的敏感性。正如一位作家在《柳叶刀》上问道：“难道这个城市的贵族和衣衫褴褛的居民……整天呼吸的不是会引发瘟疫般的空气，难道他们不是受制于这种空气吗？这些人的不健康的精液又怎么能繁殖出健康的后代呢？”[9]可以说，工人阶级的身体就是煤矿里的金丝雀，它既可以代指国家机体，也可以让人们一瞥整个物种可能面临的疲惫不堪的未来。借此，退化论表明工人阶级的命运就是**每个人的**命运。孕育出这个国家发展史的境况就是穷人们生活在其中的退化的环境：“如果说，这个社会群体产生的一方面是政治权力、财富、商业和社会繁荣，以及与其他国家的激烈竞争中获取成功的结果，另一方面则是对我们身体和精神能量的过度消耗，以及对民族生命力的过早消耗。”[10]正如我们在这里所看到的，退化论最初是建立在与工业现代化的影响相对立的基础上的。但是，强调“民族生命力”以及生物学和物理学相结合的观点，将有助于将后世作家笔下的退化转向某种工业辩护。

到了19世纪80年代，退化论已经无处不在，并且它帮助改变了

城市贫困的界定方式。琼斯写道:"'退化'的理论……让中产阶级公众愿意把长期贫困看成是广大民众的一种地方病，而不是孤立的个人特别不幸或消耗的产物。"[11]穷人是环境的牺牲者，他们的身体和遗传物质中都有这个受到污染的世界给他们留下的疤痕和畸形因子。然而，与此同时，退化论者通常不是为了引发读者的同情或责任感，而是为了促使读者去注意，这些身体可能已经退化到不可挽回的地步，已经从进化的阶梯跌落下去。因此，他们扬言要通过复制和通过与非退化人群的接触来散布他们受到的损害。在琼斯的表述中，"是恐惧而非内疚"激发了作家对穷人和他们生活环境的兴趣。[12]对城市状况的担忧部分源于对公众政治动乱的恐惧，以及下层阶级不同阶层之间，例如工匠和临时劳工之间，或穷苦的工人和罪犯之间传统分界线的丧失。由于种种原因，如1886年发生在伦敦的骚乱，社会民主党联盟和其他激进组织的兴起，下层阶级邻里之间的住房条件参差不齐，等等，在有工作的"体面"的穷人和 226
"声名狼藉"的下层阶级——所谓的"社会渣滓"——之间的传统区分即将要消失。[13]人们担心的是，这些社会渣滓可能会玷污紧挨着其上面的阶级，并将整个工人阶级拖入一个返祖的沼泽中。在议会关于1867改革法案的辩论中，约翰·布赖特认为:

> 有一个少数人的阶层，如果他们没有获得选举权，对他们自己会更好，因为他们没有任何独立性，而且对于宪法来说，他们被排除在外要好得多，而且没有哪个阶级有兴趣把这群人看作聪明诚实的工人。我把这个阶层称为**社会渣滓**，几乎在每个贫困和依赖性严重到无望的选区都有这种情况。[14]

正如布赖特的论点所表明的，退化论会强化工人阶级和"堕落的"

下层阶级之间的区别。同时，堕落也被用来争辩说，那条线可能会消失是生物学现象，而不是政治现象。对工人阶级政治组织的恐惧可以转化为对进化过程以及物种命运的关注。同时，生态损害的语言被用来将污染转化为阶级差异的结果。

如果“社会渣滓”这个词通过把穷人转化为一种没有差别的废品而使穷人显得失去人性，那么它也暗示了另一面：将“体面”的劳工阶层商品化，变成能源，以用于庞大的生产系统。因此，用退化论观点来看，对城市贫民及其环境的关注主要通过经济持续增长的必要性确立。正如我们所看到的，摩根对工人阶级身体的兴趣是以他们作为具体化的原材料为前提的，而且这种语言在整个19世纪末都依然是退化论的一部分。正如F. W. 黑德利在其20世纪初关于进化和退化的文本中丝毫不带讽刺意味地指出的那样：“在我们较贫困的阶级中，仍有相当大的潜在力量有待开发。”[15]

因此，虽然就像摩根一样，我们可以用退化论来论证，需要改善穷人生活的环境，但它也可以用来证明我们需要把他们中的一些人——在概念上以及其他方面——归为不可挽救的“他者”。起初作为改善城市贫民的卫生和生活条件的要求，但在一些人手中，它
227 变成了通过遗传机制把他们具体化为不同物种的方式。城市贫困者困扰着退化主义者的想象力，他们被认为是疾病传播的媒介，可能威胁到任何一个与他们接触的人，**并且**他们作为受到摧残的遗传物质载体会威胁基因库，把整个贫困群体从城市污染的受害者转变为污染形式。慈善家塞缪尔·史密斯写道：“当我们人民中的精英在迁移的时候……社会的渣滓却依然落在后面，既腐蚀他人，也被侵蚀，就像这个大都市去年夏天一直漂浮在泰晤士河口中的污水一样，因为没有足够的冲刷力将其冲入大海。”[16]在《心理生理学与病理学》中，莫兹利特别把精神病患者以及更普遍地来说，把穷人说

成是产生的废弃物："[我]并不奇怪，那些由于遗传的弱点或其他一些使人衰弱的根源而无法与生活做斗争的人，应该像自然界那些失败的生物一样被无情地淘汰掉，这看上去确实是不可避免的。他们是被无声而强劲的发展大潮抛弃的废物。"[17]虽然莫兹利在其他地方把"不健康的"生活条件看成是疾病和恶化的原因，但是在上面的文章中我们可以看到，穷人自己是怎样变成行走着的有害生物物质的。莫兹利所说的"无声而强劲的大潮"这个意象是一个进化论比喻，为生物废物现象提供了时间和空间的维度，而这又暗示了他作品中尚未解决的张力。一方面，从时间上看，向前流动的大潮表明的是不可阻挡的历史轨迹，它把虚弱的、疲惫的人抛在后面。在这种情况下，"废物"意味着"不需要的东西"。实际上，此刻，莫兹利相信，按照法国精神病学家贝内迪克特·莫雷尔的说法，退化物体最终会失去生育力，因此只会是进化中的废弃物，不会对人类未来的发展造成持久的威胁。然而，另一方面，从空间上看，河岸两边"被抛弃的"废物这个比喻预示着环境污染的过程。这里的废物并不是被界定为"不需要"，而是被界定为污染。正如我们稍后将看到的，这就是后来莫兹利思想的发展方向，因为他越来越担心"退化"不会消亡，不会安全地落入历史的后视镜中，而是可能成为一个顽固的问题，永久地使地球上的物种衰弱。[18]莫兹利的思想转变——从发表于1874年的《心理生理学与病理学》到发表于1884年的《身体与意志》——与文化界对城市环境和贫困的生物性顽症的危机感的加深相呼应。[19] 228

在潮流意象中包含的张力，表明了整个退化论中的张力，这种张力使退化成为只能被抛弃掉的，同时又严重威胁生物健康的东西。由于人们把退化想象成一种在工人阶级的身体中表现出来的现象，而且可能对**每个人**的身体都构成威胁，所以穷人可能很容易就被塑造成可怕的“他者”，潜伏在庇护所和中产阶级未来幸福的周围。因此，其中的类似之处既被肯定又被否定：退化的分类完全肯定了其与引起人们对污染的焦虑之间的联系，同时又暗示这种联系已经通过隔离性的生物转化而永远地消失了。但是，这也意味着工业世界的环境问题可以被人格化，因而，可能从主导秩序中分离出来。废物和污染并不是工业生产和组织的不可避免的副产品，它们仅局限于某些类型和群体中，我们假设它们是可以被淘汰的。

能量、熵和进化

退化论深深地根植于与能量相关的语言中，因为它帮助巩固了进化发展进程的规范标准，从而可以衡量发生的偏差。进化的目的和工业的一样：生产力的提高和能量的增加。请注意，在莫兹利对进化发展的描述中，有机体的进展是如何通过日益复杂的能量储存方法加以定义的：

> 一代人辛苦获取，再以静态形式储存的力量，显然在这种情况下就成了下一代生命体天生的能力，并且这种发展是与适应外部自然的日益增强的专业性和复杂性的规律相一致的，这是可以追溯到动物王国的……更简单、更普遍的力量聚集到一起，以更特殊、更复杂的能量模式集中了起来；因此，在神经系统的发展中再次出现更进一步的专门化。[20]

这基本上是我们所看到的斯图尔特和洛克耶所定义的热力学定律的生物学描述，他们认为，不断进步的先进技术可能带来“一种结构极其精细的装置”，只需意志闪动就能控制大量的能量。[21]在这两种情况下，复杂性都与更有效地利用能量的能力联系在一起。莫兹利把神经系统的发展想象成力量的巩固、“运动”的控制和能量 229
的集中。反过来，他对“退化”的界定借助了不受控制的能量消耗：“它们是理性衰颓的例子，为富有活力的精神成长，即它们所证明的活力所遗弃。”[22]人类复杂的理性就像复杂的技术一样，能够很独特地收集、控制和引导能量；如果没有这种控制，能量将会被随意浪费掉。摩根担心国家能源会因退化而枯竭；莫兹利担心“富有活力的精神成长”可能具有相反的意味，即担心精力**过旺**。但是这些想法都植根于对能源管理不善、挥霍浪费的担忧。摩根以疾病和身体虚弱来形容退化，而莫兹利则强调精神疾病和犯罪，但两者都把退化的状况视为威胁国家资源基础和对处于控制下的“生产性”能源利用的一种情形。[23]

如果摩根和黑德利把穷人想象成推动工业经济的能量资源，那么退化则被想象成熵的形式，是消耗尽的燃料或浪费和混乱的代表。就像熵一样，它们可以通过提高效率和发展来加以控制和管理；另一方面，正如熵用斯图尔特和泰特的话来说预示着“终结目前的体系”，退化被认为是对进步和国家生产力的威胁。[24]对发展的信念和对发展会从其内部被破坏的毁灭性预言的结合，把热力学和退化论者的想象联结了起来。[25]

利用能量来定义退化是把退化构造为中产阶级假想的怪物的关键。正如特德·安德伍德所说，在18世纪末19世纪初，“能源”一词把中产阶级的工作道德与推动英帝国崛起的工业能源形式联系起来。[26]这种联系延续了整整一个世纪；正如我们所看到的，人们常常认为，英国的工业霸权源于其民族特性具有的“能量”，而非其资源供给。弗朗西斯·高尔顿就利用这种混淆来描述他优生选择的标准：

> “能量就是劳动能力。”它与所有身体健康的优点相一致，并使得这些优点的发挥成为可能。它是衡量生活充实的尺度；能量越多，它就越丰富；如果完全失去能量，那等待它的就只有死亡；傻瓜们身体虚弱、无精打采……能量是高级种族的属性，受自然选择的青睐程度超越了所有其他的品质。[27]

他采用的第一个能量定义是“劳动能力”，它受热力学概念“能量做功”的影响。然而，我们可以看到，高尔顿如何轻松地从这个定义
230 转移，进而把能量定义为道德品质。他的关注点往往是上层阶级，而不是城市贫民，因为他认为遗传特权是管理基因遗传的障碍，[28]但他与其他作家笔下的退化问题具有共性，即根据精力、效率和消耗的词汇对种族进行分类。他设想了两种社会地位的人，把他们分为天才和“废物”；后者是优生学试图完全消除的人种，以便产生道德上和身体上都精力充沛的个体。[29]

虽然退化论可能根源于人们对工业生产造成的环境恶化的担忧，但它对能量的道德化和将不同阶层具体化为能量和污染的形式的做法，遮掩了人们对化石燃料资源和能源密集型生产的生态成本的依赖。浪费和混乱看起来像是人们可能会依附于“它们”的东西，或者是与技术发展和工业增长进程相分离的问题。工业家和中产阶级可以得到净化，并重塑为纯粹势能的化身。中产阶级代表了“劳动能力”和“集中”、“蓄积”，以及“专门”的力量，是人类未来潜力的所在。同时，城市中的社会渣滓和无生气的贵族被认为是能量耗尽的体现。贵族阶层的力量是在历史上消耗殆尽的，而社会上最贫穷的成员却和他们周围环境中的污染物融为一体。以这种方式，废物不再是系统固有的一部分，而是通过更好的管理可与之完全分离的东西。通过将现代工业文明的衰退和熵集中在最贫穷者

身上，退化制造了一系列方案，旨在一劳永逸地将国家从“废物”中分离出来。优生学提出生殖工程来实现这一目标，但是其他计划实行了更直接的地理解决方案。琼斯认为，像塞缪尔·巴内特、查尔斯·布斯和阿尔弗雷德·马歇尔这样的社会理论家，主张将绝望的城市下层阶级强制迁移到城市以外或殖民地的工业劳动营地。[30]在这种环境下，在纪律严格的管理体制中，也许他们可以得到救赎；至少，他们将从威胁国家健康的地方撤走。因此，不仅穷人被描述为废物，城市贫困问题的解决方式也与城市污染问题的解决方式类似，即“污染物”被运往别处。在这两种情况下，把工程学当作 231
灵丹妙药的信念是乌托邦思想和径行将这一问题从视野中消除的结合。

工业生产的结果变得更加难以理解了，因为人们常常认为进化可以生产出能量，或者是一种能够自我促进的力量。例如，黑德利就探讨了进化“机制”如何产生他所谓“种族能量”或“种族活力”的东西。[31]他认为，“能量产生于冲突之中”，磨削掉冲突的棱角意味着将无法淘汰“弱者和无能的人”。[32]同样地，黑德利追随德国生物学家奥古斯特·魏斯曼的观点，讨论了“随机交配”的对应原则，他将其定义为“选择中断”——他认为，这种缓和的状态，已经越来越成为现代文明的特征。[33]如果没有自然选择的激励作用，这一机制就会崩溃，并且会走向退化和瓦解：“与自然选择相比较而言，随机交配可能是个笨拙的操作者，但它有更多的材料可供调配。个体所具有的全部的或巨大的缺陷，会导致群体内或物种中失去稳定性，从而可能产生严重的后果。毁灭要比建设容易得多。”[34]这些术语表达得再清楚不过了：自然选择是能量的原理，而随机交配则是熵的原理。他详细地阐述了“建设”一词中隐含的建筑比喻，用来描述退化的过程：“随机交配，仅仅因其对分解的认可，就会丧失整体结构，即有机建筑的杰作，它效仿的是自然选择的累积动作在建设中的工作。”[35]对黑德利来说，任何干扰斗争和竞争行为的东西，包括现代的舒适、慈善和社会主义，都在纵容随机交配的力量去破坏自然选择创造和维持的复杂形式。安适和平等威胁着种族的能量：

> 如果有可能的话，借助国家财富的大幅增加，让所有的孩子都过上同样舒适的生活，给他们的人生一个良好的开端，提供给他们最好的食物，让他们穿得暖、住得好、接受优良的教育，那么，毫无疑问，在产生的众多竞争者中，许多优秀的人才将会被发现。但是，为了这样辉煌的人才迸发，我们本应该竭尽全力，利用我们巨大的储备和潜在的活力，以及吃苦耐劳的社会下层阶级，正是从他们当中可以再生出一直趋于枯竭衰退的上层阶级。[36]

和摩根一样，黑德利把下层阶级想象成能量的储备；而与摩根不同的
232 是，他担心下层阶级正在变得**过于安逸**，缺乏自然选择的宏大修正。

因此，英国文明由于它带来的安适，以及越来越多的人生活水平的提高而处于极大的危险之中：“通过美食、温暖、安适，[英国人]正在最大限度地利用当代人，但这是以牺牲整个种族的活力为代价的。这意味着很大的危险。”[37]请注意，这是杰文斯、密尔、罗斯金和其他人提出的原始可持续论的一个扭曲的堂兄弟。黑德利关注的是日益增长的人口数量带来的不断提高的需求及其引发的资源枯竭，但他关心的不是这些需求对自然环境的损害，而是这些需求对溶于种族血液中的能量产生的损害。自然在这里并不是被想象成具有有限能力维持生长的物质环境，而是自然选择过程的神奇化

身。不受约束的资本主义，允许自然选择在社会环境中运作，是能量的生产者；同时，国家计划和社会主义则预示着要耗尽供给。

我们已经看到，在维多利亚时代的热力学论述中，自然常常被描述为能量的巨大浪费者，而工业发展则成为一种方法，去捕捉这些原本会被浪费的动力。尽管黑德利和其他人主张允许"自然"在人类社会中不受干预地发挥作用，顺其自然，但是人们还是不断地以技术或工业的术语来想象选择的过程。选择的"机制"，就像工业技术一样，被想象成一个能量的收集者，甚至是创造者；另一方面，随机交配，就像曾经的熵一样，可以被看成是粗心、浪费的自然法则。也就是说，尽管黑德利似乎想让"自然"通过自然选择发挥作用而能够水到渠成，但他已经将选择过程与工业生产工作结合起来。因此，工业主义可以被看作自然进程的充分参与者——就像早期的生产主义所书写的一样——而其他类型的人类干预，包括任何类型的国家赞助的慈善机构，则表现为对这些过程的背离或阻挠。

莫兹利还用浪费、力和能量的词汇来讨论进化和退化，并且像黑德利一样，利用了维多利亚时代热力学论述中关于自然世界的含义。在《身体与意志》一书中，他惊奇地描述了"自然界中进化或生产力的衰退"，以及人类"进化能量"的丧失。[38]在这样的表述中，罪犯、精神病患者、残障人士和其他的社会渣滓，似乎成为正在运行着的某种普遍的消解原则的表现，从而瓦解了文明带来的进展。虽然莫兹利没有使用"随机交配"这个词，但是他使用 233
了类似的二元叙述:"我们是期待事物不断形成还是期待它最终解体？"[39]"形成"和"解体"给莫兹利有关进化能量的讨论提供了一个形而上学的光环，他把"退化"看成与秩序世界相冲突的黑暗宇宙原则的表现形式。当然，这样做使得这些不同的群体非人化，但也使他们成为世界末日故事中的成员，而莫兹利日益认为世界末日是不可避免的。他不仅借鉴了热力学的词汇，还借用了最著名的能量耗散和崩溃的符号——热寂——来塑造人类退化，使之成为对整个宇宙具有启示意义的过程："进化能量的灭绝，必然是追随着太阳能的逐渐消亡而发生的，它将导致向上理想的消亡，人类将伴随一个向下的理想幸存下去。"[40]社会的"退化者"——穷人、精神病人，以及残障者——并不是人类，仅仅是一出正在展开的进化戏剧的表现而已，戏剧呈现的是秩序与混乱、能量与熵、光明与黑暗之间所进行的斗争。

威尔斯的《时间机器》：一幅退化的时间表

就像《身体与意志》一样，威尔斯的《时间机器》在结尾处暗示了物种的衰落和世界末日之间的延续性联系。这部小说想象太阳"热寂"就发生在802701年"时光旅行者"抛弃了退化的莫洛克和艾洛伊族之后，它似乎成了大多数生物和文化衰落的预兆，这样的衰退在小说中占据着主导的地位。威尔斯的小说借助热寂的想象强调退化的现象，它似乎和《身体与意志》一样产生了一种想象的飞跃，这暗示了向下进化轨迹与宇宙中的熵原理之间的联系。最近，伊丽莎白·厄马斯在一部英国小说批评研究中，呼吁人们注意这一联系，认为莫洛克-艾洛伊情节是"文明热寂"的一个例证，小说以非连贯的方式阐释了这种联系的含义。她把太阳坍塌的景象解读为社会寓言的延伸，她问道："人们会纳闷，对穷人稍微粗暴点是不是就能阻止太阳的热寂？"[41]正如我们所看到的，这些问题——熵、自然选择、社会工程和慈善——在退化论者的想象中自由地融合。我认为，威尔斯的小说在厄马斯提到的文字中**是**有些不连贯，但这是因为他试图通过故事结构，找出进化论和热力学之间的关系，以及他自己与退化论之间的关系。这部小说的中心存在着一个尚未解决的矛盾，即退化观点的模糊性，它出现在社会寓言和科学现实主义无法匹配起来的总编年表中。[42] 234

《时间机器》的大部分情节都是关于莫洛克人和艾洛伊人的故事，其中充满了退化主义者的种种焦虑。莫洛克人，一个野蛮的、照管各种机器的生物种族，是伦敦下层社会的后代，他们身上体现出关于整个工人阶级合并为一个独立物种的耸人听闻的所有特征。他们严酷的工作环境（小说所提示的）已经使他们进化成猴子和蜘蛛之间的某种杂交物种；他们数字庞大，生活于地下，夜晚出来捕食萎靡不振的上层世界的艾洛伊族。同时，艾洛伊代表了退化主义者关注的另一个焦点——贵族、有闲阶层成员和"颓废"群体，他们的奢华生活使他们如此隔绝，以至于失去了精神和身体的活力："这曾经是能量安然发展的预期结果，它先是流向艺术和性爱，接着则是疲惫和腐朽。"[43]退化再次被设想为一种进化过程中发生的能量损失，由于自然选择后压力减轻而成为可能。艾洛伊人已经放弃了为生存而斗争的能力：时间旅行者很快发现，他们只不过是莫洛克人的家畜。这种对上层阶级和下层阶级之间寻常权力动态的颠覆令人惊讶，也是对英国城市中工人阶级不断膨胀、人口过多引发的传统焦虑的阐述。《时间机器》似乎直接借鉴了退化主义文献，这不仅仅是因为它所想象的有关未来的进化发展，而且因为它所闪现的种种恐惧。

尽管小说呈现的新世界充满异域风貌，尽管时间旅行者煞费苦心描述了其广阔的、惊人的地形变化以及把现在和未来区分开来的纯粹的时间跨度，但实际上我们从未远离维多利亚时代的英国社会动态。首先，这个退化论者的想象是如此具有启示性，且极其变态，充满了人猿、人猪、人鼠和其他哥特式怪物，以至于威尔斯的未来世界似乎是对当时政治和文化比喻的一个现成的阐述，而不是彻底离开现在而去往遥远的未来。当然，这是问题的一部分：其中讽喻式的联系不仅表达得很清晰，而且正如时间旅行者详尽探讨的一样，也是小说的坚决的主张，在小说的结尾处叙述者也把这作为突出的
235 问题来对待。但是，争论的主旨，实际上，主要是借用斯威夫特式社会寓言来传达的，这在小说的通用范式之间造成了一种张力。小说把维多利亚时代的阶级问题和同时代对退化论的关注如此明显地叠加在一起，小说呈现的寓言把时间机器在其旅程中穿越的千载时间又拉了回来。如果我们打算相信，将近一百万年后，人类仍然在理清英国阶级体系的影响，那么这一百万年的时间跨度就有点模糊了。莫洛克-艾洛伊世界既代表了小说叙事的思辨性、世俗性资源所承载的富有想象力的飞跃，也是一根铁锚，而让小说立足于当前所表达的寓言式的静态结构，紧紧地系附在这根铁锚上。[44]威尔斯评论这个时间上矛盾的运动说："这些预言书都包含一些具体的、不可避免的时事问题；你越往前走，你似乎越纠缠于你那个时代的热点问题。一个个事件总是对你产生强烈的影响。"[45]

太阳也在这个社会寓言中变成了象征物，它被时间旅行者塑造成与人类文明的能量衰退相关的东西。他说："在我看来，我似乎偶然发现人类的衰退现象。红彤彤的落日让我想起了人类的落日已近。"[46]这一章的标题——"人类的日落"——可以确保我们不要错过这一点。当然，这次日落还不是太阳的最后"死亡"，但是它预示着最终的末日预言；事实上，这一章让我们用人类中心的术语来解读这个结局，作为进化过程中发生的退化和文化衰退的故事的高潮。这是厄马斯批判的基础。正如我们在前几章中所看到的，文明的状态和宇宙的状态之间的这种联系在维多利亚时代有关太

阳能量的讨论中很常见，并且经常被用来归并那些无法判断的时间。回想斯图尔特的警告：“我们一直非常满足于旁观这一进程，显然忘记了我们也完全被卷入其中。但这种冲突并不允许有什么旁观者——这是一场我们人人都要承担责任的普遍冲突。”[47]狄更斯和罗斯金出于不同的目的——谴责工业文明中的浪费和混乱现象——都使用了灾难性的太阳衰变的想象，但是他们的想象也把宇宙年表挤进了人类历史的坐标，这便是削足适履了。的确，《荒凉山庄》的开篇部分本身用的就是时间旅行式的叙事方式，把史前时代的开端——“遇到一条四十来英尺长的斑龙，像一只庞大的蜥蜴似的，摇摇摆摆爬上荷尔蓬山”和严冬遍布的末日世界一起移挪到当下。在《荒凉山庄》和《时间机器》中，这座城市实际上起到了时间旅行器的作用，它的疏远、奇幻的状态（《荒凉山庄》）或者它用来 236
划分等级并实施隔离的病态的地形结构（《时间机器》）使得未来的威胁性情势降临到当前经验。《荒凉山庄》的开头部分出现了太阳即将陨灭的景象，这是生态破坏以及故事一直试图逃避的能源普遍浪费问题的征兆。相反地，《时间机器》中有关热寂的设想发生在故事的结尾部分，这表现的是故事必须要揭露的隐秘事情。这呈现的是两个不同的伦敦城，展现的也是两组不同的问题，但在这两种情况下，濒临陨灭的太阳都给当代社会中的忧思增添了世界末日的影响。

但是，就像《荒凉山庄》一样，《时间机器》也对我们如此信任自己制造的寓言提出了质疑。时间旅行者在探讨了他对莫洛克人和艾洛伊人退化原因的思考之后，自觉反思了其叙事中通常包含的不确定性：“必须提醒一下，这是我当时的猜测，并没从乌托邦之类的书中找到现成的指导思想。我的解释可能大错特错，但我依然认为它最合理。”[48]这是一段重要的文字，因为它让文本同时往两个相互竞争的方向发展。一方面，时间旅行者承认自己可能犯了错误，这实际上有助于使这个社会寓言看起来更加坚实，因为在他的叙述过程中，我们看到他按照类似于科学方法的程序对此加以构建并检验。他提出一个假设，通过进一步的观察进行衡量，并基于新的信息对其加以修正。这种辩证性的行为孕育出了这样的寓言：我们看到，随着艾洛伊-莫洛克的关系得到更加清晰的界定，并且通过这一界定的过程，维多利亚时代的英国上层阶级和工人阶级之间的象征性区别更加明显。然而，从另一方面来说，这种建构意识也使得寓言的结构看起来有些不稳定，它让时间旅行者而不是威尔斯自己扮演了寓言编造者的角色。这种动态的阐释方式也立刻让小说的时间顺序向两个方向发展。它把当下（维多利亚时代）和未来（艾洛伊-莫洛克时期）的英格兰更加直接地连接起来，因为后者似乎越来越清晰地代表了前者。但它也在现在和更远的未来之间移动，这源于两个时代之间的联系过程本身也受到时间以及能够聚焦于当下问题的想象力的支配。

同样需要注意的是，虽然能量的词汇和“人类的日落”的提法似乎加强了退化与热寂之间的联系，但威尔斯在别的地方还是努力
237 地说明，未来的太阳，实际上，会变得更热：

> 我记得已经提过，这个黄金时代的气候远比我们这里炎热……人们通常认为，未来太阳会逐渐变冷。但是他们对小达尔文的推测不甚了解，因而忽略了这样一点：行星终将一一回归母体。这种灾难发生时，太阳将重新获得能量而变得光芒万丈。[49]

时间旅行者提到了查尔斯·达尔文的儿子乔治，其论文《论黏性球

体的岁差》(1879) 就认为,轨道摩擦将最终导致月球重新回到地球。[50]如果在未来太阳**更加**明亮的话,那么时间旅行者的陈述就出现了某种张力。虽然他尽力把太阳塑造为不断退化的文化能量的象征物,但是他的科学背景还是让他承认,太阳的状态实际上不可能以任何明确的寓言形式来指示人类的状态。

当时间旅行者走到更加遥远的未来时,这种象征物的挪用与对自然表象的科学考察之间的紧张关系以及小说的主旨,才从寓言中果断地转移开来。如果说艾洛伊-莫洛克人的世界充斥着对维多利亚现实的评论,那么小说的最后场景,相比之下,则彻底清除了它的痕迹。时间旅行者把时间推到802701年以外的"几千万"[51]日子之后,把机器停在了"一只巨大的白色蝴蝶"和数十只巨蟹居住的海滩上。在这两个物种中,我们感受到了精致与野蛮、高级与低级的二重性,即构成艾洛伊-莫洛克人分裂的结构差异。小说暗示,我们在更加激进的退化状态下邂逅了艾洛伊人和莫洛克人的后代,这种联系在时间旅行者与这些生物的遭遇遵循了与先前偶遇相同的叙事模式时得到加强:他首先注意到其中一方的无害性(蝴蝶或者艾洛伊人),然后注意到了具有威胁性的另一方(巨蟹或莫洛克人),他意识到后者对他构成了威胁,于是逃离他们的世界进入未来。这是对他早期冒险经历的概述,第二部的迅速展开也暗示着机器一头扎进未来的速度大大提高。

尽管在结构上很相似,但是这同样强烈地暗示着这些新的生物实际上与莫洛克人和艾洛伊人没有任何关系,因为它们与人类根本没有关系:"你是否能想象一只像那边的桌子那么大的巨蟹,它的许 238
多腿在慢慢地、蹒跚地移动着,大爪子摇动着,它长长的触角,像马车车夫的鞭子,在挥舞着、摸索着,它长在头部前面两侧的金色的那双柄眼对你闪烁着?"[52]把它与熟悉的人类对象进行比较,只是强调了这个生物的笨拙的物体属性。虽然我们可能会被引诱着去辨别艾洛伊-莫洛克、蝴蝶-巨蟹组合（高级与低级，高雅与野蛮，怠忽与苛细）之间的某种抽象的共性，也许还会通过各种退化的形状意识到某些普遍特征的持久性，但是我们现在也已经如此远离人类形式，以至于这种联系就是杜撰的。然而，艾洛伊-莫洛克世界给读者带来的主要惊讶之处在于，人们认识到“高贵”和“低贱”之间的传统联系被颠倒了——地下的莫洛克人已经进化成“优越的种族”——蝴蝶和巨蟹之间除了它们在类比中的位置之外，并没有什么清晰可辨的关系。这个场景的想象是对退化者适应性的荒诞的阐述，以至于人们通常由于和退化机体相遇而引起的否认及认可的戏剧故事变成了混乱的回应。通过这种方式，小说完成了对其早期叙述过程的逆转。如果时间旅行者在艾洛伊和莫洛克世界的旅行是为了在那些起初看起来是外星人的东西中间找到熟悉的东西和人类，那么旅行到那个世界之外则表明了，因无法在未来找到任何稳固的位置，建立这种联系的愿望是怎样被削弱的。如果小说教导我们要用熟悉的术语来解读未来，那么它所呈现的场景既吸引又阻挡这个过程。这是一种风格的转变，瓦解了它先前建构的寓言。故事本身发生的人类世界的解构与叙事形式是同时发生的。

但是，在前面的章节中，向前的运动提供了关于莫洛克-艾洛伊二分法的进一步信息，从而加深并阐述了未来与现在之间的象征性联系，在此，向前运动只起到了剥夺世界上任何能让它获得自我认知的东西的作用。在巨蟹-蝴蝶世界之后，时间旅行者继续前行，见证了太阳的死亡：

> 最后，大约过了三千万年，这个庞大的红色火球几乎遮住了十分之一的昏暗天空。接着，我又停了下来，因为那些成群

> 结队爬行的螃蟹已经消失。红色的海滩上除了一些灰绿色的青苔和地衣外，不见一点生命的迹象。海滩上出现了一块块白斑。一阵寒气袭来，罕见的雪花飘然落下。东北面苍茫的天穹下，皑皑白雪反射出星光，熠熠生辉，连绵起伏的小丘顶上一片粉白。海边已经结了一层冰，更远处还有冰块浮动，但是大部分海面仍未结冰，在永恒的夕阳映衬下殷红似血。[53] 239

然而，在小说之前的部分中，其寓言性破坏了读者对时间延伸的感受，现在粗暴的时间延续性又打破了曾经联系未来和现在的纽带。我们仍然在寻找意义和认同点，因为小说就是这样教我们阅读的，但是外部世界几乎是彻底抵制这种态度。在这段文字中，对全球能源枯竭缓慢到来的唯一抵抗似乎是盲目的、无机的运动形式：飘落的雪花、漂浮的冰块、“仍未结冰”的海洋和“连绵起伏”的山丘。当然，连绵起伏的山峦的运动根本不是真正的运动——它只是人类头脑赋予静止不动的风景以一种认知和语言的功能，在这经年累月的未来时刻，人类仍旧试图将其自身的秩序观念强加于外部世界。鉴于在早期，我们面临着“人类的日落”这样以人类为中心的意象，以及宇宙中发生的事件给文明的发展提供的某种注解，在这里，**实际上**当太阳陨落时，未来已经彻底且系统性地去掉其人性化特点了。威尔斯通过展示这样一个已经抹去人类最后痕迹的未来，不仅超越社会寓言世界，还让我们感到它缺乏牵引力。取而代之的是一种科学实在论，是热力学定律观点，它推动叙事发展，走向由人类构建的未来，而不是遵循科学规律的逻辑推演出的预测。时间不再会崩塌，而是无限延伸的，太阳也不仅仅是人类发展状态的象征。

在这个意义上，威尔斯的小说在很大程度上与19世纪其他大多数关于太阳热寂的描述相背离。以莫兹利的观点为例：

> 如果地球上万物的背后是太阳已经年复一年地、持续不变
> 地供给它力量，并且仍然在稳定地供以力量，那么很明显，当它
> 停止供给的时候，因为总有一天必然会停止，那一定会出现稳
> 240 步的倒退，以及事物的迅速退化，通过岁月更迭进步的力量带
> 来的变革，在退化的分解力量作用下被毁灭了……那些发展更
> 加复杂的民族将会退化、分裂，其位置也将被那些复杂程度较
> 低的低级别的个体所占据；反过来，它们也会让位给更加低级
> 的生物组成的更简单、更脆弱的集体。[54]

这是一个严峻的前景，但把这篇文章和威尔斯的作品放在一起阅读，更能突出前者隐含的人类中心主义。莫兹利认为，当太阳在几百万年后开始消亡时，仍然会有人站在那里观看它的发生。不仅太阳转变成文明衰落的象征，而且引申开来，地球也隐隐变成了一个稳定的、永久的、延续到最后的人类家园。对莫兹利来说，热力学第二定律对微观世界和宏观世界同样适用，因此个体、民族、物种、宇宙都按照同样的轨迹发展并衰变：“生命的普遍规律是缓慢地获取、平衡、衰变，直到最终的死亡。这一定律支配着国家和个人的成长、衰变和崩毁。”[55]做出这样的类比，正如莫兹利所描述的热寂那样，使他能够想象文明和宇宙的衰变是相互的、依稀相关的现象；也使他能够把退化“解读”为熵的一种形式。他的“进化能量”概念将人类的进化与这种热力学轨迹联系在一起，将物种退化转变为宇宙消解的标志。[56]历史的、进化的、宇宙的叙事在结构上紧密相连，暗示人类文明的毁灭**就是**宇宙的寂灭，反之亦然。[57]

相比之下，《时间机器》中无情的时间延伸，把人们熟悉的特征从未来世界中系统化地清除掉的工作，它对地球生态系统整体改造的兴趣——这些事情都有助于消除太阳热寂想象中隐含的人类

中心主义。如果说威尔斯在艾洛伊-莫洛克部分的靶子是一种社会自满，这种自满可以让阶级分化强化为原生质性的事实，他在结尾几页批评的对象就是在认识论上的自满，即将人类生活置于宇宙中心。的确，我们可以从他在撰写《时间机器》时出版的许多非虚构作品中看出，他坚决否定人类生命是宇宙意义重大的现象，或者是地球上的必然存在："这部分地是因为人类动物过分的自我主义，仅仅是它即将灭绝的观点也是令人难以置信的。它说起'一个无用的世界！'就像古老的志留纪海中一只任性的幼小头甲鱼所说的那样……当然，要是问一问为什么人类应该是这条规则的例外也 241
不是没有道理的。至少从科学的角度来看，要想找一个例外是很难的。"[58]《时间机器》的目的之一就是通过让灭绝这种"难以置信"的观点变得完全可信和可想象，来质疑人类的这种例外意识，它是通过分离宇宙和文明二者的叙事，并打破在许多关于退化的描述中发现的符号联系做到的。这是热力学和进化论压力之间的辩证关系（而不是类比关系）的设想，它借用了威尔斯的导师T. H. 赫胥黎的观点。赫胥黎在《人类社会的生存斗争》(1888) 中指出，进化会受到熵和热寂的影响，不是因为这些过程在结构上是类似的，而是因为进化是一个适应过程，它对显著的环境变化会产生响应。[59]这与莫兹利的热寂故事截然不同，它留下的仅仅是太阳即将陨灭带来的严寒：

> 一些退化的人类族系，可能分散生活在赤道附近的雪屋中，就像现在因纽特人生活在极地附近一样，他们代表了人类灭绝之前潮汐落去时的最后一个浪潮；直到最后，一个不再文明的冰冻的地球无法提供任何能量产生任何种类的活的粒子，因而死亡本身便死了。[60]

对莫兹利来说,“生命”就是人的生命。

虽然威尔斯和赫胥黎与莫兹利以及其他退化论者都认为,进化并不一定都是在伟大的进步和复杂性的方向上展开的,但他们并没有把退化的变化归因于某种固定的、普遍的熵的下降过程或“进化能量”的固定存量已经耗竭的过程。首先,如果所有文明都是在某种热力学可预测的轨迹上衰落,那就等于没有多少空间进行改革或政治干预。如果把太阳死亡的严酷必然性作为人类所有过程的比喻,那么它最多也就是静寂主义的处方,最坏也是改变现状的手段。正如托马斯·理查德所说:“熵,就像进化一样,似乎把历史放在人类活动的领域之外。因为它把主动性从人类转移到物理学原理上,它表面上看来是悲观地放弃社会控制的所有可能性。”[61]对于赫胥黎、威尔斯来说,自然过程并没有被看成是所有系统运行的过程;相反,自然是需要人类社会系统进行管理的东西。赫胥黎写道:

242 社会进步意味着对宇宙进程的每一步进行检查,并且用另一个所谓的伦理进程来替代它;就整体而言,其结局也不是那些碰巧最合适者会生存下来,而是那些伦理上的最优者。[62]

从这个观点中,我们可以看出一点想法,反映赫胥黎《论煤的形成》一文中所表达的有关煤的思想,我们在第一章中曾就此讨论过。在这篇论文中,赫胥黎把煤炭能源想象成一种能够让人类通过增加技术的复杂性和材料的丰富度来超越自然过程的限制和压力的手段。

《时间机器》假设,在演化退化理论和热力学第二定律之间发生着复杂的相互作用。正如我们所看到的,由于人们通常用启示性的术语把退化描述为一种能量损失的形式,依据第二定律描述的向下轨迹发展，所以在某种程度上，小说结尾处描写的热寂让人感觉像是艾洛伊-莫洛克衰落叙事的一个合适的且几乎是逻辑上必要的终曲。威尔斯以这种方式结束这部小说，似乎加强了退化、熵和太阳死亡之间的象征性联系，而这往往是莫兹利、诺尔道和其他一些作家常做的事。正因此，厄马斯注意到这本书提出的社会问题与似乎由它们引起的宇宙偶然事件之间具有表面上的连续性，并将此解读为不连贯性。然而，另一方面，当我们更仔细地阅读小说表现的热寂，并关注威尔斯对这一事件的与传统不同的表现方式，我们发现，《时间机器》如何抛弃了人类中心论，不再将宇宙事件纳入人类叙事中，并把遥远的未来变成现实的另一个版本。

虽然威尔斯对热寂比喻的修订能够打破人类例外论的神话，去直面消除人类重要性的未来，但是它在另一个层面上也能够增强人类意识的力量。如果艾洛伊-莫洛克的社会寓言是把未来变成了大约1895年时英国的奇幻版，那么结尾的科学现实主义则恰恰相反：它让人的头脑在想象中旅行，超越它自己的生物、历史和时代的局限。天文学家理查德·普罗克特在一篇关于过去和未来时间的文章中指出，“我们无法想象在过去已经出现，并在未来依然会发生无穷无尽的变化”。[63]《时间机器》要面对人类中心主义，以及蕴含于这种“不可思议”观点中的人类想象力的局限。小说借助科学预言的信息，让读者一瞥未来，虽然现在我们无法体验未来，但不代表未 243
来是完全不可知的或无法想象的。的确，在某种程度上，威尔斯对这种情景的把握能力代表了科学想象力和无畏的、理性的探究精神的胜利。它是人类心灵力量的证明，能够想象自身灭绝的状态，并去窥视一个不可见的景象。我们也许想起了廷德尔在《作为一种运动形式的热》一书中的评论，即借助于热力学定律，“让我们感到荣幸的是，我们能够超越这些度量，只将太阳自身看成是无限延展当中的一点，仅仅是沧海一粟”。[64]其观点和语气与威尔斯有很大的不同，但他们同样都夸大了大脑受科学驱动的思维方式。然而，与廷德尔不同的是，威尔斯把这种富有想象力的能力看成是小说悲剧感的源泉，因为最终，这种能力也必须屈服于它所努力揭示的冷漠的自然力量。

到目前为止，我一直在讨论《时间机器》在不同的范式和认识论之间的张力。在小说的最后几页，这种张力通过两个角色之间的视角冲突体现出来：时间旅行者和一直在给我们讲故事的“框架”叙述者。在最后一章中，叙述者解释了他们之间的区别：

> 因为依我之见，目前的实验都毫无说服力，理论支离破碎，人与人之间矛盾尖锐，这些都与巅峰期格格不入。以上只是我个人的见解。我知道时间旅行者对人类的进步并不持乐观的态度，制造时间机器前我们就讨论过这个问题。他把人类文明成果的积累看作一种愚蠢的堆积，最终会倒塌，压垮创造者。即便真是如此，我们仍然自欺欺人地活着。我认为未来依旧黑暗、渺茫——是个巨大的未知数，只有通过回忆时间旅行者的故事才能零星得到点启示。然而，值得欣慰的是，我还有两朵奇特的白花，虽然它们已干枯，发黄，变脆，却证明了即使是在智力和体力衰竭的时代，人类仍然保留着感恩之心和关爱之情。[65]

这段文字提出了一个重大的问题。一方面，叙述者似乎在劝人有意遗忘——“自欺欺人地活着”——这带有否认的味道。他对这个故事的回应就是，把任何看起来冷酷和不舒服的东西不放在心上，以便能继续生活下去。奇怪的是，虚构和现实似乎在这里交换了位置，因为时间旅行者的旅行故事体现了令人沮丧、难以接受的科学事实，只有假装这些事实并非真实，才使生存成为可能。换言之，**普通的生活**需要自己主动悬搁怀疑。突然之间，框架叙述者显得比刚 244
刚告诉我们他穿越了时间的旅行者更不可靠，他的乐观主义看上去几乎是荒谬且感情用事的。他把注意力集中在一个细节上——时间旅行者从他的艾洛伊配偶韦娜那里收到的花——相对于整个人类的分歧和退化以及这个世界的热寂而言，赋予它更多的重要性，而这些都是为了让他"欣慰"。这就是小说的虚构，利用了回避机制，一个"随意"的举动，选择的却是令人满意的细节。时间旅行者在这里扮演的是卡珊德拉的角色，而我们不得不考虑出现这种现象的可能性，即他难以令人认可的想象力，正是它得以实现的保证。

但是，阅读这段文字要从威尔斯自身成长为小说家和社会思想家的角度来考虑，我们可以看到，叙述者决定假想一个"黑暗、渺茫"的未来——一束等待点亮的光芒，一幅等待填色的画布——也是富有创造性的。这创造出更多充满幻想的小说去填补未来的空白，产生其他的概念，让人类更加有效地处理进化和热力学的压力。在《时间机器》出版后的几十年里，威尔斯在写作中出现的些许乌托邦式的政治思想的实现，并不仅仅是因为否认了构成时间旅行者想象的严酷必然性，而是因为激活了小说的其他功能，揭示了未被书写的巨大空白，以及介入其中的浩瀚的时间。对于叙述者来说，未来是"浩瀚无知的"，这种表述可能使人联想到他的否认和他一厢情愿的不知情，但也提醒我们，小说有时费尽心思地展现了纯粹的时间延伸。虽然最后对未来的想象中，宇宙冷寂和把人类时间去中心化可能产生一些生存焦虑，但它们在不同层面上也有效地消除了熵的热寂，这是人类文明给自身带来的现实困扰。

我想补充一下，这样的举动对科幻小说的发展至关重要。虽然维多利亚时代的热力学给未来提供了科学、世俗化的描述，但正如我们所看到的，世俗化实际上只是表面现象。能量定律可能有助于将未来向科学表述开放，但是，正如我在前两章中所讨论的，第一代热力学作家仍然在严格界定的神学范围内想象未来。热力学只是
245 提供了另一扇通往上帝启示录的宏大叙事的窗口——在《不可见的宇宙》中，它被详细地阐述为（能量）损失和救赎的戏剧性事件。虽然，正如许多评论家所指出的，启示录的传统对科幻想象有着形成性影响，但它们也严重阻碍了人们对“未写下”的未来进行想象的能力。1834年，法国作家费利克斯·博丹认为，乌托邦和启示录的问题在于，它们预测的未来基本上是静态的，叙事中的每一件事情往往要么建立一个固定的乌托邦共同体，要么达到人类时间的巅峰状态。因此，这些作品与世俗叙事的发展是相悖的，在世俗叙事中人类的行动和发展比神圣计划的展开更为重要。在他看来，如果要实现未来的小说，乌托邦和启示录的传统都需要彻底改变。[66]《时间机器》即代表了这样一种彻底改变，把热力学的太阳衰退预言和一个静止的、没有生命的未来彻底地世俗化，以便为介入的时间腾出空位。时间旅行者的愿景可能在宏大的规模上向我们展现出丧失赎回权的可能性——宇宙并非以人为中心，最终也并不能以任何方式得到赎回——但它也许为人类提供了大量的时间来塑造多样的未来。

相比之下，时间旅行者则给了我们一个无法抗拒的退化论逻辑的版本，当他想象文明只是“愚蠢的堆积，最终会倒塌，压垮创造者”时。小说与这样彻底的论断联系起来，它认为热寂无可逃避，就像在莫兹利那里一样，成为种种崩溃现象的信号。的确，时间旅行者对悲观主义的表达是对《身体与意志》中的一段话不可思议的回应：“于是，当有机体——生物的、社会的或民族的——已经达到某种复杂的进化状态，它必然会在自身滋生一些变化，而这些变化

最终会导致它衰退并崩溃。”[67]不管威尔斯是不是故意提到莫兹利，他的小说显然在某个地方起到了分离莫兹利将宇宙和人类时间尺度合并的作用，从而表明，尽管太阳的热寂可能是不可避免的，但并不一定所有的系统都会遵循从内部解体并崩溃的轨迹。正如我们所看到的，熵并不是艾洛伊人和莫洛克人毁灭的原因，退化也不是某种“进化能量”耗尽的产物。《时间机器》的结尾很残酷，但它从整体上来说挑战了这样一种观点，即所有的故事都可以被简化为同一个热力学叙事的微观版本。威尔斯坚持认为，要打破遥远的宇宙事件和人类发展的特定轨迹之间的联系，他实际上还在把热寂的想象“去维多利亚化”。叙述者建议要主动悬搁质疑，它包括有意忘 246
掉太阳的崩溃，以及遵从本地的虚构及其他对未来的猜想。

这样的解决方案不太可靠，它在这些人物的极端观点之间徘徊。正如威尔斯经常遇到的那样，问题就在于是自由还是陷阱。[68]时间旅行者接受了未来世界的严酷必然性，接纳一种纯粹的个体自由，并用他的时间机器在几个世纪里快乐地游荡：“他现在甚至可以——如果我可以这样用这个词的话——到一些游荡着蛇颈龙的鲕状珊瑚礁上漫游。”[69]正如罗伯特·菲尔摩斯所指出的，他“消失在自己想象的世界中”，被永远地密封在一些构造的机器中（时光机器和《时间机器》）。[70]同时，叙述者通过否定时间旅行者的想象，并声称与文本之外的世界之间的联系（“我们仍然自欺欺人地活着”），暗示了一种逃离小说的局限和它所描绘的未来的途径。然而，他在这样做时，似乎只是采用了另一种虚构，那种“自欺欺人”的态度，只能通过一系列的想象和遗忘来让现实世界变成“真实”。每个人物在摆脱一种虚构的时候，又被困在另一种虚构中。威尔斯在提出这些对立的反应时，描述了他的科学兴趣让他陷入的认识论陷阱。承认人类生命只是进化压力的玩物，在濒临灭绝的太阳系中注定会灭绝，这是退避到仅仅是个人意义形式和政治寂静主义的秘诀。另一方面，忽视或否定这些科学原理也许就是要退回到另一种自满和无为中。这就是个悖论：要实现生产性的社会改革，必须不带错误地正视现代科学思想的含义。但他们面对的严酷无情，又会伤害人们改革的动力。

对威尔斯来说，打破僵局的答案在于能量。在《时间机器》的结尾处看似不可能的从自然过程的逃离，到拥有恰当标题的乌托邦作品《解放全世界》(1915) 中则被想象成一种真正的可能性。在这部作品中，他设想了镭的发现和核技术的后续发展将会带给未来富足：

> 这是人类生活新的一天的黎明。在那个起源于钻燧取火和野蛮人的火棍的文明到达高潮点，正当我们现有的能源不能
> 247 无限期地承受我们日益增长的需求表现得越来越明显时，我们突然发现可能存在一种全新的文明，我们生存所需要的能量，以及大自然依旧能勉强供应我们的能量，实际上有不可思议的数量被锁困在我们的周围。[71]

在《时间机器》中被它的时间延伸无情破坏了的、人类有关“一天”的比喻，现在又恢复了。原子革命是一个连贯的宇宙进化叙事的一部分，包括高潮和戏剧性的救援。正如早期的煤炭能源成为上一代人逃离马尔萨斯陷阱的途径一样，核能也成为逃离杰文斯所阐述的新马尔萨斯问题的途径。此外，能源将人类从达尔文式的压力中解放出来，表现为能源的一种功能：“为生存持续斗争，为了活下去而持续斗争，自然能量的零结余将不再是人类的命运。人类将从这个文明的巅峰迈向下一个文明。”[72]进化已经与自然选择有效脱钩，威

尔斯的进化论成为达尔文主义（使用莫尔斯·佩卡姆的区分方法很有用）——从科学的严谨转到形而上学的进化论。[73]正如他在《时间机器》中所做的那样，威尔斯详细描述了进化和热力学之间的辩证关系，而不是逻辑关系，只有在这里，它才能从两者的界限中释放出来。

在这个过程中，《解放全世界》对退化的概念进行了重新界定，把它从生物学能指转变为社会历史能指："在自然科学领域，自由思考和坦率发表论文的精神是征服自然的开始，这种精神贯穿于整个18世纪和19世纪，在旧世界退化的身体内产生出新世界的精神。"[74]居住在伦敦贫民窟的退化的身体，在上一代人看来，似乎威胁到物种未来的发展，但现在仅仅变成了陈腐的生活方式，其本身就在于让路。从这个意义上说，"退化"不再是进化的死胡同，而是宇宙发展过程的一部分，在这个过程中，旧事物成为新事物的茧。人类曾经构想他们的社会、政治和智力生活的方式，包括退化本身的想法，成为过往时代的遗迹，成为人们需要摆脱的模式，而不是构成未来历史进程的不可调和的压力。威尔斯和其他早期持退化观点的作家一样，描述了一种进化的能量，一种推动人类文明发展的能量。但在现在变得无限的物质资源基础上，并不会出现能源耗尽 248
的危险。相反，它成了完全超越物质性的手段。

我们以前看过这个故事。正如廷德尔这些上一辈的生产主义作家所提到的，由太阳能驱动的机车和自动采煤的世界，使工业运转自然化，而威尔斯把原子能的使用想象成一个本质上自然的过程。他写道，随着新原子引擎的使用，"工业方法和机械的广泛替代物"就产生了。[75]这个说法表明"工业"不是指生产方法或大规模使用机械来管控能源，而是指随之而来的社会、历史时期。《解放全世界》，就像《作为一种运动形式的热》，是人们的奇思妙想，假定我们可以不用承担工业的后果就拥有工业，并实现大规模能源开采，而不用承担任何生态和社会上的灾难性后果。对于威尔斯来说，原子时代的关键在于它完全不用支付环境成本。新的引擎会产生副作用，却极少有人反对："在达斯-塔塔和霍尔斯滕-罗伯茨的发动机中，可回收的废品之一是黄金。"[76]叙述者告诉我们，化石燃料驱动的机器产生的"奢侈污染""仍然让来到南肯辛顿机械博物馆的参观者感到惊讶"。[77]事实证明，污染不是能源密集型生产过程的产物，而是**煤炭**的产物。就像退化、资源稀缺以及其他维多利亚时代的问题一样，废物是愚昧时代的遗物，通过技术进化得到克服。把污染想象成维多利亚时代的独特标志，就是在历史上对它进行阻隔，并且认为那个时期关于能源浪费和环境破坏的教训根本不适用于新时代。

这幕生态戏剧再次在伦敦闭幕，伦敦不再是"维多利亚时代那个阴沉的烟雾笼罩的城市"，而是拥有"一尘不染"的环境。[78]没有浪费的工业主义，没有环境破坏的现代城市生活——威尔斯的核能愿景使我们回到了卡莱尔在《宪章运动》中对曼彻斯特的生产主义梦想："烟尘和绝望不是它的本质（城市）；它们可以相区分开来——它们不是在这个时候哭着喊着要分开吗？"[79]卡莱尔的想象无法适应19世纪中叶英国城市生活的实际情况；正如我们所看到的，他不得不退回到现实和"外表"之间的模糊的形而上学的区分中，以便使累积的城市垃圾消失。由于废物处理和管理方法的极大改进，发动机和壁炉的清洁燃烧，以及城市法令限制烟雾的产生，曾
249 经困扰狄更斯、罗斯金和其他19世纪中叶批评家的大量的城市垃圾形式在威尔斯写作的时候已经消失殆尽。这个城市不再呈现出曾经挑战19世纪中叶生产主义者幻想的污染和混乱的景象。就像威尔斯所做的那样，人们可以设想一个**不再存在**浪费的未来，因为

它已经被有效地从日常经验中去除了。

在《解放全世界》中，自然或环境不再给人类强加限制条件。相反地，这些限制是内在的或自我生成的。这部小说实际上是一部关于进化的戏剧，探究人类是否能够适应它，能否改变他们的习俗和制度，以适应能量充足的清洁的新环境。这在很多方面，只是对“清白记录”的幻想，由核技术驱动，自然资源重新得到补充，环境恢复到初始状态，而唯一依旧“肮脏”的便是资本主义的思维定式及其经济结构。的确，通过将黄金作为原子引擎排放的副产品，威尔斯将环境污染问题转化为社会和经济的复杂问题。黄金的迅速堆积不会对自然生态系统造成困扰，也不会产生灾难性的健康问题。相反，它能让全球金融体系震荡，因为黄金、煤炭、石油和其他对濒临死亡的“工业”时代起到基础作用的商品现在已经一文不值。市场不稳定，战争爆发，但冲突完全是在人类范围内进行的，自然界被排除在外。事实上，由于原子能只会产生对环境有利的后果，人类的战斗似乎只是更加无趣而没有必要，它是僵化的组织模式的产物，这种僵化的组织模式也已经完全被淘汰。

《解放全世界》以另一种方式概括了生产主义者的梦想：它假想出了一个没有熵的世界。在很流行的能量不灭的描述中，以及无论发生什么变化，“力流永远是相同的”（如廷德尔所说）这样给人慰藉的观点中，生产主义找到了它的终极表达，同样地，威尔斯想象了一个如此充满力量的世界，以至于资源浪费也变得无关紧要。更值得一提的是，在他看来，原子能使“有秩序地征服自然”[80]变成可能，这意味着科学方法不仅可以有组织地应用于所有的人类问题，而且可以应用于技术的发展，它能创造秩序，却又不会产生浪费。能量的巨大消耗与熵的巨大产量不相匹配。通过这种方式，这本书不仅是消除自然选择带来的压力的梦想，它也是克服热力学第二定

律的梦想。太阳的热寂，是《时间机器》中着重强调的未来的景象，
250 但在《解放全世界》中却毫无踪迹。这不仅仅是因为威尔斯在后一
本书中缩短了他的时间范围，还因为原子能的实现以及无限能量和
丰富的世界似乎为除了太阳之外人类的主要能源提供了替代品。
这隐含在科学家霍尔斯滕的想象中，他对太阳演说："'你这古老的
东西'，他说——他的眼睛闪闪发光，他用手做了一个抓握的动作；
'你这古老红色的东西……我们将会得到你。'"[81]这是个雄心壮
志，但是威尔斯却把霍尔斯滕当作一个英雄，一个普罗米修斯式的
251 人物，让自然被完全控制然后被完全超越的日子成为可能。

注　释

引　言　有限的自然环境下，幻想逃避

1. Chevron. "Human Energy." TV advertisement (2 October 2007). Available at www.youtube.com/watch?v=-KyjTGMVTkA (accessed January 8, 2014).
2. David Goodstein, *Out of Gas: The End of the Age of Oil* (New York: Norton, 2004), 48.
3. Christopher Herbert, *Victorian Relativity: Radical Thought and Scientific Discovery* (University of Chicago Press, 2001), 35.
4. Thomas Robert Malthus, *An Essay on the Principle of Population*, ed. Philip Appleman, 2nd edn. (New York: Norton, 2004 [1798]), 76.
5. 同上书，78。
6. 在《太阳的运行》一书中，特德·安德伍德提出，戈德温是18世纪晚期、19世纪早期对"能量"一词进行生产主义上的重新界定时的关键人物。他认为，戈德温使用这个词语来指代自治、自由以及"生产物自发地从工人身上涌出"的精神(50)。戈德温在这样说时，他还努力在将力量从传统的土地根源上分离出来的中产阶级工人与"自然力量的自发性"之间建立联系(54)。另一方面，马尔萨斯很清楚地表达了他的愿望，要让能量根植于土地自身，根植于那些为人类提供给养的农业区。Ted Underwood, *The Work of the Sun: Literature, Science and Political Economy, 1760—1860* (New York: Palgrave, 2005).
7. Kathleen Tobin, *Politics and Population Control: A Documentary History* (Westport, CT: Greenwood, 2004), i.
8. Lewis Henry Morgan, *Ancient Society: or, Researches in the Lines of Human Progress* (New York: Henry Holt, 1877), 19.
9. William Godwin, *Of Population: An Enquiry Concerning the Power of Increase in the Numbers of Mankind* (London: Longman, 1820), 615.
10. Friedrich Engels, "Outlines of a Critique of Political Economy," in Karl Marx and Friedrich Engels, *Marx and Engle on the Population Bomb,* trans. Ronald Meek

(Berkeley: University of California Press, 1971), 63.

11. Malthus, *An Essay*, 90.
12. 参见Elmar Altvater, "The Social and Natural Environment of Fossil Capitalism," in *Coming to Terms with Nature*, ed. Leo Panitch and Colin Leys, Socialist Register (London: Merlin Press, 2007), 37—71 (37)。

252

13. Michael Perelman, "Marx and Resource Scarcity," in *The Greening of Marxism*, ed. Ted Benton (New York: Guilford, 1996), 64—80 (67). 对于马尔萨斯给马克思留下的思想遗产，这是一个争议不休的话题。参见Jonathan Hughes, *Ecology and Historical Materialism* (Cambridge University Press, 2000), 48—54; Ted Benton, "The Malthusian Challenge: Ecology, Natural Limits, and Human Emancipation," in *Socialism and the Limits of Liberalism*, ed. Peter Osborne (New York: Verso, 1991), 241—269 (247)。
14. 参见 Samuel Baker对"行星的马尔萨斯"的讨论，*Written on The Water: British Romanticism and the Maritime Empire of Culture* (Charlottesville: University of Virginia Press, 2010), 136。
15. Malthus, *An Essay*, 22.
16. 同上书，20。
17. Kenneth Boulding, "The Economics of the Coming Spaceship Earth," in *Valuing the Earth: Economics, Ecology, Ethics*, ed. Herman Daly and Kenneth N. Townsend (Cambridge, MA: MIT Press, 1993), 297—310 (297). 值得注意的是，正如人们经常用马尔萨斯主义来为惩罚穷人的经济和社会政策辩护，我们也可以用"宇宙飞船式的地球"的比喻来为针对第三世界的强制性政策作辩护。参见Hughes, *Ecology and Historical Materialism*, 40—42。
18. Daniel Hall, *Practical Lessons and Exercises in Heat* (London: Rivington, 1893), 194. 相比较而言，现代物理学把封闭系统界定为无法从外界获取额外物质的系统，但是该系统可以获取能量。参见Eric D. Schneider and Dorion Sagan, *Into the Cool: Energy Flow, Thermodynamics, and Life* (University of Chicago Press, 2006), 26。
19. T. E. Young, *On Centenarians; and the Duration of the Human Race: A Fresh and Authentic Enquiry* (London: Charles and Edward Layton, 1899), 125.
20. Schneider and Sagan, *Into the Cool*, 79.
21. 参见Joe Burchfield, *Lord Kelvin and the Age of the Earth* (University of Chicago Press, 1990 [1975]), 23。
22. Paul Ehrlich, Anne Ehrlich, and John P. Holdren, "Availability, Entropy, and the Laws of Thermodynamics," in Daly and Townsend, *Valuing the Earth*, 69—73 (73).
23. Ilya Prigogine and Isabelle Stengers, *Order out of Chaos: Man's New Dialogue with Nature* (New York: Bantam, 1984), 127.
24. Lynda Nead, *Victorian Babylon: People, Streets and Images in Nineteenth-Century*

London (New Haven: Yale University Press, 2000), 15.

25. Richard Lehan, *The City in Literature: An Intellectual and Cultural History* (Berkeley: University of California Press, 1998), 123.
26. William Stanley Jevons, *The Coal Question: An Inquiry Concerning the Progress of the Nation, and the Probable Exhaustion of Our Coal Mines*, 2nd edn. (London: Macmillan, 1866), 178.
27. Nicholas Georgescu-Roegen, *The Entropy Law and the Economic Process* (Cambridge, MA: Harvard University Press, 1971), 294.
28. 同上书，295。 253
29. 米歇尔·塞尔注意到，蒸汽式发动机的来临和对煤炭的依赖也引入了涉及时间的新的关系；*Hermes: Literature, Science, Philosophy*, ed. Josue V. Harari and David F. Bell (Baltimore: Johns Hopkins University Press, 1982), 71。
30. George Levine, *Darwin and the Novelists: Patterns of Science in Victorian Fiction* (Cambridge, MA: Harvard University Press, 1988), 159.
31. John Stuart Mill, *Principles of Political Economy*, 2 vols., Vol. II, 5th edn. (New York: D. Appleton, 1896), 339.
32. John Ruskin, *The Works of John Ruskin*, ed. E. T. Cook and Alexander Wedderburn, 39 vols, Vol. XVII, (London: G. Allen, 1903—1912), 110.
33. Paul Crutzen, "Geology of Mankind," *Nature* 415.6867 (2002): 23.
34. Frederick Charles Krepp, *The Sewage Question: Being a General Review of All Systems and Methods Hitherto Employed in Various Countries* (London: Longmans, 1867), 203.
35. Prigogine and Stengers, *Order out of Chaos*, 116.
36. Ehrlich, Ehrlich, and Holdren, "Availability, Entropy, and the Laws of Thermodynamics," 72—73 (黑体为原文所加)。
37. Gillian Beer, *Darwin's Plots: Evolutionary Narrative in Darwin, George Eliot and Nineteenth-Century Fiction*, 3rd edn. (Cambridge University Press, 2009), 10.
38. Patricia Yaeger, "Editor's Column," *PMLA* 126.2 (2011): 303—310 (307).
39. James Mussell, "Science," in *Charles Dickens in Context*, ed. Sally Ledger and Holly Furneaux (Cambridge University Press, 2011), 326—333 (326).
40. Vanessa Ryan, "Living in Duplicate: Victorian Science and Literature Today," *Critical Inquiry* 38.2 (2012): 411—417.
41. Nancy Paxton, *George Eliot and Herbert Spencer: Feminism, Evolutionism, and the Reconstruction of Gender* (Princeton University Press, 1991), 3—14 and *passim*. 亦见阿德莱恩·布克兰著作中有关文学与地质学交流互动的观点：*Novel Science: Fiction and the Invention of Nineteenth-Century Geology* (University of Chicago Press, 2013), 15—19 and *passim*。

42. Ryan, "Living in Duplicate," 415—416.

43. Iwan Rhys Morus, *When Physics Became King* (University of Chicago Press, 2005), 55.

44. 同上书,57。

45. Rick Rylance, *Victorian Psychology and British Culture* (Oxford University Press, 2000) 2.

46. M. King Hubbert, "Exponential Growth as a Transient Phenomenon in Human History," in Daly and Townsend, *Valuing the Earth*, 113—126 (113).

47. Frederick Soddy, *Wealth, Virtual Wealth, and Debt* (London: George Allen, 1983 [1926]), 29—30.

48. 在讨论新兴的工业力量如中国时,出现了一个相似的趋势,即它们的环境问题常常被说成是"狄更斯式的"。参见Keith Bradsher and David Barboza, "Pollution
254 from China Casts a Global Shadow," *The New York Times*, June 11, 2006。Bryan Walsh, "The World's Most Polluted Places," *Time* (September 12, 2007).源自 http://content.time.com/time/specials/2007/article/0, 28804, 1661031_1661016, 00.html (2014年1月4日浏览)。我不想说中国的发展并没有产生严重的环境后果,但是将其与19世纪的状况频繁加以比较会让人们以为,西方社会已经在某种程度上克服了维多利亚时代的环境问题。

49. Goodstein, *Out of Gas*, 32.

50. Richard Anthony Proctor, "Britain's Coal Cellars," *St. Paul's 9* (October—December 1871): 182—194 (194).

51. 要讨论追求聚变反应堆相关的"痴心妄想",参阅查尔斯·塞弗撰写的一本题目贴切的专著,*Sun in a Bottle: The Strange History of Fusion*, 227 and *passim*。

52. Joseph Holdsworth, *On the Extension of the English Coal-Fields* (London: R. Middleton, 1866), 111—112.

53. Clifford Krauss, "Drilling Boom Revives Hope for Natural Gas," *The New York Times*, August 24, 2008, AI.

54. George Basalla, "Some Persistent Energy Myths," in *Energy and Transport: Historical Perspectives on Policy Issues*, ed. George Daniels and Mark H. Rose (London: Sage, 1982), 27—38 (27).

55. 同上书,28。

第一章　城市与太阳

1. T. H. Huxley, "On the Formation of Coal," in *Discourses: Biological and Geological* (New York: D. Appleton, 1897 [1870]), 137—161 (158—161).

2. Henry Adams, *The Degradation of the Democratic Dogma* (New York: Macmillan,

1919), 142—143.

3. William Whewell, *Astronomy and General Physics Considered with Reference to Natural Theology* (London: William Pickering, 1833), 289.
4. James Moore, "Theodicy and Society," in *Victorian Faith in Crisis: Essays on Continuity and Change in Nineteenth-Century Religious Belief*, ed. Richard J. Helmstadter and Bernard Lightman (New York: Stanford University Press, 1990), 153—186 (158—159; 黑体为原文所加)。
5. 同上书, 159。
6. William Buckland, *Geology and Mineralogy Considered with Reference to Natural Theology*, 2 vols., Vol. I (London: William Pickering, 1836), 595—596.
7. 同上书, 131—132。
8. Frank M. Turner, *Contesting Cuhural Authority: Essays in Victorian Intellectual Life* (Westport, CT: Greenwood, 2004), 104.
9. Huxley, "On the Formation of Coal," 160.
10. Richard Jones, *An Essay on the Distribution of Wealth and on the Sources of Taxation* (London: John Murray, 1831), xiii. 255
11. Buckland, *Geology and Mineralogy*, 537—538.
12. Robert Hunt, "British Diamonds," *The St. James's Magazine* I (May 1861): 223—234 (231).
13. 正如杰弗里·坎特尔曾经说的, 1851年的万国工业博览会是英国技术的展示, 是由许多宗教领袖以很清晰的"神意论术语"表述出来的: "Science, Providence and Progress at the Great Exhibition," *Isis* 103.3 (2012): 439—459 (445)。
14. 亨利·亚当斯提出了由于化石燃料文化带来的熵和反神意的历史叙事, 参见*A Letter to American Teachers of History* (Washington, DC: J. H. Furst, 1910)。
15. Charles Babbage, *An Essay on the General Principles which Regulate the Application of Machinery* (London: W. Clowes, 1827), 7—8.
16. Underwood, *The Work of the Sun*, 172.
17. Babbage, *An Essay*, 8.
18. Charles Babbage, *The Ninth Bridgewater Treatise: A Fragment*, 2nd edn. (London: John Murray, 1838), 34—41.
19. M. Norton Wise and Crosbie Smith, "Work and Waste: Political Economy and Natural Philosophy in Nineteenth Century Britain," *History of Science* 27 (1989): 263—301, 391—449; 28 (1990): 221—261 (27: 429).
20. 布莱恩·韦恩认为:"科学自然主义是……工业化的宇宙背景幕布……命运掌握在人类自己的手中, 科学的手中, 而不是神灵的手中。""Natural Knowledge and Social Context: Cambridge Physicists and the Luminiferous Ether," in *Science in Context: Readings in the Sociology of Science*, ed. Barry Barnes and David Edge

(Cambridge, MA: MIT Press, 1982), 212—231 (218—219).

21. 参见 Peter J. Bowler, *The Non-Darwinian Revolution: Reinterpreting a Historical Myth* (Baltimore: Johns Hopkins University Press, 1988)。

22. Anson Rabinbach, *The Human Motor: Energy, Fatigue and the Origins of Modernity* (Los Angeles: University of California Press, 1992), 3.

23. 同上书, 2—3。

24. Underwood, *The Work of the Sun*, 1—2.

25. 参见 Thomas Kuhn, "Energy Conservation as an Example of Simultaneous Discovery," in *The Conservation of Energy and the Principle of Least Action*, ed. I. Bernard Cohen (New York: Arno, 1981), 321—345 (338)。

26. 参见 Rhys Morus, *When Physics Became King* (University of Chicago Press, 2005), 123—155。

27. Samuel Smiles, *The Life of George Stephenson and of His Son Robert Stephenson* (New York: Harper, 1868), 468.

28. 例如，参见 Benjamin Ward Richardson, "Sun Force and Earth Force," *The Popular Science Review* 5 (1866): 327—336 (327), cited in Underwood, *The Work of the Sun*, 183。

29. John Herschel, *A Treatise on Astronomy* (London: Longman, 1833), 211.

30. 参见 Juan Martinez-Alier, *Ecological Economics: Energy Environment and Society*
256 (Oxford: Basil Blackwood, 1990), 161—162。

31. Smiles, *The Life of George Stephenson*, 468.

32. H. G. Wells, *The World Set Free: A Story of Mankind* (New York: E. E Dutton, 1914), 25.

33. Balfour Stewart, *The Conservation of Energy* (London: Henry S. King, 1873), 34.

34. 对于斯图尔特这一段的讨论，参见 Philip Mirowski, *More Heat than Light: Economics as Social Physics, Physics as Nature's Economics* (Cambridge University Press, 1989), 132。

35. 引自 Peter Guthrie Tait, "Energy," *North British Review* 40 (May 1864): 177—193 (181)。

36. 引自 John Masson, *Lucretius: Epicurean and Poet*, 2 vols., Vol. I (London: John Murray, 1907), 139。

37. 参见 Rabinbach, *The Human Motor*, 313。

38. John Tyndall, *New Fragments*, 2nd edn. (London: Longmans Green, 1892), 386.

39. John Tyndall, *Heat Considered as a Mode of Motion* (New York: D. Appleton, 1863), 448.

40. John Tyndall, *Address Delivered before the British Association Assembled at Belfast* (London: Longmans Green, 1874), 64.

41. Tyndall, *Heat* , 449. 虽然在当时，他感知到的唯物主义让他成为一位具有争议性的人物，但是，他关于“物质和能量”的概念，用弗兰克·特纳的话来说，“具有很真实的泛神论和超验的可能性”；*Contesting Cultural Authority*, 21。格雷格·梅尔斯在讨论廷德尔的修辞和传统的宗教观点之间的延续性时说，“廷德尔的用词含有不可知论思想；是物理学家而不是创世者给世界注入了生命。但是，为恒定的、转化的能量所设定的新的、激进的概念被同化进哲学观念中，可以追溯到《传道书》”；“Nineteenth-Century Popularizations of Thermodynamics and the Rhetoric of Social Prophecy” in *Victorian Studies* 29.1 (Fall 1985)：35—66 (43)。
42. Tyndall, *Heat*, 448.
43. 同上书，447。
44. Herbert Spencer, *First Principles of a New System of Philosophy* (New York：D. Appleton, 1865), 251.
45. 参见Mirowski, *More Heat than Light*, 266—267；Underwood, *The Work of the Sun*, 180—181。
46. 参见Barri Gold, *ThermoPoetics: Energy in Victorian Literature and Science* (Cambridge, MA：MIT Press, 2010), 6—7。
47. 参见Mirowski, *More Heat than Light*, 35—59。
48. John Tyndall, *The Glaciers of the Alps* (London：John Murray, 1860), 246.
49. Stephanie Pain, “Before It Was Famous：150 Years of the Greenhouse Effect,” *New Scientist* 202.2708 (May 16, 2009)：46—47 (47).
50. Jevons, *The Coal Question*, 2.
51. Smiles, *The Life of George Stephenson*, 495.
52. 虽然马克思和恩格斯把资本主义生产实践的各种使人困惑不解的事物加以理 257
论化，但是他们反对任何有关“自然限制”的理论。正是这一原因，像本顿、凯特·索普和约翰·贝拉米·福斯特这样的马克思主义学者一直在做的是，既要揭示马克思思想中的生态维度，又坚持对其著作中出现的环境行为和意识做“批判性的转化”。(Ted Benton, “Marxism and Natural Limits,” in Benton, *The Greening of Marxism*, 157—186 [157].)
53. Thomas Carlyle, *Chartism*, 2nd edn. (London：James Fraser, 1840), 83.
54. Thomas Carlyle, “Signs of the Times,” in *Critical and Miscellaneous Essays: Collected and Republished*, 5 vols., Vol. I, 2nd edn. (London：James Fraser, 1840), 262—294 (267).
55. Thomas Carlyle, *On Heroes, Hero Worship, and the Heroic in History* (London：Chapman and Hall, 1840), 11.
56. Thomas Carlyle, *Sartor resartus* (London：Chapman and Hall, 1831), 48.
57. 同上书，49。
58. 同上书，48—49。

59. Carlyle, *Chartism*, 36.
60. Thomas Carlyle, *Past and Present* (London: Chapman and Hall, 1843), 37—38.
61. 参见，例如U. C. Knoepflmacher, "The Novel between City and Country," in *The Victorian City: Images and Realities*, ed. H. J. Dyos and Michael Wolff, 2 vols., Vol. II (London: Routledge, 1972), 517—536 (530—536)。
62. Carlyle, *Chartism*, 83—84.
63. Carlyle, *Past and Present*, 374—375.
64. Carlyle, *Sartor resartus*, 48.
65. Underwood, *The Work of the Sun*, 177.
66. Crosbie Smith, *The Science of Energy: A Cultural History of Energy Physics in Victorian Britain* (University of Chicago Press, 1998), 181.
67. George Levine, "From Know-Not-Where to Nowhere," in Dyos and Wolff, *The Victorian City*, Vol. II, 495—516 (501).
68. Christopher Hamlin, "Providence and Putrefaction: Victorian Sanitarians and the Natural Theology of Health and Disease," *Victorian Studies* 28.3 (Spring 1985): 381—411 (381—382).
69. John Holland, *The History and Description of Fossil Fuel, the Collieries and Coal Trade* (London: Whittaker, 1835), 460.
70. Anon., review of W. S. Jevons, *The Coal Question*, *The Times*, April 19, 1866, 10, cited in *W. S. Jevons: Critical Responses*, ed. Sandra Peart, 4 vols., Vol. I (London: Routledge, 2003), 195—198 (196).
71. 即便是最乐观的观察者也注意到了这个问题。在《乔治・斯蒂芬森的一生》的序言中，塞缪尔・斯迈尔斯针对大都市有多么依赖整个燃烧煤炭的基础设施的问题说："现在伦敦的生活大大依赖于铁路，甚至可以说它日复一日都是由铁路在供养着自己，从来没有哪怕只是为了几天时间储存一些物资，其供应是日常的、连续的，因而从来没人想过某一时刻它可能会被打断。"(xxv) 斯迈尔斯并不关心是否要敲响警钟；相反，他把这种依赖性看成是一次机会，借以展现巨大的生命体系中，铁路的发明让奇迹成为可能。然而，人们是能够轻易地感受到这时有关伦敦的构想呈现的黯淡结果。 258
72. Jevous, *The Coal Qustion*, 232.
73. 同上书，157。
74. 同上书，196—197。
75. William Waterston, "Coal," in *Cyclopaedia of Commerce, Mercantile Law, Finance, Commercial Geography and Navigation* (London: Henry G. Bohn, 1844), 164.
76. Jevons, *The Coal Question*, 160—161.
77. 同上书，162。
78. 同上书，371。

79. Grant Duff, "Must We Then Believe Cassandra?, " in *Miscellanies, Political and Literary* (London: Macmillan, 1878), 57—93 (65—66).
80. Jevons, *The Coal Question*, 8.
81. Catherine Gallagher, *The Body Economic: Life, Death, and Sensation in Political Economy and the Victorian Novel* (Princeton University Press, 2006), 38.
82. Jevons, *The Coal Question*, 248.
83. 同上书,358。
84. William Sidney Gibson, *The Certainties of Geology* (London: Smith Elder, 1840), 256.
85. Holdsworth, *On the Extension of the English Coal-Fields*, 111—112.
86. 同上书,112。
87. 同上。
88. 同上书,18。
89. 同上书,8—9。
90. 同上书,22。
91. 参见John Bellamy Foster, *Marx's Ecology: Materialism and Nature* (New York: Monthly Review Press, 2000), 148—149。
92. 参见同上书, 149—170; Karl Marx, *Capital*, 3 vols., Vol. I, trans. Ben Fowkes (New York: Penguin, 1990), Chapter 15。
93. Richard Anthony Proctor, *The Sun: Ruler, Fire, Light, and Life of the Planetary System* (London: Longmans Green, 1872), 400.
94. Justus yon Liebig and Alderman Mechi, "The Sewage of Towns, " *The Farmer's Magazine* 17 (1860): 163—165 (164).
95. Marx, *Capital*, Vol. I, 637—638.
96. 正如格雷姆·戴维森所说的:"几乎没有什么观点会像有机的或生物的城市这样对城市社会研究者产生这样强大的影响。从亚里士多德的政治学到芝加哥学派等,社会理论家把城市比喻成身体或有机体;将它们分解为构成性的器官。""The City as a Natural System: Theories of Urban Society in Early Nineteenth Century Britain, " in *The Pursuit of Urban History*, ed. Derek Fraser and Anthony Sutcliffe (London: Edward Arnold, 1983), 349—370 (349). 259
97. Thomas Hawksley, "The Power for Good or Evil of Refuse Organic Matter, " in *The Sewage of Yawns: Papers by Various Authors, Read at a Congress on the Sewage of Towns Held at Leamington Spa, Warwickshire*, ed. John Hitchman (London: Simpkin, Marshall, 1866), 3—62 (47).
98. 如果神意安排的完美经济和恒定秩序能够作为可行的观点得到保持,那么,要么城市会以某种方式完全退出自然,要么它会成为自然秩序里急需解决的问题。我们已经看到,卡莱尔是怎样通过赞同先辈的选择而努力地把城市与废弃物在形而上学的意义上加以隔离，以及这种区分是多么尴尬且不确定。几十年后，在处于第二阵营中的霍克斯利中著作中，我们可以看到与他相关的另一种尴尬。

99. 引自 Hamlin，"Providence and Putrefaction，" 391。
100. Marx，*Capital*，Vol. I，638.
101. 同上书，637。
102. Friedrich Engels，*The Condition of the Working Class in England*，ed. Victor. Kiernan (New York：Penguin，2005 [1845])，149.
103. Holdsworth，*On the Extension of the English Coal-Field*，17.
104. Nead，*Victorian Babylon*，84—85.
105. Henry Mayhew，*The Criminal Prisons of London and Scenes of Prison Life* (London：Griffin，Bohn，1862)，29.
106. 同上。
107. 同上书，39。
108. Lewis Mumford，*The City in History: Its Origins, Its Transformations and Its Prospects* (New York：Harcourt Brace，1961)，563—567.
109. J. C. Platt and J. Saunders，"Underground，" in *London*，ed. Charles Knight，6 vols.，Vol. I (London：Charles Knight，1841)，233.
110. Nead，*Victorian Babylon*，15.
111. Mayhew，*The Criminal Prisons of London*，9.
112. 同上书，9。
113. 同上书，8—9。
114. 同上书，9。
115. Nead，*Victorian Babylon*，97.
116. Blanchard Jerrold，*London: A Pilgrimage* (New York：Anthem，2005 [1872])，18.
117. Jerrold，*London*，18.
118. 同上书，12。
119. 同上书，39。
120. 同上书，21。
121. Nead，*Victorian Babylon*，29.

第二章　人类世的黎明时发生的太阳热寂

260 1. Gillian Beer，*Open Fields: Science in Cultural Encounter* (New York：Oxford University Press，1999)，225.
2. 同上。
3. 引自 Tait，"Energy，" 181。
4. Prigogine and Stengers，*Order out of Chaos*，116.

5. 对于热力学第二定律概念的根源，以及管理组织的比喻转换（从平衡的永恒到发动机时间上的不可逆性）问题，参阅 Wise and Smith，“Work and Waste，” Part II。
6. Anon.，“The Place Where Light Dwelleth，” *The British Quarterly Review* 51 (April 1870)：409—441 (413—414).
7. Rylance，*Victorian Psychology*，26.
8. William Thomson，“On a Universal Tendency in Nature to the Dissipation of Mechanical Energy，” in *Mathematical and Physical Papers*，5 vols.，Vol. I (Cambridge University Press，1882)，511.
9. Myers，“Nineteenth-Century Popularizations of Thermodynamics and the Rhetoric of Social Prophecy，” *Victorian Studies* 29.1 (Fall 1985)：35—66 (44).
10. William Thomson and P G. Tait，*Teatise on Natural Philosophy*，2 vols.，Vol. I (Cambridge University Press，1883)，486.
11. 自然神学对汤姆森作品的影响，参见Crosbie Smith，“Natural Philosophy and Thermodynamics：William Thomson and ‘The Dynamical Theory of Heat，’ ” *British Journal for the History of Science* 9 (November 1976)：293—319；and David Wilson，“Kelvin's Scientific Realism：The Theological Context，” *Philosophical Journal* 11 (1974)：41—60。
12. Balfour Stewart and Peter Guthrie Tait，*The Unseen Universe; or, Physical Speculations on a Future State*，6th edn. (London：Macmillan，1876)，209.
13. Georgescu-Roegen，*The Entropy Law*，9.
14. Mirowski，*More Heat than Light*，63.
15. Serres，*Hermes*，72.
16. William Thomson and P. G. Tait，“Energy，” *Good Words* 3 (1862)：601—607 (606).
17. Balfour Stewart and Norman Lockyer，“The Sun as a Type of the Material Universe，” Parts I and II，*Macmillan's Magazine* 18 (July 1868)：246—257 (319).
18. Balfour Stewart，“What Is Energy?，” Parts I—IV，*Nature* 1 (April 28，1870)：647—648；2 (June 2，1870)：78—80，(July 7，1870)：183—185，(August 4，1870)：270—271 (Part I，648).
19. Stewart，*The Conservation of Energy*，152.
20. Proctor，*The Sun*，475.
21. F. Max Müller，*Lectures on the Origin and Growth of Religion* (London：Routledge，1997)，207—208，cited in Beer，*Open Fields*，224.
22. Stewart，*The Conservation of Energy*，154.
23. Myers，“Nineteenth-Century Popularizations of Thermodynamics，” 55.
24. M. Norton Wise and Crosbie Smith，*Energy and Empire：A Biographical Study of Lord Kelvin* (Cambridge University Press，1989)，331.
25. Myers，“Nineteenth-Century Popularizations of Thermodynamics，” 46. 261

26. Bruce Clarke, "Dark Star Crashes," in *From Energy to Information: Representation in Science and Technology, Art, and Literature*, ed. Bruce Clarke and Linda Henderson (Stanford University Press, 2002), 59—75 (60).
27. 引自Burchfield, *Lord Kelvin and the Age of the Earth* , 79。为了更加充分地了解达尔文和汤姆森、地质学和物理学之间的冲突，参阅Beer, *Darwin's Plots*, 160—163；以及Burchfield, *Lord Kelvin and the Age of the Earth*, 70—79。
28. 为了完善这一主题的讨论，参阅Theodore M. Porter, " A Statistical Survey of Gases: Maxwell's Social Physics," *Historical Studies in the Physical Sciences* 12 (1981): 77—116 (100—116) 。
29. Gaston Bachelard, *The New Scientific Spirit* (Boston: Beacon Press, 1984), 65, cited in Rabinbach, *The Human Motor*, 48.
30. Stewart and Lockyer, "The Sun as a Type," 325.
31. 同上书，324。
32. 同上书，326—327。若讨论斯图尔特的"反物质主义"论，参阅Graeme Gooday, "Sun-Spots, Weather and the Unseen Universe: Balfour Stewart's Anti-Materialist Representations of Energy in British Periodicals," in *Science Serialized: Representations of the Sciences in Nineteenth-Century Periodicals*, ed. Geoffrey Cantor and Sally Shuttleworth (Cambridge, MA: MIT University Press, 2004), 111—147 (113—114)。
33. 可能强调心灵的最为人所熟知的例子就是麦克斯韦所做的著名的思维实验，"筛选妖"在理论上可以逆转热力学第二定律的作用。虽然麦克斯韦的"妖"并不是作为一个严肃的主张提出来的，而是作为启发工具，它表明人们希望能在严格的能量经济中，把大脑想象成筛选的漏洞。
34. 正如G. H. 刘易斯所言："当你声称，身体受引力作用、液体流动到一平面或者指针朝向北方都是在某一定律的影响下发生的，那么你就给原来的事实又增加了一个抽象的主体，你可以肯定它会强变成事实……产生这一现象的定律是什么，是更加细微、更加客观的超自然力量的替代"；*Comte's Philosophy of the Sciences* (London: Bell and Daldy, 1871 [1853]), 52。
35. Levine, *Darwin and the Novelists*, 91.
36. T. H. Huxley, *Evolution and Ethics* (New York: D. Appleton, 1897 [1893]), 83—84.
37. Wise and Smith, "Work and Waste," Part II, 398.
38. M. Norton Wise, "Time Discovered and Time Gendered in Victorian Science and Culture," in Clarke and Henderson, *From Energy to Information*, 39—58 (54—55).
39. Stewart and Lockyer, "The Sun as a Type," 320.
40. 同上书，319。
41. 若要讨论能量定律支持某一因果关系的概念，或者使其具体化，而这一关系是乐观主义者原本要忽略的，参阅Peter Allan Dale, *In Pursuit of a Scientific Culture:*

Science, Art, and Society in the Victorian Age (Madison: University of Wisconsin Press，1990)，130—136。 262

42. Stewart and Tait，*The Unseen Universe*，127.
43. 正如比尔在《野外考察》中指出的那样，时间视域上的“缩减”只是热力学物理学家的策略，他们不相信地质均变，因而就“破坏进化论”(162)。但是在斯图尔特的著作中，人们发现了对时间的极端歪曲。我认为，这是由于他提出要进行复杂的尝试，从热力学定略中塑造出一个完全道德的宇宙来。
44. 虽然维多利亚时代许多热力学著作对原始资本主义思想表述得十分明确——这在梅尔斯的论文中得到充分的讨论——但是值得注意的是，在他后期的作品中，汤姆森针对化石燃料为基础的工业制造系统对和平与环境的影响做出了悲观的预计。但是总的来说，特别是在世纪中期的数十年中，热力学著作往往忽视了第二定律对地球资源利用的影响，却把关注点放在工业秩序的“自然化”上。
45. Stewart，*The Conservation of Energy*，153.
46. Herman yon Helmholtz，“On the Interaction of Natural Forces，” trans. John Tyndall，in *Popular Lectures on Scientific Subjects* (New York: D. Appleton，1873)，153—196 (192).
47. George Hodgins，“Energy and Explosives，” *Brotherhood of Locomotive Firemen and Enginemen's Magazine* 59 (September 1915): 299—301 (300).
48. Clarke，“Dark Star Crashes，” 60.
49. Stewart and Tait，*The Unseen Universe*，126.
50. Underwood，*The Work of the Sun*，7.
51. Stewart and Tait，*The Unseen Universe*，126.
52. 同上；Myers，“Nineteenth-Century Popularizations of Thermodynamics，” 57。
53. R. H. Patterson，“Sensationalism in Science，” *Belgravia* 6 (October 1868): 77—81 (77).
54. 若要讨论“太阳热寂”与哗众取宠，参阅 Alberto Gabriele，*Reading Popular Culture in Victorian Print: Belgravia and Sensationalism* (New York: Palgrave Macmillan，2009)，63—65。
55. Anon.，review of W. S. Jevons，*The Coal Question*，*The Times*，June 26，1866，cited in *W. Stanley Jevons: Collected Reviews and Obituaries*，ed. Takutoshi Inoue (Bristol: Thoemmes Press，2002)，93—104 (96).
56. Thomson and Tait，“Energy，” 606.
57. Jevons，*The Coal Question*，164.
58. Anon.，review of Jevons，*The Coal Question* (June 26，1866)，94.
59. George Perkins Marsh，*Man and Nature; or, Physical Geography as Modified by Human Action* (New York: Scribner，1864)，55.
60. 同上书，44。

第三章　狄更斯《荒凉山庄》中的能量系统与叙事系统

263

1. 参阅G. K. Chesterton，*Dickens: A Critical Study* (New York: Dodd Mead，1906)，77—78; J. Hillis Miller，*Charles Dickens: The World of His Novels* (Cambridge，MA: Harvard University Press，1958)，86，90，137; Alex Woloch，*The One versus the Many* (Princeton University Press，2003)，144，175，185。
2. W. J. Harvey，"The Double Narrative of *Bleak House*，" in Charles Dickens，*"Bleak House": A Norton Critical Edition*，ed. George Ford and Sylvère Monod (New York: Norton，1977)，963—970 (966).
3. V. S. Pritchett，"Dickens，" in *The Pritchett Century: A Selection of the Best by V. S. Pritchett* (New York: Modern Library，1998)，573—579 (577).
4. E. D. H. Johnson，*Charles Dickens: An Introduction to His Novels* (New York: Random House，1969)，149.
5. Dickens，*Bleak House*，469.
6. 米勒使用能量和熵的语言，但没有具体讨论热力学问题。威尔金森通过阅读小说《荒凉山庄》以及在狄更斯的杂志《家庭箴言》上刊登的科学讲座与文章建立了历史主义观点。戈尔德在《热学诗论》中精彩、彻底地探究了能量学与狄更斯小说之间的联系。参阅J. Hillis Miller，"The World of Bleak House，" in Dickens，*Bleak House*，ed. Ford and Monod，947—960; Ann Wilkinson，"Bleak House: From Faraday to Judgment Day，" *ELH* 34.2 (1967): 225—247; Barri Gold，" Bleak House: The Novel as Engine，" in *ThermoPoetics*，187—224。
7. Dickens，*Bleak House*，52，306.
8. 参见Dickens，*Bleak House*，esp. 89—92。
9. Dickens，*Bleak House*，411.
10. 同上书，1。
11. 同上书，445。
12. 同上书，1。
13. 同上书，249。
14. 同上书，250。
15. 同上。
16. 同上书，456。
17. Mirowski，*More Heat than Light*，106.
18. 参见Gallagher，*The Body Economic*，esp. 35—61。
19. Stewart and Lockyer，"The Sun as a Type，" 319.
20. Stewart，*The Conservation of Energy*，26.
21. Dickens，*Bleak House*，67.

22. Garrett Stewart, "Dickens, Eisenstein, Film," in *Dickens on Screen*, ed. John Glavin (Cambridge University Press, 2004), 122—144 (129).
23. 当时产生的这些认识论上的疑惑与热力学作品中经常描述的自然和工业的简略的一致性相对立。注意斯图尔特和泰特在《不可见的宇宙》中所做的评论:"将人们肉眼可见的宇宙比喻成一台巨大的热力发动机也许是完全有事实依据的,这是我们把这些发动机推到读者面前的原因。太阳是个大火炉,或者是蕴含巨大热量的、我们这个系统的热源。"(126) 这里我们看到的是用完全确定的术语将工业自 264
然化,用现代技术过程为整个宇宙的运转提供了一个做功模型。在斯图尔特声称他的比喻"完全有事实依据"的时候,我们可以看到类比与同一之间的区别变得完全糊涂。
24. Dickens, *Bleak House*, 154.
25. 同上书,254。
26. 同上书,80,229。
27. 同上书,80。
28. 同上书,577。
29. 同上书,35。
30. 同上书,387。
31. 参见 *The Oxford English Dictionary*, 2nd edn. (Oxford University Press, 1989), s.v. "sustainable, *adj.*"。Available at www. oed.com/view/Entry/19510?redirectedFrom=sustainable#eid (accessed January 11, 2014).
32. Thomas Malthus, *Additions to the Fourth and Former Editions of "An Essay on the Principle of Population,"* (London: J. Murray, 1817), 35.
33. *OED*, s.v. "sustainable, *adj.*"
34. Nicholas Simons, *Cases Decided in the High Court of Chancery by the Right Hon. Sir Lancelot Shadwell*, 17 vols., Vol. Ⅺ (London: V. and R. Stevens, 1853), 92.
35. Dickens, *Bleak House*, 67.
36. 同上书,492。
37. Joseph Meeker, *The Comedy of Survival: In Search of an Environmental Ethic* (New York: Scribner, 1974), 58.
38. Anon., "The Coal Question," *The Examiner*, reprinted *Littell's Living Age* 79 (December 1863): 226—230 (227).
39. Dickens, *Bleak House*, 227.
40. 参阅,例如Philip Fisher对小说的讨论,"City Matters, City Minds," in *The Worlds of Victorian Fiction*, ed. Jerome Buckley (Cambridge, MA: Harvard University Press, 1975), 371—389 (386)。
41. Dorothy Van Ghent, "The Dickens World: A View from Todgers," *Sewanee Review* 58.3 (1950): 419—438 (426).

42. Stewart and Tait, *The Unseen Universe*, 198.
43. Babbage, *The Ninth Bridgewater Treatise*, 114—119.
44. Thomson, "On a Universal Tendency," 511.
45. 正如特里·伊格尔顿所称,"狄更斯被迫在他后期的小说中使用社会组织(大法官法庭、办事拖拉的官僚机关)作为美学上统一的意象,这些组织也是他批判的对象"。*Criticism and Ideology: A Study in Marxist Literary Theory* (London: Verso, 2006[1975]), 129.
46. Tina Young Choi, "Forms of Closure: The First Law of Thermodynamics and Victorian Narrative," *ELH* 74.2 (Summer 2007): 301—322 (312).
47. 同上书,314。
48. Ken Hilmer, *What Else Is Pastoral? Renaissance Literature and the Environment* (Ithaca, NY: Cornell University Press, 2011), 96.

265 49. Levine, *Darwin and the Novelists*, 18.
50. 的确,我们必须将这一点与詹姆斯·克拉斯纳对《物种起源》中"树木交错的河岸"(entangled bank)的意象持有的观点联系起来:他认为,这一意象的特殊性使得它在表述本书中描述的流动的、不可捉摸的、变动不居的、分散模糊的生态动力时,并不适当(118)。
51. Hiltner, *What Else Is Pastoral?*, 123.
52. Dickens, *Bleak House*, 620.
53. 同上书,621。

第四章 《我们共同的朋友》中的再生能量

1. 论及斯宾塞的热力学原理,参阅Gold, *ThermoPoetics*, 72—111。
2. Anon., "Is Heat Motion?," *All the Year Round* 13 (July 1, 1865): 534—538; anon., "Heat and Work," *All the Year Round* 14 (August 5, 1865): 29—33; Edmund Saul Dixon, "Physical Force," *Household Words* (March 12, 1859): 354—359; Edmund Saul Dixon, "Vital Heat," *Household Words* (June 19, 1858): 13—18; anon., "Small-Beer Chronicles," *All the Year Round* 8 (February 14, 1863): 58—62; anon., "Respecting the Sun," *All the Year Round* 13 (April 22, 1865): 297—300.
3. 参见anon., "How Long Will Our Coal Last?," *All the Year Round* 2 (March 17, 1860): 488—490; anon., "The Coal Question"。
4. Tyndall, *Heat*, 448.
5. 正如乔纳森·史密斯所言,《家庭箴言》中无穷尽的变态世界,坚定地立足于自然神学的祥和中,也开始对《一年四季》中表明的稀缺和耗竭产生了担忧。史密斯在1860年揭示的这种转变与我们在前几章中勾画的发展蓝图相一致:热力学观点的通俗化,包括19世纪50年代出现的太阳的"热寂",因杰文斯著作《煤的问题》

引发的对煤和其他资源不断攀升的焦虑，等等。参阅 Jonathan Smith，“Heat and Modern Thought：The Forces of Nature in *Our Mutual Friend*，” *Victorian Literature and Culture* 23（1995）：37—69。

6. 参阅，如J. 希利斯·米勒颇有影响力的解读：“《我们共同的朋友》依然故我，摒弃世界具有理想统一性、超越个人生活的差异且身居其外的上帝也可以感知的观点……在这里，并不存在统一的中心”；*Charles Dickens*，292。
7. 参见 Gooday，“Sun Spots，” 111—112 and *passim*。
8. Daniel Wise，*The Young Man's Counselor；or，Sketches and Illustrations of the Duties and Dangers of young Men*（Cincinnati：Poe and Hitchcock，1860），88.
9. Thomson and Tait，“Energy，” 601.
10. 同上。
11. J. P. Nichol，“Energy，” in *A Cyclopaedia of the Physical Sciences*（London：Richard Griffin，1860），316—318（316）.
12. Stewart，“What Is Energy?，” 78（黑体为原文所加）。 266
13. Edwin Chadwick，“Opening Address of the President of Section F（Economic Science and Statistics）of the British Association for the Advancement of Science，” *Journal of the Statistical Society of London* 25（1862）：502—524（509—511）.
14. Anon.，“National Portraits，” *All the Year Round* 9—10（November 7，1863）：252—256（255）.
15. Thomson and Tait，“Energy，” 605.
16. Ted Underwood，“Productivism and the Vogue for ‘Energy，’ ” *Studies in Romanticism* 34.1（1995）：103—125（116）.
17. Gallagher，*The Body Economic*，3；Jules Law，*The Social Life of Fluids：Blood，Milk，and Water in the Victorian Novel*（Ithaca，NY：Cornell University Press，2010），3.
18. 参见 Smith，“Heat and Modern Thought，” 42。
19. Jules Law，*The Social Life of Fluids*，10.
20. Rabinbach，*The Human Motor*，78.
21. Karl Marx，*Capital*，3 vols.，Vol. III，trans. Ernest Untermann（Chicago：Charles Kerr，1909），954—955.
22. 一些具有环保意识的批评家给马克思强加了任务并认为，他在想象人类转入社会主义时，没有认识到整个技术结构都需要革命。否则，这个生态上毁灭性的、资源密集型资本主义生产模式就仅仅是被另一个生态上毁灭性的、资源密集型的社会主义生产模式替代。参见，例如 Rudolf Bahro，*Socialism and Survival*（London：Heretic Books，1982），27。其他马克思主义学者也认识到了马克思主义著作中生态问题上的模棱两可；比如迈克尔·佩雷尔曼，认为他的对生态限制性的矛盾情绪来自对任何支持反马克思主义理论的思想都持不信赖的态度（见“Marx and Resource Scarcity，” 66—67）。

23. Chadwick,“Opening Address,” 514.
24. “Abel Handy,”“Hard-Labour in Store,” *Punch* 46—47 (April 9, 1864): 151.
25. 同上。
26. Stewart,“What Is Energy?,” 647.
27. Anon.,“Up-Hill Work,” *All the Year Round* 13 (July 15, 1865): 593—596 (594).
28. Anon.,“Heat and Work.”
29. George Levine, *Dying to Know: Scientific Epistemology and Narrative in Victorian England* (University of Chicago Press, 2002), 153.
30. Charles Dickens, *Our Mutual Friend* (New York: G. W. Carleton, 1885 [1865]), 53.
31. George Orwell, “Charles Dickens,” in *Selected Writings* (London: Heinemann, 1958), 147.
32. Dickens, *Mutual Friend*, 27.
33. 同上书,67。
34. 同上书,27。
35. 同上。
267 36. Law, *The Social Life of Fluids*, 61.
37. 参见,例如,Jerrold, *London*。在一篇有关小说中的热力学的杰出文章中,乔纳森·史密斯认为,瑞伯恩对能量的抱怨表明了一个事实:“在《我们共同的朋友》中,两个极端,要么疯狂却无效地运转着,要么根本就不运转,不都同样是不可接受的吗?”“Heat and Modern Thought,” 57. 虽然我同意这些阐述,但是我认为,对于狄更斯来说,找到中间地带本身就是个问题。这里所说的要在浪费且懒散者与浪费且高度热爱运动者之间进行的极端的划分表明了,要找到一个稳定的区域,让**任何的**行动都变得有意义,是多么困难,至少在小说的前面部分是这样的。
38. Dickens, *Mutual Friend*, 146.
39. Gallagher, *The Body Economic*, 105.
40. 同上书,35—61。
41. Dickens, *Mutual Friend*, 12.
42. 同上书,11。
43. 同上书,173。
44. Andrew Wynter, “The Use of Refuse,” *The Quarterly Review* 124 (January and April 1868): 334—356 (337).
45. 同上书,335。
46. Krepp, *The Sewage Question*, 203.
47. Douglas Strutt Galton, “Report of the Royal Commission on Metropolitan Sewage,” *Journal of the Society of Arts* 33 (February 13, 1885): 290—303 (296), cited by Nicholas Goddard, “‘A Mine of Wealth’?: The Victorians and the Agricultural Value of Sewage,” *Journal of Historical Geography* 22.3 (1996): 274—290 (277).

48. Dickens, *Mutual Friend*, 492.
49. 同上书,79。
50. 同上书,171。
51. Wynter, "The Use of Refuse," 336.
52. Nancy Aycock Metz, "The Artistic Reclamation of Waste in *Our Mutual Friend*," *Nineteenth Century Fiction* 34.I (June 1979): 59—72 (68).
53. Chadwick, "Opening Address," 512.
54. Dickens, *Mutual Friend*, 390.
55. 同上书,389。
56. 同上书,290。
57. 同上书,530。
58. 同上书,531。
59. 同上书,678。
60. 同上书,776。
61. 同上书,216。
62. 同上书,217。
63. 同上书,792。
64. 同上书,791。
65. 同上书,732。
66. Mary Poovey, *Making a Social Body: British Cultural Formation, 1830—1864* (University of Chicago Press, 1995), 167. 268

第五章 约翰·罗斯金的替代性能量

1. Timothy Clark, *The Cambridge Introduction to Literature and the Environment* (Cambridge University Press, 2010), 16.
2. Jonathan Bate, *Romantic Ecology: Wordsworth and the Environmental Tradition* (New York: Routledge, 1991), 58—61.
3. 参见 Martinez-Alier, *Ecological Economics*, 8, 97; Daly and Townsend, *Valuing the Earth*, 18。
4. 对罗斯金作品的引用来自 *The Works of John Ruskin*, 由书卷和页码表示,因此形式是: III.129。
5. 参见 Stuart Peterfreund, "The Re-Emergence of Energy in the Discourse of Literature and Science," *Annals of Scholarship* 4.1 (1986): 22—53 (35—36)。
6. Underwood, *The Work of the Sun*, 34.
7. *Works of John Rushin*, VI. 128.
8. 同上书,IV. 133—134。

9. 同上书，XVI. 385。
10. 能量概念的浪漫主义根源可参见Kuhn，“Energy Conservation，” 338 and *passim*。
11. *Works of John Rushin*，X. 208—209.
12. 同上书，X. 192。
13. 同上书，X. 240。
14. 同上书，X. 214。除非特别标注，否则所有强调都来自罗斯金。
15. *Works of John Rushin*，X. 212.
16. 参见Thomas Richards，*The Commodity Culture of Victorian England: Advertising and Spectacle, 1851—1914* (Stanford University Press，1990)，23—24。
17. Regenia Gagnier，*The Insatiability of Human Wants: Economics and Aesthetics in Market Society* (University of Chicago Press，2000).
18. *Works of John Rushin*，XVII. 212.
19. 同上书，X. 193。
20. Dickens，*Mutual Friend*，18.
21. *Works of John Rushin*，X. 18.
22. 引自George Herbert Perris，*The Industrial History of Modern England* (New York：Henry Holt，1914)，546。
23. Patrick Geddes，*John Ruskin, Economist* (Edinburgh：William Brown，1884)，13.
24. *Works of John Rushin*，XVII. 153.
25. 同上书，XVII. 84。
26. J. A. Hobson，*John Ruskin, Social Reformer*，3rd edn. (London：Allen and Unwin，1968 [1902])，138—139.
27. 参见Gallagher，*The Body Economic*，35—61。
28. Geddes，*John Ruskin*，28.
29. *Works of John Rushin*，XVII. 29—30.
30. 同上书，XVII. 183。
31. 我想补充一点，罗斯金在这里对生产力的关注不仅是比喻或者伦理学的问题。它
269 还含有一个意义重大的物理学观点，即在自由放任的经济体系中，不受束缚的竞争最终将会以浪费的形式利用国家的能源。
32. 参见James Clark Sherburne，*John Ruskin; or, The Ambiguities of Abundance* (Cambridge，MA：Harvard University Press，1972)，86—93。
33. *Works of John Rushin*，XVI. 18—19.
34. 同上书，XVII. 73。
35. 同上书，XVII. 35。
36. 同上书，XVII. 77。
37. 同上书，XVII. 79。
38. 同上书，XVII. 101。

39. Francis Edgeworth, *Mathematical Psychics: An Essay on the Application of Mathematics to the Moral Sciences* (London: Kegan Paul, 1881), 9.
40. Sherburne, *John Ruskin*, 137—138; William Henderson, *John Ruskin's Political Economy* (New York: Routledge, 1999), 142.
41. William Stanley Jevons, *The Theory of Political Economy*, 3rd edn. (London: Macmillan, 1888), 2. Available online at Library of Economics and Liberty, www.econlib.org/library/YPDBooks/Jevons/jvnPE.html (accessed January 7, 2014).
42. Gagnier, *The Insatiability of Human Wants*, 1.
43. Mirowski, *More Heat than Light*, 254.
44. Soddy, *Wealth, Virtual Wealth, and Debt*, 94.
45. Mill, *Principles of Political Economy*, 335.
46. 同上书,339—340。
47. 同上书,339。
48. *Works of John Rushin*, XVII.110.
49. 参见 Sherburne, *John Ruskin*, 122。
50. Mill, *Principles of Political Economy*, 340.
51. *Works of John Rushin*, XVIII. 134.
52. 同上书,XVII. 406—407。
53. 同上书,XVII. 405。
54. 同上书,XVII. 236。
55. 霍布森批判罗斯金,认为他不愿意采纳他激进的措施来解决劳动的"成本"问题——他认为某些商品的价值永远无法弥补劳动者的在生产中付出的"生命"——并且将其运用到他对经济系统的分析之中,见*John Ruskin*, 97—110。但我认为,在这里,我们可以看到原因,为什么某些工作形式无法变得健康,却也无法处置。
56. *Works of John Rushin*, XVIII. 137. 参见Philip Mallet的文章,"The City and the Self," in *Ruskin and Environment: The Storm Cloud of the Nineteenth Century*, ed. Michael Wheeler (Manchester University Press, 1995), 38—51,文中也强调了罗斯金的观念,即城市是非生产性的和"寄生的"(42)。
57. *Works of John Rushin*, XVIII. 137.
58. 同上书,XVI. 378。
59. 同上。 270
60. 同上书,XXXIV. 10。
61. 同上书,XXXIV. 8。
62. 同上书,XXXIV. 9。
63. 同上书,XXXIV. 38。
64. 同上书,XXXIV. 33。

65. 更多关于罗斯金的表演性科学，参见Sharon Weltman出色的作品，*Performing the Victorian: John Ruskin and Identity in Theater, Science, and Education* (Columbus: Ohio State University Press，2007)。

66. Myers，"Nineteenth-Century Popularizations of Thermodynamics，" 36. 对于罗斯金与科学的复杂关系以及他对"科学忠实于自然事实"的兴趣的出色分析，见Edward Alexander，"Ruskin and Science，" *Modern Language Review* 64.3 (July 1969)：408—521 (511)。

67. *Works of John Rushin*，XXXIV. 7.

68. 同上书，XXIV. 37。

69. 同上。

70. Dickens，*Bleak House*，1.

71. *Works of John Rushin*，XXXIV. 38.

72. Thomas Richards，*The Imperial Archive: Knowledge and the Fantasy of Empire* (New York：Verso，1993)，86.

73. 正如梅尔斯所言，罗斯金与廷德尔之间对能量的争论起始于《鹰之巢》(1872)，他在这里将廷德尔的守恒定律看作"普通的"，Myers，"Nineteenth-Century Popularizations of Thermodynamics，" 43。对罗斯金与廷德尔的分歧的深入讨论，见Paul Sawyer，"Ruskin and Tyndall: The Poetry of Matter and the Poetry of Spirit，" in *Victorian Science and Victorian Values*，ed. James Paradis and Thomas Postlewait (New Brunswick：Rutgers University Press，1985)，217—246。

74. *Works of John Rushin*，XXXIV. 42.

75. 同上书，XXXIV. 61。

76. 同上书，XXXIV. 61—62。

77. 同上书，XXXIV. 62。

78. Sherburne，*John Ruskin*，1.

79. *Works of John Rushin*，XXXIV. 40—41.

80. 同上书，XXXIV. 62。

81. 同上书，XXXIV. 15。

82. 同上书，XXXIV. 31。

83. Proctor，*The Sun*，454.

84. William Crookes，"Some Possibilities of Electricity，" *The Living Age* 193 (April，May，June 1892)：93—97 (97).

85. 乔纳森·贝特在罗斯金晚期的作品中看到，工业"进程"与全球天气模式变化之间"令人熟悉且现代化的"联系。*Romantic Ecology*，61.

86. Gillen Wood，"Constable，Clouds，Climate Change，" *The Worrdsworth Circle* 38. 1—
271 2 (2007)：25—34 (29).

87. Alan Bewell，"Jefferson's Thermometer：Colonial Biogeographical Constructions

of the Climate of America," in *Romantic Science: The Literary Forms of Natural History*, ed. Noah Herringman (Albany, NY: SUNY Press, 2003), 111—138 (131).

第六章 个体的幻想,自然的限制: 罗伯特·路易斯·史蒂文森的《杰基尔医生和海德先生》

1. 史蒂文森的祖父罗伯特，也就是爱丁堡的史蒂文森大学名字的由来，是非常著名的灯塔工程师，史蒂文森父亲这边的叔叔和父亲托马斯都沿袭托马斯的故业。托马斯·史蒂文森感到特别失望，他的儿子抛弃了他的科学训练以及他的家族天职而转向文学，成为爱丁堡科学文化的积极参与者，1884年，他担任了皇家协会主席。
2. Robert Louis Stevenson, *On the Thermallnfluence of Forests*, Vol XXII of *Letters and Miscellanies of Robert Louis Stevenson* (New York: Scribner, 1889 [1873]), 611—621 (612).
3. Crosbie Smith, *The Science of Energy*, 103.
4. See Wise and Smith, *Energy and Empire*, 36—38, 101—114.
5. 同上书，87—88。
6. 《弗莱明·詹金的回忆录》特别关注的是那些个性和社会人物的主题，而不是他担任工程师的工作。
7. 参见 Robert Louis Stevenson, *The Letters of Robert Louis Stevenson*, ed. Bradford A. Booth and Ernest Mehew, 8 vols., Vol. V (New Haven: Yale University Press, 1994—1995), 346。
8. Robert Louis Stevenson, *The Strange Case of Dr. Jekyll and Mr. Hyde* (London: Longmans Green, 1886), 138, 2.
9. 关于不可逆性的一个有价值的现代讨论，参见 Prigogine and Stengers, *Order out of Chaos*, esp. 208—209, 310。
10. Stevenson, *Jekyll and Hyde*, 103.
11. 同上书，132。
12. 同上书，137。
13. 同上书，125。
14. 同上书，113。
15. 同上书，30。
16. 同上书，118。
17. 同上书，109。
18. 同上书，117—118。
19. Marina Warner, *Fantastic Metamorphoses, Other Worlds: Ways of Telling the Self* (Oxford University Press, 2002), 4—5.

20. Stewart and Tait, *The Unseen Universe*, 115.
21. Stewart and Lockyer, *The Sun as a Type*, 320.
22. Warner, *Fantastic Metamorphoses*, 18.
23. Peter Guthrie Tait, *Lectures on Some Recent Advances in Physical Science with a Special Lecture on Force* (London: Macmillan, 1876), 23, 114.

272

24. Stevenson, *Jekyll and Hyde*, 8.
25. 同上书，118。
26. 同上书，119。
27. 同上书，97。
28. 同上书，136。
29. 同上书，74。
30. Tait, *Lectures*, 20.
31. Everett Mendelsohn, *Heat and Life: The Development of the Theory of Animal Heat* (Cambridge, MA: Harvard University Press, 1964), 5.
32. Tait, *Lectures*, 22—23.
33. 同上书，69—70。亦见 Helmholtz, "On the Interaction of Natural Forces," 153—196。
34. Stevenson, *Jekyll and Hyde*, 138.
35. 同上书，104。
36. 同上书，15。
37. 同上书，100。
38. 同上书，6。
39. 同上书，37。
40. 同上书，107。作为对史蒂文森关注工程的进一步证据，值得注意的是，调查卡鲁谋杀的侦探是"侦探纽科门"，很可能暗示的就是托马斯·纽科门，著名的英国发明者和"工业革命之父"。
41. Stevenson, *Jekyll and Hyde*, 115.
42. 同上书，99—100。
43. 每当出现这个主题的时候，就会再次使用形容词"旧的"描述兰尼翁、厄特森以及杰基尔（12，16，22，42，43，67）；但是也会用它来描述解剖室（19）；兰尼翁准备好的左轮手枪（71）；以及，更关键的是，杰基尔再也拿不到的药物："'看在上帝的面上，'他补充道，'给我找点老的来。'"（55）
44. Stevenson, *Jekyll and Hyde*, 116.
45. 同上书，111—112。
46. 同上书，116。
47. 同上书，114。
48. Stevenson, *Letters*, III. 221; IV. 24.

49. 同上书，VI. 71。
50. 同上书，I. 374。
51. Stevenson，*Jekyll and Hyde*，114.
52. Garrett，"Cries and Voices：Reading Jekyll and Hyde，" in *"Dr. Jekyll and Mr. Hyde" after One Hundred Years* ，ed. William Veeder and Gordon Hirsch (Chicago University Press，1988)，69—72 (64). 对于小说中关于化学净化的隐喻的其他讨论，参见 Vladimir Nabokov，*Lectureson Literature*，ed. Fredson Bowers (New York：Harcourt Brace，1980)，182—184；以及 Ronald Thomas，"The Strange Voices in the Strange Case：Dr. Jekyll，Mr. Hyde，and the Voices of Modern Fiction，" in Veeder and Hirsch，*"Jekyll and Hyde" after One Hundred Years*，73—93 (79)。 273
53. James Clerk Maxwell，"Address to the Mathematical and Physical Sections of the British Association，" *Nature* 3 (September 22，1870)：419—422 (421).
54. Stevenson，*Jekyll and Hyde*，137.
55. 同上书，139。
56. 同上书，134。
57. 同上。
58. 同上书，10。
59. Sir Walter Scott，*Waverley* (London：T. and A. Constable，1901 [1814])，382.
60. Stevenson，*Jekyll and Hyde*，116.
61. Tait，*Lectures*，71.
62. Robert Louis Stevenson，*Records of a Family of Engineers, in "Memoir of Fleeming Jenkin" and "Records of a Family of Engineers,"* Vol. XVIII of *Letters and Miscellanies of Robert Louis Stevenson* (New York：Scribner，1920)，264.
63. Robert Louis Stevenson，"A Humble Remonstrance，" in *Memories and Portraits* (New York：Charles Scribner's Sons，1898)，275—299 (283).
64. Stevenson，*Records of a Family of Engineers*，263—264.
65. 同上书，265—266。
66. 更多将《杰基尔医生和海德先生》看作机械主义的描述，参见 Irving S. Saposnik，" The Anatomy of Dr. Jekyll and Mr. Hyde，" *SEL* 11 (1971)：714—731 (726)；以及 Garrett，"Cries and Voices，" 60。史蒂文森的文本也许与他祖父的相比，更是一台良好的发动机，但是如加雷特和其他人所表明的那样，他的影响就是让稳定的分类分崩离析，然后提出了自己也无法回答的问题。
67. Stevenson，*Jekyll and Hyde*，23.
68. Robert Kiely，*Robert Louis Stevenson and the Fiction of Adventure* (Cambridge，MA：Harvard University Press，1964)，123.
69. Stevenson，*Jekyll and Hyde*，118.
70. 同上书，110。另一颠覆了巫术的关键是，海德给了兰尼翁"崭新的知识和通向名与权的通衢大道”(75)。如果他同意见证这种转化的话。海德假定这个场景下出现了靡菲斯特,但是,兰尼翁的好奇让他一无所得,即便是通常给参与者带来的短暂的“名与权”。

71. Stevenson,“A Humble Remonstrance,”283.

72. Stevenson,*Jekyll and Hyde*,107.

73. 毫无意外,对精神状态力量的强调让小说成为弗洛伊德阐释的富有魅力的例证。在某种程度上,对能量形式的关注既是在修正也是在阐释心理分析观点,迄今为止,因为弗洛伊德对心理“机制”的理解受到热力学的广泛影响,特别是赫尔曼·冯·亥姆霍兹的观点影响。史蒂文森与弗洛伊德之间的联系可以追溯到二者在能量学上的共有背景。参见Frank Sulloway,*Freud, Biologist of the Mind:*
274 *Beyond the Psychoanalytic Legend*(New York: Basic Books,1979),esp. 170,235。

74. Stevenson,*Jekyll and Hyde*,116.

75. 同上书,118。

76. 同上书,84。克罗斯比·史密斯及其合著者撰写蒸汽船发动机及他们背后的资金赞助者:在所有的情况下,资本,无论以何种形式,都可以用于人类利益或者为了浪费的、奢侈目的。因此,从基督教道德经济的视角而言,有才华的人将资本当成赠给个体的礼物,这样的寓言可以明智地加以利用,也可能会因缺乏使用而浪费。然而,迟早来说,个体将不得不从道德上和物质上解释自己的行为,就像汤姆很久以来所宣扬的那样,最终只会留下真正的废弃物(表述为要么是不顾后果的奢侈行为,要么是不明智的吝啬),见证人类真正的罪。(Crosbie Smith, Ian Higginson, and Philip Wolstenholme,“ ‘Avoiding Equally Extravagance and Parsimony’: The Moral Economy of the Ocean Steamship,” *Technology and Culture* 44.3 [2003]: 443—469 [462].)

77. *Works of John Ruslin*, XVII.152.

78. Smith et al.,‘Ocean Steamship’,443—469 (462).

79. Stevenson,*Jekyll and Hyde*,19.

80. 同上书,19。

81. 同上书,110。

82. 同上书,50。

83. 同上书,122。

84. 同上书,125。

85. 同上书,140。

86. Stevenson, *Letters*, V. 163.

87. Stevenson,*Jekyll and Hyde*,3.

88. Robert Louis Stevenson,*Treasure Island*(London: Cassell,1898 [1883]),115.

89. Stevenson,*Jekyll and Hyde*,97.

90. 例如,参见D. L. Wright,“ ‘The Prison house of My Disposition’: A Study of the

Psychology of Addiction in *Dr. Jekyll and Mr. Hyde*," *Studies in the Novel* 26 (1994): 254—267; Joyce Carol Oates, "Jekyll/Hyde," *The Hudson Review* 40.4 (Winter 1988): 603—608。

91. Malthus, *An Essay*, 79.
92. 同上书, 78。
93. Stevenson, *Jekyll and Hyde*, 126.
94. 同上书, 100。
95. Stephen Arata, *Fictions of Loss in the Victorian "Fin de siècle"* (Cambridge University Press, 1996), 36.
96. Stevenson, *Jekyll and Hyde*, 115.
97. 同上书, 17。
98. 同上书, 98。
99. Stewart and Lockyer, "The Sun as a Type," 324—325.
100. Stevenson, *Jekyll and Hyde*, 97.
101. 在《盖娅的复仇》中，詹姆斯·洛夫洛克利用杰基尔-海德之谜来讨论气候变化危及和人类解决环境问题的双面性。*The Revenge of Gaia* (New York: Basic 275
Books, 2006), 6.
102. Huxley, *Evolution and Ethics*, 83—84.
103. Arata, *Fictions of Loss*, 39.
104. Allan Stoekl, *Bataille's Peak: Energy, Religion, and Postsustainability* (Minneapolis: University of Minnesota Press, 2007), 120.

第七章　约瑟夫·康拉德：能量、熵和帝国小说

1. Joseph Conrad to R. B. Cunninghame Graham (December 14, 1897), in *The Letters of Joseph Conrad*, ed. Laurence Davies, Frederick R. Karl, and Owen Knowles, 7 vols., Vol. I (New York: Cambridge University Press, 1983), 409.
2. Joseph Conrad, *The Secret Agent* (Oxford University Press, 1998 [1907]), xxxvi.
3. Conrad, *Secret Agent*, 214.
4. Stewart, "What Is Energy?," 79.
5. Stewart and Lockyer, "The Sun as a Type," 324.
6. Benjamin Kidd, *Social Evolution* (London: Macmillan, 1894), 317.
7. Benjamin Kidd, *The Control of the Tropics* (New York: Macmillan, 1898), 5—6.
8. Stephen Bunker, *Underdeveloping the Amazon: Extraction, Unequal Exchange and the Failure of the Modern State* (Urbana: University of Illinois Press, 1985), 21.
9. Kidd, *The Control of the Tropics*, 76.
10. Proctor, *The Sun*, 450.

11. 同上（黑体为我所加）。
12. Joseph Conrad, *Heart of Darkness*, ed. Ross C. Murfin (Boston, MA: Bedford, 1994 [1899]), 21. 后续引用于文中表示。
13. Alf Hornborg, "Machine Fetishism, Value, and the Image of Unlimited Good: Towards a Thermodynamics of Imperialism," *Man* 27.1 (1992): 1—18 (10).
14. John Herschel to W. S. Jevons (January 8, 1866), cited in Martinez-Alier, *Ecological Economics*, 161—162.
15. Herschel to Jevons (March 8, 1866), 引自同上书, 162。
16. Jevons, *The Coal Question*, 375.
17. Richards, *The Imperial Archive*, 93.
18. Foster, *Marx's Ecology*, 151—154.
19. Henry Charles Carey, *Principles of Social Science*, 3 vols., Vol. II (Philadelphia: J. B. Lippincott, 1860), 215.
20. Justus ron Liebig, introduction to *Die organische Chemie in ihrer Anwendung aufAgricuhur und Physiologie*, 2 vols., 7th edn. (Braunschweig: Vieweg, 1862 [1840]), 85, translated in Foster, *Marx's Ecology*, 164.
21. Foster, *Marx's Ecology*, 164（黑体为原文所加）。
22. Carey, *Principles of Social Science*, 211, 215.
23. Jevons, *The Coal Question*, 215.
24. 参见 Martinez-Alier, *Ecological Economics*, 8。

276 25. 参见 Mirowski, *More Heat than Light*, 218—219; 254—262。

26. T. H. Huxley, "Capital: The Mother of Labour," *Nineteenth Century: A Monthly Review* 26 (March 1890): 513—532 (517).
27. 同上书, 515。
28. 同上书, 517。
29. Joseph Conrad, *Nostromo* (New York: Penguin, 1990 [1905]), 66—67.
30. 同上书, 66。
31. Joseph Conrad, *Lord Jim*, ed. Allan H. Simmons (New York: Penguin, 2007 [1900]), 215.
32. Hornborg, "Machine Fetishism," 10（黑体为原文所加）。
33. 即便短语"原材料"也是富有含义的，因为它表明自然产品需要人类工业来完成最终的形式。
34. Rosa Luxemburg, *The Accumulation of Capital*, trans. Agnes Schwarzschild (London: Routledge, 2003 [1913]), 397.
35. Conrad, *Secret Agent*, 28, 18.
36. 同上书, 28。
37. 同上书, 32。

38. 同上。
39. 同上书,33。
40. 同上书,30。
41. Joseph Conrad and Ford Madox Ford, *The Inheritors* (New York: Carroll and Graft, 1985[1901]),12—13.
42. 参见葛尔德视《将临之主》为热力学文本的讨论,*ThermoPoetics*,76—100。
43. Conrad,*Secret Agent*,33.
44. 同上书,88。
45. 同上书,18。
46. 同上书,19。
47. Jevons,*The Coal Question*,374.
48. Conrad,*Secret Agent*,11.
49. 同上书,100。
50. 同上书,57。
51. Barri Gold, "The Consolation of Physics: Tennyson's Thermodynamic Solution," *PMLA* 117 (2002): 449—464 (452).
52. Conrad,*Secret Agent*,53.
53. 同上书,42,47。
54. 同上书,48。
55. 同上书,44。
56. 同上书,30。
57. 同上书,264。
58. 同上书,239。
59. 同上书,254。
60. 同上书,259。
61. 同上书,241。
62. 同上书,244。
63. 同上书,260。 277
64. 同上书,242—243。
65. Ford Madox Ford, *The Soul of London: A Survey of a Modern City*, ed. Alan G. Hill (London: Everyman,1995[1905]),42.
66. Conrad,*Secret Agent*,11—12.
67. Conrad,*Nostromo*,162.
68. Conrad,*Secret Agent*,33.
69. Wise and Smith,*Energy and Empire*,723—724.
70. Conrad,*Secret Agent*,51.
71. Hugh Epstein, "A Pier-Glass in the Cavern," in *Conrad's Cities: Essays for Hans*

van Marle, ed. Gene Moore (Amsterdam: Rodopi, 1992), 175—196 (188).

72. Ford, *The Soul of London*, 106—107.
73. Joseph Conrad, "Henry James: An Appreciation," in *Joseph Conrad in Fiction*, ed. Walter F. Wright (Lincoln: University of Nebraska Press, 1984), 82—88 (84).
74. Conrad, *Secret Agent*, 44.
75. 同上书,227。
76. 同上书,99—100。
77. Irving Howe, "Conrad: Order and Anarchy," in *"The Secret Agent": A Casebook*, ed. Ian Watt (London: Macmillan, 1973), 140—149 (141).
78. Conrad, *Secret Agent*, 13.
79. Bunker, *Underdeveloping the Amazon*, 15.
80. Hobson, *John Ruskin*, 230.
81. 同上。
82. J. A. Hobson, *Imperialism: A Study*, 3rd edn. (London: Allen and Unwin, 1968 [1902]), 296.
83. Georgescu-Roegen, *The Entropy Law*, 277.
84. Conrad, *Secret Agent*, 27.
85. 同上书,152。
86. 同上书,92。
87. Conrad to Cunninghame Graham (January 14, 1898), in *Letters*, II.17.
88. Conrad, *Secret Agent*, 12.
89. 同上书,44。
90. Joseph Conrad, *The Mirror of the Sea*, in *"A Personal Record" and "The Mirror of the Sea"* (New York: Penguin, 1998 [1912, 1906]), 155.
91. Conrad, "Henry James," 84—85.
92. 同上书,86。
93. 同上书,84。
94. Conrad, *The Mirror of the Sea*, 189.
95. Conrad, *Secret Agent*, 18—19.
96. Conrad, *Lord Jim*, 173.
97. 同上书,127。
98. 同上书,280。
99. Conrad, *Heart of Darkness*, 31.
100. Joseph Conrad, *Youth: A Narrative* (London: William Blackwood, 1903 [1898]),
278 34.
101. Conrad, *Secret Agent*, 50.
102. 同上书,258。

第八章 进化的能量和未来：亨利·莫兹利和 H. G. 威尔斯

1. John Edward Morgan,"The Danger of Deterioration of Race from the Too Rapid Increase of Great Cities," in *Transactions of the National Association for the Promotion of Social Science: Sheffield Meeting, 1865*, ed. G. W. Hastings (London: Longmans Green, 1866), 427—449 (442).
2. 同上书,428。
3. 同上书,427。
4. 同上书,434。
5. Daniel Pick, *Faces of Degeneration: A European Disorder* (Cambridge University Press, 1996), 197.
6. Anon.,"The Deterioration of Race," *The Lancet* 1 (June 23, 1866): 690—692 (691).
7. Morgan,"The Danger of Deterioration of Race," 444.
8. 参见 Gareth Stedman Jones, *Outcast London: A Study in the Relationship between Classes in Victorian Society* (New York: Pantheon, 1985), 284—285 and *passim*。
9. K. Corbet,"The Degeneration of Race," *The Lancet* 2 (August 17, 1860): 170.
10. 同上书,691。
11. Jones, *Outcast London*, 313.
12. 同上书,285。
13. 参见,同上书,284—285。
14. George Henry Jennings, *An Anecdotal History of the British Parliament from the Earliest History to the Present Time* (London: Horace Cox, 1880), 343.
15. Frederick Webb Headley, *Problems of Evolution* (London: Duckworth, 1900), 279.
16. Samuel Smith, *The Industrial Training of Destitute Children* (London: Kegan Paul, 1885), 11.
17. Henry Maudsley, *The Physiology and Pathology of Mind* (New York: D.Appleton, 1867), 202.
18. 关于莫兹利对退化所造成的威胁的理解的改变,参见 Pick, *Faces of Degeneration*, 209。
19. 关于这种态度转变的一些历史基础,参见 Jones, *Outcast London*, 281—314。
20. Maudsley, *Physiology and Pathology*, 73—74.
21. Stewart and Lockyer,"The Sun as a Type," 325.
22. Maudsley, *Physiology and Pathology*, 202.
23. 莫兹利和摩根一样,认为城市的穷人生活环境会给人带来虚弱、疾病,以及缺乏活力的生理机能,但是他也设想了被破坏的生理机能既反映了又产生出受到破坏的 279
心灵与心理。害怕较弱阶级的旺盛生长,就是在害怕各种社会无法接受的行为方式，这对国民生产力以及人类的进步毫无裨益。其中包括较弱阶级旺盛的繁殖习惯，他们的出生率，就像许多评论者所说的那样，似乎超越了中产阶级。对于莫兹利而言，这种繁殖生长不仅威胁到疲惫不堪的人类“逐渐退化的理性”，而且威胁到范围更广的人类。

24. Stewart and Tait，*Unseen Universe*，126.
25. 并非偶然的是，弗朗西斯·高尔顿挑选出能量作为发展的最优特性：“在任何的优生学计划中，能量都是最重要的特性；正如我们所见，能量是生存行为的基础，还能通过遗传传承下去”；*Inquiries into Human Faculty and Its Development* (London：Macmillan，1883)，27。高尔顿与莫兹利同样关注通过繁殖发生的转化。优生学，从本质上来说，是一个进化工程学的巨大体系，用于管理人类的能量。
26. Underwood，*The Work of the Sun*，33—34.
27. Galton，*Inquiries into Human Faculty*，25.
28. Francis Galton，“Hereditary Talent and Character，” *Macmillan's* 12 (May— October 1865)：318—327 (326).
29. 同上书，319。
30. Jones，*Outcast London*，304—307.
31. Headley，Problems of Evolution，241.
32. 同上书，207，204。
33. 同上书，249。
34. 同上书，264。
35. 同上书，249。
36. 同上书，276。
37. 同上书，206。
38. Henry Maudsley，*Body and Will* (New York：D. Appleton，1884)，322—323.
39. 同上书，317。
40. Maudsley，*Body and Will*，324.
41. Elizabeth Deeds Ermarth，*The English Novel in History 1840—1895* (New York：Routledge，1996)，46—47.
42. 许多人批判《时间机器》把进化与热力学的轨道合并，在小说的结尾描述了太阳的死亡，视其为人类生物学不断退化趋势的终极象征。参见，例如John Partington，“ The Time Machine and A Modern Utopia：The Static and Kinetic Utopias of the Early H. G. Wells，” *Utopian Studies* 13.1 (2002)：57—68 (62)；Robert Philmus，“The Time Machine；or，The Fourth Dimension as Prophecy，” *PMLA* 84.3 (May 1969)：530—535 (531)；Darko Suvin，“ ‘The Time Machine versus Utopia’ as a Structural Model for Science Fiction，” *Comparative Literature Studies*
280 10.4 (December 1973)：334—352 (343)。
43. H. G. Wells，*The Time Machine*，ed. Nicholas Ruddick (New York：Broadview，

2001),92.

44. 若研究《时间机器》对美学和进化相关的主题性争议，参见Gowan Dawson, *Darwin, Literature and Victorian Respectability* (Cambridge University Press, 2007),216。

45. H. G. Wells, "Fiction about the Future," in *H. G. Wells's Literary Criticism*, ed. Patrick Parrinder and Robert Philmus (Totawa: Barnes and Noble, 1980[1938]), 246—251 (246).

46. Wells, *Time Machine*, 90.

47. Stewart, *The Conservation of Energy*, 154.

48. Wells, *Time Machine*, 111.

49. 同上书,106。

50. George Howard Darwin, "On the Precession of a Viscous Spheroid, and on the Remote History of the Earth," in *Scientific Papers*, 2 vols., Vol. II (Cambridge University Press, 1908), 36—140.

51. Wells, *Time Machine*, 144.

52. 同上书,146。

53. 同上书,147。

54. Maudsley, *Body and Will*, 319—320.

55. 同上书,319。

56. 同上书,323。

57. 这种思想构建了文化衰败的叙事结构。奥斯瓦尔德·施本格勒想象有关衰败和崩溃各种完全不同的描述，都只是使用不同习语的同一主叙事:"古时候《诸神的黄昏》中的神话所要表现的正是今天熵所要表明的——世界的末日便是内里必然要求的进化得到完成"; *Today and Destiny: Vital Excerpts from the Decline of the West* (New York: Knopf, 1940), 290。正如J. 爱德华·钱伯林所说，"热力学第二定律是19世纪提出的关于退化的最有力的比喻";"Images of Degeneration: Turnings and Transformations," in *Degeneration: The Dark Side of Progress*, ed. Chamberlin and Sander L. Gilman (New York: Columbia University Press, 1985), 263—289 (272)。

58. H. G. Wells, "The Extinction of Man," in *Certain Personal Matters: A Collection of Material, Mainly Autobiographical* (London: Laurence and Bullen, 1898), 172.

59. T. H. Huxley, "The Struggle for Existence in Human Society," in *Readings from Huxley*, ed. Clarissa Rinaker (New York: Harcourt Brace, 1920), 82—83.

60. Maudsley, *Body and Will*, 320.

61. Richards, *The Imperial Archive*, 103.

62. Huxley, *Evolution and Ethics*, 81.

63. Richard Anthony Proctor, "The Past and Future of Our Earth," *Contemporary Review*

281 25 (December 1874—May 1875): 74—92 (91).

64. Tyndall, *Heat*, 448.
65. Wells, *Time Machine*, 155.
66. 关于这一点的讨论，参见Paul Alkon, *Science Fiction before 1900: Imagination Discovers Technology* (New York: Routledge, 2002), 1—6。
67. Maudsley, *Body and Will*, 239.
68. 参见Robert Weeks, "Disentanglement as a Theme in H. G. Wells's Fiction," *Papers of the Michigan Academy of Science, Arts, and Letters* 39 (1954): 439—444 (440); 以及John Glendening, "Green Confusion: Evolution and Entanglement in H. G. Wells's *The Island of Doctor Moreau*," *Victorian Literature and Culture* 30.2 (2002), 571—597 (582)。
69. Wells, *Time Machine*, 155.
70. Philmus, "*The Time Machine*," 534.
71. Wells, *The World Set Free*, 27. 后续引用于文中表示。
72. Wells, *Time Machine*, 52.
73. 参见Morse Peckham, " Darwinism and Darwinisticism," *Victorian Studies* 3.1 (September 1959): 19—40 (20—24)。在转向达尔文学说者的思想研究时，威尔斯与20世纪早期思想者持有相同观点，认为进化秩序并不是由自然选择决定的，伯格森和萧也是如此。
74. Wells, *Time Machine*, 144.
75. 同上书，41。
76. 同上书，44。
77. 同上书，57。
78. 同上书，63。
79. Carlyle, *Chartism*, 52.
80. Wells, *Time Machine*, 21.

282 81. 同上书，29。

参考文献

Adams, Henry. *The Degradation of the Democratic Dogma*. New York: Macmillan, 1919.

A Letter to American Teachers of History. Washington, DC: J. H. Furst, 1910.

Alexander, Edward. "Ruskin and Science." *Modern Language Review* 64.3 (July 1969): 508–521.

Alkon, Paul. *Science Fiction before 1900: Imagination Discovers Technology*. New York: Routledge, 2002.

Altvater, Elmar. "The Social and Natural Environment of Fossil Capitalism." In *Coming to Terms with Nature*. Ed. Leo Panitch and Colin Leys. Socialist Register. London: Merlin Press, 2007. 37–71.

Anon. "The Coal Question." *The Examiner*. Reprinted *Littell's Living Age* 79 (December 1863): 226–230.

"The Deterioration of Race." *The Lancet* 1 (June 23, 1866): 690–692.

"Heat and Work." *All the Year Round* 14 (August 5, 1865): 29–33.

"How Long Will Our Coal Last?" *All the Year Round* 2 (March 17, 1860): 488–490.

"Is Heat Motion?" *All the Year Round* 13 (July 1, 1865): 534–538.

"National Portraits." *All the Year Round* 9–10 (November 7, 1863): 252–256.

"The Place where Light Dwelleth." *The British Quarterly Review* 51 (April 1870): 409–441.

Review of W. S. Jevons, *The Coal Question*. *The Times*, April 19, 1866. 10. Cited in *W. S. Jevons: Critical Responses*. Ed. Sandra Peart. 4 vols., Vol. I. London: Routledge, 2003. 195–198.

Review of W. S. Jevons *The Coal Question*. *The Times*. June 26, 1866. Cited in *W. Stanely Jevons: Collected Reviews and Obituaries*. Ed. Takutoshi Inoue. Bristol: Thoemmes Press, 2002. 93–104.

"Up-Hill Work." *All the Year Round* 13 (July 15, 1865): 593–596.

Arata, Stephen. *Fictions of Loss in the Victorian "Fin de siècle."* Cambridge University Press, 1996.

Babbage, Charles. *An Essay on the General Principles which Regulate the Application of Machinery*. London: W. Clowes, 1827.

The Ninth Bridgewater Treatise: A Fragment. 2nd edn. London: John Murray, 1838.

Bahro, Rudolf. *Socialism and Survival*. London: Heretic Books, 1982.

Baker, Samuel. *Written on the Water: British Romanticism and the Maritime Empire of Culture*. Charlottesville: University of Virginia Press, 2010.

Basalla, George. "Some Persistent Energy Myths." In *Energy and Transport: Historical Perspectives on Policy Issues*. Ed. George Daniels and Mark H. Rose. London: Sage, 1982. 27–38.

Bate, Jonathan. *Romantic Ecology: Wordsworth and the Environmental Tradition*. New York: Routledge, 1991.

Beer, Gillian. *Darwin's Plots: Evolutionary Narrative in Darwin, George Eliot and Nineteenth-Century Fiction*. 3rd edn. Cambridge University Press, 2009.

Open Fields: Science in Cultural Encounter. New York: Oxford University Press, 1999.

Benton, Ted (ed.). *The Greening of Marxism*. New York: Guilford, 1996.

"The Malthusian Challenge: Ecology, Natural Limits, and Human Emancipation." In *Socialism and the Limits of Liberalism*. Ed. Peter Osborne. New York: Verso, 1991. 241–269.

"Marxism and Natural Limits." In *The Greening of Marxism*. Ed. Ted Benton. New York: Guilford, 1996. 157–186.

Besant, Walter. *The Art of Fiction*. Boston, MA: Cupples, Upham, 1884.

Bewell, Alan. "Jefferson's Thermometer: Colonial Biogeographical Constructions of the Climate of America." In *Romantic Science: The Literary Forms of Natural History*. Ed. Noah Herringman. Albany, NY: SUNY Press, 2003. 111–138.

Boulding, Kenneth. "The Economics of the Coming Spaceship Earth." In *Valuing the Earth: Economics, Ecology, Ethics*. Ed. Herman Daly and Kenneth N. Townsend. Cambridge, MA: MIT Press, 1993. 297–310.

Bowler, Peter J. *The Non-Darwinian Revolution: Reinterpreting a Historical Myth*. Baltimore: Johns Hopkins University Press, 1988.

Bradsher, Keith, and David Barboza. "Pollution from China Casts a Global Shadow." *The New York Times*, June 11, 2006.

Buckland, Adelene. *Novel Science: Fiction and the Invention of Nineteenth-Century Geology*. University of Chicago Press, 2013.

Buckland, William. *Geology and Mineralogy Considered with Reference to Natural Theology*. 2 vols., Vol. I. London: William Pickering, 1836.

Bunker, Stephen. *Underdeveloping the Amazon: Extraction, Unequal Exchange and the*

Failure of the Modern State. Urbana: University of Illinois Press, 1985.

Burchfield, Joe. *Lord Kelvin and the Age of the Earth*. University of Chicago Press, 1990 [1975].

Cantor, Geoffrey. "Science, Providence and Progress at the Great Exhibition." *Isis* 103.3 (2012): 439–459.

Carlyle, Thomas. *Chartism*. 2nd edn. London: James Fraser, 1840.

On Heroes, Hero Worship, and the Heroic in History. London: Chapman and Hall, 1840.

Past and Present. London: Chapman and Hall, 1843.

Sartor resartus. London: Chapman and Hall, 1831.

"Signs of the Times." In *Critical and Miscellaneous Essays*. 5 vols., Vol. I. London: James Fraser, 1840. 262–294.

Carey, Henry Charles. *Principles of Social Science*. 3 vols., Vol. II. Philadelphia: J. B. Lippincott, 1860.

Chadwick, Edwin. "Opening Address of the President of Section F (Economic Science and Statistics) of the British Association for the Advancement of Science." *Journal of the Statistical Society of London* 25 (1862): 502–524.

Chamberlin, J. Edward. "Images of Degeneration: Turnings and Transformations." In *Degeneration: The Dark Side of Progress*. Ed. J. Edward Chamberlin and Sander L. Gilman. New York: Columbia University Press, 1985. 263–289.

Chesterton, G. K. *Dickens: A Critical Study*. New York: Dodd Mead, 1906.

Chevron. "Human Energy." TV advertisement. 2 October 2007. Available at www.youtube.com/watch?v=-KyjTGMVTkA (accessed January 8, 2014).

Choi, Tina Young. "Forms of Closure: The First Law of Thermodynamics and Victorian Narrative." *ELH* 74.2 (Summer 2007): 301–322.

Clark, Timothy. *The Cambridge Introduction to Literature and the Environment*. Cambridge University Press, 2010.

Clarke, Bruce. "Dark Star Crashes." In *From Energy to Information: Representation in Science and Technology, Art, and Literature*. Ed. Bruce Clarke and Linda Henderson. Stanford University Press, 2002. 59–75.

Conrad, Joseph. *Heart of Darkness*. Ed. Ross C. Murfin. Boston, MA: Bedford, 1994 [1899].

"Henry James: An Appreciation." In *Joseph Conrad on Fiction*. Ed. Walter F. Wright. Lincoln: University of Nebraska Press, 1984. 82–88.

The Letters of Joseph Conrad. Ed. Laurence Davies, Frederick R. Karl, and Owen Knowles. 7 vols. New York: Cambridge University Press, 1983.

Lord Jim. Ed. Allan H. Simmons. New York: Penguin, 2007 [1900].

Nostromo. New York: Penguin, 1990 [1905].

"A Personal Record" and "The Mirror of the Sea." New York: Penguin, 1998 [1912, 1906].

The Secret Agent. Oxford University Press, 1998 [1907].

Youth: A Narrative. London: William Blackwood, 1903 [1898].

Conrad, Joseph, and Ford Madox Ford. *The Inheritors*. New York: Carroll and Graff, 1985 [1901].

Corbet, K. "The Degeneration of Race." *The Lancet* 2 (August 17, 1861): 170.

Crookes, William. "Some Possibilities of Electricity." *The Living Age* 193 (April, May, June 1892): 93–97.

Crutzen, Paul J. "Geology of Mankind." *Nature* 415.6867 (2002): 23.

Dale, Peter Allan. *In Pursuit of a Scientific Culture: Science, Art, and Society in the Victorian Age*. Madison: University of Wisconsin Press, 1990.

Daly, Herman, and Kenneth N. Townsend. *Valuing the Earth: Economics, Ecology, Ethics*. Cambridge, MA: MIT Press, 1993.

Darwin, Charles. *On the Origin of Species by Means of Natural Selection*. New York: D. Appleton, 1864.

Darwin, George Howard. "On the Precession of a Viscous Spheroid, and on the Remote History of the Earth." In *Scientific Papers*, 2 vols., Vol. II. Cambridge University Press, 1908. 36–140.

Davidson, Graeme. "The City as a Natural System: Theories of Urban Society in Early Nineteenth Century Britain." In *The Pursuit of Urban History*. Ed. Derek Fraser and Anthony Sutcliffe. London: Edward Arnold, 1983. 349–370.

Dawson, Gowan. *Darwin, Literature and Victorian Respectability*. Cambridge University Press, 2007.

Dickens, Charles. *Bleak House*. London: Bradbury and Evans, 1853.

Our Mutual Friend. New York: G. W. Carleton, 1885 [1865].

Dixon, Edmund Saul. "Physical Force." *Household Words* 19 (March 12, 1859): 354–359.

"Vital Heat." *Household Words* 18 (June 19, 1858): 13–18.

Duff, Grant. "Must We Then Believe Cassandra?" In *Miscellanies, Political and Literary*. London: Macmillan, 1878. 57–93.

Eagleton, Terry. *Criticism and Ideology: A Study in Marxist Literary Theory*. London: Verso, 2006 [1975].

Edgeworth, Francis. *Mathematical Psychics: An Essay on the Application of Mathematics to the Moral Sciences*. London: Kegan Paul, 1881.

Ehrlich, Paul, Anne Ehrlich, and John P. Holdren. "Availability, Entropy, and the Laws of Thermodynamics." In *Valuing the Earth: Economics, Ecology, Ethics*. Ed. Herman

Daly and Kenneth N. Townsend. Cambridge, MA: MIT Press, 1993. 69–73.

Engels, Friedrich. *The Condition of the Working Class in England*. Ed. Victor Kiernan. New York: Penguin, 2005 [1845].

"Outlines of a Critique of Political Economy." In Karl Marx and Friedrich Engels, *Marx and Engels on the Population Bomb*. Trans. Ronald Meek. Berkeley: University of California Press, 1971.

Epstein, Hugh. "A Pier-Glass in the Cavern." In *Conrad's Cities: Essays for Hans van Marle*. Ed. Gene Moore. Amsterdam: Rodopi, 1992. 175–196.

Ermarth, Elizabeth Deeds. *The English Novel in History 1840–1895*. New York: Routledge, 1996.

Fisher, Philip. "City Matters, City Minds." In *The Worlds of Victorian Fiction*. Ed. Jerome Buckley. Cambridge, MA: Harvard University Press, 1974. 371–389.

Ford, Ford Madox. *The Soul of London: A Survey of a Modern City*. Ed. Alan G. Hill. London: Everyman, 1995 [1905].

Foster, John Bellamy. *Marx's Ecology: Materialism and Nature*. New York: Monthly Review Press, 2000.

Gabriele, Alberto. *Reading Popular Culture in Victorian Print: Belgravia and Sensationalism*. New York: Palgrave Macmillan, 2009.

Gagnier, Regenia. *The Insatiability of Human Wants: Economics and Aesthetics in Market Society*. University of Chicago Press, 2000.

Gallagher, Catherine. *The Body Economic: Life, Death, and Sensation in Political Economy and the Victorian Novel*. Princeton University Press, 2006.

Galton, Douglas. "Report of the Royal Commission on Metropolitan Sewage." *Journal of the Society of the Arts* 33 (1884–1885): 290–299.

Galton, Francis. "Hereditary Talent and Character." *Macmillan's* 12 (May–October 1865): 318–327.

Inquiries into Human Faculty and Its Development. London: Macmillan, 1883.

Garrett, Peter. "Cries and Voices: Reading Jekyll and Hyde." In *"Dr. Jekyll and Mr. Hyde" after One Hundred Years*. Ed. William Veeder and Gordon Hirsch. University of Chicago Press, 1988. 59–72.

Geddes, Patrick. *John Ruskin, Economist*. Edinburgh: William Brown, 1884.

Georgescu-Roegen, Nicholas. *The Entropy Law and the Economic Process*. Cambridge, MA: Harvard University Press, 1971.

Gibson, William Sidney. *The Certainties of Geology*. London: Smith Elder, 1840.

Glendening, John. "Green Confusion: Evolution and Entanglement in H. G. Wells's *The Island of Doctor Moreau*." *Victorian Literature and Culture* 30.2 (2002): 571–597.

Goddard, Nicholas. " 'A Mine of Wealth' ? The Victorians and the Agricultural Value of

Sewage." *Journal of Historical Geography* 22.3 (July 1996): 274–290.

Godwin, William. *Of Population: An Enquiry Concerning the Power of Increase in the Numbers of Mankind*. London: Longman, 1820.

Gold, Barri. "The Consolation of Physics: Tennyson's Thermodynamic Solution." *PMLA* 117 (2002): 449–464.

ThermoPoetics: Energy in Victorian Literature and Science. Cambridge, MA: MIT Press, 2010.

Gooday, Graeme. "Profit and Prophecy: Electricity in the Late-Victorian Periodical." In *Science in the Nineteenth-Century Periodical*. Ed. Geoffrey Cantor and Sally Shuttleworth. Cambridge University Press, 2007. 238–254.

"Sun-Spots, Weather and the Unseen Universe: Balfour Stewart's Anti-Materialist Representations of Energy in British Periodicals." In *Science Serialized: Representations of the Sciences in Nineteenth-Century Periodicals*. Ed. Geoffrey Cantor and Sally Shuttleworth. Cambridge, MA: MIT University Press, 2004. 111–147.

Goodstein, David. *Out of Gas: The End of the Age of Oil*. New York: Norton, 2004.

Gose, Elliott. "'Cruel Devourer of the World's Light': *The Secret Agent*." *Nineteenth Century Fiction* 15.1 (1960): 39–51.

Greenslade, William. *Degeneration, Culture and the Novel 1880–1940*. Cambridge University Press, 1994.

Hall, Daniel. *Practical Lessons and Exercises in Heat*. London: Rivington, 1893.

Hamlin, Christopher. "Providence and Putrefaction: Victorian Sanitarians and the Natural Theology of Health and Disease." *Victorian Studies* 28.3 (Spring 1985): 381–411.

Handy, Abel. "Hard-Labour in Store." *Punch* 46–47 (April 9, 1864): 151.

Harvey, W. J. "The Double Narrative of *Bleak House*." In Charles Dickens, *"Bleak House": A Norton Critical Edition*. Ed. George Ford and Sylvère Monod. New York: Norton, 1977. 963–970.

Hawksley, Thomas. "The Power for Good or Evil of Refuse Organic Matter." In *The Sewage of Towns: Papers by Various Authors, Read at a Congress on the Sewage of Towns Held at Leamington Spa, Warwickshire*. Ed. John Hitchman. London: Simpkin, Marshall, 1866. 3–62.

Headley, Frederick Webb. *Problems of Evolution*. London: Duckworth, 1900.

Helmholtz, Hermann von. "On the Interaction of Natural Forces." Trans. John Tyndall. In *Popular Lectures on Scientific Subjects*. New York: D. Appleton, 1873. 153–196.

Henderson, William. *John Ruskin's Political Economy*. New York: Routledge, 1999.

Herbert, Christopher. *Victorian Relativity: Radical Thought and Scientific Discovery*. University of Chicago Press, 2001.

Herschel, John. *A Treatise on Astronomy*. London: Longman, 1833.

Hiltner, Ken. *What Else Is Pastoral? Renaissance Literature and the Environment*. Ithaca, NY: Cornell University Press, 2011.

Hobson, J. A. *Imperialism: A Study*. 3rd edn. London: Allen and Unwin, 1968 [1902].

John Ruskin, Social Reformer. 3rd edn. London: James Nisbet, 1904 [1898].

Hodgins, George. "Energy and Explosives." *Brotherhood of Locomotive Firemen and Enginemen's Magazine* 59 (September 1915): 299–301.

Holdsworth, Joseph. *On the Extension of the English Coal-Fields*. London: R. Middleton, 1866.

Holland, John. *The History and Description of Fossil Fuel, the Collieries and Coal Trade*. London: Whittaker, 1835.

Hope, William. "The Use and Abuse of Town Sewage." *JSA* 34 (1869–1870): 298–304.

Hornborg, Alf. "Machine Fetishism, Value, and the Image of Unlimited Good: Towards a Thermodynamics of Imperialism." *Man* 27.1 (1992): 1–18.

The Power of the Machine: Global Inequalities of Economy, Technology and Environment. Walnut Creek, CA: AltaMira Press, 2001.

Houen, Alexander. "*The Secret Agent*: Anarchism and the Thermodynamics of Law." *ELH* 65 (1998): 995–1016.

Howe, Irving. "Conrad: Order and Anarchy." In *"The Secret Agent": A Casebook*. Ed. Ian Watt. London: Macmillan, 1973. 140–149.

Hubbert, M. King. "Exponential Growth as a Transient Phenomenon in Human History." In *Valuing the Earth: Economics, Ecology, Ethics*. Ed. Herman Daly and Kenneth N. Townsend. Cambridge, MA: MIT Press, 1993. 113–126.

Hughes, Jonathan. *Ecology and Historical Materialism*. Cambridge University Press, 2000.

Hull, Edward. *The Coal Fields of Great Britain: Their History, Structure, and Resources*. 2nd edn. London: Edward Stanford, 1861.

Hunt, Robert. "British Diamonds." *The St. James's Magazine* 1 (May 1861): 223–234.

Huxley, T. H. "Capital: The Mother of Labour." *Nineteenth Century: A Monthly Review* 26 (March 1890): 513–532.

Evolution and Ethics. New York: D. Appleton, 1897 [1893].

"On the Formation of Coal." In *Discourses: Biological and Geological*. New York: D. Appleton, 1897 [1870]. 137–161.

"The Struggle for Existence in Human Society." In *Readings from Huxley*. Ed. Clarissa Rinaker. New York: Harcourt Brace, 1920.

Inoue, Takutoshi (ed.). *W. Stanley Jevons: Collected Reviews and Obituaries*. Bristol: Thoemmes Press, 2002.

Jennings, George Henry. *An Anecdotal History of the British Parliament from the Earliest History to the Present Time*. London: Horace Cox, 1880.

Jerrold, Blanchard. *London: A Pilgrimage*. New York: Anthem, 2005 [1872].

Jevons, William Stanley. *The Coal Question: An Inquiry Concerning the Progress of the Nation, and the Probable Exhaustion of Our Coal Mines*. 2nd edn. London: Macmillan, 1866.

The Theory of Political Economy. 3rd edn. London: Macmillan, 1888. Available online at Library of Economics and Liberty, www.econlib.org/library/YPDBooks/Jevons/jvnPE.html (accessed January 7, 2014).

Johnson, E. D. H. *Charles Dickens: An Introduction to His Novels*. New York: Random House, 1969.

Jones, Gareth Stedman. *Outcast London: A Study in the Relationship between Classes in Victorian Society*. New York: Pantheon, 1984.

Jones, Richard. *An Essay on the Distribution of Wealth and on the Sources of Taxation*. London: John Murray, 1831.

Kidd, Benjamin. *The Control of the Tropics*. New York: Macmillan, 1898.

Social Evolution. London: Macmillan, 1894.

Kiely, Robert. *Robert Louis Stevenson and the Fiction of Adventure*. Cambridge, MA: Harvard University Press, 1964.

Knoepflmacher, U. C. "The Novel between City and Country." In *The Victorian City: Images and Realities*. Ed. H. J. Dyos and Michael Wolff. 2 vols., Vol. II. London: Routledge, 1972. 517–536.

Krasner, James. "A Chaos of Delight: Perception and Illusion in Darwin's Scientific Writings." *Representations* 31 (Summer 1990): 118–141.

Krauss, Clifford. "Drilling Boom Revives Hope for Natural Gas." *The New York Times*, August 24, 2008. A1.

Krepp, Frederick Charles. *The Sewage Question: Being a General Review of All Systems and Methods Hitherto Employed in Various Countries*. London: Longmans, 1867.

Kuhn, Thomas, "Energy Conservation as an Example of Simultaneous Discovery." In *The Conservation of Energy and the Principle of Least Action*. Ed. I. Bernard Cohen. New York: Arno, 1981. 321–345.

Law, Jules. *The Social Life of Fluids: Blood, Milk, and Water in the Victorian Novel*. Ithaca, NY: Cornell University Press, 2010.

Lehan, Richard. *The City in Literature: An Intellectual and Cultural History*. Berkeley: University of California Press, 1998.

Levine, George. *Darwin and the Novelists: Patterns of Science in Victorian Fiction*. Cambridge, MA: Harvard University Press, 1988.

Dying to Know: Scientific Epistemology and Narrative in Victorian England. University of Chicago Press, 2002.

"From Know-Not-Where to Nowhere." In *The Victorian City: Image and Reality.* Ed. H. J. Dyos and Michael Wolff. 2 vols., Vol, II. New York: Routledge, 1999. 495–516.

Lewes, G. H. *Comte's Philosophy of the Sciences.* London: Bell and Daldy, 1871 [1853].

Liebig, Justus von, and Alderman Mechi. "The Sewage of Towns." *The Farmer's Magazine* 17 (1860): 163–165.

Lovelock, James. *The Revenge of Gaia.* New York: Basic Books, 2006.

Luxemburg, Rosa. *The Accumulation of Capital.* Trans. Agnes Schwarzschild. London: Routledge, 2003 [1913].

Mallet, Philip, "The City and the Self." In *Ruskin and Environment: The Storm Cloud of the Nineteenth Century.* Ed. Michael Wheeler. Manchester University Press, 1995. 38–51.

Malthus, Thomas Robert. *Additions to the Fourth and Former Editions of "An Essay on the Principle of Population."* London: J. Murray, 1817.

An Essay on the Principle of Population. Ed. Philip Appleman. 2nd edn. New York: Norton, 2004 [1798].

Marsh, George Perkins. *Man and Nature; or, Physical Geography as Modified by Human Action.* New York: Scribner, 1864.

Martinez-Alier, Juan. *Ecological Economics: Energy, Environment and Society.* Oxford: Basil Blackwood, 1990.

Marx, Karl. *Capital.* 3 vols., Vol. I. Trans. Ben Fowkes. New York: Penguin, 1990.

Capital. 3 vols., Vol. III. Trans. Ernest Untermann. Chicago: Charles Kerr, 1909.

Masson, John. *Lucretius: Epicurean and Poet.* 2 vols., Vol. I. London: John Murray, 1907.

Maudsley, Henry. *Body and Will.* New York: D. Appleton, 1884.

The Physiology and Pathology of Mind. New York: D. Appleton, 1867.

Maxwell, James Clerk. "Address to the Mathematical and Physical Sections of the British Association." *Nature* 3 (September 22, 1870): 419–422.

"Molecules." *Nature* 8 (September 25, 1873): 437–441.

Theory of Heat. 10th edn. London: Longmans Green, 1891.

Mayhew, Henry. *The Criminal Prisons of London and Scenes of Prison Life.* London: Griffn, Bohn, 1862.

Meeker, Joseph. *The Comedy of Survival: In Search of an Environmental Ethic.* New York: Scribner, 1974.

Mendelsohn, Everett. *Heat and Life: The Development of the Theory of Animal Heat.* Cambridge, MA: Harvard University Press, 1964.

Metz, Nancy Aycock. "The Artistic Reclamation of Waste in *Our Mutual Friend.*" *Nineteenth Century Fiction* 34.1 (June 1979): 59–72.

Mill, John Stuart. *Principles of Political Economy*. 2 vols., Vol. II. 5th edn. New York: D. Appleton, 1896.

Miller, J. Hillis. *Charles Dickens: The World of His Novels*. Cambridge, MA: Harvard University Press, 1958.

"The World of *Bleak House*." In Charles Dickens, *"Bleak House": A Norton Critical Edition*. Ed. George Ford and Sylvère Monod. New York: Norton, 1977. 947–960.

Mirowski, Philip. *More Heat than Light: Economics as Social Physics, Physics as Nature's Economics*. Cambridge University Press, 1989.

Moore, James. "Theodicy and Society." In *Victorian Faith in Crisis: Essays on Continuity and Change in Nineteenth-Century Religious Belief*. Ed. Richard J. Helmstadter and Bernard Lightman. New York: Stanford University Press, 1990. 153–186.

Morgan, John Edward. "The Danger of Deterioration of Race from the Too Rapid Increase of Great Cities." In *Transactions of the National Association for the Promotion of Social Science: Sheffeld Meeting, 1865*. Ed. G. W. Hastings. London: Longmans Green, 1866. 427–449.

Morgan, Lewis Henry. *Ancient Society; or, Researches in the Lines of Human Progress*. New York: Henry Holt, 1877.

Morus, Iwan Rhys. *When Physics Became King*. University of Chicago Press, 2005.

Mumford, Lewis. *The City in History: Its Origins, Its Transformations and Its Prospects*. New York: Harcourt Brace, 1961.

Mussell, James. "Science." In *Charles Dickens in Context*. Ed. Sally Ledger and Holly Furneaux. Cambridge University Press, 2011. 326–333.

Myers, Greg. "Nineteenth-Century Popularizations of Thermodynamics and the Rhetoric of Social Prophecy." *Victorian Studies* 29.1 (Fall 1985): 35–66.

Nabokov, Vladimir. *Lectures on Literature*. Ed. Fredson Bowers. New York: Harcourt Brace, 1980.

Nead, Lynda. *Victorian Babylon: People, Streets and Images in Nineteenth-Century London*. New Haven: Yale University Press, 2000.

Nichol, J. P. "Energy." In *A Cyclopaedia of the Physical Sciences*. London: Richard Griffn, 1860. 316–318.

Oates, Joyce Carol. "Jekyll/Hyde." *The Hudson Review* 40.4 (Winter 1988): 603–608.

Orwell, George. "Charles Dickens." In *Selected Writings*. London: Heinemann, 1958.

Pain, Stephanie. "Before It Was Famous: 150 Years of the Greenhouse Effect." *New Scientist* 202.2708 (May 16, 2009): 46–47.

Partington, John. "*The Time Machine* and *A Modern Utopia*: The Static and Kinetic Utopias of the Early H. G. Wells." *Utopian Studies* 13.1 (2002): 57–68.

Patterson, R. H. "Sensationalism in Science." *Belgravia* 6 (October 1868): 77–81.

Paxton, Nancy. *George Eliot and Herbert Spencer: Feminism, Evolutionism, and the Reconstruction of Gender*. Princeton University Press, 1991.

Peart, Sandra (ed.). *W. S. Jevons: Critical Responses*. 4 vols., Vol. I. London: Routledge, 2003.

Peckham, Morse. "Darwinism and Darwinisticism." *Victorian Studies* 3.1 (September 1959): 19–40.

Perelman, Michael. "Marx and Resource Scarcity." In *The Greening of Marxism*. Ed. Ted Benton. New York: Guilford, 1996. 64–80.

Perris, George Herbert. *The Industrial History of Modern England*. New York: Henry Holt, 1914.

Peterfreund, Stuart. "The Re-Emergence of Energy in the Discourse of Literature and Science." *Annals of Scholarship* 4.1 (1986): 22–53.

Philmus, Robert. "*The Time Machine*; or, The Fourth Dimension as Prophecy." *PMLA* 84.3 (May 1969): 530–535.

Pick, Daniel. *Faces of Degeneration: A European Disorder*. Cambridge University Press, 1996.

Platt, J. C., and J. Saunders. "Underground." In *London*. Ed. Charles Knight. 6 vols., Vol. I. London: Charles Knight, 1841.

Poovey, Mary. *Making a Social Body: British Cultural Formation, 1830–1864*. University of Chicago Press, 1995.

Porter, Theodore M. "A Statistical Survey of Gases: Maxwell's Social Physics." *Historical Studies in the Physical Sciences* 12 (1981): 77–116.

Prigogine, Ilya, and Isabelle Stengers. *Order out of Chaos: Man's New Dialogue with Nature*. New York: Bantam, 1984.

Pritchett, V. S. "Dickens." In *The Pritchett Century: A Selection of the Best by V. S. Pritchett*. New York: Modern Library, 1998. 573–579.

Proctor, Richard Anthony. "Britain's Coal Cellars." *St. Paul's* 9 (October–December 1871): 182–194.

"The Past and Future of Our Earth." *Contemporary Review* 25 (December 1874–May 1875): 74–92.

The Sun: Ruler, Fire, Light, and Life of the Planetary System. London: Longmans Green, 1872.

Rabinbach, Anson. *The Human Motor: Energy, Fatigue and the Origins of Modernity*. Los Angeles: University of California Press, 1992.

Richards, Thomas. *The Commodity Culture of Victorian England: Advertising and Spectacle, 1851–1914*. Stanford University Press, 1990.

The Imperial Archive: Knowledge and the Fantasy of Empire. New York: Verso, 1993.

Ruskin, John. *The Works of John Ruskin*. Ed. E. T. Cook and Alexander Wedderburn. 39 vols. London: G. Allen, 1903–1912.

Ryan, Vanessa L. "Living in Duplicate: Victorian Science and Literature Today." *Critical Inquiry* 38.2 (2012): 411–417.

Rylance, Rick. *Victorian Psychology and British Culture*. Oxford University Press, 2000.

Saposnik, Irving S. "The Anatomy of *Dr. Jekyll and Mr. Hyde*." *SEL* 11 (1971): 715–731.

Sawyer, Paul. "Ruskin and Tyndall: The Poetry of Matter and the Poetry of Spirit." In *Victorian Science and Victorian Values*. Ed. James Paradis and Thomas Postlewait. New Brunswick: Rutgers University Press, 1985. 217–246.

Schneider, Eric D., and Dorion Sagan. *Into the Cool: Energy Flow, Thermodynamics, and Life*. University of Chicago Press, 2006.

Scott, Sir Walter. *Waverley*. London: T. and A. Constable, 1901 [1814].

Seife, Charles. *Sun in a Bottle: The Strange History of Fusion and the Science of Wishful Thinking*. New York: Viking, 2008.

Serres, Michel. *Hermes: Literature, Science, Philosophy*. Ed. Josue V. Harari and David F. Bell. Baltimore: Johns Hopkins University Press, 1982.

Sherburne, James Clark. *John Ruskin; or, The Ambiguities of Abundance*. Cambridge, MA: Harvard University Press, 1972.

Simons, Nicholas. *Cases Decided in the High Court of Chancery by the Right Hon. Sir Lancelot Shadwell*. 17 vols., Vol. XI. London: V. and R. Stevens, 1853.

Simpson, J. A., and E. S. C. Weiner (eds.). *The Oxford English Dictionary*. 2nd edn. Oxford University Press, 1989. Available at www.oed.com (accessed January 11, 2014).

Smiles, Samuel. *The Life of George Stephenson and of His Son Robert Stephenson*. New York: Harper, 1868.

Smith, Crosbie. "Natural Philosophy and Thermodynamics: William Thomson and 'The Dynamical Theory of Heat.' " *British Journal for the History of Science* 9 (November 1976): 293–319.

The Science of Energy: A Cultural History of Energy Physics in Victorian Britain. University of Chicago Press, 1998.

Smith, Crosbie, Ian Higginson, and Philip Wolstenholme. " 'Avoiding Equally Extravagance and Parsimony' : The Moral Economy of the Ocean Steamship." *Technology and Culture* 44.3 (2003): 443–469.

Smith, Jonathan. "Heat and Modern Thought: The Forces of Nature in *Our Mutual Friend*." *Victorian Literature and Culture* 23 (1995): 37–69.

Smith, Samuel. *The Industrial Training of Destitute Children*. London: Kegan Paul, 1885.

Soddy, Frederick. *Wealth, Virtual Wealth, and Debt*. London: George Allen, 1983 [1926].

Spencer, Herbert. *First Principles of a New System of Philosophy*. New York: D. Appleton, 1865.

Spengler, Oswald. *Today and Destiny: Vital Excerpts from the Decline of the West*. New York: Knopf, 1940.

Stevenson, Robert Louis. "A Humble Remonstrance." In *Memories and Portraits*. New York: Charles Scribner's Sons, 1898. 275–299.

The Letters of Robert Louis Stevenson. Ed. Bradford A. Booth and Ernest Mehew. 8 vols. New Haven: Yale University Press, 1994–1995.

"Memoir of Fleeming Jenkin" and "Records of a Family of Engineers." Vol. XVIII of *Letters and Miscellanies of Robert Louis Stevenson*. New York: Scribner, 1920.

On the Thermal Influence of Forests. Vol. XXII of *Letters and Miscellanies of Robert Louis Stevenson*. New York: Scribner, 1898 [1873]. 611–621.

The Strange Case of Dr. Jekyll and Mr. Hyde. London: Longmans Green, 1886.

Treasure Island. London: Cassell, 1898 [1883].

Stewart, Balfour. *The Conservation of Energy*. London: Henry S. King, 1873.

"What Is Energy?," Parts I–IV. *Nature* 1 (April 28, 1870): 647–648; 2 (June 2, 1870): 78–80, (July 7, 1870): 183–185, (August 4, 1870): 270–271.

Stewart, Balfour, and Norman Lockyer. "The Sun as a Type of the Material Universe," Parts I and II. *Macmillan's Magazine* 18 (July 1868): 246–257; (August 1868): 319–327.

Stewart, Balfour, and Peter Guthrie Tait. *The Unseen Universe; or, Physical Speculations on a Future State*. 6th edn. London: Macmillan, 1876.

Stewart, Garrett. "Dickens, Eisenstein, Film." In *Dickens on Screen*. Ed. John Glavin. Cambridge University Press, 2004. 122–144.

Stoekl, Allan. *Bataille's Peak: Energy, Religion, and Postsustainability*. Minneapolis: University of Minnesota Press, 2007.

Sulloway, Frank. *Freud, Biologist of the Mind: Beyond the Psychoanalytic Legend*. New York: Basic Books, 1979.

Suvin, Darko. "'*The Time Machine* versus Utopia' as a Structural Model for Science Fiction." *Comparative Literature Studies* 10.4 (December 1973): 334–352.

Tait, Peter Guthrie. "Energy." *North British Review* 40 (May 1864): 177–193.

Lectures on Some Recent Advances in Physical Science with a Special Lecture on

Force. London: Macmillan, 1876.

Thomas, Ronald. "The Strange Voices in the Strange Case: Dr. Jekyll, Mr. Hyde, and the Voices of Modern Fiction." In *"Dr. Jekyll and Mr. Hyde" after One Hundred Years*. Ed. William Veeder and Gordon Hirsch. University of Chicago Press, 1988. 73–93.

Thomson, William. "On a Universal Tendency in Nature to the Dissipation of Mechanical Energy." In *Mathematical and Physical Papers*. 5 vols., Vol. I. Cambridge University Press, 1882. 511.

"On the Age of the Sun's Heat." *Macmillan's Magazine* 5 (March 1862): 388–393.

Thomson, William, and P. G. Tait. "Energy." *Good Words* 3 (1862): 601–607.

Treatise on Natural Philosophy. 2 vols., Vol I. Cambridge University Press, 1883.

Tobin, Kathleen. *Politics and Population Control: A Documentary History*. Westport, CT: Greenwood, 2004.

Turner, Frank M. *Contesting Cultural Authority: Essays in Victorian Intellectual Life*. Cambridge University Press, 1993.

Tyndall, John. *Address Delivered before the British Association Assembled at Belfast*. London: Longmans Green, 1874.

The Glaciers of the Alps. London: John Murray, 1860.

Heat Considered as a Mode of Motion. New York: D. Appleton, 1863.

New Fragments. 2nd edn. London: Longmans Green, 1892.

Underwood, Ted. "Productivism and the Vogue for 'Energy,' " *Studies in Romanticism* 34.1 (1995): 103–125.

The Work of the Sun: Literature, Science and Political Economy, 1760–1860. New York: Palgrave, 2005.

Van Ghent, Dorothy. "The Dickens World: A View from Todgers." *Sewanee Review* 58.3 (1950): 419–438.

Veeder, William, and Gordon Hirsch (eds.). *"Dr. Jekyll and Mr. Hyde" after One Hundred Years*. University of Chicago Press, 1988.

Walsh, Bryan. "The World's Most Polluted Places." *Time*. September 12, 2007. Available at http://content.time.com/time/specials/2007/article/0,28804,1661031_1661028_1661016,00.html (accessed January 4, 2014).

Warner, Marina. *Fantastic Metamorphoses, Other Worlds: Ways of Telling the Self* Oxford University Press, 2002.

Waterston, William. "Coal." In *Cyclopaedia of Commerce, Mercantile Law, Finance, Commercial Geography and Navigation*. London: Henry G. Bohn, 1844.

Webb, Igor. *From Custom to Capital: The English Novel and the Industrial Revolution*. Ithaca, NY: Cornell University Press, 1981.

Weeks, Robert P. "Disentanglement as a Theme in H. G. Wells's Fiction." *Papers of the*

Michigan Academy of Science, Arts, and Letters 39 (1954): 439–444.

Wells, H. G. "The Extinction of Man." In *Certain Personal Matters: A Collection of Material, Mainly Autobiographical*. London: Laurence and Bullen, 1898.

"Fiction about the Future," in *H. G. Wells's Literary Criticism*. Ed. Patrick Parrinder and Robert Philmus. Totawa: Barnes and Noble, 1980 [1938]. 246–251.

The Time Machine. Ed. Nicholas Ruddick. New York: Broadview, 2001 [1895].

The World Set Free: A Story of Mankind. New York: E. P. Dutton, 1914.

Weltman, Sharon. *Performing the Victorian: John Ruskin and Identity in Theater, Science, and Education*. Columbus: Ohio State University Press, 2007.

Whewell, William. *Astronomy and General Physics Considered with Reference to Natural Theology*. London: William Pickering, 1833.

Whitworth, Michael. "Inspector Heat Inspected: *The Secret Agent* and the Meaning of Entropy." *Review of English Studies* 49 (1998): 40–59.

Wilkinson, Ann. "*Bleak House*: From Faraday to Judgment Day." *ELH* 34.2 (1967): 225–247.

Wilson, David. "Kelvin's Scientific Realism: The Theological Context." *Philosophical Journal* 11 (1974): 41–60.

Wise, Daniel. *The Young Man's Counselor; or, Sketches and Illustrations of the Duties and Dangers of Young Men*. Cincinnati: Poe and Hitchcock, 1860.

Wise, M. Norton. "Time Discovered and Time Gendered in Victorian Science and Culture." In *From Energy to Information: Representation in Science and Technology, Art, and Literature*. Ed. Bruce Clarke and Linda Henderson. Stanford University Press, 2002. 39–58.

Wise, M. Norton, and Crosbie Smith. *Energy and Empire: A Biographical Study of Lord Kelvin*. Cambridge University Press, 1989.

"Work and Waste: Political Economy and Natural Philosophy in Nineteenth Century Britain." *History of Science* 27 (1989): 263–301, 391–449; 28 (1990): 221–261.

Woloch, Alex. *The One versus the Many*. Princeton University Press, 2003.

Wood, Gillen. "Constable, Clouds, Climate Change." *The Wordsworth Circle* 38.1–2 (2007): 25–34.

Wright, D. L. "'The Prisonhouse of My Disposition': A Study of the Psychology of Addiction in *Dr. Jekyll and Mr. Hyde*." *Studies in the Novel* 26 (1994): 254–267.

Wynne, Brian. "Natural Knowledge and Social Context: Cambridge Physicists and the Luminiferous Ether." In *Science in Context: Readings in the Sociology of Science*. Ed. Barry Barnes and David Edge (Cambridge, MA: MIT Press, 1982). 212–231.

Wynter, Andrew. "The Use of Refuse." *The Quarterly Review* 124 (January and April 1868): 334–356.

Yaeger, Patricia. "Editor's Column." *PMLA* 126.2 (2011): 303–310.

Young, T. E. *On Centenarians; and the Duration of the Human Race: A Fresh and Authentic Enquiry*. London: Charles and Edward Layton, 1899.

索　引

（条目后的数字为原文页码，见本书边码）